Pedro Vergés
Sólo cenizas hallarás
(Bolero)

Pedro Vergés

Sólo cenizas hallarás (Bolero)

XV Premio Blasco Ibáñez
y Premio de la Crítica 1980

Ediciones Destino
Colección
Destinolibro
Volumen 147

© Pedro Vergés
© Para la edición de bolsillo, Ediciones Destino, S.L.
Consejo de Ciento, 425. Barcelona-9
Primera edición: Editorial Prometeo, 1980
Primera edición en Destinolibro: octubre 1981
ISBN: 84-233-1154-6
Depósito legal: B. 31504-1981
Compuesto, impreso y encuadernado por
Printer, industria gráfica sa. Provenza, 388   Barcelona-25
Sant Vicenç dels Horts, 1981
Impreso en España - Printed in Spain

*A los dominicanos (vivos y
muertos) de mi generación,
con profundo respeto.*

1. Freddy Nogueras y Altagracia Valle
Lunes, 11 de junio de 1962, por la mañana

Su madre se llamaba Altagracia y lo despertó a las siete para comunicarle la muerte del sargento Ramos en el café de la calle contigua. El hecho había ocurrido hacia las dos, según se comentaba, una hora más tarde de que Freddy llegara tambaleándose y se echara en la cama a medio desvestir. Hacia esa hora de la madrugada todo el mundo decía que se escucharon voces y carreras y que la vellonera dejó de funcionar casi de golpe, dando paso a un silencio imprevisto que el barrio aprovechó para asomar un poco la cabeza y tratar de saber lo que pasaba. Ella no. Ella no se enteró de nada. Ella siguió acostada porque la única causa de su insomnio era su hijo, y en cuanto éste llegaba, después de haber estado en nadie sabía dónde, se olvidaba de todo y se dormía como sólo una madre sabe hacerlo en tales casos, resignada, tranquila, pensando: ya está aquí. Por la mañana la despertó, como siempre, el ruido del lechero y ese rayo de sol que se filtraba por el tragaluz y le iba recorriendo el cuerpo con familiaridad, amoldándose a los pliegues de la sábana. Eso y las voces de quienes ya a esa hora habían formado corro muy cerca de su puerta y hablaban del asunto. Esas mismas personas, aprovechando el trajín del lechero, la llamaron para contarle el crimen e invitarla a que viera la sangre regada por la acera y ella dijo que no, cerró su puerta y les dijo que no, que a lo mejor más tarde. Luego fue donde Freddy y se lo contó todo con esa parsimonia y al mismo tiempo con esa firmeza con que solía expresar los hechos más triviales, y lo vio incorporarse, restregarse en los ojos el cansancio de la borrachera y escucharla en silencio, sorprendido, sin saber qué decir. Ella notó en su rostro el efecto que le había producido la noticia y por eso no le reprochó nada cuando, al cabo de un rato, lo vio salir con el pecho desnudo, abotonándose unos pantalones gastados por el uso, con los pies embutidos en unos tenis sucios, sin cordones, deshilachados en la punta. Ni siquiera le preguntó, como otras veces, qué ganaba quedándose tan tarde por ahí, trasnochando y bebiendo, y su silencio no dejaba de ser bastante raro, porque precisamente esa mañana la cara de su hijo constituía un verdadero estímulo para formulaciones de ese tipo.

Freddy tenía, en efecto, los ojos irritados, hundidos, rodeados por un cerco verdoso (o azulado, que no se sabía bien), abrigando en su fondo una mirada vaga, inquieta, como una lucecita que alguien quiere apagar sin conseguir-lo. Caminaba encorvado por las habitaciones de la casa, lleno de un nerviosismo contenido, haciendo tiempo para salir en busca de Paolo sin que su madre se inquietara a causa de una salida que a esa hora resultaría precipitada, quizás inconveniente. Estaba preocupado por las repercu-siones que tendría en su persona el caso del sargento y no quería que ella lo supiera para que no empezara a atormen-tarse por algo que tal vez no era más que el producto de su propio miedo. Se contenía las ganas de salir, iba de un lado a otro, se asomaba a la puerta de la calle o colocaba el ojo en cualquiera de las rendijas de la madera, ya cuarteada y añosa, disimulando un poco el malestar que lo apresaba, llenando de pequeñas acciones el hueco de un instante que se le hacía infinito. De cuando en cuando se sentaba en una mecedora y escuchaba el radio, el noticiario de las ocho, o de las ocho y media, mientras en el anafe crujía el cisco encendido cada vez que el hervor de los plátanos levantaba la tapa y lanzaba un pequeño borbotón hacia fuera.

Los locutores se alternaban en la difusión de las más dispares, trágicas y significativas noticias, metiendo de vez en cuando, y como si se tratara de un acontecimiento de importancia similar, el anuncio de uno de los múltiples rones del país. El que daba la hora, Brugal, las ocho y veintiséis, era precisamente el que a Freddy continuaba quemándole el estómago, el que le mantenía la cabeza flotando como una calabaza, el que durante días o sema-nas, ya no lo sabía bien, había llegado a ponerlo casi constantemente tembloroso, como un enfermo crónico. Se había propuesto permanecer en esa situación de voluntaria inconsciencia por lo menos hasta que el cónsul americano le entregara la visa para poder largarse a Nueva York y no

10

había duda de que, tal como iba, estaba en el camino más adecuado para conseguirlo. Los cuatrocientos dólares que le había mandado su tío Elpidio, hermano de su padre, al que le unía una amistad epistolar de varios años, se le difuminaban poco a poco entre lentas botellas, platos llenos de salsa y de picante, invitaciones inmotivadas y alguna que otra dádiva generosamente repartida entre los múltiples pedigüeños de la calle El Conde, su cuartel general.

Los locutores hablaban con suma rapidez, se equivocaban más de lo conveniente, terminaron por aburrirlo y por hacer que apagara el radio y retornara a su anterior inestabilidad. Su madre le preguntó si prefería huevos o longaniza, si le abría un aguacate, si le calentaba la leche o la tomaba fría, si se bañaba antes o después, si estaba preocupado. Su madre permanecía sentada en el lado más fresco de la casa, en esa parte del pequeño patio donde todo era sombra y vaho de macetas, donde la cal del muro divisorio transpiraba una humedad que a Freddy siempre le pareció una humedad de siglos, y no sencillamente de cuatro o cinco décadas, que eran las que tenía. Su madre y él se querían con bastante desconcierto, se querían con un amor en el que había muchísima tristeza y buena voluntad, pero al que le faltaba la calma necesaria para hacerse más nítido, mucho más llevadero. Por eso, entre otras cosas, quería Freddy marcharse, porque pensaba que quizá el hecho de viajar disminuyera en él la sensación de apresamiento que siempre había tenido, que continuaba teniendo, y que podría volver dentro de un tiempo relativamente corto con una nueva forma de contemplar las cosas, cargado de futuro, sosegado. Quería, sencillamente, llegar alguna vez a hablar con ella del modo más elemental y simple, pero también del modo más sincero posible, sin los sobresaltos, las divergencias y esa especie de absurdo forcejeo con que hablaban desde hacía algunos meses. La miraba con desgano, como todos los días, la miraba con pena y, sobre todo, con un molesto sentimiento de culpa ante lo aislada y sola que la dejaría dentro de poco. La miraba también con deseos de contarle lo que le sucedía, con ganas de explicarle las causas, los motivos de su comportamiento, y hubo un momento incluso en que estuvo a punto de comenzar a hacerlo. Sólo la desconfianza, el pensar que ella no lograría comprender ni admitir ese afán casi irracional que lo llevaba a abandonarlo todo en busca de algo que muy probablemente sólo existía en su imaginación, lo mantenía clavado, inerte en su movilidad.

Danzaba por la casa, escuchaba los ruidos de la calle, los ruidos conocidos, aprendidos de memoria durante muchos años. Escuchaba las voces del mismo vecindario de siempre, las mujeres, los niños, sus propios compañeros de la niñez y de la adolescencia, ahora futuros candidatos al desengaño y a la desesperanza. Los escuchaba a todos, unos y otros moviéndose sin duda en torno a la noticia del crimen de la víspera, igual que un avispero que alguien azuza desde un lugar secreto y resguardado y luego deja allí, revoloteando, sumergido en su propia confusión. Más que verlos, intuía su presencia al doblar de la esquina cada vez que sacaba la cabeza por la abertura de la puerta entornada. Deseaba salir, acercarse hasta el grupo e informarse de lo que había ocurrido, exactamente como hacían los demás, amontonados cerca de las paredes del prostíbulo, pero estaba desnudo, sucio, sentía por todo el cuerpo el fuerte malestar de la resaca y además acababa de ver la llegada de un *jeep* lleno de agentes y la figura altanera de un oficial que ordenaba despejar el sitio con amplios ademanes. En ese momento se olvidó de sí mismo y empezó a preguntarse si no vendrían a hacer una redada, si ese vehículo no tendría como fin apresar a aquellos jóvenes excesivamente politizados de por el barrio o, más sencillamente, a los que como él habían dado a conocer tantas veces, y en público, su aversión hacia Ramos. Pero se vio que no, que se trataba de un simple trámite policial, pues en cuanto la gente se hizo a un lado el oficial golpeó una de las puertas del prostíbulo y penetró después, dejando a los demás a la salida.

El diálogo de aquellas mujeres con el oficial en torno a la muerte de un hombre como Ramos le resultaba a Freddy ciertamente grotesco. Sonrió al imaginarlo, convencido de que por mucho afán que pusieran en aparentar lo contrario, ni las mujeres ni su visitante se tomarían en serio aquel papel de colaboradores de la justicia, ya que, en definitiva, ¿a quién carajo le importaba que a Ramos se lo hubieran llevado de este mundo? A nadie, desde luego, se respondió en seguida. A nadie excepto a él, que se encontraba ahora lleno de incertidumbre, temiendo que por cualquier motivo alguien realizara una desafortunada relación y ordenara su inmediata captura. «Cuestión de rutina», le diría uno de esos interrogadores que se pasan la vida queriendo parecerse a su modelo, «son sólo unas preguntas», mientras lo invitaba a sentarse en una silla. Eso en el mejor de los casos, en el caso de que su madre consiguiera avisarle con prontitud al coronel Tejada, su padrino, y éste, como otras veces, decidiera ayudarlo. En cualquier otro (suponiendo, por ejemplo, que lo agarraran en la calle y por una de esas extrañas casualidades que a cada rato se producían en el país) doña Altagracia no se enteraría a tiempo y a Freddy lo meterían, mientras se realizaban las investigaciones, en la celda sucia de sus pesadillas. Por eso, viendo a través de la hendidura cada vez más estrecha de la puerta el pequeño tumulto que se había formado a unos cincuenta metros de su casa, Freddy retornaba a la imagen de su madre y pensaba si no sería tal vez más conveniente comentarle sus dudas. Pero desistió de inmediato porque la imaginó fuera de sí, llena de un temor similar al del año anterior, cuando los del SIM estuvieron a punto de llevárselo por una tontería, y queriendo acudir al coronel Tejada para que resolviera el asunto del modo que creyera conveniente. Así que lo que hizo fue darse la vuelta y retornar al patio, donde ella lo esperaba con el desayuno ya sobre la mesa, hojeando un periódico en el que no había habido tiempo material de incluir la noticia de Ramos, con la tijera, las agujas, los recortes de tela de un vestido metidos en una vieja caja de cartón, dispuesta a continuar con su trabajo en cuanto hablara cuatro o cinco palabras con su hijo.

Freddy le pasó por el lado, le revolvió el pelo canoso con la mano, cruzó el pequeño patio y se metió en la ducha. El agua comenzó a hacer el mismo ruido roto que hacía siempre cuando, después de acumularse en el pequeño semicírculo de cemento rojo que servía de bañera y de dejar en torno a la chapa agujereada una espesa capa de espuma de jabón, se hundía en el sumidero. Los pies de Freddy chapoteaban involuntariamente en medio de aquel charco blancuzco y su cabeza parecía despejarse progresivamente a medida que el contacto del agua le acrecentaba su intensidad sobre la piel. Cuando acabó de enjabonarse abrió nuevamente la llave y permitió que el agua le inundara la cara durante unos segundos, de tal forma que todo (la madera, el retrete, la penumbra cuarteada por hililos de sol) adquirió de improviso una consistencia cristalina, se empapó de una luminosidad que no tendría jamás fuera de aquel instante. Después intentó masturbarse, pero fue una intención que su propio desgano y en seguida las voces de su madre anunciándole que ya el café con leche estaba frío, que si lo calentaba, cortaron de raíz. Se apartó, pues, de la rústica bañera en que había estado soñando y despejándose y, como un equilibrista improvisado, se acercó de puntillas hasta el inodoro, blanco, higiénico, reluciente, donde acabó sentándose. Ahora saldría, ya limpio, le haría tres o cuatro arrumacos a la vieja, se tomaría una buena taza de café, desayunaría con verdaderas ganas (se le había despertado el apetito) y después se largaría a la calle a buscar a Paolo y exponerle sus dudas con respecto al asunto del sargento, tal como había pensado. Paolo, muy metido en política, sabría aconsejarlo bien acerca de cómo comportarse en caso de que lo llamaran a declarar e incluso podría decirle si el crimen había sido la obra de un grupo incontrolado, la venganza de un antiguo enemigo o simplemente el navajazo de algún chulo celoso. Lo malo de Paolo sería por un lado encontrarlo y, por otro, conseguir que se tomara en serio lo que para Freddy resultaba un problema, dificultad que se veía aumentada por el alejamiento mutuo, y Freddy no sabía si voluntario, en que se mantenían desde hacía cierto tiempo.

El primer lugar sería, naturalmente, El Conde, por

donde de paso también encontraría a Evelinda, su novia, con quien tenía que hablar muy seriamente del futuro, del presente y además, ¿por qué no?, del pasado; con quien, en definitiva, debía tratar de algunas cosas que entre ellos dos no estaban demasiado claras. Si no lo hallaba por El Conde, Freddy desistiría de su empeño y se acercaría al «Pony», donde Yolanda y Wilson lo estarían esperando hacia las diez y media. Luego vendría el calor agobiante de las doce, el calor agobiante de la una, el calor agobiante de las dos, el tiempo irremisiblemente muerto de la tarde, hasta las siete, quizá hasta las ocho, hora en que nuevamente se metería en el «Quisqueya» o en cualquier otro sitio (que eso dependía de con quién estuviera) para beber como un desesperado y si se daba el caso terminar acostándose con cualquiera de las diversas hembras que acudían por allí.

Lo malo era que hoy, según lo presentía, ese programa podía verse interrumpido por unos acontecimientos que algunos sectores parecían empeñados en llevar a sus más radicales consecuencias. En los últimos días, en efecto, Freddy había tenido en todo momento la sensación de que su despertar no sería el apacible y aburrido despertar de quien no espera más que el sello de un simple funcionario para romper amarras con su ambiente, sino el de alguien a quien la vida —la Historia, los demás, lo que estaba más allá de sí mismo— acabaría agarrando por los pelos y arrastrando por toda la ciudad con los ojos abiertos y asombrados. Y en más de una ocasión llegó a desear con rabia, con ilusión incluso, que tal cosa ocurriera, que el país estallara en pedazos y que se deshiciera de una maldita vez esa especie de falso regocijo que lo inundaba todo de una manera amarga y melancólica. Pero de sobra sabía que nunca sería hoy, que jamás surgiría semejante oportunidad y que los que eran como él no tenían más remedio que largarse o joderse o pegarse un plomazo en la cabeza. Eso o tomar conciencia, como decía Paolo con su cara de iluminado moralista: más iluminado cuanto más obtuso, persistente y cerrado se iba haciendo el absentismo político de Freddy.

Precisamente con la imagen sonriente y optimista de Paolo, a quien Freddy quería de una manera entrañable y confusa, abrió por fin la puerta y se sentó a la mesa, dispuesto a ser el hombre más amable del mundo al menos durante el corto rato que estaría con su madre. Comenzó encendiendo el radio nuevamente y cambiando emisoras hasta dar con aquélla en donde ya sabía que iba a escuchar los discos por ella preferidos: danzones y boleros de los años cuarenta, Barbarito Díez, el trío Matamoros, algún tango perdido de Gardel. El programa se llamaba «Recordando el pasado», y el locutor, que Freddy criticaba por su cursilería y tal vez por tener una voz similar a la suya, parecía convencido de que no había más música en el trópico que aquellas tonadillas empalagosas y aquellas imágenes manidas a las que *los aretes que le faltan a la luna,* del grandioso Vicentico Valdés, superaban con creces. Pero el locutor oculto que había en él le cedió el puesto al hombre amable que se dispuso a ser y, entre bromas y veras, llegó a corear, al tiempo que su madre —que nunca se callaba cuando cantaban algo de su agrado—, uno de aquellos lacrimosos danzones de la radio. Estimulado por esa momentánea identificación, por la desolación que emanaba, que siempre había emanado, de la figura de doña Altagracia, casi le entraron ganas de arrastrarla al terreno de las confidencias y preguntarle algo acerca de sus años juveniles, cuando los hombres eran caballeros y las mujeres damas, pero se contuvo. Pensó sencillamente que no valía la pena y se puso a hacer chistes en torno a lo que se decían los dictadores a medida que se iban encontrando en el infierno. Su madre se rió mucho, celebraba con grandes carcajadas las felices ocurrencias de su hijo, que parecía encantado de hacerla disfrutar de esa manera tan gratuita y tan simple, y, como consecuencia, alejó de su rostro el hieratismo de los últimos días. Freddy comía y hablaba contagiado también, pero nervioso, mirándola reír, y en eso continuaron hasta que, de repente, les llegó de la calle el ruido de un tumulto, voces, gritos, pasos de gente que corría.

Freddy se incorporó casi de un salto, maldiciendo el

momento en que había decidido permanecer allí en lugar de marcharse, dispuesto a escapar saltando los tejados de las casas vecinas si en medio de semejante algarabía alguien venía a golpear la puerta de su casa. Se quedó de pie, las manos aferradas al borde de la mesa, descalzo, con el pecho desnudo, sintiéndose ridículo y perdido, al tiempo que su madre, con una parsimonia inverosímil, se acercaba a la entrada, descorría el pestillo sigilosamente y miraba hacia afuera con la destreza de quien ha realizado la misma operación innumerables veces. Freddy le preguntó qué sucedía, pero en esta ocasión vistiéndose, peinándose, abotonándose los pantalones, con la camisa encima de la mesa, sonándose los mocos en el mismo pañuelo que dobló de inmediato y que introdujo luego en uno de los bolsillos traseros del mahón; todo con tanta rapidez que cuando ella le respondió que nada ya él se encontraba detrás de su cabeza, mirando por encima de su pelo canoso. La gente había corrido a guarecerse y dos de los cuatro agentes que acompañaban al oficial se arrastraban por la acera, pegados a los muros de las casas, sin dejar de apuntar a los tejados, desde donde algún loco acababa de arrojar una piedra contra el *jeep*. Eso era lo que había sucedido, y nada más, una simple pedrada, quizás acompañada por un grito que ellos dos no pudieron oír a causa de su propio regocijo, quizás por un insulto que alguien creyó oportuno dirigir al recuerdo del muerto.

En medio del silencio producido, Freddy vio a los agentes acercarse primero, detenerse después, dar un salto tan teatral como innecesario al centro de la calle y retornar al punto de partida. El oficial se subía en ese instante en el vehículo, la dueña del prostíbulo cerraba pudorosamente la puerta del negocio (igual que, por ejemplo, cerraría una beata la puerta de una iglesia) y los escurridizos habitantes del pedazo empezaron otra vez a salir y a formar sus grupitos. Cuando el *jeep* arrancó y desapareció de la vista de todos, su madre dijo algo que Freddy no entendió y en seguida se puso, en medio de la acera, a conversar con algunas vecinas. Freddy aprovechó el momento para decidir lo que tenía que hacer y como en realidad ya lo sabía le dio un beso en la frente y la dejó charlando con las otras. Ni tiempo tuvo ella de preguntarle a dónde diablos iba tan temprano, porque cuando hizo así, y quiso reaccionar, ya él estaba cruzando la esquina del prostíbulo y mirando las manchas de sangre del sargento (pegada, estrujada, arrastrada contra la pared como secos churretes de pintura) en medio del reducido grupo de muchachos que aún permanecía allí.

No saludó a nadie, no se detuvo a preguntarle a nadie lo que había sucedido, todo le daba igual, el hecho estaba claro. La sangre del sargento acababa de revolverle el cuerpo, le había resucitado el anterior malestar de la resaca, de tal forma que ahora, ya bajando hacia El Conde, había vuelto a sentirse, de repente, mareado, tembloroso. Continuó, sin embargo, caminando, intentando pensar en otra cosa, y a medida que se acercaba a la avenida Mella notaba cómo el cuerpo se le iba convirtiendo en una lenta náusea, la boca llena de una saliva acuosa y abundante, los ojos lacrimosos. En Benito González se detuvo y apoyó en la pared, esperando que la espiral del vómito completara su ciclo y lo dejara nuevamente libre. Se sentía morir, se le juntaba todo en la cabeza, el sol lo hacía sudar, el malestar le daba escalofríos. Temblaba, decía: vómito, ven, acaba de venir, y mientras tanto, como en rápidos flashes, le acudían a la mente el recuerdo de Evelin, la imagen del sargento, la sonrisa de Wilson, Yolanda desnuda, su madre amortajada, el sargento vivo, Paolo en la guerrilla, Yolanda en Nueva York, él con Yolanda en Nueva York, Wilson odiándolo por eso, Evelinda casada con Paolo, su madre en Nueva York, él en la cárcel, él casado con Evelin, él con el cónsul, el cónsul negándole la visa, la policía buscándolo, Paolo burlándose de su miedo, el teniente limpiándose el culo con una foto suya.

Al final vomitó un chorro espeso, agrio y maloliente que rebotó en el muro amarillento de la esquina y resbaló hasta el suelo igual que una papilla nauseabunda. Dos nuevas arcadas terminaron por dejarlo sin nada en el estómago, que ahora le ardía de un modo insoportable. Levantó la cabeza, sudoroso; la luz de la mañana le hizo daño en los ojos, que no veían las cosas, sus contornos, sino grandes y extensas manchas de colores, bultos inmóviles, cuerpos en movimiento. Creyó por un momento que perdería el sentido y recostó la espalda en la pared, dejándose caer casi de golpe. Algunos transeúntes se le acercaron a preguntarle si le pasaba algo, hermano, y esa palabra: hermano, lo recorrió por dentro como el eco de un sonido impreciso que alguien pone a rodar dentro de un laberinto de paredes. Después lo ayudaron a levantarse, lo sostuvieron durante unos segundos y lo dejaron en la acera, no demasiado convencidos de que pudiera mantenerse en esa posición. Freddy les dio las gracias, dijo que se encontraba bien y echó a andar calle abajo, por el lado de sombra, algo incómodo aún, con el sabor espeso y agridulce del vómito esparcido en la boca. Sus ojos veían ahora la ciudad sucia, llena de letreros, las aceras cubiertas de papeles, de latas de basura, la gente sudada que bajaba y subía, los escolares en grupos reducidos y sueltos, expresión de una huelga que acababa de lanzarlos fuera de los planteles, los comercios cerrados. Todo como embutido en una atmósfera cargada de calor que se pegaba al cuerpo como si la empujaran contra uno.

En la avenida Mella tropezó con un grupo de muchachos que venían palmoteando en torno a una pequeña camioneta equipada con un altavoz y cubierta, en la parte del techo que aquél dejaba libre, con una bandera nacional y una gran tela roja. Freddy se paró a contemplarlos, detenidos ahora en la esquina de Mella con Tomás de la Concha, y los vio discutir, apiñados, nerviosos, como quienes se esfuerzan en no perder la calma por una nimiedad. Arrugó los ojos, intentando descubrir a Paolo en el barullo y al mismo tiempo deseando saber de lo que se trataba, pero en ese momento se oyó el sonido ronco de la camioneta, el altavoz rompió a lanzar consignas y amenazas contra los vendepatrias y traidores y la pequeña manifestación se puso al fin en marcha. Freddy cruzó la calle y los dejó pasar, los siguió con la vista durante un largo rato hasta que, confundidos con el ajetreo de la calle, sólo se distinguía el trapo rojo de la carrocería y la sucia silueta del megáfono. Durante unos segundos le entraron ganas de marcharse con ellos, de emborracharse con un griterío que, a su modo de ver, no conduciría a nada, pero no tuvo fuerzas para hacerlo. Seguía sintiéndose cansado, agobiado de pronto por la falta de sueño, el dolor de cabeza y el simple malestar que prosigue a la náusea y a los vómitos. Bajó, pues, hacia Francisco Cerón, se metió en el local de los españoles, donde ponían hasta la saciedad el mismo disco de la misma cantante quejumbrosa, y pidió que le hicieran un batido de naranjas con leche. En ese instante el radio emitía un programa de música orquestal; el andaluz dueño del bar se quejaba de lo jodida que se estaba poniendo la cosa y un par de obreros comían *sandwiches* de queso y se reían a grandes carcajadas de no se sabía qué, enseñando, al hacerlo, pegotes de comida masticada. Freddy se dio la vuelta en el sillín, se colocó frente a la calle, saludó a tres o cuatro que estaban en la esquina, amigos de hacía mucho, les preguntó si habían visto a Paolo, le dijeron que no, chupó el último resto de su jugo.

Cuando salió del establecimiento aspiró el aire del mar con un cuerpo distinto; el jugo lo había tonificado y hasta fortalecido: ya no tenía aquel sabor a sebo esparcido en la boca. Saludó, saludó a todo el mundo, pues por ese pedazo había muy poca gente que no lo conociera. Incluso se detuvo a charlar con varias amiguitas que lo encontraron muy cambiado y muy serio, le dieron consejos acerca de la vida entre risitas sinvergüenzas y se despidieron diciéndole que se dejara ver, que no se les perdiera de esa forma. Lo estaban reteniendo, Freddy tenía la sensación de que todo lo estaba reteniendo, cuando lo que él quería era que lo dejaran caminar en paz, conversar con Paolo y Evelinda. Sólo eso le importaba, ya que lo demás, regresar o no regresar a su casa al mediodía, quedarse por ahí hasta que lo del sargento Ramos se aclarara, acudir a la cita con Wilson y Yolanda, dependería de los consejos que le diera Paolo. Freddy no llevaba una idea preconcebida, no sabía si su miedo (su sugestión, más bien) se basaba en algo real o era sencillamente el resultado de un sentimiento de culpa (él no hubiera matado a Ramos, pero sin duda alguna se alegraba) y de la tensión enfermiza en que vivía desde que el yanqui aquel comenzara a pedirle papeles y a retrasar la fecha de la visa. Paolo le diría lo que siempre decía, que el miedo se elimina con la lucha, adoptando posturas responsables, pero Freddy esta vez no se echaría a reír, no le contestaría que se dejara de vainas, pues lo que deseaba era charlar con alguien que no fuera, naturalmente, Wilson, que últimamente no conseguía decir un par de frases sin meter a Yolanda por el medio.

Llegó en eso a Mercedes y se detuvo un rato a contemplar la columna de gente que a sólo unos doscientos metros de él cruzaba por El Conde camino del Baluarte. Allí estarían Paolo, Evelinda, Wilson, Yolanda, sus restantes amigos, allí estaba su mundo de los últimos meses, ese otro Freddy altanero, bulloso, discutidor, su propio tiempo muerto aferrado a las sucias paredes de esa calle provinciana y ridícula. El bullicio era enorme, se notaba en seguida; contrastaba con la calma y con la soledad del cruce donde se hallaba ahora, indeciso, sin saber qué dirección tomar. Parecía un transeúnte atolondrado o algún recién llegado que de improviso encuentra interrumpido el único trayecto que conoce. Parecía cualquier cosa, menos lo que era, un hombre que conocía al dedillo la ciudad, sus rincones, sus múltiples secretos. A pesar de todo decidió continuar bajando José Reyes y así lo hizo, saludando de nuevo, secándose el sudor, caminando por el lado de sombra, hasta Salomé Ureña. Allí notó de qué forma tan simple, como lo hace una ola cuando se va acercando a su final, crecía el ruido, de qué forma tan simple sus oídos descifraban ahora el sentido de lo que se gritaba. Crecía, efectivamente, la marea, el tumulto, la muchedumbre, esa ola gigantesca de gente hedionda, limpia, sudorosa, descalza, bien vestida, harapienta, que se iba acumulando tras sí misma con suma precisión, tal y como lo harían las partes separadas de un enorme gusano. Freddy pensó que se trataba de la manifestación que los partidos habían anunciado, pero se corrigió en seguida porque observó que aquella marejada que pasaba delante de sus ojos tenía mucho de fiesta, de cosa improvisada. Los de la retaguardia gritaban, saltaban, agitaban pañuelos, se replegaban en las bocacalles, se agrupaban de nuevo, acabaron por levantar una nueva pancarta cuyo contenido resultaba ilegible para Freddy. Pero ahora, nadie sabía por qué, se detenían, reducían el tono de sus gritos, parecían disponerse a escuchar un discurso. ¿Quién, desde dónde, por qué, qué cosa iba a decir ese imprevisto líder que Freddy no veía, que Freddy se acercaba, él también, a escuchar, casi en puntillas, como temiendo que con su presencia todo aquel genterío comenzara a correr despavorido? Nadie, sencillamente nadie; cuando por fin llegó a la calle El Conde Freddy no vio que nadie estuviera subido en ningún sitio ni esperando un silencio total y receptivo para romper a hablar, a descargar su ira. Lo que vio, sorprendido, fue todo lo contrario, la columna de gente dispersándose, sus componentes convirtiéndose de una forma espontánea en simples transeúntes (de la Catedral hacia el Baluarte, y viceversa, como todos los días), los grupitos formándose de nuevo en los mismos lugares de siempre.

Se sintió satisfecho. Empezó a saludar, encendió un cigarrillo, se encaminó hacia el «Pony», se detuvo, le pidieron el cabo, lo retuvieron unos cuantos amigos, relajaron un poco con el andar de chulo que llevaba, le contaron anécdotas de la noche anterior. Todo perfecto y simple. Pero entonces, justo en ese momento, sacó el morro por la esquina de Duarte la camioneta Ford que Freddy había encontrado por la Mella, puso en marcha el megáfono, un himno estalló en plena calle y una nueva columna de gente joven sucia, limpia, bien vestida, harapienta, etcétera, se introdujo en El Conde como un alud de lava y comenzó a gritar, a insultar, a palmotear. Toda la calle, todos los rostros de la calle, después los cuerpos, un ejército de piernas y de manos que corría y aplaudía, rodeó la camioneta. Por enésima vez salieron a relucir los trapos rojos, las mismas banderas verdinegras y las mismas pancartas. Freddy se vio metido en el tumulto, vuelto loco él también, de repente gritando lo que fuera, lo que gritaran todos los demás. La muchedumbre reagrupada se hallaba detenida entre Duarte y José Reyes, los balcones atestados de gente, los comercios, los bares. Freddy buscaba a Paolo con la vista y la fijó, casi sin darse cuenta, en el letrero del «Pony», que le quedaba a muy escasos metros. Pensó entonces en Yolanda y en Wilson, pero se quedó quieto, esperando saber en qué acabaría aquello. No vio (no podía ver más allá de cuatro o cinco metros) la forma sigilosa y ordenada en que la Policía, repartida en dos columnas que ocupaban el centro de la calle, se aproximaba desde el parque Colón. Por eso el estruendo de la primera bomba y, casi de inmediato, el de dos o tres más, lo dejó sorprendido, indeciso, sin saber qué dirección tomar en medio del tumulto y de la corredera.

2. Yolanda Martínez
De diciembre de 1961 a marzo de 1962

Yolanda, en Nueva York, vivía de lo más bien y ganaba bastante en una compañía exportadora donde ella era la única latina y la consideraban como a nadie por lo eficiente y lo educada y por mil cosas más que no le estaba bien decir. Pero Yolanda tuvo que abandonar aquella ciudad maravillosa porque el aspecto sentimental de su existencia se le complicó de una manera imprevisible y prácticamente insoportable. Fue Rosario, una cubana con quien compartía el apartamento, la que le presentó a ese joven simpático que vivía en los USA desde hacía varios años y que de vez en cuando asistía a las reuniones que organizaban ellos debido a que su novia también era de Cuba y lo llevaba. A Yolanda le cayó simpático en seguida y aunque nunca pensó que se enamoraría de él, se encontraba tan sola y su amiga Rosario fuñía tanto con lo hembro que era, que Yolanda terminó haciéndole caso y no le extrañó nada que un buen día él mandara a la otra a freír monas y se le declarara en toda regla. Yolanda recordaba el momento en que ella le dio el sí con un gran desagrado, pensando que nunca debió dejarse llevar por el palabrerío de Carmelo, que tal era su nombre, y por todas aquellas promesas de amor eterno que él le hizo sin que viniera a cuento mientras bailaban el bolero intitulado *Vereda tropical*. Pero el caso es que aceptó ser su novia y permitió que él la besara muy profundamente en la boca ya desde el primer día, lo cual ella achacaba ahora a lo tonta e inexperta que era —a pesar de que entonces creyera lo contrario—. Aceptó, sí, y como él tenía mucha experiencia en halagar el alma femenina y su amiga cubana cada vez que él llegaba se escondía en su aposento o se iba dizque al cine, una tarde ocurrió lo inevitable, que sus caricias, sus palabras, los boleros de los grandes intérpretes y las dos o tres copas que habían ingerido la hicieron olvidarse de sí misma y acabar sucumbiendo, rodando por el suelo, jadeando como loca, abriendo piernas y cerrando piernas hasta llegar al punto culminante de la unión.

Cómo pudo acceder a semejante entrega, carente de todo sentimiento profundo y verdadero, sería uno de los grandes enigmas de su vida, pero lo cierto es que accedió, comprendiendo desde aquel entonces —a nivel de la práctica— que el cuerpo y el alma no son simples palabras sin sentido, entelequias que se inventa la gente, sino dos realidades que se complementan para crear el verdadero Amor (ése que algún día lograría encontrar) o se separan y producen, precisamente a causa de esta separación, el deseo más voraz e insaciable. Un deseo infernal y pecaminoso como el que ella sentía por aquel compatriota de dientes blancos, aliento perfumado, perfil de Robert Mitchum, al que no quería nada y con el que, sin embargo, se sumía en el más desesperante frenesí cada vez que venía a visitarla. Tanto lo deseaba, tan difícil le resultaba prescindir de él, que ahora se preguntaba muchas veces qué hubiera sucedido, cuánto tiempo se hubiera prolongado aquello, si no llega a ocurrir lo que ocurrió. Si en vez de enamorarse y atosigarla con que se casaran, con que debían casarse, él hubiera seguido visitándola sin ningún compromiso, considerándola como un simple objeto, como una simple muñeca de placer. Le daba pánico imaginar hasta dónde hubiese podido llevarla la rutina del deseo corporal satisfecho y creía que había hecho perfectamente bien decidiendo marcharse, dejarlo todo, todo (trabajo, ambiente y amistades), para ponerle fin a una relación que cada día se complicaba más y que al margen del placer la llenaba de intranquilidad y de desasosiego.

No le dijo nada a nadie, ni a Rosario, ni a las demás amigas, ni, por supuesto, a él, que debió de sentir su partida como una puñalada. Acudió a su trabajo hasta el último día para no despertar sospechas y, como quien se evade de una cárcel, cogió luego el avión de Pan Am que la depositó en el aeropuerto de su ciudad natal, Santo Domingo. Allí, según pensaba, se pasaría unos meses, solamente unos meses, el tiempo necesario para que el loco de Carmelo se olvidara de ella y a su regreso la dejara en paz. Había aprendido una lección muy grande de la vida y no tenía intención de volver a caer en lo mismo. Había perdido su virginidad de la manera más pendeja del mundo y eso la molestaba enormemente, porque cuando encontrara al hombre de sus sueños, ¿qué podría ofrecerle, qué cosa regalarle que lo compensara de esa carencia? Se sentía compungida y como minusválida, se sentía acongojada y deprimida, engañada y violada, y todo ello con su consentimiento, que era lo peor.

A principios de diciembre llegó a Santo Domingo y se encontró con la ciudad más limpia de América, la ciudad más tranquila de todo el continente, convertida en una especie de suburbio apartado por donde nunca pasaran los camiones de basura del Ayuntamiento. El Conde, su querida calle El Conde, tan recoleta y provinciana siempre, pero siempre tan encantadora, no era más que un erial de pordioseros, papeles, basuras y gente hedionda y sucia, totalmente incapaz de pedirte perdón cuando por cualquier causa tropezaban contigo. Los jóvenes estaban como locos, como drogados por la novedad de la política y a cada rato organizaban un tumulto y un desorden como sin ton ni son, voceando todas las cosas que sus líderes les iban ordenando que vocearan. Las tiendas ya no tenían aquel encanto recoleto de antes, aquella higiene y aquella educación que daba gusto y que ella, en Nueva York, ponía por las nubes cada vez que le tocaba hablar de su patria lejana. Ella entraba a comprar o simplemente a ver y cualquier modelito, cualquier retazo viejo, te costaba un riñón y además nunca había de lo que se buscaba. Las dependientas ni se movían, los dependientes se le acercaban a piropearla y ella no se explicaba cómo podía ser que un país, de repente, se volviera tan bruto. Era cierto, muy cierto, que ahora todo el mundo disfrutaba de plena libertad, pero también en otros sitios, los Estados Unidos, por ejemplo, la tenían hacía mucho, y no por eso vivían en el desorden, como chivos sin ley. A ella le parecía muy bien que el país, su país, al fin hubiera despertado de la pesadilla de la tiranía, que siempre le resultó abominable y criminal. Pero no se explicaba por qué en lugar de protestar por todo, por qué en lugar de estar organizando huelgas todo el santo día, no se ponía la gente a trabajar para salir de aquel

26

atolladero. Una semana entera se pasó ella caminando de arriba para abajo y no consiguió ver otra cosa que no fuera miseria, desorden, relajo y suciedad. Cuando regresaba a su casa, cansada y llena de vergüenza ajena, pensando en qué dirían de nosotros los americanos que nos visitaran, no se sentía con ganas de hacer nada, excepto recostarse en el sofá con un refresco de algo entre los dedos y escuchar los tres o cuatro discos de música agradable que tuvo el buen acierto de traer. Por la noche, como era previsible, no hacía más que soñar con el tullido que había visto durante su paseo, con el epiléptico que se contorsionaba en el centro de un grupo de impasibles mirones o con un guardia que le decía: «circule, mamacita, circule», hundiéndole en el vientre su mugrienta macana. Se despertaba sobresaltada y llena de miedo, con el desasosiego de saber que dentro de unas horas comenzaría otro día similar al anterior, y dudaba de haber obrado bien dejando su trabajo y viniendo a enchonclarse en un país donde el hecho más nimio se complicaba de una manera extraordinaria. Se encontraba, además, tremendamente sola. Sus antiguas amigas habían desaparecido como por arte de magia, unas en Nueva York, otras casadas ya y sin ganas ni tiempo para salir con ella como antes, y su barrio había sido invadido por un montón de gente nueva con la que su madre no había entablado ninguna relación. Su vida, pues, se reducía a levantarse, caminar un poco, regresar a su casa y asomar, de cuando en cuando, la cabeza a la calle para ver lo de siempre, el mismo paisaje polvoriento, los escasos transeúntes que pasaban y, en la esquina, aquel maldito grupo de vagos que en cuanto ella salía comenzaban a pitarle fuifuío y a vocearle piropos de mal gusto.

A Yolanda en ese ambiente no le quedaba más remedio que morirse de asco y bostezar, oír sus discos y esperar que el destino le diera una sorpresa. Ni siquiera el aspecto festivo, el aire navideño de aquellos días decembrinos servían para sacarla del marasmo, la duda, las angustias y el tollo en que se hallaba ahora. A veces, mirando el cielo raso, pintándose las uñas de los pies o afeitándose el vello de las piernas, se ponía a sacar conclusiones de su vida y la cuenta le salía tan mal que acababa sumida en el amargo pozo de la melancolía. Otras veces pensaba si no sería más lógico que intentara hacer algo (buscar trabajo, ayudar a los pobres) en lugar de pasarse todo el día criticando el país y contemplándose, y comenzó a leer los diarios en serio y a escuchar los programas radiales con el fin de saber qué postura adoptar en medio de aquel caos en que vivía. Lo malo fue que al cabo de una semana, la tercera desde su regreso, se sentía más confusa que antes y decidió buscar otros caminos que la sacaran del aburrimiento. Conoció entonces, a través de la amiga de una amiga que la llamó una tarde para darle la bienvenida a la tierra que más amó Colón, a un grupete de jóvenes simpáticos que en seguida la incluyeron en su lista de gente imprescindible. A partir de ese instante el rumbo de su vida cambió radicalmente, pues resulta que sus nuevos amigos eran muy bailadores y a cada rato estaban organizando fiestas, bien en casa de uno, bien en casa de otro, bien en casa de Yolanda, donde a veces llegaban con un estrépito de botellas y discos a armar la del carajo. Todos eran, además, de muy buenas familias y la llamaban mucho por teléfono y la invitaban a pasarse el día en residencias con piscinas y sirvientas que te traían refrescos en bandeja. Muchas noches la cosa se alargaba más de lo permitido por las lenguas del barrio y hacia las doce, o cerca de la una, los vecinos oían el ruido de un motor, voces de gente joven y dinámica, risas, portazos, frases de despedida, antes de que la calle se sumiera de nuevo en el silencio. Era ella, que regresaba con su bolso de flores, que le costó 3,25 en un baratillo de la 56, su trajebaño húmedo, el cabello revuelto por la brisa y la piel un poco seca a consecuencia de tantas zambullidas.

Por esos días hizo muchos amigos del sexo masculino, algunos bien plantados, otros no tanto, pero en general dispuestos a sacarla de casa y a llevarla a pasear por la ciudad. A todos les encantaban sus piernas, su sonrisa, su melena de pelo lacio y negro, sus ojos de azabache e incluso su estatura, que no sobrepasaba, por desgracia, la media nacional. Gustaba de frente, de perfil y de espalda porque por ningún sitio le sobraba ni le faltaba nada, lo cual se hacía patente con cualquier modelito de los que había traído, y muy en especial cuando llevaba pantalones *blue jeans* y blusa transparente. Unas veces iba con uno, otras con otro, siempre halagada, siempre contenta, intentando escapar de sí misma por el fácil camino de la diversión. Le parecía vivir como en una burbuja de cristal, maravillada y al mismo tiempo temerosa de que en cualquier momento la realidad golpeara con su puño de hierro aquel fino y transparente tabique, a través del cual ella miraba el mundo con todas sus miserias sociales y políticas sin importarle nada, sin querer saber nada. Salía por la mañana, salía por la tarde, salía por la noche y se enfadaba mucho cuando su madre le decía que los vecinos, sin distinción de sexo, iban diciendo barbaridades de ella. Su madre tenía miedo de que su hija fuera capaz de cometer una locura, temía que su hija se diera, por ejemplo, a la bebida o que se dedicara, lo que ya era peor, a vender ese cuerpo extraordinario, convirtiéndose así en una prostituta de las que van con hombres de dinero y terminan teniendo un chalet con piscina, dos sirvientas y un carro. Yolanda tuvo que gastar mucha saliva para convencerla de la inocencia de sus intenciones, para hacerle ver que no siempre que una mujer perdía lo uno se dedicaba a lo otro. Yolanda lo que deseaba con fervor era ordenar su vida, encontrar un amor, ser feliz algún día, volver a Nueva York. Sin embargo, desde que ella llegó y le contó lo de Carmelo, doña Graciela supo que la fecha de ese soñado regreso se alejaría más de lo previsto por su hija e intuyó que si ésta no conseguía algo que la entretuviera, la pobre pasaría días amargos como los del principio, o muy movidos, pero insustanciales, como estos de ahora. Por eso, hacia finales de enero, cuando ya Carmelo había mandado un par de cartas llenas de frases rimbombantes y hermosas, como sacadas de algún libro de versos, doña Graciela, presintiendo que ese tira y afloja duraría como poco algunos meses, la convenció de ocupar su tiempo, su vacío, con un trabajo que la pusiera en contacto con un ambiente menos disipado, lo cual no era difícil teniendo en cuenta su preparación y muy especialmente su figura.

Comenzó de inmediato a mover influencias cercanas y lejanas, directas e indirectas, y al final consiguió que le dieran un puesto en una empresa criolla cuyo jefe no parecía de aquí por lo educado. A las ocho entraba ella, siempre perfectamente limpia y perfumada, y no salía hasta la una y media o las dos menos cuarto, después de haber dejado su escritorio en orden y todos los papeles en su sitio. Al principio se le hizo un tanto cuesta arriba por aquello de la costumbre, pero en cuatro o cinco días ya había cogido el ritmo y como era de esperar no le ganaba nadie en eficiencia. Por arte y magia del trabajo diario su vida dejó de sonar a hueco, y como ahora casi no tenía tiempo de andar de fiesta en fiesta, algunos de sus amigos tocaron retirada y ya no la llamaban como antes. En ese detalle se reflejaba, le dijo su hermanito, la lucha de clases, para que ella supiera, pues cuando sus intereses coincidían todos eran Yolanda por aquí, Yolanda por allá, mientras que desde que ella empezó a trabajar y a no estar como ellos, las veinticuatro horas sin clavar un puñetero clavo, surgieron los conflictos y ahí te pudras. Yolanda se rió, ¿qué otra cosa iba a hacer?, pero después pensó que quizás su hermanito no anduviera tan descaminado en ese análisis que él llamaba científico. También ella sentía que en cierto modo la habían abandonado, que lo que a ellos les interesaba no era, lamentablemente, su amistad sincera, su conversación, sino su simple presencia decorativa, su belleza corporal, en cuya compañía se pavoneaban por el malecón y de la que quién sabe si, a la corta o a la larga, no esperaban sacar algún provecho. También ella dejó de llamarlos y se sumergió con ilusión en su mundo de cartas comerciales, cortesía, maquinillas y papel carbón, que no era otro, en realidad, que su mundo de siempre, su mundo de Nueva York trasplantado al caluroso ambiente de la isla.

En la oficina, o a través de ella, hizo Yolanda nuevas amistades y empezó a conocer jóvenes educados y simpáticos, estudiantes de término a punto de casarse con alguna compañera suya o simples empleados que se pasaban la mañana esperando las once para dejarlo todo a medio hacer y ponerse a charlar con el de al lado. A veces le decían de reunirse una tarde de ésas o un domingo, de ir al cine, a bailar o a tomarse un refresco, pero lo cierto era que Yolanda se encontraba escamada por el comportamiento de los anteriores y decidió que más valía esperar a que el tiempo madurara las cosas. Yolanda no quería que otra vez le pasara lo mismo y prefirió conocer más a fondo a sus nuevos amigos con el fin de saber con cuáles se quedaba. Un buen día, sin embargo, a principios de marzo, cayó por la oficina un joven titulado de la Universidad Autónoma cuya cara le resultó a Yolanda conocida. Se llamaba Iván Sánchez y venía, según dijo, a entregarle a su jefe unos papeles de extremada importancia, de modo que Yolanda lo anunció de inmediato y lo dejó pasar. Mientras el joven se hallaba con su jefe, Yolanda se puso a hacer memoria y, ¡zas!, naturalmente que lo conocía: se lo habían presentado en una fiesta como de pasada e incluso había cruzado varias frases con él. Le pareció muy raro que no la reconociera, pero también pensó que a lo mejor la prisa con que entrara y la preocupación por entregar aquellos documentos le impidieron reparar en su rostro. Y acertó, porque cuando él salía, apuesto y bien vestido, estrechando las manos de su jefe y dándole noticias de cómo andaba la salud de su padre, miró hacia donde estaba la nueva secretaria, que era ella, y sonrió como pidiéndole perdón por lo torpe que había sido. Se despidió del otro con afectuosas muestras de cortesía y se acercó, sonriente, a saludarla, iniciando en seguida el diálogo siguiente:

—Muchacha, ¿y eres tú? Josefina, ¿verdad? No, perdón, María Rosa —ella negó con la cabeza—. Pérate, pérate, no me ayudes: Isabel.

—Yolanda.

—Yolanda, verdaderamente. Qué memoria tan fatal la mía.

—No te apures por eso —dijo ella introduciendo una hoja de papel en la maquinilla—. Yo tampoco me acuerdo de tú cómo te llamas.

El se apoyó en el escritorio y se inclinó hacia ella. Le resbaló la onda de pelo bueno por la frente.

—Adivina, curiosa.

Yolanda lo miró con simpatía.

—Rodolfo —dijo—. ¿No?

—Pues no.

—Alberto. ¿Me quemé?

—Pues sí.

—Ay, concho. Etanislao.

—Mi hija, pero qué nombrecito.

Se rieron los dos.

—Era por relajar —aclaró ella, la barbilla en la mano derecha, mirándolo de soslayo, sin levantar el rostro—. ¿Cuál es, por fin?

—Tira otra vez.

—Alfonso, entonces.

—Iván.

—Iván, fíjate tú, es verdad, cómo te va.

Se estrecharon la mano con una cordialidad casi excesiva.

—A mí muy bien. ¿Y a ti?

—Chévere, oye. Pero siéntate.

—Cuánto tiempo, ¿verdad? —dijo él, acercando una silla.

—Un mes y pico.

—¡No me digas! Si parece que hace por lo menos un año. ¿Y los muchachos?

—No los he vuelto a ver.

—Yo tampoco desde entonces. ¿Y tú llevas mucho trabajando aquí?

—Hoy se cumplen diecisiete días.

—Toda una vida casi.

—¿Y tú?

—Yo trabajo con el viejo.

—Ah.

—«Ah», no. Un simple empleadito.

—Si tú lo dices.

—Va en serio.

—*Okey*, me lo creí.

Se produjo un silencio que ella aprovechó para mirarse las uñas (a veces, de tanto teclear, se le estriaban, se le partían, se les caía la laca protectora) y ordenar sus papeles a un lado de la mesa.

—Oye —dijo él con aire entre festivo y melancólico—, ¿tú sabes que aquel día yo me quedé con ganas de sacarte a bailar?

—*Sorry,* chico.

—Yo pero mucho más. Supongo que algún día a lo mejor cojo otro chance.

—Quién sabe.

—Y que si nos encontráramos tú no me negarás una pieza.

—¿Y por qué?

Callaron nuevamente.

—Oye —dijo él, después de meditar unos segundos—; y tu teléfono, ¿verdad que yo lo tengo?

—Me parece que no.

—Pues si tú me lo das, yo me lo apunto. ¿*Okey?*

—*Okey.*

Se apuntó los cinco números que en seguida llamó los de su suerte en la agenda más limpia que Yolanda había visto y al día siguiente la telefoneó para invitarla al cine. A Yolanda le encantó que la llevara a ver una película de Doris Day, su artista preferida, y se sentía contenta, simplemente contenta, de haber hallado a alguien con quien pasar el rato. Con el trabajo y con la compañía de Iván desapareció el aburrimiento de los primeros días, porque, además, él siempre tenía un chiste y una ocurrencia a punto y su madre decía que no había visto un hombre tan sencillo a pesar de lo rico que era. Otro en su lugar hubiera estado adulando a su padre para que le comprara un automóvil *Chévrolet* o *Ford* y él, en cambio, prefería ganarse lo que se ganaba con el sudor de su frente, trabajando como cualquier hijo de vecino. Era muy amable y a veces pasaba por la casa a media tarde tan sólo por saber cómo andaban de todo, si les faltaba algo, si tenían que ir a hacer alguna diligencia. A Yolanda la trataba con delicadeza, le regaló un frasquito de perfume que costaba veinticinco pesos y a cada rato quería tomarle fotos con una cámara alemana cuya marca resultaba de muy difícil pronunciación. Pero no sólo a ella, ya que el primer domingo, por ejemplo, se los subió a los tres en el carrito *Hillman*, y les propuso dar una vuelta por los alrededores de la capital. ¿Deseaban acercarse a Haina a comerse un pescadito frito con tostones, o preferían llegar a San Cristóbal y visitar la Casa de Caoba? Ellos eligieron lo primero y él arrancó sin prisa, sin dejar su sonrisa, contándoles su vida, que era tremendamente interesante, sus sueños y proyectos, que lo eran mucho más. De cuando en cuando, dizque por practicar, se ponía a hablar inglés con Yolanda, y aunque doña Graciela poseía rudimentos de ese idioma, lo cierto es que lo hablaban con tanta rapidez que no había forma humana de captar el sentido de lo que se decían.

Se llevaban muy bien, siempre estaba pendiente de que a doña Graciela no le faltara una buena novela para entretenerse. Era educado y servicial, pero también muy culto y muy ecuánime cuando se trataba de expresar sus ideas acerca de las cosas que estaban ocurriendo en el país. Iván, por ejemplo, quería que los pobres fueran menos pobres, aunque para ello los ricos tuvieran que ser menos ricos —empezando, naturalmente, por su padre, que pensaba como él, según decía, pero sólo de la boca para fuera—. ¿Qué partido era el de su preferencia?, se interesó un día, atrevidamente, doña Graciela, y el joven contestó que ninguno, que el partido de Duarte, la patria inmaculada y con mayúscula (es decir PPPatria, llenándose la boca con la pe), la hermandad entre todos los nacidos bajo el cielo impoluto de Quisqueya. Doña Graciela se emocionaba oyéndolo y también el hermanito de Yolanda, quien, sin embargo, como buen comunista, marxista, leninista, estalinista, adoptaba un aire reservado y le decía que *okey*, pero no en todo. Iván, en esos casos, lo dejaba expresar su punto de vista, cruzaba las piernas con cierta donosura, no la encaramaba encima del brazo del sillón, como hacían otros, y después lo rebatía con mucha seriedad, siempre teniendo en cuenta que su rival apenas alcanzaba los catorce años. Otro detalle suyo era que nunca se quedaba en la casa hasta muy tarde, sino que en cuanto oía las nueve en el reloj del comedor, se levantaba, se despedía y se iba. Yolanda entonces lo acompañaba hasta la galería, desde donde le decía adiós, retornando después a su sofá, sintiéndose de pronto liberada del engolamiento que Iván les imponía involuntariamente.

Así llegaron a finales de marzo, llenando las horas con sus risas, sin haber pronunciado una sola palabra comprometedora. Hacía ya varios días que él la miraba como sin mirarla, con los ojos cargados de la profunda simpleza con que se suele contemplar al ser a quien se quiere, pero Yolanda se hacía la desentendida, la chiva loca, la que no sabe nada, porque en su corazón no había más que tinieblas con respecto a sí misma y mucha simpatía, en ningún caso amor, ni cosa parecida, con respecto a Iván Sánchez. Ella no deseaba ni de lejos repetir lo de Carmelo, que, por cierto, continuaba escribiéndole casi cada semana, y se mantenía alejada, pareciendo unas veces interesada y frívola y otras sencillamente apática. Con ello perseguía que él la viera como una simple amiga, sin buscar otra cosa que no fuera la compañía, el diálogo ameno y enriquecedor de dos seres que poseen una misma visión del mundo y de las cosas. Sólo que ya se sabe lo que son los hombres, que no logran prescindir de su sexo, y él no era, naturalmente, una excepción. Cuanto más distante se mostraba ella, más ilusionado parecía él. Hasta que un día, como era de esperar, Iván la llevó a Boca Chica y le dijo, por fin, que la cosa iba en serio, que la quería, que desde aquella mañana esplendorosa en que la conoció estaba como loco, como fuera de sí, y que patatín y que patatán. Yolanda no tenía que contestarle ahora, si no lo deseaba, él ya sabía que las mujeres son en esto de los sentimientos mucho más cautelosas que los hombres, de modo que si él le declaraba su amor era porque deseaba actuar honestamente, no porque pretendiera una respuesta que, lo comprendía, ella no podía darle aún. ¿Había alguna esperanza de que, con el tiempo, Yolanda lo quisiera, lo aceptara como novio formal con todo lo que implica esa palabra?

Yolanda lo esquivó como pudo, dejó que él le cogiera las manos y se las besara con un ósculo suave, casi fraternal, y le dijo que el futuro nunca nos pertenece y que, por eso mismo, a ella le resultaba francamente difícil darle a su interrogante la respuesta adecuada. Abajo, junto a ellos, se encontraban el mar y la tierra, los árboles, las personas y los animales, deambulando sin rumbo por la vida; arriba estaba el cielo, las estrellas, cosas que podían verse, a pesar del misterio que las envolvía. Pero el tiempo, nuestro destino inmerso en esa nebulosa, ¿quién podía adivinarlo? ¿Quién era el guapo que podía afirmar que dentro de un año, mañana, ahorita mismo, sus sentimientos serán éstos o aquéllos? Este razonamiento le parecía a Yolanda irrebatible y pensaba que un hombre inteligente y sensible, cual era su caso, no tendría dificultad en aceptarlo como verdadero. Ella no quería ni debía restringir su libertad poniéndolo a esperar una respuesta, así como tampoco deseaba reprimir la suya forzándose sus propios sentimientos, exprimiéndolos, como si dijéramos, con el fin de decirle esto o aquello en un plazo de tiempo previamente fijado. No. Yolanda pensaba, y así se lo decía, que estas cosas tienen que fluir de uno con espontaneidad, sin prisas, sin calendarios y sin restricciones. Cada uno seguiría su vida, de vez en cuando se verían y hablarían como buenos amigos, exactamente como habían venido haciendo hasta ese instante, pero nada de promesas ni de compromisos. Por el momento amigos; lo de después el tiempo lo diría.

Pasaron unos días sin verse, cada uno recluido en su casa, sin llamarse siquiera. Yolanda agradeció sinceramente la tregua que su pretendiente se había impuesto a sí mismo, porque en definitiva no se trataba más que de eso, de una tregua, y aprovechó sus horas de obligada soledad para pensar un poco en lo ocurrido durante los tres meses que llevaba viviendo en el país. Su vida era un auténtico callejón sin salida, un remolino de inconsecuencia que la arrastraba sin cesar, un túnel sin asideros similar al descrito en *Alice's adventures in Wonderland*, solo que aquí no se bajaba a un lugar agradable y maravilloso, con Señores Conejos, Liebres de Marzo y pendejadas de ésas, sino al descampado de lo cotidiano, al tecleo de la maquinilla, a la basura, a las huelgas sin fin, al griterío incesante. No había en este país del carajo un Coney Island donde uno pudiera divertirse un saturday cualquiera, no había cines de sesión continua, ni puestecitos callejeros de *hot dogs* para cuando salieras a pasear, ni grandes almacenes en los que pasarte horas y más horas simplemente mirando, no había nada de nada. Mucha suciedad, mucha miseria, mucha incultura, muchos pordioseros, mucha porquería, mucha vagancia, mucha mala educación, muchos guardias, muchos ladrones, muchos políticos era lo que había. Ella pensaba a veces que se iba a volver loca de simple aburrimiento, y aunque intentaba entretenerse al máximo, arreglando, por ejemplo, la casa, oyendo discos y hasta leyendo un poco, lo cierto es que a lo largo de esos días se dio cuenta de que necesitaba con urgencia la compañía de alguien que la ayudara a olvidarse del mundo, que la hiciera sentirse distinta y que no fuera, naturalmente, Iván.

Una tarde de ésas en que ella se moría, era que se moría, sonó al fin el teléfono (su teléfono, que hacía ya tanto, tres o cuatro días, para ser exacta, que no daba señales de que alguien en el mundo se acordara de ella) y Yolanda corrió y se echó en el sofá, en plan de dama rica, como siempre, para decir aló. Corrió segura de que no sería él, la campanita del presentimiento que había en su corazón le hizo saber que esa vez no sería Iván, sino otra voz la que dijera al otro lado aló, exactamente como ella en éste. Y acertó, nunca fallaba con sus intuiciones ya que quien la llamaba era una amiga, o más bien conocida, para invitarla esa noche (así como lo oía, de manera que apenas le quedaba tiempo) a una fiesta en la que habría de todo, hasta un homosexual que iba a salir vestido de odalisca a bailar un fragmento del *Amor Brujo*, un disco cheverísimo, semiclásico, casi tan bueno como un arreglo de Xavier Cugat. Se iban a divertir de lo lindo en aquel baile, al que además asistirían los jóvenes más apuestos de su lista de gente, que de tan larga ya no le cabía en la libreta. Su amiga quería dar un baile donde todo fuera superlindo, encantador, donde todo fuera de poliéster, desde los boleros seleccionados por ella sin la ayuda de nadie y con sólo los grandes, Lucho, Marco Antonio, Vicentico, Beltrán,

Granda, Guillot, hasta las orquestas y conjuntos, entre las cuales y los cuales la Sonora y Cortijo. Yolanda se entusiasmó tanto como su amiga y pensó menos mal que alguien me saca de la monotonía, pasando de inmediato a bañarse por segunda vez en esa tarde con todo el aparato requerido por quien, como era el caso, había vivido en Nueva York y pone habitualmente en práctica los consejos higiénicos (y televisivos) de los que saben de eso. Salió reluciente y eligió su vestido estrella, con el cual se plantó delante del espejo y dio vueltas y vueltas, mirándose de frente, de perfil, haciendo que su madre le señalara fallos que ella estaba convencida de que no tenía. Se pintó los labios, se dibujó las cejas (rimel ligeramente azul en los dos párpados, lápiz negro en las grandes pestañas) y en su cartera de mano metió algo de dinero, pañuelo, una polvera casi mágica, por lo mucho que le había durado sin apenas gastarse, su agenda y un bolígrafo, no fuera a ser que tuviera que anotar la dirección de alguien. Le dijeron que a las ocho pasarían a buscarla y a las ocho pasaron su amiga y otros dos en un *Volkswagen* que, según explicó su conductor (un joven que una vez hasta cantó por la televisión en el prestigioso programa «El Show del Mediodía», de Rahintel, canal 7), había pertenecido al Servicio de Inteligencia Militar de la tiranía, el temido SIM. ¿A cuántos, dijo el joven, poniéndose de repente patriótico, muy como en la línea de quien quiso inscribirse en el Catorce, pero no se atrevió, a cuántos, repitió, no habrán llevado al más allá de estos asientos en que hoy vamos nosotros tan felices? Y todos se pusieron en seguida tristísimos, pensando que era verdad, lamentándose de no haber caído en la cuenta, haciendo consideraciones filosóficas acerca de la vida, el tiempo, los hombres, sintiéndose muy unidos en torno al macabro detalle de acudir a una fiesta en lo que fuera antes vehículo de muerte. Pero llegaron y la tristeza les desapareció de la mirada porque ya allí había como veinte parejas que bailaban y hablaban sin parar, celebrando lo que se celebraba, que según se veía no era nada. Se hicieron las presentaciones y de una vez todos los muchachos y los jóvenes y los hombres casados querían bailar con ella por lo hermosa que estaba y por la simpatía que desbordaba su rostro perfectamente maquillado y sonriente, razones por las cuales precisamente se la había invitado. Ella bailó y habló y hasta hizo esperar a dos o tres que habían pedido turno para cuando pusieran cualquier bolero de Vicentico o Lucho. Bebió con mesura un vaso de cóctel y alabó a la madre de su amiga, que lo había preparado, y le pidió la fórmula, de la que excluyó mentalmente el guineo, que le daba demasiado espesor para su gusto. Volvió a bailar entonces y cuando estaba en eso, hete aquí que se para delante de la puerta un carro *Chévrolet* y que sale de él un joven que a Yolanda, nada más verlo, le pareció hermosísimo, excepcional, distinto, como si lo hubieran sacado de un sueño para llevarlo allí a que la conociera. El entró, saludó a todo el mundo, todo el mundo le devolvió el saludo, y aunque su amiga le sacó una silla para que se sentara, él quiso pasar antes por la cocina y saludar a los dueños de la casa, con lo que demostraba su educación. Así lo hizo, abrazando o medio abrazando, en ese gesto típico del país que no es ni una cosa ni la otra, a los que iba encontrando en su camino. Luego se dirigió a la sala, con aquel cuerpo tan bien hecho, con aquel pelo tan bien peinado, con aquella ropa tan bien combinada, y al llegar junto a ella, y sin que nadie los presentara, se la quedó mirando fijamente a los ojos, como paralizado por la belleza de una estatua griega, en este caso Yolanda, que de repente comenzara a moverse y a menear la cintura en un baile del trópico. Se gustaron de inmediato, se lo leyeron mutuamente en los ojos. Les sucedió lo que según se dice no sucede nunca, salvo en las películas, y no en todas, que desde ese momento se supieron definitivamente el uno para el otro. Fue lo que la gente se empeña en llamar un flechazo, y desde ese momento ella no quiso ya aceptar ninguna invitación que no fuera la suya ni él pudo separarse de su lado hasta el final del baile, cuando se despidieron, momento en que Yolanda se quedó traspuesta y lamentando que él fuera algo más joven —contenta, en realidad, de que le hubiera prometido que cualquier día de ésos le haría una visita.

3. Lucila, la sirvienta
De abril a mayo de 1962

A Lucila le encantó la casa desde el primer momento porque pensó en seguida que de ahí en adelante su vida cambiaría de un modo radical y ya no tendría que volver a vivir en el campo, que a ella no le gustaba. A sus papás sí, y más entonces, que se habían puesto a trabajar en la granja del teniente y le decían a ella que ese teniente era el diablo a caballo y que el negocio que él estaba montando los iba a sacar de la miseria de una maldita vez. Antes su papá trabajaba cuando podía y de tarde en tarde le desyerbaba la finquita al coronel y se la mantenía como quien dice limpia, preocupándose de que nadie se le metiera en la casa ni le dañara la cerca. Pero en febrero del 62 el teniente lo llamó y le propuso lo que le propuso, que si quería un trabajo fijo, fácil y de mucho futuro, que se lo daba a él por lo serio que era y por lo responsable, como había demostrado cuidándole la finca al coronel. Su papá lo aceptó de inmediato y al poco tiempo, algo así como un par de semanas, con la ayuda de tres o cuatro más ya había hecho las zanjas para el agua y almacenado bloques y fundas de ella no sabía qué. El teniente, además, llegaba a cada rato sonriendo y animando a la gente, y un día le regaló a su papá unas tablas casi nuevas y un par de rollos de alambre para que arreglara las jaulas de sus propias gallinas (que no eran muchas, pero que había que cuidar debido a los ladrones y a que se salían a la carretera con peligro de que algún carro las matara) y por eso su papá le fue cogiendo más gusto a la tierrita y ya no estaba todo el tiempo queriendo irse del campo para la capital. Pero ella no, ella siempre tuvo su sueño de vivir en una casa buena, una casa con piso de mosaicos, una casa donde llegara el agua por un tubo y con bombillos de esos que uno hace así, aprieta un botoncito, y se ilumina todo el cuarto que parece de día. A ella esa vaina de estar aguantando cucarachas, mosquitos, ratones, lagartos, hormigas y arañas; esa vaina de estar el día entero descalza, que luego resultaba que se le abrían los dedos y no le cabían ni los zapatos; esa vaina de estar teniendo que cargar agua en una lata para llenar una batea y bañarse en la cocina, por lo que nunca se quedaba limpia, sino medio tierrosa; esa vaina de estar pelechando, dizque reuniendo mangos o cajuiles para que algún capitaleño que pasara en su carro se los comprara por cuatro o cinco cheles: a ella toda esa pendejada nunca le gustó, que para eso era ella indiecita clara, no negra ni bembona. Y como no le gustaba, en cuanto su papá le dijo lo del trabajo y que eso llegaría a ser una cosa muy grande, como una hacienda, pero sólo de pollos, ella se formó un plan en la cabeza y no se lo comentó a nadie. Y su plan consistía en que como ella vio que el teniente era un hombre que le gustaba la gente trabajadora, un hombre muy bueno que cuando comía algo, fritura, por ejemplo, repartía, un hombre que no privaba en nada, sino que saludaba y todo, se propuso demostrarle que ella servía, que nunca se cansaba, que tenía aspiraciones, mientras por otro lado juchaba a su papá para que le dijera: búsquele un trabajito a mi muchacha, búsquele un trabajito a mi muchacha. Pero resulta que ella también vio que si antes no iban nunca, ahora de vez en cuando se aparecían las doñas, y ella se puso a complacerlas y a portarse bien y a guardarles que si un par de manguitos escogidos, que si una guayabita la más grande, que si un dulce de leche. ¿Con qué fin? Con el fin de que la conocieran y supieran que ella era de esta manera y de la otra y que guisaba un pollo como nadie y hacía un sancocho del carajo. En resumen, para que por si acaso alguna vez tenían necesidad de una sirvienta, no anduvieran buscando a lo loco y pensaran en ella de inmediato. Como efectivamente sucedió, pues una tarde el teniente llegó contándole a su pai que doña Evangelina se había quedado sin trabajadora porque la que tenía se le largó a Bonao y que él, cumpliendo su promesa, le había hablado de Lucila y la doña se mostró de acuerdo y le dijo que bueno. De modo que Lucila se fue con su maleta a los dos o tres días y nada menos que en el carrazo del coronel Tejada, que la subió delante aprovechando un viaje de regreso y hasta le preguntó si era verdad lo que decía el teniente, que dizque ella quería asistir a una escuela nocturna, a lo que simplemente Lucila dijo: sí.

La casa le encantó, y más cuando ella vio que en el patio había un cuarto de concreto, con una puerta de madera, y que ese cuarto era suyo solito y tenía al lado otro más pequeño, que ella al principio no supo lo que era, pero que luego resultó la ducha, una ducha más chévere que el diablo, con su sumidero y su cortina para no manchar el piso. Doña Evangelina le dijo que dejara eso ahí, refiriéndose a la maleta, y se la llevó a darle una vuelta por la casa para que la conociera y se fuera acostumbrando y sabiendo lo que tenía que hacer y cómo debía hacerlo. Primero estaba la sala, una linda sala que daba a una calle solitaria que desembocaba en otra más grande por la que pitaban, cruzaban y a cada rato se paraban los carros. Desde la galería, doña Evangelina le enseñó el colmado de la esquina, donde compraban la comida de la casa, las cervezas del coronel y los sobrecitos del café. Después, entrando, se metieron en los aposentos —esto lo haces así, esto lo haces asá, y cuidado con esto, nunca toques aquello—, que eran tres: uno de don Santiago y doña Evangelina, otro de doña Enriqueta y otro de los muchachos, aunque el mayor, que se llamaba Wilson, casi siempre dormía en la azotea, que allí tenía una casita de madera para estudiar y se quedaba. Lo último fue la cocina y el baño, la cocina con una estufa enorme, de gas y al mismo tiempo eléctrica, y el baño con un lavamanos y un inodoro y cortinas y una alfombrita de goma, de esas que uno las tiende y se secan de una vez. Cuando terminaron el recorrido la doña le dijo que ordenara su ropa y que viniera, y ella obedeció y luego tuvo que oír las instrucciones acerca del horario, de los gustos y de las preferencias de cada uno de los miembros de la familia. Lucila cogió su poquito de miedo con tantos detallitos y pensó no me voy a acordar, voy a quedar muy mal a pesar de la fama que el teniente me ha puesto; pero a la hora de la verdad no le costó demasiado, porque resulta que ni el coronel, ni doña Enriqueta, ni doña Evangelina, ni Wilson eran gente fuñona, de esas que están mandando a cada rato, como si en vez de una sirvienta tuvieran una esclava, sino que comprendieron que ella era una trigueña clara, con sus nalguitas chéveres y sus teticas de postín, sin ñáñaras en las piernas ni en la cara, y la consideraban mucho y le preguntaban cómo va la hija de Tonongo, que era el nombre de su papá, y ella decía que bien. El único jodoncito de la casa era Ramón, que siempre estaba con que le quitara la nata de la leche y con que no le echara cebolla en el mangú y con que esto y con que si lo otro, y ella decía me va a embromar el plan, va a hacer que me boten. Pero después resulta que se llevaban bien, porque así son las cosas de la vida, y ella le tenía siempre sus camisitas limpias, que era muy comparón, sus pantalones de fuerte azul planchados y requeteplanchados. Doña Enriqueta y doña Evangelina no daban mucho quehacer, que se pasaban todo el día chachareando y recibiendo visitas, sobre todo de doña Luz y de Estelita, que a cada rato cruzaban a preguntarle algo sobre la comida o sobre un vestido y a comentar la novela Colgate-Palmolive, lo que quería decir que ella vivía feliz allá en el patio, haciendo la comida, planchando ropa, lavando y escuchando el radito de pilas, que ponía unos boleros chéveres de Vicentico, de Daniel y de Lucho. Ella todos esos boleros se los sabía de memoria, los que más le gustaban eran reloj no marques las horas porque voy a enloquecer, do quieras que tú vayas si te acuerdas de mí, los aretes que le faltan a la luna y ése del poeta lloró, el poeta lloró, el poeta lloró. A ella le gustaban tanto que a veces le entraban ganas de pedirle a la doña permiso para telefonear y participar en el programa complaciendo peticiones, de radio hache y zeta, su emisora favorita. En eso demostraban las doñas lo buenas que eran, que en cuanto ella llegó le dijeron: usa este radito para que te entretengas, y se lo pusieron encima de la mesa; y aunque a cada momento se paraba solo, cuando ella le daba su golpecito ya estaba ahí de nuevo, tocando como si tal cosa. Por la noche ella se lo metía en su cuarto y apagaba la luz y se lo colocaba al lado de la cama y se dormía oyendo a Fernan Gonza, la cálida voz del Ozama, un locutor muy comparón que todavía a las once estaba recitando poemas de su propia inspiración, y lo decía, ahora, queridas amiguitas, de mi propia inspiración, tal, y comenzaba.

Ella no paraba de trabajar, pero estaba contenta, porque lo cogía suave y no la atosigaban ni la molestaban ni la corregían, y eso quería decir que lo iba haciendo bien. Además, le gustaba, que a finales de mes le daban sus diez pesos y ella guardaba cinco y se gastaba cinco y no era como otras que ya había conocido por el barrio, que fumaban mucho y veían muchas películas en el Diana y en el Max y hasta tenían su novio, que en más de un caso les sacaba los cuartos por cualquier motivo. A ella los hombres la miraban por la calle y algunos le decían que ella estaba muy buena, y ella sabía que sí, que era verdad, y por la noche se estaba mucho rato mirándose en un espejo con marco de hojalata que compró en el mercado y soñando y pensando en lo bien que vivía la gente que vivía bien. Cuando se aburría un poco se sentaba en la escalera del zaguán a contemplar la calle o le pedía permiso a doña Evangelina para que la dejara estar en la galería o ver una película por la televisión. La doña nunca le decía que no, siempre que sí, menos cuando había gente. Y entonces no era que se lo negara, sino que como todos se ponían a bailar y a beber y a picar y en eso estaban hasta casi las once, la doña la llamaba y le decía: Lucila, esto, Lucila, lo otro, y luego saca hielo, mete hielo, lava vasos, trae bandejas, cuela café, parte queso, limpia aquí. Al principio ella estaba cohibida, se le caían las cosas, no sabía lo que tenía en las manos. Pero después, en cuanto fue ambientándose, comenzó a hacerlo tan bien que doña Evangelina ya ni se paraba de la silla, y un día, cuando ella dio la vuelta, doña Luz le dijo a doña Evangelina: esa muchacha vale un potosí ¿dónde la conseguiste?, y ella supo en seguida que se trataba de algo bueno, como quien dice no la deje escapar. Desde ese momento no tuvo ya que quedarse en la cocina esperando que la llamaran para pedirle algo, sino que se sentaba en el balcón cuando las visitas estaban en la sala, o en la sala cuando las visitas estaban del lado del balcón, y se ponía a observarlo todo con el fin de aprender y no seguir pareciendo una campuna.

Se fijaba mucho, por ejemplo, en Estela, que llegaba vestida con trajecitos caros y se peinaba de ese modo tan chévere que lo llamaban cola de caballo. Ese peinado ella lo podía imitar sencillamente porque sí, porque su pelo también era pelo bueno, como el de Estelita, no duro ni estropajoso como el de su hermana Esther, que no se la hubiera podido hacer nunca, la cola de caballo. Todo lo más cola de burro, como pensaba ella, qué hermanas tan distintas. Una tenía el pelo suelto y negro y la piel trigueña y el único defecto era la verruguita que llevaba en el cuello, pero hasta eso le sentaba bien, y la otra, sin ser fea ni nada —al contrario, que un día ella oyó a doña Evangelina y a doña Enriqueta discutiendo de cuál de las dos era la más bonita— lo tenía medio duro, es decir, medio malo y rizado, y ella creía que ahí estaba uno de los motivos de que Wilson no le hiciera ni caso. Pendejo no era el teniente cuando se fue a fijar en Estelita, que aunque más baja que Esther, con ese pelo bueno le ganaba. No había duda que el teniente buscaba adelantar la raza, aparte que no sólo el cabello, sino que hay gente que nace así, como con ese estilo, ese caché y esa vaina especial hasta para coger un cigarrillo o cruzar una pierna, y lo demás son pendejadas. Ella se daba cuenta viéndolos allí a todos y viendo a todos esos que salían por la televisión, en las películas o en los programas, locutores y artistas invitados. Claro que a ella Estelita le caía bien por lo buena que era y por los muchos consejos que le daba: no te pintes así, no te pintes asá, quítate el colorete, que no es tiempo de máscaras, y ella se reía. Un día hasta le enseñó cómo había que lavarse los dientes y las reglas de oro para evitar el mal aliento: no tener el estómago vacío, cepillarse después de las comidas, usar siempre Colgate. Ella se llevaba de Estelita y pasando el tiempo resulta que tenía la cara más lavada y el pelo más suelto y se pintaba las uñas de los pies, que le quedaban de color rojo mate, como indicaba el frasco.

Ella hubiera querido vivir como Estelita, de esa manera tan chévere y tan buena, todo el día tirada en la sala de su casa o parada en la puerta, con el pelo recogido para que no se le ensuciara con el cisco y el polvo, oyendo discos, hablando por teléfono y cruzando a ver a doña Evangelina y a doña Enriqueta, que cuando no las encontraba era que se ponía a darle esos consejos. Otra cosa que Estelita le decía era que en cuanto se casara con Sotero a lo mejor se la llevaba de sirvienta para que la ayudara y ella decía que por su parte sí, que si no habría problema con doña Evangelina. Estelita le respondía que no, que de eso nada. Ella ya se imaginaba cómo sería la boda, Estelita con su gran vestido de cola, un paje en cada punta, se imaginaba cómo estaría el teniente de buen mozo. Lo malo era que a ella seguramente no la dejarían ir a la iglesia, sino que doña Evangelina le diría ve con doña Luz y ayuda en lo que sea, no tendría más remedio que quedarse. Estelita se pasaba todo el rato hablando de lo mismo, pero Lucila notaba que en el fondo de sus ojos, de su alma, Estelita no se sentía segura. El teniente Sotero la quería, como lo demostraba por las noches, cuando venía y se sentaba con ella en la sala de su casa y se ponían en la galería a hablar de sus cuestiones en voz baja y de repente le daba su besito. También lo demostraba en lo amable que se comportaba y en que a cada rato la llevaba, siempre con la seriota de su hermana, y si no con la suegra, doña Luz, a comerse un helado por el malecón.

La que no le caía bien a Lucila era la otra, Esther, que estaba enamorada de Wilson, se le veía en los ojos. Pero no por eso. A Lucila le caía mal porque esa muchacha no podía soportar al teniente Sotero, también se le notaba, y Lucila creía que lo aguantaba sólo por la hermana, aunque vaya a saber lo que decía detrás, cuando se hallaba a solas con su mai, que eran tal para cual. Tampoco le gustaba a Lucila que Esther se burlara de Ramoncito, que ya no era un muchacho para que lo tratara como a una mojiganga ni para que le hiciera lo que a veces le hacía, que por ejemplo lo sacaba a bailar y a mitad de un bolero se separaba de él y le decía me cansé, Ramoncito, dejándolo cortado en medio de la sala y, lo que era peor, con el féfere ese gritándole allá voy dentro del pantalón. Menos mal que en esas ocasiones nunca estaban ni doña Evangelina ni doña Enriqueta, sino los tres o cuatro amigos de Ramón

y alguna muchachita comparona, que por cualquier motivo se reunían y empezaban a poner boleros y guarachas
y a bailar, y así se entretenían. Ramón tenía menos años
que Esther y por eso aguantaba, que si no no se sabe lo que
hubiera pasado con esas carcajadas que ella le echaba
encima cuando a él se le ocurría tirarle algún piropo: lo
bien que se veía con ese peinadito y qué lindo el vestido
que llevaba. Estaba bueno que Wilson la castigara de ese
modo, por perversa, bueno que a cada rato la dejara con la
palabra en la boca y que un día, en el zaguán, con todo
oscuro y bien oscuro por el asunto de las huelgas (Lucila lo
oyó claro), le dijera: ¿eso es lo que tú quieres?, pues ten,
coño, y la chupara como a un mango y la estrujara, pero
bien estrujada, contra la pared y quién sabe si hasta
poniéndole el ripio entre las piernas, que eso ella no lo vio.
Con lo vivas que parecían las doñas y no se daban cuenta
del teatro que montaba Esthercita, como ellas la llamaban.
Y no sólo por lo del zaguán, sino que aparte de eso Lucila
la había visto en la azotea, cuqueando a Wilson mientras
estaba levantando pesas. Pero él no era pendejo: allí quién
sabe si no le daría su buena lengüeteada y su buena sobada.
Aunque era de dudar, porque Esther se cuidaba de las
apariencias y cuando subía a verlo era siempre de día y así
no había manera. Atosigar a Wilson era lo que buscaba,
atraerlo con maña cuidando su buen nombre, la pendeja.
Qué mal que le caía a Lucila la Esther del diablo esa, la
hubiera estrangulado. A ella misma ni siquiera le decía ahí
te pudras cuando le abría la puerta, lo que demuestra que
hay quien nace y quien no nace con estilo y caché. Si no,
cómo se explica, siendo ésta tan bonita como la infelizota
de su hermana. A ella a veces le entraban ganas de mandarla
a la mierda, de ponerla en su sitio para que así aprendiera a respetar, por lo menos a saludar a la gente. Pero por
medio estaba lo que estaba, su empleíto, que por nada del
mundo se lo quería jugar, así que se aguantaba y hasta se
hacía la loca y le daba su coba y la ensalzaba: qué peinado
más chévere, qué zapatos más chulos.
    Claro que Lucila no siempre se quedaba cuando venían
visitas, no tenía obligación, sino que muchas veces se

largaba a la calle porque se le metían deseos de hablar con
sus amigas. Las había ido conociendo por el malecón o por
el parque Hostos o por Independencia y eran especialistas
en contar películas y chistes y en hablar de hombres. Todas
la querían mucho, que Lucila tenía esa vaina que encanta,
según unas, su cachemir buqué, según las otras, y armaban
un gran chou en cuanto la veían aparecer por cualquier
bocacalle. Lucila llegaba peinadita, bañadita, con su mejor
vestido, con su pegotico de desodorante *Yodora* debajo de
las axilas afeitadas (ella cuidaba mucho esos detalles)
y proponía tal cosa, muchachas, y en seguida las otras se
apuntaban. A Lucila sobre todo le gustaba pasear, ir
caminando y mirar con cierto disimulo hacia el interior de
las casas, que por ahí precisamente eran todas muy chéveres, con sus muebles tres-piezas, su pendeja consola, su
buen radio y hasta sus grandes lámparas colgantes. Le
gustaba mirar y remirar las vitrinas de las tiendas de El
Conde, observar los detalles de la gente, fijarse en cómo
iba vestida esa muchacha que pasó con su madre por la
acera de enfrente o cómo la señora que se apeó de un carro
familiar justo en la misma esquina donde ella se encontraba. Lo que a Lucila no le gustaba, por ejemplo, era la gente
sucia, ni los limosneros, ni la gente pobre que no se la diera
un poco, como ella, que fuera gente sin aspiración y anduviera por ahí como quien va a un entierro, no podía
soportarla. Por eso cuando se le acercaba algún hombre
a tirarle un piropo ella hacía así, primero, y lo miraba.
Después, según le pareciera, Lucila le hacía caso, es decir,
sonreía, o se ponía más seria que un mojón y lo mandaba
a casa del carajo con un corte de ojos. El que ella actuara de
ese modo les encantaba a todas sus amigas, que por eso lo
eran, y siempre estaban pidiéndole consejos sobre esta
situación o sobre aquélla, llamándola la líder del caché
y diciendo que si en vez de ser hija de nadie fuera una
burguesita hasta saliera por los programas de Rahintel,
canal 7. La única cosa en la que las muchachas de su grupo
se mostraban bastante disconformes con Lucila era por no
querer tener su novio, como casi todas, que en cuanto
oscurecía se metían detrás del edificio del Conservatorio

y se daban con ellos una lengua violenta y se dejaban hacer lo que se dice todo. A Lucila le gustaban los hombres y así se lo explicaba a sus amigas, pero era muy exigente, no se lo iba a ofrecer a cualquier paletero que le pasara por el lado ni a cualquier pendejo de esos que llegaban al parque a conversar con ellas y a querer darles mano de una vez, eso qué va. Hablando en plan confidencial Lucila les decía que a ella también le agradaba que le metieran su dedito, que le chuparan las teticas y todo lo demás, que no se equivocaran. Que había tenido un par de novios allá por Haina y no era conversar lo único que hacían. Lo que pasaba era que ella había concebido su plan, consistente en no volver al campo *for never in the life,* para lo cual debía ambientarse, conocer a la gente y aprender su poquito, que después ya verían. Lucila no contaba sus juegos con Ramón, que no quería que nadie se enterara, ella siempre que le hablaban de novios y de cosas así se hacía la chiva loca y la desentendida. A ella que no la fuñeran tanto con esa cantaleta, era lo que decía, que cambiaran el disco y que dejaran de presentarle a esos campunos que le presentaban, que no sabía de dónde los sacaban, que no sabían ni caminar. A Lucila que le trajeran hombres con apariencia, con caché, que se parecieran por lo menos un poco a esos locutores que salían por la televisión y sobre todo que fueran de negritos lavados para arriba, que esa vaina de andar con gente prieta a ella no la convencía ni un chin así. Cuando las muchachas la oían hablando de esa forma se reían y se ponían a cantarle bájate de esa nube y ven aquí a la realidad, pero no se enojaban ni nada, que ya la querían mucho y le decían: manita, cuando en tu gloria estés acuérdate de nosotras, y acababan riéndose todo el grupete juntas.

Otras noches Lucila no salía, se quedaba a estudiar sus lecciones en un libro muy viejo que trajo de su casa, que pretendía inscribirse en la escuela nocturna cuando empezara el curso. Ya doña Evangelina le había dado permiso y hasta le prometió regalarle los cuadernos y el libro y Lucila se metía en la cocina, donde había buena luz, y copiaba muchas veces el niño juega con la bola, yo amo mi bandera, mi casa está pintada de verde, intentando que las líneas no se le torcieran, que a veces le cogían para el Japón, y también que la letra le saliera redonda, clara, parecida al modelo. Cuando se cansaba se ponía a leer paquitos de Supermán o novelitas mejicanas, que le gustaban mucho. Estudiar no se le hacía difícil, cuando era muchachita adoraba la escuela y ahora se acordaba de que la maestra siempre le decía qué cuaderno tan limpio y le ponía notas de setenta y ochenta para arriba. Luego lo tuvo que dejar, ésa fue la desgracia, que su mamá no se pasaba un año sin parir y ya la casa estaba llena de hermanitos y había que trabajar en lo que fuera, que si lavando ropa, que si sembrando yuca. Pero ahora la cosa era distinta, que a partir de las siete tenía su tiempo libre y quería aprovecharlo para ver si después conseguía un puestecito de más categoría y lograba su sueño de quedarse a vivir en plena capital, como hacía mucha gente. Eso no era difícil porque el mismo teniente le había dicho que aprendiera a leer, que aprendiera a escribir y que aprendiera bien las cuatro reglas para que en un futuro pudiera encargarse de alguna de las ventas de pollos que él pensaba montar en cuanto las ganancias se lo permitieran. Así que ella decidió darle con duro a eso de la aritmética y del abecedario, copiando mucho, haciendo muchas cuentas, que ser analfabeta era una vaina fea y de gente atrasada, aunque ella no lo fuera, que sabía su poquito.

Otra de las cosas que hacía por la noche era hablar con Ramón, que a ella le daba pena porque no era hijo de la casa, de doña Evangelina, sino de otra mujer que tuvo el coronel hacía ya mucho, su mamá verdadera. Esa mujer se llamaba Mercedes y ahora vivía en Macorís con otro hombre que la trataba bien y la adoraba y Ramón muchas veces tenía ganas de verla y no podía, que sólo en vacaciones lo mandaban. Él toda su vida se la había pasado con doña Evangelina y con doña Enriqueta y las llamaba mami, sin hacer diferencias, que con ellas era como si en lugar de una sola mamá él hubiera nacido con dos, mejor dicho, con tres, si contaban la otra. Él a estas dos mamás las quería mucho, nunca lo iba a negar, pero no era lo mismo, que la mamá de uno es la mamá de uno, y si no hubiera sido porque la verdadera, la llamada Mercedes, se había puesto a vivir con ese otro que la trataba bien y que la quería tanto y porque a cada rato le decía que se quedara ahí, que estando con su pai por lo menos tenía el porvenir asegurado, él ya se hubiera ido a Macorís con ella. Nada de eso Ramón se lo decía a escondidas ni era una novedad para Lucila, que desde antes de venir como sirvienta ya lo había oído comentar allá en la finca. Aparte de que sólo con verlo uno se daba cuenta que Ramón no tenía nada de doña Evangelina, que era el vivo retrato del coronel Tejada. Pero ella lo escuchaba con la cara embobada, sentada en el zaguán o en la cocina, que Ramoncito le caía muy bien y le gustaba, y eso a pesar de que, según decían, él era muy rebelde y malcriado. Ella lo escuchaba con gusto, que conversaban acerca de otras cosas, no solamente de ésas, y él le informaba de cómo iba el país y de la vida de tal o cual artista y hasta le regaló una foto de Lucho para que la clavara en la pared de su cuarto. A veces, eso sí, el tema no era serio, sino un tema relajo, de bimbines y tetas, que a los dos les encantaba hablar de bimbines y tetas, y entonces a él le entraba como una culebrilla y comenzaba a darle pellizquitos y a pegársele. Las primeras veces que eso sucedió ella se puso muy nerviosa y le decía que se estuviera quieto, pero él no le hacía caso y a cada rato estaba persiguiéndola con el bimbín entre las manos por toda la cocina. Ella cuando lo veía así no se podía aguantar y empezaba a reírse y se salía. Hasta que una tarde que las doñas cruzaron a casa de doña Luz y se sentaron en la sala a charlar, Ramoncito se acercó a su cuarto y le dijo mira, mira, aprovecha que no hay nadie, y en esa ocasión ella sí que miró. Y no de cualquier forma, sino que se quedó mirando mucho rato porque sencillamente le gustó mucho esa cosa tan larga que Ramón le enseñaba. A partir de ese día continuaron hablando, pero también en cuanto estaban solos se ponían a tocarse, siempre atentos al más mínimo ruido, no fuera a ser que los cogieran en lo que no debían.

El que nunca intentó nada con ella fue Wilson, que siempre estaba serio y la trataba con educación y hasta le preguntaba que cómo iba la cosa. Ella le contestaba que la cosa iba bien, porque era la verdad, y cuando él se quitaba la camisa ella se le quedaba mira que te mira, con mucho disimulo para que él no la viera. Si se subía con Freddy a la azotea ella les llevaba juguito de naranjas con leche y ellos se lo bebían diciéndole qué bueno y que ella era la campeona del morir-soñando, que era como llamaban en la capital al juguito de naranjas con leche. Freddy no era tan buen mozo como Wilson ni tan serio, que la relajaba mucho, parecía de la casa, pero buena persona como él solo. A ella le hubiera encantado que Wilson la sorprendiera un día, que se volviera loco, como su hermanito, y se le presentara en la cocina con el bimbín afuera, qué relajo de vida. Algunas noches ella soñaba las cosas más raras que uno se puede imaginar y no sabía por qué en sus sueños siempre se aparecían esos dos, Wilson y Freddy, persiguiéndola y enseñándole el bimbín, igual que Ramoncito. A ella le hubiera gustado más que hubiera sido Wilson el que se le pegara en la vida real, Wilson o el teniente Sotero. Sólo que ella sabía, ella se daba cuenta de que eso eran fantasías, pues ella nunca jamás sería como Estelita, por mucho que se arreglara los cabellos y se lavata la cara con el agua de arroz para blanquearse más. Como ella nunca, no, pero se conformaba, que todo el mundo la trataba bien y se sentía por eso muy superencantada de estar viviendo así como vivía.

4. Altagracia Valle, viuda de Nogueras
Septiembre de 1962

En Macorís vivíamos bien, todo estaba barato, la gente nos quería. Pero como, al nacer Freddy, Julián llamó a Santiago y le dijo yo quiero que tú seas mi compadre y él lo miró muy serio y respondió: si tú no me lo llegas a pedir yo me hubiera ofendido, y como ellos dos se habían llevado siempre como hermanos y dio la casualidad de que primero uno y luego el otro los dos pidieron su traslado para la capital y se lo concedieron, pues aquí nos vinimos, contentos como nadie y llenos de ilusiones, la capital, la capital, sin siquiera pensar lo que nos esperaba en esta ciudad del diablo, la soledad, la muerte, y esa amargura que poco a poco se metió por todos los rincones, por todos los resquicios de esta casa. Con lo bien que vivimos al principio, todo sonrisas, fiestas, todo era estar pensando en el futuro, sin que faltara nada, ni comida, ni ropa, ni nuestro teatro miércoles y domingo, ni nuestros ahorritos, no se crea. Vivíamos bien, sí, vivíamos bien, y no por el sueldo que le daban a Julián (¿cuánto podía ganar un capitán entonces?), sino digamos por lo que se sacaba de las tierras y porque casi siempre estábamos viajando a Macorís y de allá nos traíamos serones completicos de víveres, de bidones de leche, que mucha gente por aquí bebió de nuestra leche y alimentó a sus hijos con la leche del capitán Nogueras, y también sacos enteros de arroz, que a veces había que regalar, y fundas de habichuelas y ristras de ajos y muchísimo cebollín y cebolla, de modo que la casa parecía un almacén y yo incluso pensaba: ¿y por qué no ponemos un colmado? Lo mismo pasaba con Santiago, y le sigue pasando, pues ellos no dejaron de tener propiedades por San Pedro, ni familia, no fue como nosotros, que en cuanto Julián faltó nos lo quitaron todo sus hermanos, nos enredaron con los papeles y con los abogados y con el cuento ese de que él y yo no estábamos casados por la ley. En realidad por la simple razón de que ninguno de ellos me quiso nunca, salvo Elpidio, pero yo los perdono. Menos mal que Julián fue previsor, como si presintiera lo que le iba a ocurrir, y había puesto a mi nombre las casas que tenemos, una en San Pedro y ésta, aparte las doscientas tareas que sus hermanos no le pudieron quitar y que nos entregaron, en las que está don Quique, que no me engaña nunca y me da la mitad de lo que saca —bien poquito por cierto. De eso vivimos hace ya algunos años, desde el cincuenta y uno exactamente, que fue cuando ocurrió lo de Julián— por impulsivo, yo se lo dije siempre, no seas tan impulsivo. Con eso y con mis cosas, que bordo y coso y voy comprando y vendo y algo me voy sacando, que jamás, a Dios gracias, le debí un chele a nadie, ¿va entendiendo? Ahora no sé decir cómo estuviera todo si viviera Julián, pero creo que mejor que como les va a ellos, pues Julián era un hombre que tenía mucha vista para montar negocios y se pasaba el tiempo haciendo planes. Viviéramos en Gazcue, quién sabe si detrás de la Feria, que eso antes te lo daban regalado y a mí siempre me impresionó esa zona, y no por este barrio, que se ha ido convirtiendo en lo más ruidoso y bochinchero que uno se pueda imaginar, con el Tijuana ese, que a cada rato se organizan peleas a botellazos y a punzones, y toda esa gente nueva que yo no sé de dónde carajo ha podido salir y que nos ha invadido como las cucarachas. Ellos digo yo que por eso hicieron bien largándose a vivir a Ciudad Nueva, que de ahí saltarán a Gazcue, sueño de Evangelina y Enriqueta, y muy pronto además, pues les va bien con eso de viajar a Puerto Rico, de viajar a Miami y regresar cargadas de cuantas fantasías pueda haber para después venderlas tres veces más caras y sin pagar un chele por la aduana. Yo no las critico, yo hiciera igual si Julián aún viviera, aunque quién sabe si entonces no tuviera necesidad de eso y hacía ya tiempo que nos habíamos ido por donde él siempre quiso o tal vez nos hubiéramos vuelto a Macorís a criar ganado y a vivir en la finca del viejo, cosa que dudo, pues ahí estaban sus hermanos que nunca me quisieron. Fíjese que tuviéramos nuestra casa casi tan linda como la tienen ellos, como una tacita de plata, que cada vez que voy no hago más que mirar y se me van los ojos pensando quién pudiera, Julián por qué te fuiste, por qué dejaste que te hicieron lo que te hicieron, por qué no te aguantaste lo macho que tú eras, por qué no fuiste un poco más pendejo, no tan guapo y tan bravo, y hasta me entran ganas de llorar de ver cómo hemos ido reculando nosotros, que parece que un día nos van a hallar, mejor: me van a hallar (porque Freddy se fue, al final se largó) comida por las moscas. La nuestra, nuestra casa, desde que él se murió se ha ido deteriorando, y como el hijo que Dios me dio, con tanto que lo quiero, me salió un amargado y pesimista que sólo pensaba en huir y en dejar todo esto, como si fuera a encontrar el paraíso en cualquier otro sitio que no sea su país, no había manera de que moviera las manos para clavar las tablas que se caen, ni la silla que se descuajeringa, ni arreglar los mosaicos que se aflojan. La de ellos en cambio es una monería, pues han ido poniendo muebles nuevos y colocando alfombras traídas de Miami, o, por ejemplo, esa nevera *Philips* en la que francamente pudiera caber un chivo entero en el congelador. A mí, por cierto, me regalaron el armario de matrimonio, de caoba buenísima y por dentro de cedro, con sus compartimentos y como seis cajones a los lados porque ellos se compraron uno que es de plaibú y de metal con chapas de formica color azul verdoso. Se ve que el de caoba no conjugaba bien con las mesitas de noche y además que es muy fúnebre, eso lo reconozco. Yo cuando los visito me quedo espantada del progreso que han tenido y de la vida que se pegan, con buenos quesos y buenos jamones, pero no sé por qué, si ésa es precisamente la vida que ellas siempre desearon y que siempre llevaron, muchas fiestas y muchos pasadías y mucho puerco asado en la finca que siguen poseyendo allá en el Este. A nosotros eso se nos acabó desde lo de Julián, que fue cuando yo dije: lo único que me queda es este hijo llamado Freddy Nogueras Valle y es mi deber cuidarlo y hacer que llegue a ser un hombre de provecho, un abogado, un médico, y por tanto me fajo con la vida y la aruño y la muerdo con tal de conseguirlo, y eso fue lo que hice, fajarme y enfrentarme y privarme de todo para que él algún día pudiera agradecerme y sentirse contento de mi sacrificio, decirme mire vieja, ahora siéntese ahí y no trabaje más, darme nietos, y en fin, todas las pendejadas que uno piensa cuando se encuentra solo de repente y no le queda más que un hijo al que aferrarse y un recuerdo terrible y una vida cortada como de un machetazo. Sólo que eso no pudo ser ni nunca podrá ser, porque ya de pequeño yo lo veía venir, ya yo sabía lo que había parido, un hombre delicado, tristón, de poco empuje, un hombre al que, para más colmo y gracia, le ha dado por pensar y criticar las cosas y no aguantar la gente y descalentarse por cualquier cosita. Y si a su papá no le hubiera pasado lo que le pasó, si Julián se hubiera contenido y hubiera pensado un segundo en nosotros, quién sabe si su hijo, que en muchísimas cosas salió a él, no se hubiera arreglado y en vez de ser tan triste como es no fuera más templado y más yo no sé cómo, no sé si me comprende. Pero si a mí esa muerte me afectó, hasta el punto de que, fíjese bien, tuvo que venir una de mis hermanas, la difunta Chelén, esa que está en la sala retratada, a atenderme y a hacerme compañía, a Freddy fue ya el colmo. Fue como si una mano lo volteara al revés y como si un espíritu se lo hubiera llevado de este mundo dejando sólo el cuerpo, que durante unos meses no hizo más que callar y estar sentado en un rincón del patio, sin jugar, sin hablar, sin casi ni comer, sin moverse. Todos los días lo venían a buscar sus amiguitos a invitarlo a jugar y él diciendo que no, Chelén quería animarlo y él no reaccionaba. Y fue precisamente esa actitud lo que me obligó a sobreponerme y a pensar tengo un hijo que sufre más que yo, tengo un hijo que como no lo atienda se me va a morir, y cogí entonces y me lo llevé al campo, a donde mi familia, buscando el modo de que se distrajera y de que se olvidara de lo que había ocurrido, pero no lo logré. Como siempre, a él se le pasó todo cuando él quiso, así que no fue el tiempo, ni yo ni mis esfuerzos, el que me lo curó —si es que se le puede llamar así a que empezara a comer con normalidad y a que de vez en cuando le diera por reírse y por jugar—. Por eso ahora, cuando voy donde Santiago y comparo este hijo que yo tengo con el de ellos y noto una diferencia tan grande, las ilusiones que tiene Evangelina a pesar de lo que le ha ocurrido con Santiago, lo contenta que está, me entran ganas de poder atrasar el tiempo, ser bruja o algo por el estilo, volver a comenzar en aquel punto en que se acabó todo. De sobra sé que no es posible, no se crea que estoy loca, de sobra sé que yo estoy aquí y ellos allá, y aunque no me gustara que ocurriera al revés, sí al menos que hubiera sido igual, cojollo, que aquella amistad de entonces, que aquellas ilusiones se hubieran prolongado para todos de la misma manera, no tan injustamente. Y no le niego que eso influye, puede ser que eso sea lo que me lleva a mantenerme así, sola y aislada, y como a rechazar ese nuevo ambiente que ellos se empeñan en que comparta y que yo no puedo sinceramente compartir, pues no consigo dejar de verlo como el reflejo de lo que pudo ser si Julián aún viviera, ¿me comprende?

5. El teniente Sotero de los Santos
De junio de 1961 a enero de 1962

Las hipotéticas convulsiones que el coronel Tejada le anunció a Sotero como casi seguras aquel inesperado 31 de mayo no habían minado su ánimo, que desde entonces se encontraba dispuesto a cualquier cosa para no seguir siendo lo que era, lo que siempre había sido. Ni su ánimo ni, por lo demás, el de Conchita, a la que también trajo sin cuidado la represión que los herederos de la dictadura desataron sobre la ciudad en los días inmediatamente posteriores al del magnicidio. A ninguno le importó un bledo lo que sucedía, los primeros disparos, tensos, duros, precisos, las fotos de los primeros muertos, el descubrimiento de los participantes en la conspiración, Durante quince, durante veinte días, acaso durante todo un mes el mundo fue una simple y divertida aunque trágica anécdota que Sotero y Conchita se limitaron a comentar, tenaces en su afán de mantenerse al margen y complacerse cada vez más larga y convulsivamente. No le importó al teniente la llegada de los primeros exiliados, de las nuevas ideas, ni esa masa de jóvenes imberbes que se lanzó desafiante a la calle para poner de manifiesto el odio acumulado a lo largo de años. Lo sorprendió, eso sí, su tremenda ignorancia frente al mar de palabras que intempestivamente le crecieron delante de los ojos envolviéndolo en la maraña de la novedad y obligándolo a revisar sus antiguas versiones de las mismas. Rodeado por ese caos de gestos, de acciones y de vocabulario completamente nuevos el teniente no sabía qué decir ni cómo reaccionar. Y como no lo sabía, lo que hizo fue pasar como un fantasma por encima de huelgas, muertos y tumultos, contemplándolo todo con una alegría escondida y con un regocijo adolescente, impregnado del cataclismo de siglas que había caído como una lluvia torrencial sobre el país.

Todo lo sorprendía, pero nada, absolutamente nada, le extrañaba, porque, en definitiva (la pregunta era suya), ¿qué otra cosa podía esperarse después de tantos años de lo mismo? El teniente intuía que el camino a seguir estaba ya marcado y que en cuanto los herederos de la dictadura se fueran para siempre, las aguas, las pasiones, volverían a sus cauces más o menos normales y se podría llegar a ese tono de vida que todo el mundo ahora deseaba. Cierto que él era víctima de ese desasosiego y de esa desconfianza que se había apoderado del país, pues como militar la gente lo miraba de una manera extraña, con algo de rencor y en algún caso de odio. Pero tampoco eso le resultaba grave, tampoco eso le parecía un obstáculo insalvable. El teniente Sotero estaba plenamente convencido de que, con el asesinato del epónimo varón de San Cristóbal, se había abierto un abismo insalvable y ya definitivo entre el bien y el mal, los malos y los buenos, los culpables y los inocentes, como en una película de tiros. Influido por la fraseología del momento (retórica de la libertad versus retórica de la dictadura) el teniente pensaba que lo que aún permanecía allí no eran más que los restos agonizantes de una serpiente de autoritarismo troceada por la Historia, impresión que se le fue transformando en convencimiento a medida que pasaban los días.

Al teniente le agradaba comprobar, además, cómo lo que él sentía era compartido por casi todo el mundo, y muy especialmente por el coronel, que lo expresaba con una vehemencia propia de su cargo. El coronel, según decía, no estaba dispuesto a seguirle la cuerda a la partida de segundones que quería mantenerse en el poder a costa de lo anterior. Una cosa era el Jefe, con todos sus defectos, y otra los que se pretendían sus herederos, familiares o no. Una cosa era obedecer y seguir las consignas del hombre que había dado a conocer en el concierto universal de las naciones que los dominicanos somos lo que somos y otra seguir la de quienes no le llegaban ni por los tobillos. Había un problema de ética (el coronel no usaba estas palabras, decía, más bien: una jodienda) que un hombre serio no se podía saltar como una cerca. Hubo un tiempo en que nadie hubiera sido capaz de negar que tras el Jefe, tras sus iniciativas, se hallaba, de buena voluntad, el país entero. Pero ya no, ya hacía unos años que nadie respaldaba una política que se había desbocado en gran parte por causa precisamente de esos mismos que ahora pretendían lo que pretendían. Había que ser consecuente y comprender que esa masa de gente, esos miles de jóvenes que andaban por la calle voceando, a veces pendejadas, a veces cosas serias, querían algo distinto. Dárselo, no dárselo, cómo dárselo, era, coño, la cuestión, pero con lo que no se podía ni siquiera soñar era con que las Fuerzas Armadas participaran en un baño de sangre para arreglarles el mundo a tres o cuatro.

El teniente callaba, emocionado, satisfecho de comprobar que el coronel le daba su opinión en torno al tema y que él estaba totalmente de acuerdo. Al principio, meses de junio y julio, el diálogo entre ambos resultaba difícil y forzado porque Tejada se parapetaba tras su habitual silencio y el teniente no hallaba cómo entrarle. ¿Era de los que estaban todavía pensando en el pasado? ¿Pertenecía a ese grupo de hombres que no querían continuar en lo mismo, que se había percatado de que al país le convenía emprender otros rumbos? Posteriormente, sin embargo, a medida que la situación se hacía más tensa, el mismo coronel empezó a dar señales de insatisfacción y a decir que toda terquedad tiene su límite y que ya estaba bueno de actuar como muchachos. Había que acabar con una confusión que muy bien podría ser aprovechada por el comunismo internacional para convertir el país en otra nueva Cuba, había que conseguir que ese país recuperara la confianza en sí mismo, porque de otra manera aquello iba a parar en lo peor. Al coronel le molestaba, le dolía, el vacío que notaba cuando salía a la calle o se subía en el carro y en lugar de saludos, como antes, como unos meses antes, lo que veía eran muecas, sonrisas medio rotas. Le molestaba la seriedad con que la gente se empeñaba en tratarlo, como si cada gesto de su mano, cada sonrisa suya fueran obligatoriamente una prolongación del período anterior, de ese tiempo de muertos del que ahora nadie quería tener memoria. Al teniente, en cambio, estas preocupaciones le importaban muy poco y divergía con respecto a Tejada al menos en un punto: en el del comunismo. Para el teniente los comunistas del país no eran más que cuatro nalgas sucias, cinco o seis bullosos y siete u ocho muertos de hambre que nunca lograrían hacerle frente a un ejército disciplinado y fuerte. El teniente pensaba que lo importante de verdad era buscar la forma de poner al país en movimiento mediante grandes chorros de inversiones, estatales, privadas, criollas o extranjeras, y dejarse de vainas. Para ello, naturalmente, parecía indispensable que toda la familia del tirano (palabra que el teniente se cuidaba bastante de emplear delante de Tejada) dejara el campo libre de una maldita vez, en lo que también estaban totalmente de acuerdo.

Conversaron así durante días, rodeados por el espeso olor de la basura y de la suciedad, por el agua fangosa que la desidia municipal había ido dejando acumular en los agujeros de la calle, por el fuerte vaho salitroso del mar, por la humedad, en fin, de unas noches distintas, vacías, silenciosas. Había un desequilibrio inevitable entre aquellas conversaciones tan templadas y tan respetuosas y la complicación de las jornadas diurnas, en que todo eran gritos, discusiones, carreras y tumultos. Es más, la tranquilidad inverosímil de las noches de entonces no eran sino el producto de la tensión en que vivía el país a lo largo del día, de modo que el teniente acudía a casa de Tejada como quien va al encuentro de un refugio en medio de una zona de enfrentamientos bélicos. Allí, aparte de Tejada y de algunos amigos que adoptaban un aire imperturbable para decir las cosas más absurdas, acudían doña Luz con sus hijas, la Estela aquella que Evangelina le presentó a Sotero en el mes de marzo, y la llamada Esther. Allí acudía, pero muy pocas veces todavía, don Rodolfo Flores, padre de las muchachas, un señor abogado que se había hecho amigo de la casa y que si mencionaba los casi veinte días que pasó en las mazmorras de la dictadura (con alguna patada en los cojones y un par de escupitajos en la cara) se olvidaba del todo de sus antiguos puestos administrativos y políticos en el reinado del terror. Era un señor simpático, algo mayor que el coronel, comedido en el habla, amante, según decía, de la paz y del orden, de las instituciones democráticas, de los americanos, que eran un pueblo grande y poderoso,

61

como dijo Darío (bien venida seas, oh, gran águila, etcétera) y que dejaba al coronel y al teniente bastante boquiabiertos con temas tales como el boicot y su razón moral, los estatutos de los pueblos, la prosapia febrerista y las ordenanzas retroactivas.

Oyéndolo hablar, el teniente Sotero, anonadado, silencioso, enredado en su propia madeja, iba sacando conclusiones oscuras. Al teniente el contacto con el señor Flores le resultaba muy beneficioso, porque a través de él terminó descubriendo que le gustaba mucho la política, juego, según pensaba, algo grotesco y turbio en el que, sin embargo, se presentía nadando como pez en el agua. Lo único que le impedía participar desde ya en ese fraserío más o menos hipócrita o sincero era su uniforme y su gran ignorancia sobre el tema. Y como no era cosa de quedarse en la inopia mientras todo el país (incluso el coronel) se hallaba obsesionado de una forma especial por el asunto, el teniente decidió estrechar las relaciones con el señor Flores, tomarlo un poco como consejero de su repentino descubrimiento y abrir un par de libros que le dieran la clave de lo que sucedía. El teniente pensaba que tendría tiempo de aprender su poquito antes de que el país se equilibrara, es decir, antes de que la OEA levantara las sanciones impuestas y de que se largaran de una vez los hijos, los hermanos y los primos undécimos del Jefe, fecha tope para el inicio de su nueva vida. Claro que en ese lapso podrían pasar mil cosas imprevistas, él lo sabía muy bien, pero el detalle no le preocupaba. El teniente imaginaba lo mejor y también lo peor y en ambos casos se mantenía dispuesto a no perder el paso de la Historia, que era una cosa inmensa, complicada, difusa, en la que, ahora sí, estaba convencido de que iba a tomar parte. El señor Flores lo animaba, viendo en él, según decía con su habitual retórica, al típico representante de la nueva juventud, la que volvería a encender el fuego vivo del futuro sobre las apagadas cenizas del pretérito.

A veces el teniente se sentía muy confuso, como incapaz de comprender los acontecimientos, pero lo que en el fondo le pasaba era que había empezado a verlo todo con ojos diferentes. Notaba que era otro, le parecía que otro Sotero, el otro Sotero amable, emprendedor, activo, le nacía muy adentro e iba adquiriendo poco a poco estatura. Ahora todo eran risas, simpatía, y aunque de vez en cuando se dejaba ganar por la tristeza, en general se mantenía en un estado eufórico y confiado. No le preocupaban ni los rumores de posibles cataclismos ni la leyenda de un golpe de estado inminente y terrible, así como tampoco el rosario de muertes, apresamientos, insultos y amenazas en que se había convertido la ciudad, porque en definitiva estaba convencido de que algo nuevo inundaba el ambiente. Por eso ni se lo contó a nadie ni concedió importancia a los insultos que aquel grupo de mozalbetes de San Antón le dirigieron una tarde de agosto, cuando pasaba por la Duarte («teniente, abra el ojo», fue lo último que le gritaron, parapetados en la esquina, temerosos de que él hiciera uso de su arma, y él pensó, serio, pero sonriente: «lo tengo más abierto de lo que ustedes creen»). Y no les dio importancia porque en definitiva le parecía muy lógico que la gente, los jóvenes, reaccionaran de ese modo. También él, con dieciséis o diecisiete años, habría estado danzando como un animalillo por toda la ciudad, lanzando piedras, quemando gomas, gritando libertad. Se puso serio, sí, pero de ahí no pasó. Continuó su camino y cuando, en medio del silencio que reinaba en las calles, llegó donde Tejada, había olvidado ya, de una forma total, el incidente. Era, pues, innegable que se le había contagiado la euforia popular y que él también, a su modo, esperaba y creía en el cambio que se avecinaba y que quizás estuviera dispuesto a no dejar que el proceso retrocediera en lo más mínimo. ¿Altruismo? ¿Repentino descubrimiento de su vocación patriótica? Algo de ello había, pero más que otra cosa lo que lo dominaba era el miedo de volver a aquella rutinaria manera de vivir, a aquel desasosiego de no saber qué hacer ni qué decir, a aquel aburrimiento de los meses, de los años pasados. Ahora lo que él quería era fiestear, participar, estudiar el terreno en el que iba a moverse toda esa masa de gente como surgida de la tierra que empezaba a reflejar una imagen totalmente distinta del país. Ese deseo lo llevó a ampliar su círculo de amigos de una forma imprevista incluso por él mismo, y en cuanto no tenía nada que hacer se cambiaba de ropa y bajaba a conversar con ellos, tan simpáticos y tan educados. ¿Cómo se comportaba en tales casos? ¿Cómo lo miraban los demás? ¿Hablaban de política? ¿Se escudaba el teniente en el parapeto de su profesión para guardar silencio cuando la ignorancia le impedía opinar sobre tal o cual tema? ¿Alababan los otros su mesura y sus frases, lapidarias como las de un joven dirigente fogoso, divertido y dogmático? ¿Se atusaba el bigotico que se había dejado crecer en los últimos días de ese caliente mes de agosto? ¿Cruzaba las piernas como un caballero que conoce las buenas maneras de estar en sociedad? ¿Fumaba mucho marcas como *Marlboro, Winston, Pall Mall*? ¿Cuidaba su pronunciación, arrastraba las erres, de vez en cuando metía una ese final y se esforzaba por aspirarla en todos los plurales? ¿Se dedicaría a la política, a los negocios, seguiría en el ejército, simultanearía las tres cosas?

Había descubierto, era evidente, que tenía un cierto encanto personal y que su mirada ejercía una atracción inesperada sobre aquellas cuatro o cinco jovencitas que habitualmente se reunían en casa de los Flores, frente por frente con la del coronel. Sobre todo en Estela, que desde hacía unos meses le mandaba arrobados y lánguidos mensajes con los ojos y que en los bailecitos que se organizaban por el barrio se le pegaba al sexo sin ningún disimulo y se le despegaba justo cuando el bolero se ponía más meloso y él estaba de lo más embullado. Desde hacía varios meses, en efecto, ella lo asediaba, le buscaba la vuelta, y si él no se había decidido a nada todavía (contentándose con saludarla, visitarla como de refilón y sacarla a bailar de vez en cuando) era porque no estaba en condiciones de tomarse muy en serio la vida. Era porque en resumen se sentía más a gusto con Conchita, a la que no tenía que hacerle ni siquiera una seña para que le trajera, ya sin nada debajo del vestido, su cerveza bien fría en aquel vaso verde que él le había regalado con motivo de su cumpleaños. Aparte de que enamoriscarse y conquistar a Estela hubiera implicado un cambio de actitud, una seriedad y una compostura que él se negó a adoptar en quellos momentos de desasosiego.

Pero eso había sido antes, claro. Ahora Estela continuaba mirándolo y él ya no estaba triste ni se sentía jefe indio derrotado (que era como lo llamaba Conchita en cuanto lo veía cabizbajo y quería contentarlo), de modo que a cada rato la visitaba y salían a pasear y se iban descubriendo cada vez más parejos e iguales y más hechos el uno para el otro. Todo el mes de agosto se lo pasaron dialogando y haciendo apartes en las reuniones familiares. Hasta que un día, amparada quizá, y sin quizá, por la soledad en que se habían quedado y por la oscura sombra del zaguán y la calle, Estela se le acercó, retadora, sabiendo a lo que se exponía, y dejó que el teniente la besara con pasión desmedida, le pusiera una mano en la nalga y le hundiera, de pronto, aquel dedo tan largo entre los pliegues de la ropa interior como para indicarle que la cosa iba en serio y que ella había topado con quien había topado, y no con otro. El teniente, besándola, se sentía satisfecho de sí mismo, y ella, desvanecida, no hacía más que tirar manotazos al aire, atrapada entre el deseo de huir y el de permanecer aprisionada por una mano que nunca imaginó tan atrevida.

Fue así como empezó la relación de ambos, que a partir de esa noche alternaría las efusiones momentáneas, ocultas, desconfiadas (que nos ven, que nos ven), con la apariencia sosegada y cursi de los que se supone que guardan su pureza para el instante cumbre de la boda. A los pocos días del primer apretón Estela habló con sus padres para que le consintieran los amores y consiguió de ellos el sí tan deseado. Un sí que en don Rodolfo fue sincero y en doña Luz bastante reticente, desconfiado, a pesar de lo cual la pobre Estela se dio por satisfecha. Tanto que de inmediato se bañó, se peinó, se vistió y se puso a esperar que llegara el teniente, quien, en efecto, lo hizo justo a las siete y media, la hora convenida. Apareció en la puerta con su porte de siempre, perfectamente limpio, lustroso, abrillantado, y después de cruzar tres o cuatro palabras con sus futuros suegros, se sentó, satisfecho, al lado de su novia, sin saber qué decir. Dos escenas, la del zaguán y ésta, que se irían alternando desde entonces con paseos a la orilla del mar, llamadas telefónicas, citas secretas en lugares alejados, reuniones con amigos comunes, conversaciones sosas acerca de lo que iba a pasar en el país e idas al cine con la suegra a ver películas tipo *Más allá de las lágrimas*, *El fantasma de la ópera*, *La vida de Eddy Duchin*, *Gigante* y *Ha llegado un ángel*. Artistas preferidos de Estela eran Rock Hudson, Jack Palance, aunque hiciera de malo, Robert Mitchum y Glenn Ford; del teniente, James Dean (con cuya angustia el joven Sotero se sintió identificado durante algunos años), Marlon Brando, Kim Novak, entre otros. El teniente se pasaba largas horas hablando de estas cosas, pero también, y cada vez más, de política y negocios con el señor Flores, que siempre estaba muy al tanto de lo que sucedía. Alternaba, al mismo tiempo, la casa de los Flores con la de los Tejada, entre las que existía una amistad sumamente jovial que se manifestaba en el cruceteo continuo de sus miembros, el intercambio de platos y de dulces, la preparación de fiestas más o menos comunes y el reparto sin tasa de chismes, noticiones o simples comentarios.

Mientras tanto el país continuaba en lo suyo, que era estar protestando desde que el sol salía hasta que volvía a hacerlo. Muchas noches el gobierno se veía obligado a imponer el toque de queda en la ciudad y entonces el teniente se pasaba las horas en el cuartel, muerto de aburrimiento, o en casa de Conchita o de su madre. En uno u otro caso, como ya era habitual, escuchando música, leyendo los artículos de alguna revista (*Life*, cuando no *Reader's Digest*) o ese libro que el locazo de Freddy le había prestado a Wilson y que estaba de moda, *La rebelión de las masas*, de un tal Gasset y Ortega. El teniente lo leía con cuidado, pero como le costaba un gran esfuerzo ponerlo en relación con lo que sucedía en el país y como el sentido de muchas palabras se le escapaban y había frases profundas, de esas que uno no entiende ni un carajo, a veces el teniente lo mandaba a la mierda y se cambiaba a los poemas de J. A.

Buesa. Esas noches de recogimiento obligatorio el teniente pensaba mucho y se acostaba tarde. Pero no siempre, porque la gente de su barrio, como toda la gente del país, le había ido perdiendo respeto al fantasma de la dictadura, que ya no era más que eso: un fantasma, y se subía a los tejados para esperar la hora convenida y romper a golpear cacerolas, bateas, cubos de hojalata, pitos y timbales, sin que nadie la viera (y aunque la viera ¿qué?), amparada por el ruido infernal que organizaba y por la sombra de la noche, llena (por un instante, al menos) de jolgorio de vivos, no de voces de muertos. El teniente, en la sala, se reía satisfecho, y en más de una ocasión sintió ganas de subir él también a golpear lo que fuera y desahogarse un poco. Era la misma sensación que lo invadía durante el día, cuando contemplaba las largas columnas de jóvenes gritando cualquier cosa (libertad, por ejemplo) y él tenía que apartarse con un gesto hierático y dejarlos pasar. A veces se asomaba al balcón, al pequeño balcón de su casa, y miraba hacia el mar, la calma chicha del mar, que era el único ser impasible y ecuánime en todo aquel desorden. Por la mañana humeaban las hogueras ficticias y rebeldes de los neumáticos, y las alcantarillas y los contadores de agua, desprovistos de sus tapas, se convertían en trampas más bien torpes e inútiles. Doña Josefa, su madre, y mucha gente como doña Josefa, se preguntaba si había necesidad de todo aquello, de llenar las paredes de letreros, de romper los bombillos del alumbrado público, de pisotear la grama de los parques, de meter colillas encendidas por la hendidura de los buzones, de voltear zafacones hasta el punto de taponar el alcantarillado de basura, de insultar a uno que otro cura que pasara en su carro, de romper a pedradas las vitrinas de ciertos almacenes. El teniente también, pero sin prisa, intentando comprender y excusar aquella rebelión inusitada, aquella fiebre de destruirlo todo (fiebre ciega, que decía el señor Flores), analizándola con los cuatro elementos de su improvisada y rudimentaria cultura política, adquirida a retazos y con prisa. El teniente, en realidad, no comprendía un carajo. Le pasaba con lo que veía lo mismo que con los dos o tres libros que había estado leyendo últimamente, que no sabía con qué ni de qué forma establecer las necesarias relaciones y sacar las debidas consecuencias. A pesar de lo cual allí se estaba él, fumando despacito, contemplándolo todo como el mar, impasible, satisfecho en el fondo de que la ciudad ardiera por los cuatro costados porque en definitiva algo de aquella especie de purificación, algo del temor que veía reflejado en el rostro de ciertas personas, lo vengaba a él también de no sabía qué odio y qué antiguas ofensas. Que se fueran, que se fueran, que se largaran de una vez, que los dejaran a ellos arreglar su mundo, ordenar, al fin, su vida. Eso era lo que él, en silencio, al unísono con todos los demás, gritaba mentalmente, hasta que el pensamiento se le quedaba ronco como a ellos la voz.

En ese trajín de conmociones y de luchas pasó el teniente los meses de agosto, de septiembre y de octubre. A veces, para ponerse a tono, se vestía de civil y bajaba a los bares de El Conde, por donde saludaba antiguos compañeros de parranda y se hacía la ilusión de ser lo que no era. No sabía, ni le importaba, si en la reticencia con que alguno lo miraba existía la sospecha de que él fuera un soplón, un calié, de los muchos que andaban por allí bravuconeando, sacando el pecho como caricaturas de lo que habían sido antes de lo de mayo. Le importaba la alegría repentina de sentirse distinto, la identificación de todo su cuerpo y de toda su alma, de todo lo que él era, no con unos ni con otros, sino con aquel aire nuevo y con aquel ambiente que se le presentaba, según pensaba él, lleno ya de futuro. Noviembre, en cambio, fue otra cosa. No porque disminuyera la tensión existente, sino precisamente por todo lo contrario, porque se había llegado a un punto tan extremo que ya no era posible distinguir lealtades ni ideologías ni grupos, sólo una masa unánime gritando y agitando y, a su lado, o a un lado, pero nunca enfrente, el silencio entre miedoso y cómplice de unos pocos. Había, en el plano internacional, largas conversaciones acerca de lo que sucedía en el país, y daba la impresión de que en el fondo la solución definitiva dependía, más que del griterío y de la resistencia popular, de lo que tres o cuatro rubios mal informados decidieran en nadie sabía dónde. Como si, en definitiva, aquel rechazo colectivo no fuera sino el ruego, la oración de los impotentes, la humillación ante los dioses en busca de clemencia. El teniente era consciente de esta particular dialéctica entre los poderosos (todos ellos) y los mierdas (todos nosotros) y aunque decidió, también él imbuido secreta y repentinamente de patriótica agresividad, que si pasaba algo no iba a quedarse con los brazos cruzados, lo cierto es que los hechos no le dejaron tiempo de madurar la idea. Con el preludio de un enfrentamiento entre los estudiantes y las fuerzas del orden que le puso los pelos de punta al país entero, empujada, además, por una presión cada vez más intensa, la familia del Jefe, rescoldos ya apagados de aquel fuego, no tuvo más remedio que subirse al avión, llenar el barco y, precipitadamente, según se decía, largarse del país. Era la noche del 19 de noviembre de 1961.

Después, durante varias semanas la ciudad fue un escándalo de risas y de fiestas y el teniente Sotero se integró en cuerpo y alma en esa algarabía. Todo su tiempo libre lo pasaba con un vaso de algo entre los dedos, recibiendo con una sonrisa inalterable las más diversas muestras de simpatía —abrazos, palmaditas, felicitaciones— de parte de una población enfebrecida que veía en los sucesos de noviembre algo así como la huida de las sombras y el resurgimiento de la luz. Todo lo negativo imaginable quedaba relegado, por arte y magia de no se sabe qué espontáneo maniqueísmo, al período histórico que acababa de morir, en tanto que los valores contrarios se pensaban como una consecuencia natural de esa muerte, como una especie de substancia mágica que surgiría del aire para llenar las casas, el corazón, la mente de gobernantes y de gobernados. Esa sensación y el temple de ciertos oficiales que participaron en la erradicación de lo anterior crearon en la ciudadanía una imagen distinta de las Fuerzas Armadas, cuyos miembros adquirieron de pronto, para sorpresa del teniente, categoría de héroes y de salvadores. El teniente sabía, claro está, que todo era mentira, que el país se encontraba marcado por la fatalidad del arribismo y que no pasaría mucho tiempo antes de que *los otros* consideraran que la hora de edificar sus mansiones y de adquirir sus fincas había, por fin, llegado. Sabía también que detrás de ese caos de abrazos y de gestos lo que había era una ola de sordidez que convertiría al país en una tierra de nadie donde al menor descuido volverían a asentarse los de siempre, y se juró mil veces que no saldría perdiendo en ese remolino de zarpazos y trampas que preveía cercano. Trazó sus planes con una minuciosidad de estratega, y como de lo que se trataba era de llegar a ser alguien en la vida, decidió comenzar por el principio, afianzando aquello que tenía: una novia de buena familia, un suegro en buena posición, un amigo coronel, una madre con un caserón enorme por el que francamente podían darle cinco o seis mil pesos y, sobre todo, una fama de hombre serio y responsable que de ahora en adelante se empeñaría en fomentar y en mantener.

Por las noches, por ejemplo, acudía a las citas con Estela con una puntualidad cuartelaria, adoptando una postura teatral y rígida que contrastaba con el laberinto de nerviosismo e inseguridad que llevaba por dentro. Había que verlo con aquella sonrisa, con aquellos bigotes, con aquel porte —zapatos lustrosísimos, piernas cruzadas, espejuelos oscuros marca *Ray Ban* adquiridos en una compraventa— al lado de su novia, intentando olvidar un pasado de escasez y una primera juventud de tigre que alternó grandes borracheras con hondas depresiones y períodos de calma en los que inútilmente se esforzaba por salir a flote. Todo lo que usaba, camisas, perfume, cigarrillos, estaba por encima de sus posibilidades y daba una imagen de sí mismo que el teniente se empeñaba en mantener, convencido de que el aspecto externo resultaba un valor a veces superior a cualquier otro. Sólo él sabía el alto grado de ridiculez a que llegaba en ciertas ocasiones, cuando, por no citar más que lo cotidiano, se veía obligado, como un adolescente que pretende tener una aventura, a robarle a Conchita dinero del armario en cantidades irrisorias o cuando, con ese mismo dinero, compraba siete u ocho cigarrillos baratos que luego introducía en una cajetilla de la marca *Pall Mall* para dar sensación de que fumaba siempre lo mejor. Estas actitudes, repetidas sin interrupción, le iban dejando un sabor aún más amargo de la vida, de modo que hubo un momento, muy cerca ya de las navidades, en que el teniente pensó que tanta pantomima resultaba inútil y que él no podría nunca superar aquel nivel de simple figureo, aquel nivel de fachada, en que se había convertido su vida como consecuencia de la caída de la dictadura. El país cambiaría, desde luego: dentro de poco se podría robar, llegar a enriquecerse ilícita y hasta lícitamente, saltar de un sitio para otro, adquirir una casa, aparecer en los periódicos. Pero el teniente empezaba a dudar que tales oportunidades estuvieran destinadas a tipos como él, zarrapastroso de toda la vida, sin un maldito chele en el bolsillo.

Hubo días en que su desánimo se le hizo tan insoportable que Sotero llegó a pensar que ya no podría aguantar el tipo durante mucho tiempo y que terminaría, en consecuencia, sumergido de nuevo en ese barro turbio de su barrio, en ese mundillo de vestidos baratos, fiestecitas de ron y cocacolas y muchachas de mirada enfermiza y de excesivas caries del que desesperadamente intentaba escapar. En busca siempre de una oportunidad que no llegaba, el teniente se había ido llenando de pequeñas e incontables deudas y hasta los limpiabotas y los paleteros le sacaban el cuerpo en cuanto lo veían aparecer con aquella falsa pose de poderoso sin recursos que él estaba empeñado en mantener. Su sueldo era irrisorio para sus aspiraciones, y aunque en contacto continuo con un medio más que idóneo para pequeñas y no demasiado claras incursiones monetarias, había algo en él, una especie de resorte fijo, que lo mantenía agarrotado, perdido en un laberinto de vacilaciones. Y era que en medio de la mezquindad de su ambición pervivía una cierta dosis de dignidad que el teniente pretendía conservar en su vida como antídoto contra la parte mala de sí mismo y como el más alto argumento que en un futuro podría esgrimir frente a aquellos que quisieran acusarlo de lo que todo el mundo acusa a los que consiguen llegar a donde quieren. El mismo señor Flores lo había puesto al corriente de ciertas transacciones y de ciertos chanchullos en los que, sin necesidad de abandonar el uniforme, como era su deseo, el teniente hubiera podido comenzar a infiltrarse, primero como simple observador, después como colaborador y finalmente como partícipe activo, con voz y voto y derecho en el reparto. Nada del otro mundo, desde luego, asuntos de pequeños terrenos y de contratas de no se sabe qué carajo, de importaciones en pequeña escala que burlaban la aduana y acababan cuadruplicando su valor en un mercado ávido de todo lo que fuera hecho por una máquina. Lo bueno vendría a partir de ahí, cuando el teniente se diera a conocer y adquiriera esa base, ese respaldo casi táctil que significa conocer a la gente que conoce a la gente y que está en el secreto de las cosas. Él, el señor Flores, influido sin duda por el apasionamiento que observaba en su hija, que llegó al extremo de decirle a su madre que si no se casaba con Sotero se quitaría la vida con un frasquito de lo que ella sabía, pero más por la ambición que veía en los ojos de su futuro yerno y por lo que ésta podría significar para la multiplicación de sus propios recursos, estaba dispuesto a echarle una mano en cuanto el teniente se lo permitiera. Sólo que el teniente le tenía miedo a toda dependencia y lo que hacía era pensar en la casa de su madre, el caserón enorme de la calle Abréu, y en que con los cinco o seis mil pesos que pudiera obtener se sentiría suficientemente seguro para iniciar la brecha pisando fuerte y sacando el pecho, como hacen los que triunfan. Pensaba eso y le iba dando tiempo a su propia impaciencia, que por momentos se le hacía insoportable, repartiendo su vida entre la pobreza hospitalaria de Conchita, las visitas a casa de su madre y las reuniones con sus nuevos amigos, conocidos por mediación de Estela, entre los cuales se había labrado fama de indispensable en todo. Se trataba de gente muy conocedora del ambiente en que Sotero pretendía integrarse (amigos de la casa, antiguos socios del Golfito Tennis, asiduos de recepciones consulares, herederos de más de una pequeña o mediana fortuna, cuando no de uno que otro latifundio del Cibao), y él, con ese encanto suyo y esa capacidad para dar a entender que estaba más allá del bien y del mal de la forma más natural y sencilla del mundo, se dejó introducir como un cordero manso, midiendo siempre sus limitaciones y sus posibilidades con un cerebralismo digno de mejor causa. De nada le sirvió, de todas formas, como no fuera para darse cuenta de que entre aquellos jóvenes, contrariamente a como había pensado, no existía ese afán de combatir la vida, de luchar por lo suyo que él habría tenido si le hubiera tocado la suerte de estar en su lugar. De eso y de la notable diferencia que existe entre quienes heredan un paraíso y los que, como él, deben perder el alma en conseguirlo. Contactó con alguno, sin llegar, sin embargo, a establecer siquiera el inicio de lo que pudiera ser una amistad futura y se alejó sin miedo, convencido de que personalmente valía más y de que lo suyo era sencillamente un asunto de medios. A la más mínima oportunidad su carrera ascendente se vería coronada por el éxito porque en el fondo la vida no era más que un problema de diplomacia y de golpes de suerte, y a él lo primero le sobraba y lo segundo no tardaría en llegarle. Cuestión de días, en realidad, cuestión de que su madre lograra desprenderse de la casa de la calle Abréu y decidiera ponerle en las manos el fajo de billetes que le dieran para que él, emprendedor y lúcido, lo invirtiera en aquello que parecía más prometedor y productivo, capítulo en el que había tenido una idea francamente original, aunque arriesgada y peligrosa, que consistía en lo siguiente.

A Sotero no le agradaba para nada eso de estar dizque importando chucherías, ni mucho menos eso otro de pedir la patente de un tal desodorante *Yale* cuyo coste de producción sería irrisorio (veinte o treinta mil pesos bastarían para montar lo que su novia, autora de la idea, llamaba, con ampulosidad, laboratorio) y sus ganancias abundantes e inmediatas. El teniente pensaba, y lo decía bromeando ante las carcajadas de Evangelina y Enriqueta, que lo encontraban sumamente gracioso, que existía más mercado potencial en el estómago que en el sobaco de los habitantes del país, de donde deducía que lo que había que hacer era abaratar ciertos productos cuyo consumo constituía ahora un verdadero lujo y ponerlos al alcance de las masas. Hablaba, naturalmente, de los pollos de granja, animales que, convenientemente alimentados, vacunados y mimados, podrían llenar el hueco de un mercado ávido de carne que no tendría reparos en abandonar su afición por el mal llamado pollo criollo, generalmente duro y criado a expensas de cuantas alimañas suele haber en conucos y patios. El proyecto del teniente, además, preveía un sólido respaldo publicitario, para lo cual había contactado con ciertos locutores e indagado los precios de los comerciales, no tan caros como pensó al principio. Antes, naturalmente, ya lo había hecho con el señor Flores, que prometió cierto apoyo monetario, y con el coronel, que tenía tanto de granjero como de militar, a quien la idea le pareció excelente y que en seguida puso su terreno de Haina (ocho tareas de tierra donde a veces iba con sus amigos o con su familia a pasarse un buen rato) a disposición del teniente para que la empleara como asentamiento. El teniente, de hecho, ya había pensado en eso y hasta cabe la hipótesis de que, a decir verdad, sin la existencia de ese terreno casi abandonado probablemente no se le hubiera ocurrido semejante idea. En el fondo lo que le pasaba al teniente era que, al margen de las bromas a que el asunto se prestaba, bromas que nadie, ni siquiera él mismo, eludía cuando venían al caso, pensaba que la dificultad de ciertas cosas (el enriquecimiento, la carrera política...) reside sólo en el inicio y que, en definitiva, cualquier tabla vieja le puede servir de trampolín a un clavadista de primera, como sin duda alguna era su caso. Mejor hubiera sido, claro está, heredar, como los hijos de los ricos, una buena fortuna, pero para un desarrapado como él ya era más que suficiente contar con el respaldo de sí mismo. Por menos, por muchísimo menos, empezaron Rockefeller y Ford, y ahí estaban los dos, ejemplos siempre vivos de lo que puede el empeñarse en algo. Cierto que entre el país de éstos y el suyo no había punto de comparación, pero es que él tampoco deseaba tanto. A él le bastaba con llegar a tener un casifundio de esos que había visto por dentro en los últimos días, decorados con un mal gusto que a cualquier otro lo hubiera tumbado de espalda, pero que al teniente lo había dejado sencillamente deslumbrado. Eso y algunos miles de pesos para gastarse en aquello que más le apeteciera.

Tan inesperado optimismo, surgido como consecuencia de la repentina aparición de un comprador, se le fue, sin embargo, a casa del carajo cuando doña Josefa, que veía más posibilidades en un casamiento inmediato con Estela que en la pendejada de una granja avícola, se le enojó una noche y le dijo que con los cuartos de la casa no contara. El teniente se puso como loco, porque sabía muy bien lo difícil que resultaba vender en una época en que no había seguridad de nada, y tuvo que hacer maravillas para convencerla de que ésa era la oportunidad de su vida y de que no podía dejarlo en la estacada por cosas que él no conseguiría resolver, aunque se hallara totalmente dispuesto, de un día para otro. Se refería, naturalmente, al asunto Conchita, auténtica obsesión de todo el mundo, desde doña Luz hasta Evangelina y Enriqueta, pasando por Estela, quien, debido a los celos, al amor y a la tensión nerviosa en que vivía, había perdido buena parte de sus encantos iniciales y últimamente tenía la cara llena de barros, las clavículas salidas, los ojos hundidos, un insomnio constante y, para colmo, cuando lograba conciliar el sueño, una marejada de pesadillas en las que Conchita le daba con un bate, jugaba al balompié con su cabeza o le arrancaba a un niño de los brazos y se le hacía invisible delante de los ojos. Lo malo del asunto, sin embargo, era que tampoco Conchita, a la que los demás imaginaban felicísima, el día entero cantando y echándose fresco como si tal cosa, se sentía satisfecha con su situación, que había dejado de ser aquel pequeño paraíso de los primeros meses —cuando el teniente no encontraba qué hacer, salvo estar a su lado quejándose de todo y fornicando— para convertirse en algo cada vez más desagradable y vejatorio. Aquellas esperanzas, mínimas, del principio, aquel sueño de poder amarrar al teniente Sotero con los encantos de su cuerpo y con la entrega total de su persona, de convertirse, en el futuro, si no en esposa, sí al menos en concubina fija (con deber de lealtad completa, aceptado servilismo y derecho a ser preñada sin reparos), se había ido, en efecto, disipando para dar paso a una relación en medio de la cual tenía a veces la sensación de funcionar como la cloaca en donde el teniente vertía los residuos de su represión sexual. «El muy pendejo, en lugar de hacerse una paja, viene y se acuesta conmigo», se decía a sí misma, pero no a él, porque en el fondo, enamorada, con los labios en flor encendidos como una granada, como rezaba el bolero de Gatica, a Conchita le quedaba todavía la esperanza de que el teniente permaneciera a su lado o de que los demás aceptaran su presencia como algo inevitable, como algo con lo que había que contar. Sólo que con Conchita no contaba nadie, ni siquiera, al parecer, Sotero, que hacía ya cierto tiempo que a cada rato la dejaba esperando con la comida hecha y con su cervecita en el congelador. A Conchita todo el mundo le había tendido una trampa silenciosa de chismes y calumnias ante las que, además, no tenía la más mínima posibilidad de defenderse, dado que le llegaban de una forma indirecta (como venidas, en verdad, de otro planeta) a través del malhumor y del relativo alejamiento de Sotero, que ahora se encontraba entre dos fuegos con respecto a ella. Uno se concretaba en las presiones de su madre, su novia, su suegra y sus dos protectoras, Evangelina y Enriqueta, que parecían guardarlo como para una tarea superior a sus fuerzas, y el otro en su propia necesidad monetaria y sexual. Y como esto era así, y ella lo sabía, Conchita decidió, infeliz y enamorada, emplearse a fondo en esos dos terrenos: cama y dinero, lo que, en definitiva, equivalía, sin que él naturalmente lo supiera, a convertir a su hombre en una especie de mantenido o, dicho de otra forma, en un chulo cualquiera.

Comenzó su plan a fines de diciembre, cuando descubrió que el teniente había estado sustrayéndole dinero del armario, y desde entonces ella misma le ponía en el bolsillo que si tres pesos, que si cinco pesos, producto de sus préstamos y de sus cambalaches (todo el barrio le debía, le pagaba réditos mensuales o tenía algún artilugio empeñado en su casa), cuando no cigarrillos o pequeños frasquitos de perfume para que siempre fuera oliendo a rosas. En cuanto lo otro, no tenía que esforzarse en nada, ya que su propia naturaleza y su enamoramiento la llevaban a estar siempre dispuesta a todo y a proponerle, como compensación del cariño que no recibía, y quién sabe si por eso mismo, los más extraños y variados juegos amatorios. Cuando él venía, por ejemplo, Conchita se arrastraba a sus pies con una sumisión de culebra, le lamía el sexo, le enseñaba el suyo para excitarlo más y tenía unos orgasmos tan estrepitosos que los muchachos del barrio cogieron la costumbre de formar grupo cerca del callejón de la casa para esperar aquellos gritos, aquellas maldiciones de aparatosa felicidad, aquellos gemidos de hembra que no se sacia nunca. Después, le preparaba un baño tibio rociado de innumerables hojas dizque medicinales (receta en realidad de un brujo especialista en asuntos eróticos) que le daban al agua un color verde oscuro y llenaban la casa de un fuerte olor a savia y a manigua llovida. El teniente salía de allí físicamente reconfortado, desde luego, pero lleno por dentro de una amarga sensación de suciedad, con la mala conciencia de haber herido a alguien por la espalda y el convencimiento de que ahora se encontraba muy por debajo de aquélla ante la que en todo momento se había considerado superior sin discusión ninguna. Claro está que el teniente había aprendido a no tomar en cuenta este tipo de reflexiones más o menos afectivas y en cuanto se vestía se olvidaba de todo y se largaba a la calle con el sexo caído de satisfacción, su paquete de *Pall Mall* en la mano y unos pesos de más en el bolsillo. El teniente estaba viviendo para él mismo y no quería saber nada de otra cosa que no fuera lo suyo. Lo verdaderamente extraño era que, al mismo tiempo, el teniente tenía la impresión de que no había en su vida más momentos auténticos que aquéllos que pasaba encerrado en la casa de tablas de Conchita. Y siendo así, ¿cómo podía pretender doña Josefa que él acabara con eso de repente, sin haber adquirido todavía la base necesaria para sentirse fuerte en los demás terrenos?

Ésa fue precisamente la razón de que cuando su madre, enojada y exigente, le dijo que de la casa nada, el teniente terminara prometiéndole lo que al menos por el momento no estaba ni de lejos dispuesto a realizar: abandonar a la mujer que se lo daba todo sin exigirle nada, salvo un poco de lo que a él le sobraba: simple presencia, simple estar ahí. Para cumplir esa falsa promesa lo único que el teniente le pedía era un poco de tiempo, promesa y petición que hicieron el efecto requerido ante doña Josefa y acabaron por ablandarle el corazón para que al fin cediera. De ese modo la casa, resto de un patrimonio que pudo haber sido importante si el juego y la bebida no se interponen en la existencia del difunto Toñito, su marido, pasó a manos de un nuevo dueño, un exiliado que regresaba de Venezuela con ganas de instalarse en el futuro paraíso que sería el país de ahora en adelante y a quien el teniente pudo arrancarle nada menos que seis mil billetes al contado. La transacción se llevó a cabo el 14 de enero de ese año, que era el de 1962.

6. Freddy Nogueras y Evelinda Rojas
Lunes, 11 de junio de 1962, por la tarde

Después de telefonear a su madre, Freddy volvió a la mesa y se sentó al lado de Evelinda. En la calle El Conde dos filas apretadas se partían el estrecho canal de las aceras, tropezando, impidiéndose el paso unos a otros. De vez en cuando interrumpían su ritmo para observar la zona del Baluarte, donde algunos grupitos de estudiantes pretendían continuar con las protestas de por la mañana. Las patrullas, mezcladas con la muchedumbre, observaban atónitas el vaivén incesante, esgrimían sus fusiles con cierto desamparo. Los bares, todos los bares de la zona, estaban atestados, llenos de un griterío indefinible y turbio. A Freddy lo rozaban los cuerpos sudorosos que penetraban en el Pony, el ruido no lo dejaba entenderse con Evelin. ¿Qué le estaba diciendo? ¿De qué cosas le hablaba? Freddy sólo veía su rostro en movimiento, su naricita respingona, sus mejillas, sus cejas, sus orejas. Los dos, en ese instante, se sentían muy contentos y unidos, demasiado quizás después de la pelea de la noche anterior, cuando ella le gritó reaccionario en plena cara y luego se largó dejándolo plantado en medio de la pista. Afortunadamente ya se habían perdonado, ya se habían dado un beso y habían dicho que no tenía importancia, que se seguían amando como siempre. Se miraban a los ojos y se cogían las manos y se deseaban, ellos eran así. Ahora lo que él quería era regresar a su casa y tenderse en la sala a escuchar algún disco y a esperar que el silencio llenara la ciudad. Acudiría a las cinco al lugar convenido con Paolo dos o tres horas antes, pero sin convicción, dispuesto a pasar una noche en el suelo, rodeado, quizás, de un peligro, de un riesgo completamente innecesario. Se había dejado comer por el susto inicial, eso era todo, por su propio deseo de venganza, que de alguna manera lo hacía sentirse implicado en el hecho y le llenaba el cuerpo de un incomprensible sentimiento de culpa.

Abandonaron el jolgorio del bar y se metieron en el de la calle, que era mayor aún, mucho más estridente, inaguantable. Las tiendas estaban abarrotadas de gente que entraba y que salía con desconcierto, mirando a cada rato su reloj o el del vecino para saber cuánto tiempo quedaba antes del toque. Los choferes no podían circular con libertad debido al gran barullo, al cruceteo continuo, y frenaban, pitaban, doblaban enfadados por cualquier lateral para salir de ese pequeño núcleo de desorden. Corría una brisa suave y hasta fresca, cargada, sin embargo, de olores nauseabundos que, de cuando en cuando, se levantaban de las grandes pilas de basura y estallaban en sucias oleadas sobre la cara de los transeúntes. En principio pensaron que doblarían por Duarte, pero después siguieron caminando hasta la Hostos porque Evelinda se empeñó en pasar por delante del partido, ubicado en el segundo piso de una casa antiquísima, de tiempos coloniales. En el balcón había varios jóvenes contemplando la calle. Uno de ellos estiraba, amarraba, le pasaba la mano a la bandera, que se había enredado entre las filigranas de la barandilla. Freddy propuso que fueran a las ruinas de San Nicolás y ella aceptó encantada, pues quería hablar con él, quería decirle cosas, se sentía enamorada como nunca. La calle Hostos se veía desde allí casi vacía, apenas transitada. Una guagua que cruzaba a lo lejos, por Mercedes, un grupo de niños que bajaban corriendo o un vendedor aislado no conseguían romper el radical contraste entre una zona y otra. Él la cogió de la mano, luego del hombro y así se dirigieron a las ruinas. Evelinda lo miraba a la cara de hito en hito y Freddy sonreía y pensaba en la noche y en el cuerpo de Evelin, en sus dos cuerpos juntos.

—Oyeme, Freddy —dijo ella como para iniciar el diálogo que llevaba en la mente desde que se vieron.

—Dime.

—¿Tú crees que sea necesario quedarte con Paolo esta noche?

—¿Por qué tú me lo dices?

—Pues porque yo creo que es peor eso que dormir en tu casa.

Freddy siguió avanzando sin mirarla, escupió estilo

80

macho en la cuneta, en la que se veían aisladas lagunillas de agua sucia, espesísima, negra.

—La precaución nunca está de más —sentenció—. Sólo por eso voy.

—De todas formas yo no estoy muy convencida —insistió ella—. Ya tú sabes lo que pasa con Paolo.

—Qué pasa con Paolo —dijo Freddy.

Evelinda esperó un rato antes de contestar.

—No, nada. Que siempre está metido en todo, que es un revolucionario de primera, un cabeza caliente y a lo mejor lo están acechando.

—¿Tú crees? —dijo Freddy desde su altura de baloncestista, con despreocupación, cambiándose de lado, pues se había dado cuenta de que la iba vendiendo—. Pudiera ser —dijo Evelinda—. Mamá le tiene miedo por eso. Lo quiere mucho, pero le tiene miedo. Siempre anda como esquivo. ¿Tú no te has fijado?

—Sí que me he fijado —asintió Freddy, dejando de mirar hacia la erguida perspectiva del final de la calle, allí donde empezaba, según él, la cuesta más hermosa de toda la ciudad—. Pero eso no tiene nada que ver. Si mañana, como él dice, yo veo que todo sigue igual, me vuelvo a casa y en paz.

—Pero tú llamaste a tu mamá y ya viste lo que ella te dijo. El barrio está calmado —arguyó Evelin.

—No hay que confiarse por eso. Ya tú sabes cómo es la cosa aquí. Cuando menos tú te lo piensas, pam.

—No te va a pasar nada. Fue sólo tu odio lo que te hizo coger miedo.

—Lo mismo pienso yo, pero más vale —dijo Freddy ayudándola a bajar de la acera—. Total, una noche es una noche.

Estaban ya en las ruinas, donde el silencio era casi total. Pasaban transeúntes aislados y algún ruido lejano se acercaba hasta ellos, rebotaba en los antiguos paredones rojizos, se esparcía en el ambiente como algo sin sentido. Subieron los escalones y anduvieron por senderos de grava hasta llegar al fondo del lugar, lleno de muros rotos, roídos por el tiempo, sillares esparcidos, dependencias vacías, de paredes altísimas, abiertas totalmente al cielo de la tarde. En la parte central de una de ellas había un pequeño estanque circular al que bajaban a beber, zureando, las palomas. Olía, aquí sí, a cosa limpia, a tierra húmeda y fresca. Daba pena mirar, desde aquel interior, las fachadas mugrientas de las casas de enfrente, la pintura cayéndose a pedazos, el turbio laberinto de letreros y siglas que la fiebre política había tejido en ellas. Freddy extendió su pañuelo sobre una de las piedras para que Evelin no ensuciara su ropa. Ella dio un saltito para subir, de forma que las piernas le quedaron colgando, púdicamente unidas en toda su extensión. Freddy siguió de pie, recostado en la piedra y rodeándole el cuerpo con entera confianza.

—Freddy, tengo miedo —dijo ella.

—Miedo de qué, mi vida.

—Miedo de que te ocurra algo con Paolo. ¿Tú sabes que Paolo tiene una pistola? A mí me la enseñó. ¿Y para qué la tiene?

—No lo sé —dijo Freddy, intentando mantener la calma, intentando calmarla—. Pero no te preocupes.

—Está muy metido en el partido —siguió ella—, vive para eso. Yo hasta creo que le tienen puesto el ojo encima.

Freddy empezaba a ponerse nervioso, a dejarse arrastrar por el nerviosismo de su novia.

—Ya te dije que sólo va a ser esta noche. Así de paso hablo un rato con él. Hace mucho que no nos sentamos a discutir como antes.

Evelinda cruzó las piernas, se dejó acariciar las orejas por los dedos mulatos de Freddy, permitió que su mano le recorriera el torso y que llegara a una de sus corvas, en donde se quedó descansando, indecisa.

—Yo no sé por qué tú le das tanta importancia a una cosa tan simple —dijo ella—. Mataron a un sargento, *okey*. Y antier mataron a un civil y hace tres días a dos trabajadores y en Santiago a un pobre campesino. ¿Y qué?

Freddy retiró la mano con cierta brusquedad, se la llevó al bolsillo trasero del mahón y se puso a remover la arena con la punta del zapato.

—Ya yo te expliqué lo que hay con Ramos —dijo—, ya tú conoces lo que había entre ese maldito hombre y yo. Mejor dicho, entre yo y ese maldito hombre.

—Sí, ya lo sé, ya lo sé —dijo ella como retrocediendo—. Pero ojalá tú vieras cómo dieron la noticia por el radio. Matan sargento en burdel, y de una vez pasaron a otra cosa.

—¿Eso fue todo lo que dijeron? —se extrañó Freddy—. ¿Nada más?

—Sí. Lo tacharon de conocido esbirro de la tiranía y dijeron que la gente lo acusaba de cometer abusos por toda la barriada. Todo eso como veinte segundos, ¿qué te parece? Y tú armándote un lío del diablo. Olvídate de eso ya, no pasó nada.

—¿Y nada más? ¿No dijeron nada más? —insistió Freddy—. ¿Si están investigando? ¿Si agarraron a alguien?

—Que se sospecha que fue por política, debido a sus antecedentes, que si grupos clandestinos, ya tú sabes. Entre ellos mismos hasta habrá quien se alegre de que quitaran a ese hombre del medio. Por eso te digo que más peligroso es lo de esta noche. Estoy muy preocupada, desde que me lo dijiste estoy muy preocupada.

Freddy sonrió, se le acercó de nuevo, emocionado, sinceramente emocionado.

—¿Por mí —bromeó—, por el único hombre de tu vida?

—Relaja, si tú quieres —dijo ella muy seria—. Pero es verdad, tú lo acabas de decir. Por el único hombre de mi vida. ¿Tú que piensas?

—¿De irme a otro sitio?

—Sí.

—Ya te lo dije. Estoy de acuerdo contigo, pero no puede ser.

Evelin le pasó la mano por el cuello, con cariño. Lo notó pegajoso, pero no le importó. Le dio, zalamera, un beso en la mejilla.

—¿Por qué no puede ser?

Freddy bajó el rostro, levantó la punta de los pies, chasqueó la lengua detrás de los dientes. «Qué vaina», pensó.

—Pues porque no —respondió—. Porque Paolo es amigo mío. Lo estuve buscando toda la mañana hasta encontrarlo y él no dudó en decirme que me quedara con él. Así que ahora no voy a ir de desconfiado a decirle que me voy a otro sitio. ¿Tú no lo entiendes? También él se va a arriesgar por mí.

—Es que yo no quiero que te pase nada, mi vida —dijo ella con el mismo tono que había estado empleando durante toda la tarde.

—Qué me va a pasar. No me va a pasar nada, déjate de estar azarando la cosa —replicó Freddy con dureza—. ¿Tú crees que Paolo es bruto y se va a meter en un sitio donde no estemos seguros ni él ni yo?

Evelinda adoptó, de pronto, una postura firme, apoyó las manos en la piedra, se le acercó a la cara antes de responder.

—Yo de eso no sé. Yo lo que te digo es que estamos en un mal momento, pendientes de lo que decidan tres o cuatro pendejos, y si se arma un lío esos tres o cuatro van a tener que encerrar a media humanidad. Y eso puede suceder en cualquier momento. Y Paolo es uno. Y estar con él es arriesgarse.

Freddy volvió a sonreír, pensando que Evelinda tenía muchísima razón, satisfecho de que alguien lo quisiera de esa forma.

—*Okey, okey* —se defendió—, pero en ese caso yo tampoco debiera estar contigo.

—Oh, ¿y por qué? —respondió Evelinda, sorprendida, un tanto fuera de onda.

—¿Tú también no estás en el partido? —su tono era burlón—. ¿Tú no eres tan revolucionaria?

—Bah. A ti lo que te pasa es que estás picado por lo de anoche —dijo ella, dándose cuenta del juego, creyendo descubrir dónde estaba el origen de la repentina ironía de su novio—. Pero ya yo te pedí perdón, Freddy. ¿Me vas a estar ahora todo el rato castigando con eso?

—No, no, si yo te lo estoy diciendo en serio. ¿No es verdad? Tú antes siempre estabas hablando de lo mismo. ¿Qué pasa? ¿Ya se te quitó la fiebre?

—No se me quitó ninguna fiebre. Y yo no soy del partido, cojollo, métetelo en la cabeza —gritó—. Del Catorce es Paolo, yo no. ¿Okey?

—¿Ah, no?

—No. Para que tú lo sepas.

Freddy levantó los brazos teatralmente.

—Primera noticia.

—¿Y me quieres tú decir cuándo te he dicho yo que yo soy del Catorce?

—Nunca, es verdad —admitió Freddy—, Pero yo creí que eso era por guardarte el secreto.

Los ojos de Evelinda perdieron vivacidad, se quedaron tranquilos, posados con tristeza en cualquier sitio, más allá de Freddy, de ella misma, muy lejos de esa tarde y esas ruinas.

—No hay secreto, Freddy —dijo sin inmutarse, cruzando las manecitas blancas encima de la falda—. Nunca ha habido secreto de mí para ti, aunque te parezca lo contrario. Y no peleemos, te lo ruego. Perdóname por lo de anoche, otra vez. Pero no peleemos, ¿eh?

Lo de anoche había sido violento, y más por la presencia de los otros en su misma casa, por la de Wilson y Yolanda en la de enfrente, por aquel genterío que dejó de repente de bailar su bolero para mirarlos a los dos gritando como locos, primero sin soltarse y después alejándose, ella con el brazo extendido hacia su combinado y él dando tumbos hacia la puerta de la calle.

—Okey, de acuerdo, no peleemos —dijo Freddy, agarrándola por la cintura y haciéndola bajar para besarla, lo que, en efecto, hizo.

—Oh, Freddy, te quiero —dijo ella, y lo besó de nuevo.

—Mira, revolucionaria —dijo poniéndose muy serio—. Te voy a proponer una cosa.

—Propónmela.

—Tú no quieres que yo me quede con Paolo esta noche porque, según tú, voy a arriesgarme sin necesidad, ¿no es eso?

—Sí.

—Yo no puedo decirle a Paolo que no voy a ir, ¿verdad que no?

—Sí.

—¿Sí, qué?

—Que sí, que tú no puedes.

—*Okey*. Entonces, te propongo lo siguiente. En lugar de quedarme con él me quedo contigo. Tú me abres la ventana de tu cuarto y yo me quedo contigo. Después, o antes, se lo digo a Paolo, y así ni yo me arriesgo, ni él se pone bravo, ni tú te mortificas. ¿Qué te parece?

Lo dijo con su cara de niño, sin pensar, entusiasmado, convencido de que Evelinda no se negaría.

—Tú sabes bien que eso no puede ser. Mamá se va a dar cuenta —respondió ella con amargura.

—Que no puede ser, que no puede ser. Contigo nunca puede ser.

—No seas así, Freddy, no me hables así. ¿No lo hemos hecho ya otras veces?

—Sí —gritó Freddy, apartándose—. Pero siempre cuando tú has querido.

A Evelina se le llenaron los ojos de lágrimas.

—Será cuando yo he podido —dijo, y comenzó a llorar—. Además, yo no soy un cuero, ¿tú me oyes? Yo no estoy aquí para abrirte mi cuarto cada vez que tú quieras, ¿te das cuenta? ¿Me oíste?

Freddy estaba como desinflado, completamente sorprendido.

—Cálmate, mi vida, ya yo sé que no, cálmate, mi amor, excúsame.

Le pasaba la mano por la cara, le limpiaba los ojos con la punta del pañuelo, le daba besitos en la frente, en las mejillas, le recogía el pelo tras la nuca.

—Es que tú a veces me tratas como si tú no me quisieras —dijo ella al cabo de un momento, hipando todavía.

—Eso no es verdad, eso no es verdad.

—¿Pero, tú me quieres? ¿Tú me amas? —dijo ella abrazándolo—. Me gustaría que alguna vez tú me lo dijeras.

—Montones de veces te lo he dicho.

—Sí, pero siempre cuando estamos de esa forma.

Freddy le cogió las manos y la miró a la cara.

—Mira, para que tú veas que no es verdad te lo voy a decir ahora mismo: te quiero.

—¿De verdad? —dijo ella, y se sintió feliz, feliz, feliz—. ¿De verdad que tú me quieres, Freddy?

—Sí, de verdad.

—¿Como yo?

—Yo no sé cómo me quieres tú.

—Yo mucho, muchísimo, mucho, más que a nadie. ¿Y tú quieres que te diga una cosa? Me di cuenta, verdadera cuenta, anoche. Mi vida, tú no sabes lo que yo he sufrido desde anoche. De verdad, Freddy, anoche fue que yo lo supe, que yo me di cuenta. Casi estuve a punto de ir a tu casa a buscarte. Esta mañana ni siquiera salí. Me quedé metida en casa, pensando en ti. Solo deseaba verte, pedirte que me perdonaras.

—Pues mira como son las cosas —dijo Freddy para castigarla un poco—. Yo te estuve buscando. Casi me caen a palos por El Conde. Me libré de chepa. ¿Así que tú no estabas allí?

—¿De verdad, Freddy? —exclamó ella, de pronto iluminada—. ¿De verdad que me saliste a buscar?

—Claro que sí. Y eso a pesar de todo lo que me dijiste anoche.

—Olvídate de anoche, mi vida, te lo ruego. Todos estábamos muy raros. Yo estaba muy mareada, más que nunca. ¿Tú sabes que después que tú te fuiste vomité?

—¿Y quién te acompañó a tu casa? —preguntó Freddy, sin poder contenerse un repentino arranque de celos.

—Los muchachos. ¿Quiénes iban a ser?

—¿Te fijas en lo que te digo? —gritó él—. Siempre, coño, estás rodeada de hombres.

—Pero, Freddy, mi amor, tú te fuiste, yo estaba muy mareada. ¿Qué querías tú que yo hiciera? Ya te pedí perdón. ¿Es que no me vas a perdonar de una vez?

Freddy la vio de nuevo a punto de llorar y le rodeó el rostro con las manos.

—Sí, *okey*, sí, te perdono —dijo. Pero no te me pongas a llorar otra vez, ¿eh? Te perdono.

—Pero ¿de verdad? ¿Ahora de verdad?

—Sí, de verdad, ahora de verdad.

Evelinda lo abrazó con fuerza, le buscó los labios, lo besó.

—Oh, Freddy, yo quisiera que tú supieras cuánto, pero cuánto yo te quiero. Cada día más ¿tú sabes? Yo quisiera ser tu mujer, tu mujer de verdad. Yo hiciera lo que tú quieras.

Freddy, entonces, se puso a mirarla con tristeza, tremenda y bruscamente desesperado.

—Evelinda, Evelin, tú no debieras decirme todo eso —hablaba con una voz sincera, elemental—. Ni siquiera pensarlo. Tú sabes bien que yo nunca te prometí nada. ¿Verdad que tú, te recuerdas de eso?

—Sí, lo sé, Freddy. Yo sé que tú, nunca me mentiste. Yo lo sé. Pero tú vas a ver que de ahora en adelante me voy a portar bien, me voy a portar bien y voy a hacer todo lo que tú me digas, todo lo que tú me mandes, mi vida. Si tú quieres hasta dejo de pensar en la política y sólo salgo cuando tú me lo ordenes.

—Evelin, Evelin, óyeme, óyeme un momento —respiró profundamente antes de continuar, pero lo hizo con firmeza y como liberándose de algo—. No es que yo no te quiera. Yo también te quiero, coño.

—¿Entonces?

—Que yo no me pienso quedar aquí, Evelinda. Te lo he dicho mil veces, que yo me voy de aquí, que yo me largo. ¿Me oíste? ¿Tú me estás oyendo? En cuanto me den la visa, que va a ser mañana. Y si no me la dan, también.

Evelinda no le dio importancia a lo que ya había oído y discutido tantas veces. Comprendía. Comprendía.

—Sí, ya yo lo sé, ya yo sé que tú te vas a Nueva York. Pero eso no me importa, mi vida. Yo me voy detrás, o contigo. Yo te sigo a donde sea. ¿Tú me llevarás? ¿Tú me mandarás a buscar?

Él estaba francamente enojado. ¿Tantas peleas para

eso, para que ahora le saliera con que ella también iba?

—¿A Nueva York? ¿Tú a Nueva York, a ese país de reaccionarios y de imperialistas?

—Es que yo no voy por ellos, mi vida —dijo Evelinda manteniendo la calma—. Yo me voy por ti, detrás de ti, porque tú me llevas. No por ellos. ¿Tú me entiendes? Oh, Freddy. Dime que tú me quieres un poquito, por favor. Dímelo.

—Sí te quiero, sí te quiero, Evelinda. Pero no es eso, no es eso.

—Entonces qué es, dime qué es.

—No es nada. Es simplemente que yo no me quiero casar, que yo no me quiero comprometer a nada. Coño, pero si te lo he dicho más de mil veces, Evelin. Si esto tú lo sabes desde el principio.

—Sí, sí. Pero es que yo te quiero desde el principio, desde el principio —dijo ella, dispuesta a pasar por encima de todo, amante, concubina, novia, señora esposa, con tal de no perderlo.

—Pero no lo parecía, Evelin. Nunca me lo dijiste como hoy.

—Es que yo me aguntaba, mi vida, me aguantaba, no sé por qué, no me preguntes por qué, pues no lo sé. Pero ya no, ya no me aguanto más. Si tú quieres hasta me quedo contigo esta noche. Olvídate de lo que te dije antes. Te puedes pasar la noche conmigo. Sí, te puedes pasar la noche conmigo.

—No, Evelin, no. Esta noche no.

—Sí, sí, mi vida, por favor, te lo digo de verdad.

—No, Evelin. Otro día, otro día, Evelin.

Ella se le acercó, volvió a abrazarlo.

—Pero ¿tú me quieres? ¿Tú me quieres?

Freddy le temió, la apretó, le acarició los senos, los muslos, la cadera.

—Claro que sí.

Evelinda levantó el rostro. No era pequeña, pero él era mucho más alto. Freddy la besó profundamente, con dureza, sus dientes se tocaron, se enredaron sus lenguas.

—Te quiero, amor mío. No puedo vivir sin ti.

—Yo también te quiero, Evelinda, cariño.

Se besaron de nuevo, se separaron, se abrazaron. El olor sucio de Freddy se mezclaba con el perfume barato, pero suave, de ella.

—Te quiero, coño, te quiero.

—No llores, revolucionaria. Yo también, pero no llores.

7. Yolanda Martínez
De abril a mayo de 1962

A Yolanda Martínez le gustó todo, lo que se dice todo, de ese muchacho tan servicial, tan educado y bueno, llamado Wilson Tejada. Le gustaron sus catorce de bíceps, su pectoral amplísimo, aquella cinturita de atleta, sus hombros y su cuello. Le encantaron sus dientes, su nariz y su boca, su tez algo cobriza, pero no demasiado, su pelo con un toque de brillantina *Yardley*. Se pasó varios días con su imagen prendida en el recuerdo, pensando que en cualquier momento él aparecería y le diría qué tal, mirándola a los ojos con la misma insistencia de la primera vez. Su figura se le imponía de una forma obsesiva, produciéndole insomnios agradables, sueños amorosos y figuraciones amargas que la llevaban a pensar que para él aquel encuentro no había sido lo que para ella. Se equivocó en redondo, desde luego, porque una noche de esas en que ella se aburría, Wilson parqueó su *Chévrolet*, es decir, el carro de su padre, en frente de la casa y la llamó con un ligero toque de bocina. Yolanda no sabía qué hacer, dónde meterse, cómo salir a recibirlo, y a Wilson le sucedía lo mismo. Al final, él apagó el motor y se acercó arreglándose el cuello de su mejor camisa y ella encendió la luz de la pequeña galería para verlo mejor, tan hermoso y apuesto como lo recordaba. Ninguno de los dos encontraba la forma de comenzar el diálogo, y entonces intervino la mamá de Yolanda, que era una mujer muy buena y educada, según descubrió Wilson en seguida, y le ofreció un refresco para animar la cosa. Después, sin esperar que Wilson aceptara, se marchó a la cocina y los dejó solos, unos enfrente del otro, con toda aquella carga de afecto y mutua simpatía a punto de estallar. Wilson sentía ganas de abrazar a Yolanda o al menos de estrecharle las manos, de rozarle un dedito tan siquiera, y a Yolanda le pasaba lo mismo, de modo que allí estaban, igual de emocionados que la primera noche.

Cuando la mamá regresó con el refresco él ya se había animado y le estaba explicando a su futura novia, a su futura esposa (el corazón se le quería salir de la caja torácica), por qué no había venido al día siguiente del baile en casa de su amiga, y ella cruzaba sus piernas perfectamente hechas y de cuando en cuando sacudía la cabeza en señal de satisfacción, intentando adoptar la postura ideal para escucharlo. Resultaba, decía él, con su voz fresca, con el sabor a menta, de una menta esparcida por todo el paladar, que su papá no se hallaba en la capital, sino que había viajado al Este con su mamá, para lo cual, como era lógico, se llevaron el auto. Y como él no quería visitarla a pie, porque tenía la intención de invitarla a tomar un helado y de paso enseñarle lo mucho que había cambiado la capital por ciertos sectores desde que ella se fue a Nueva York, que hacía ya tanto, se había visto obligado a esperar a que ellos regresaran. Claro que ya sabía que había venido tarde, que ésa ya no era hora de ir a ver ningún sitio de esta ciudad tan sucia (que además, y mirándolo bien, a lo mejor no había cambiado nada), pero a pesar de todo si a ella le apetecía coger el fresco o simplemente si tenía que hacer alguna diligencia o algo por el estilo, con decirlo bastaba, a sus completas órdenes. Yolanda se rió del nerviosismo y al mismo tiempo de la sinceridad de sus palabras y consideró que ésa era la invitación más hermosa que le habían hecho nunca. Después fijó sus ojos en los ojos de Wilson y respondió que *okey*, que a dónde iban. Wilson estaba sorprendido de la rapidez y de la libertad con que Yolanda tomaba las decisiones y cuando se subieron en el carro y arrancaron en busca de algún sitio curioso no cesaba de mirar con el rabillo del ojo a esa muchacha extraña y desde luego encantadora, como sacada de un sueño, que el destino le había puesto en la vida. También Yolanda estaba entusiasmada como nunca y más cuando lo veía con aquel porte de futuro doctor en medicina manejando con la mano derecha, encendiendo el radio con la mano derecha, mesándose el cabello con la mano derecha, mientras que con la izquierda les decía a los de atrás me meto por aquí, doblo, voy a frenar, etcétera. Anduvieron muchísimo por toda la ciudad, gastando gasolina como locos, pasando por los mismos sitios una y otra vez, sin cansarse, deseando pasear, deseando prolongar aquel paseo el tiempo que duraran sus dos vidas. Apenas hablaron de cuatro o cinco cosas, pero largo y tendido y con muchos detalles, como si cada uno pretendiera que el otro lo fuera comprendiendo muy poquito a poquito. Hablaron de cine, de Nueva York, de libros, de los amigos y de los conocidos, y cuando ya se habían cansado de brujulear por ahí, Wilson diciendo, por ejemplo, que mirara tal cosa y ella completamente ajena a lo que no fueran sus dos labios, su mano, el elegante movimiento de sus piernas jugando con el freno y el cloche, recalaron en el malecón y buscaron un lugar solitario para seguir hablando; hasta que su reloj de oro, regalo de su tía, lumínico, *waterproof*, marca *Bulova*, señaló la hora del regreso, que eran para Wilson las nueve y media y para Yolanda ninguna en especial porque a ella no le preocupaban esas vainas. Curiosamente, lo pensaron después, cuando ya estaban solos, el deseo de abrazarse del principio, esas ganas de darse un beso loco, desapareció completamente en cuanto comenzaron a charlar y a conocerse, de modo que la despedida fue de lo más rutinaria y amistosa, un apretón de manos, buenas noches, y promesa de que al día siguiente se llamarían por teléfono.

Al día siguiente, en efecto, allí estaban los dos, pegados al aparato e iniciando con ello una costumbre que en algunas ocasiones llegaría a desencadenar pequeños dramas familiares por razones diversas. Una de ellas la desesperación que le entraba a Wilson si su madre, su tía o su hermano Ramón se encontraban usando el aparato a la hora de hablar con su muchacha. Si quien hablaba era el coronel, Wilson lograba contenerse al máximo; pero si no, lo más probable era que el escándalo estallara y hubiera que colgar y decir cualquier cosa: te llamaré después o llámame a la noche, para que el más bonito de la casa pudiera conversar con su derriengue. Siempre a las tres y media sonaba ese teléfono que nunca se averiaba, y siempre hacia las cuatro y cuarto, con la oreja como una remolacha, se despegaban ambos del auricular después de haberse despedido y de haberse arrojado besos y piropos.

El primer día, desde luego, fue un tanto diferente, ya que incluso la postura de ella en el sofá o la de él en un rincón del suelo dificultaban la fluidez de la conversación. Yolanda se mostraba algo esquiva y titubeaba mucho antes de contestar ciertas preguntas que Wilson consideraba esenciales, y él no sabía qué hacer, qué palabras usar, cuando era ella la que lo atacaba —en el más cortesano sentido del vocablo— investigando sus posibles gustos en materia de cine, política y moral. La cosa fue variando lentamente, como era natural que sucediera, y al cabo de tres o cuatro días de llamadas, la rutina, en la que ninguno de ellos reparaba todavía, había marcado una agenda de temas que poco más o menos consistía en lo siguiente: en primer lugar, cuestiones relativas a todo lo ocurrido en la oficina, chistes, anécdotas, charlas y trabajo; en segundo, las cosas que ella había estado pensando de él, por él y para él a lo largo del día, termómetro que daba la medida exacta, los grados alcanzados por su enamoramiento; en tercero, lo que pensaba hacer esa tarde o esa noche, elaboración de planes en la que Wilson tenía un papel de primera figura que lo entusiasmaba, y, finalmente, en cuarto, chismes varios, comentarios dispersos, despedida y cierre. Eso en cuanto a lo de Yolanda, porque lo de Wilson se dividía en dos bloques sumamente estrictos: lo que hacía por la mañana, que en una época de huelgas universitarias y de abulia siempre era lo mismo: levantarse tarde, pasearse por El Conde, charlar con los amigos, aburrirse, en resumen, y lo que haría por la tarde, que dependía de lo que ella quisiera, dado que su vida se había partido en dos, un antes y un después de conocerla.

No todo, claro está, se reducía al teléfono. Por las tardes, después de una larga sesión de gimnasia en la que alternaba ejercicios de barras y mancuernas con saltos calisténicos y empleo a fondo de la tensión dinámica; después de bañarse, empolvarse, vestirse y tomar una notable cantidad de jugo de toronjas o naranjas, Wilson salía a buscarla y a pasear con ella, a repetirle personalmente casi todas las cosas que le había dicho a las tres por teléfono. El paseo vespertino lo efectuaban casi siempre a pie, ella olorosa y bien peinada y él a su lado, custodiándola con aquellos dos bíceps que apretaba muy fuerte en señal de aviso previo e inmediata pescozada a cualquiera que osara mirársela más de lo permitido —que en su escala de valores no debía ser nunca un tiempo superior a una milésima de segundo—. A veces llegaban al parque Independencia solamente, pero otras se acercaban hasta el malecón para ver el crepúsculo, espectáculo que Yolanda apreciaba muchísimo porque lo comparaba con aquellos crepúsculos tardíos, apagados y lentos (también hermosos, ella no lo negaba) de una ciudad que fue y que seguía siendo la ciudad de sus sueños, Nueva York. Escuchaban el mar durante un rato y luego regresaban por el mismo trayecto, sin detenerse en ningún sitio, solos, pensando en qué momento se dirían, por fin, que se adoraban. Los paseos vespertinos eran cortos, con el objeto de que él pudiera dedicarle el tiempo necesario a sus estudios de medicina, que últimamente lo traían medio loco. A Yolanda que Wilson estudiara medicina, carrera tan bonita que no hay otra que pueda comparársele, le encantaba muchísimo, y más cuando lo imaginaba en una clínica durmiendo mal, sacrificándose por los demás, enteramente vestido de blanco y a la cabecera de un enfermo cuya vida dependía de él, de sus cuidados. Le encantaba imaginarse a sí misma ayudándolo con auténtica devoción, primero para que terminara la carrera, después para que la ejerciera, insuflándole optimismo cada vez que la muerte le ganara una partida de las numerosísimas que tendría que echar para salir adelante. Por eso no le molestaba que el paseo durara poco y por eso se despedía encantada y calculaba el tiempo que él tardaría en bajar hasta su casa para llamarlo de inmediato y darle por teléfono esos últimos ánimos que ella consideraba necesarios. Los paseos a pie casi siempre terminaban de ese modo, si bien algunas noches él se quedaba un rato sentado en la pequeña galería mientras ella cuidaba del picó o su hermanito le pedía consejos para llegar a ser tan fuerte como él con pesas de cemento. ¿Se podía? Las de hierro, decía el muchacho, están pensadas por los americanos, por la gente blanca, y desarrollan a la perfección, cosa que no ocurría con las de cemento por mucho que uno intentara equilibrarlas. Él conocía muchachos que se habían desarrollado mal por usar sólo pesas de cemento, trece en un brazo, trece y medio en el otro, por ejemplo, y él prefería quedarse flaco a estar así de descompensado. Wilson le contestaba todas sus preguntas, le prometía revistas atrasadas que le darían la clave para llegar a ser el mejor fisicoculturista del país y después lo olvidaba y se ponía a charlar con Yolanda.

Los paseos en auto, en cambio, resultaban distintos, y por muchas razones. Primero porque el vehículo sólo se lo prestaban muy de cuando en cuando, y era por tanto una gran novedad; segundo porque se sentían mucho más libres, más como de ellos mismos, refugiados en aquel armazón metálico que los protegía del viento, de la lluvia, del calor y muy especialmente de los demás, que ya se sabe que son seres dañinos cuando uno está empezando a enamorarse, y tercero porque se prolongaba de forma extraordinaria el tiempo de estar juntos, que era lo principal. En esos casos, Wilson la iba a buscar a prima tarde, con tres o cuatro pesos en la cartera y media cajetilla de cigarrillos *Winston, Marlboro, Chesterfield* o *Kent* en el bolsillo de su camisa limpia y bien planchada y la llevaba fuera de la ciudad, por el lado de Haina o el de Boca Chica. Como era muy aficionado al ejercicio de la natación, Wilson se conocía al dedillo la costa del país, especialmente la que quedaba cerca de la capital. Por eso le enseñaba a Yolanda rincones que muy pocos podrían enseñarle, lugares recoletos que él había descubierto en sus andanzas, calas de poca anchura donde entre roca y agua había tan sólo siete u ocho metros de arena limpia y cálida en la que ella podía extender su toalla y sobre la toalla su hermosa cabecita para que él la mirara largamente y la adorara. Precisamente por Haina quedaba aquel rincón secreto que a ella le gustó tanto, una playita sola rodeada por uveros a la que regresaba, cuando caía la tarde, un grupo de tres o cuatro yolas repletas de pescados saltones y brillantes. La encontraron como por casualidad y de inmediato la escogieron como refugio de un sentimiento que ya no soportaba estar mucho más tiempo contenido y que una buena tarde, y allí mismo, estalló con la furia y el arrobamiento que eran previsibles.

Cuando eso sucedió, cuando por fin llegó ese instante maravilloso, hacía unas tres semanas que Wilson y Yolanda salían juntos. Era éste, desde luego, un tiempo excesivamente largo para la pasión que les venía quemando el corazón, las manos y el cerebro, pero si ocurrió así fue precisamente porque tanto él como ella tenían miedo de dañar con las prisas del deseo corporal un sentimiento que crecía limpio y puro y que exigía paciencia y mucha calma, como todas las cosas que uno quiere hacer bien. A Yolanda, además, le resultaba duro tener que confesarle ciertas cosas que a partir de ese instante adquirirían para Wilson una importancia desmesurada, aun cuando para ella (y más desde el momento en que lo conoció) habían descendido al grado menos-cero de su escala afectiva. Se refería, naturalmente, a sus amores anteriores, en especial al de Carmelo, que aún seguía empeñado en considerarla un poco suya y que hasta le había enviado con una amiga común el bolero de Lucho que empezaba: «dicen que la distancia es el olvido, pero yo no concibo esa razón...» Se refería también a ciertas amistades masculinas un tanto comprometedoras; y no precisamente por su causa, ya que después de lo de Carmelo podía jurar sobre la Biblia que no había hecho nada que la avergonzara, sino por la de ellos, que no conseguían asimilar el rechazo de que habían sido víctimas y que ahora andaban por ahí vilipendiándola. Por eso aquella tarde en que Wilson, atolondrado y como temeroso, le dijo que la amaba más que a nadie en el mundo, que la vida sin ella fuera un cielo nublado para él, Yolanda pudo comprobar en su interior que a veces la amargura y la felicidad se juntan en un mismo sentimiento. Y era que se sentía, por un lado, contenta de estar con él y, por otro, culpable de haber consentido que las cosas llegaran a ese punto sin que en ningún momento se hubiera conversado sobre lo principal. Yolanda se decía que no debió nunca permitir el inicio de tales relaciones sin que antes el que iba a ser, el que ya era su novio, supiera a ciencia cierta con qué clase de mujer comprometía su vida. Si hubiera sido otro cualquiera, uno de los muchos que la asediaban (el mismo Iván desplazado por Wilson, por ejemplo) a ella le habría importado lo de siempre, un sencillo carajo, ocultarle la verdadera índole de su vida anterior. Pero en el caso de Wilson se lamentaba de haber actuado así, de haberse dejado llevar por ese amor loco e impulsivo, como si ella no fuera lo que era, una mujer hecha y derecha, sino una colegiala del Serafín de Asís. Lo único que le servía de justificante era el pensar que aquella tarde no hubiera habido mujer en este mundo lo suficientemente fuerte como para resistir el apasionamiento y el fervor con que Wilson le declaró su amor; que nadie, absolutamente nadie del sexo femenino, habría sido capaz de mantenerse firme en un escenario tropical que parecía como hecho a la medida del instante. Ella lo hubiese querido detener, ponerle la manita en el hombro con dulzura, indicándole que todavía no, que antes había que hablar de muchas cosas, pero el ruido del mar, el color nacarado del crepúsculo y aquel olor a fruta y a mariscos, a yodo y arrecife, la hicieron olvidarse de sí misma y acabó sucumbiendo ante sus besos.

Existían, además, ciertos detalles de naturaleza técnica que le impedían, como era su intención, entregarse sin trabas al abrazo voluptuoso de aquel cuerpo que la estrechaba con un furor y una ingenuidad de adolescente. Uno era la promesa formal que se había hecho de no volver a caer en lo de Carmelo, a menos que se sintiera profundamente enamorada, cosa que, muy a pesar de todo, aún estaba por ver, y otro la diferencia de edad que existía entre los dos, diferencia que Yolanda no se había atrevido a mencionar por el temor de originar la primera dificultad, las primeras caras serias en el paraíso de sonrisas que habían ido creando. Por fortuna esto último sólo le preocupaba a ella, porque a Wilson le daba francamente lo mismo lo cual, por cierto, no evitó que antes de hablar con él, Yolanda pasara días insoportables, días en que su corazón y cerebro marchaban por lugares distintos, sin posibilidades de encontrarse, días que la hacían poner cara de idiota en la oficina y caer en errores tan tontos como el de confundir las direcciones comerciales de las cartas u olvidarse de archivar las facturas. Días y también, claro, noches. Noches sin apenas dormir, noches en que de puro miedo tenía que llamar a su madre para que se quedara un ratito con ella, noches en que no hizo otra cosa que imaginarse diálogos amargos y soñar que amamantaba a un niño con bigotes y músculos de acero que no podía ser otro que su novio. Hasta que al fin se dijo que no, que no y que no, que aquello no era justo y que debía sobreponerse a todo y confesarle a Wilson el delito de ser tres años, nueve meses y veintisiete días más vieja que él. Lo llamó aquella tarde de su decisión más temprano que de costumbre y el teléfono despertó a la familia, que estaba en plena siesta, y los puso a temblar porque por esos días el ejército se hallaba acuartelado y el coronel telefoneaba a cada rato para tranquilizar a las mujeres y contarles cómo iban las cosas. Wilson mismo se sobresaltó y corrió hacia el aparato con cierto nerviosismo, pero luego se tranquilizó y se sentó en el suelo, como siempre, para escuchar su voz. Ella no se lo dijo de inmediato, pensando que confesiones de esa naturaleza se efectúan cara a cara —mirándole los ojos al interlocutor, estudiando sus gestos— y quedaron citados para después de cenar. Wilson se puso tan nervioso ante su reticencia, ante su negativa a discutir el tema por teléfono, que no tuvo sosiego hasta que habló con ella y supo al fin de lo que se trataba. Ni siquiera logró llevar a cabo su sesión de gimnasia, limitándose a trabajar los brazos con mancuernas y a sesenta flexiones abdominales repartidas en dos series de treinta. Esa tarde, además, sostuvo la primera discusión con su madre a causa de Yolanda, pues aquélla comenzaba a notar, según decía, el descalabro a que esa repentina pasión estaba sometiendo su programa de vida, anteriormente considerado como modélico. El hecho de que sus libros de patología estuvieran desde hacía ya dos días abiertos en la misma página encima de su mesa de estudio, cubiertos incluso por una ligerísima capa del polvo que imperceptiblemente entraba por la ventana de su cuarto que daba al mar Caribe, así como el de que sus pesas y su ropa anduvieran tiradas por el suelo, cosa impensable antes, denotaban muy bien el grado de ensimismamiento amoroso a que lo conducía la tal Yolanda esa, que vaya usted a saber qué clase de muchacha sería. Wilson desde el principio se negó a hacerle caso, obsesionado como estaba por la sorpresa que podría depararle Yolanda, y ese silencio suyo consiguió que su madre redujera la fuerza de su ataque y terminara dándole consejos y diciéndole cosas que Wilson ya sabía acerca de lo necesario que resulta compaginar los sentimientos (que nunca son eternos ni puros ni un carajo) con el trabajo concienzudo que nos permite hacer que nuestros sueños se tornen realidad en el futuro. Cuando ella terminó de hablar eran casi las seis, de manera que Wilson apenas tuvo tiempo de cenar un poquito y salir a la calle en busca de Yolanda. La encontró ligeramente maquillada, con una capa de crema limpiadora *Max Factor* que la protegía del ataque de las espinillas, y se sentó a su lado con el gesto de quien se prepara a entablar una lucha contra los imponderables del destino. Porque él pensaba, ahí está lo curioso, que se trataba de algo serio, de una de esas decisiones que toman las mujeres después de haber entusiasmado a un hombre y que consisten normalmente en decirle con muy buenas palabras que se han equivocado y que es mejor dejarlo como estaba. Por eso cuando Yolanda hizo el esfuerzo que el momento exigía y confesó el motivo de su sufrimiento, Wilson alzó los brazos de alegría y luego los bajó para abrazarla y darle muchos besos de confirmación y desagravio en el rostro más lindo que había sobre la tierra.

Nada, no le importaba nada que ella fuera más vieja, y Yolanda esa noche, con los ojos abiertos, lloró lágrimas vivas por su enamoramiento y su felicidad. Al día siguiente se volvieron a ver con un ardor y unas ganas tremendas y ya les parecía que el futuro era suyo y que no habría jamás un motivo de pena ni un disgusto que pudiera alejarlos. Wilson la visitaba diariamente, seguía llamándola por teléfono y a veces la invitaba a bailar al mismo sitio al que solía acudir con sus amigos Freddy y Evelinda, tan simpáticos ambos. Su alegría llenaba la casa y contagiaba a su madre y su hermanito, que se había convertido en un ferviente admirador de Wilson y que ahora andaba por el barrio alabando los músculos de hierro del novio de su hermana. Doña Graciela se sentía satisfecha de ver así a su hija y nunca decía nada porque lo daba por supuesto todo. Doña Graciela pensaba que su hija ya había hablado con Wilson no sólo del problema de su edad, al que ella nunca le concedió demasiada importancia, sino también de lo otro, de su virginidad perdida, de su amante neoyorquino (y qué fea y qué desagradable le resultaba esta palabra, amante, relacionada con su hija), así como de sus salidas y fiestas con muchachos de conducta más que libertina. Pero el apasionamiento de Yolanda ni siquiera le había permitido rozar esos temas candentes y en los últimos días, para colmo, había llegado casimente a olvidarlos, como si se tratara de cosas soñadas o de acontecimientos pertenecientes a otra vida y a otra persona que no guardaran ninguna relación con ella. Su madre, naturalmente, no, y por eso un buen día la sacó sin querer del sueño en que vivía preguntándole de qué modo había reaccionado Wilson cuando ella le contó lo de Carmelo.

Para Yolanda fue como el pinchazo que hace estallar la pompa de jabón en que el hada Fantasía nos introduce a veces. Fue como si ella misma se encontrara de nuevo con la Yolanda de antes, con aquella Yolanda calculadora y fría que nada tenía que ver con esta otra, infantil, dulce y apacible en que el amor de Wilson la había convertido. Se sintió, de repente, desgraciada, más desgraciada aún que en otras ocasiones, y como ante su madre no había por qué fingir le respondió que nada, que Wilson no había objetado nada porque sencillamente nunca oyó hablar del dichoso Carmelo. Jamás olvidaría Yolanda el rostro de doña Graciela, la sorpresa de la pobre mujer. Mientras le hablaba, la joven creyó estar pasando por uno de esos momentos que dejan huellas muy profundas en el corazón de las mujeres, y quién sabe si hasta en el de los hombres, e intuyó que a partir de ese instante sus amores con Wilson iban a convertirse en algo tormentoso y confuso. Acababa de comprender que en aquella mirada de doña Graciela, dominada por la extrañeza y por otros sentimientos de más difícil elucidación, así como sonaba, habría siempre una luz, un relámpago de reproche que sólo desaparecería cuando ella resolviera del modo acostumbrado el problema pendiente. Su conversación, inicialmente tan hermosa e idílica, terminó en un silencio lleno de pesadumbre que ninguna se atrevió a romper y que se prolongó hasta muy tarde. Exactamente hasta que, hacia las siete, cayó un aguacero interminable, de gotas recias y apretadas, que puso en el corazón de la joven el peso insoportable de la melancolía. Llovió tanto que esa noche Wilson no pudo visitarla, como tenía costumbre, y Yolanda, con las piernas más perfectas del mundo encogidas debajo de la falda, se pasó un largo rato escuchando boleros y pensando en su ayer y en su hoy como una presidiaria del amor.

Afortunadamente tenía su trabajo, un horario fijo que le impedía caer en el foso de la obsesión y pasarse todo el día dándole vueltas y más vueltas al problema. En realidad, pensó, Wilson y ella no habían llegado a ese nivel de compromiso en que la mentira más nimia, la ocultación del más insignificante de los detalles, constituye un delito de deslealtad que sólo puede castigarse con el desprecio e incluso con el odio. Y eso quería decir que todavía estaba a tiempo de desandar el camino y volver al principio, borrar la huella de los primeros besos y las primeras confesiones y proponerle que se dieran un poco más de tiempo antes de considerar su relación como definitiva. Así lo pensaba y así lo hizo en cuanto tuvo la oportunidad, permitiéndole vislumbrar, tan sólo vislumbrar, la oscuridad de su pasado, y él aceptó, aun sin comprenderlo, que las cosas quedaran a un nivel afectivo que superaba el de la amistad, pero que no llegaba todavía a ese otro más profundo y más serio del noviazgo. Lo malo vino después, casi en seguida, porque la nueva situación creada por ese compromiso resultaba tan ambigua que Wilson no sabía hasta dónde llegaban sus derechos ni en qué medida podía exigir que Yolanda cumpliera ciertas normas de comportamiento que para él resultaban esenciales. Wilson intuyó muy claramente que Yolanda le ocultaba algo (¿quizás una pasión desmedida por un ejecutivo neoyorquino del que ella intentaba huir debido a factores extrasentimentales?) y eso encendió su amor aún más violentamente, llevándolo al padecimiento de auténticos y casi insoportables ataques de celos. Yolanda tenía que estar todo el tiempo diciéndole que no se dejara obsesionar por los fantasmas de su propia imaginación y poco a poco fue introduciéndolo en los capítulos más candentes de su vida amorosa, empezando, como es lógico, por aquellos cuya confesión le resultaba fácil. Le habló de los muchachos que conoció antes de irse a Nueva York, a los que, salvo algún que otro caso, nunca había vuelto a ver, e hizo particular hincapié, llena de orgullo femenino, en que ella no podía sentirse responsable de la irresistible atracción que ejercía en el sexo contrario. Le habló de su novio francés, el primero que tuvo en Nueva York, de sus maneras galantes, las cuales alabó, de sus conversaciones, generalmente cultas, y de lo mucho que le gustaba invitarla a ciertos restaurantes donde más que comer se paladeaba, de tan exquisitos como eran. Retomó el hilo luego por el lado patriótico y le contó anécdotas pequeñas e insignificantes de cuando ella estudiaba en el Instituto de Señoritas Salomé Ureña y del corro de jóvenes del colegio La Milagrosa que la esperaba casi todos los días para llenarla de piropos tipo José Angel Buesa y cosas parecidas. Habló largo y tendido de las noches de hastío que pasó a su regreso, hacía ya cinco meses y pico, y de cómo decidió compensar su falta de horizontes aceptando las invitaciones de (aquí una lista de cuatro o cinco nombres) a los que en ningún momento les concedió confianza para considerarla más que como una amiga que bailaba bien y agradecía cualquier palabra amable que quisieran decirle. Todo ello, como es lógico, sin ninguna prisa, poco a poco, con el fin de que Wilson se fuera haciendo una idea lo más correcta posible acerca de una mujer que muy gustosamente hubiera borrado su pasado de hembra casquivana para entregarse a él como lo deseaba, limpia de sombras y recuerdos ajenos.

8. Lucila, la sirvienta
De mayo a junio de 1962

Los primeros días a Lucila le daba mucho miedo salir sola, que eso era un lío del diablo por cualquier cosita y a cada rato se encontraba con que de repente se le echaban encima como cuchumil hombres que corrían a lo loco y la obligaban a meterse en el primer zaguán o en el primer comercio abierto que veía. Menos mal que después se fue como ambientando y cuando ya llevaba tres o cuatro semanas en la casa del coronel ella era la primera que se asomaba en cuanto le llegaba el más mínimo ruido de la calle. Lucila de política no sabía casi nada, pero también en eso había aprendido algo, que doña Evangelina y doña Enriqueta se pasaban el tiempo hablando de lo mismo. A veces discutían con Ramón, que le gustaba mucho hablar de la revolución cristiana y el reparto y les decía que en la democracia tenía que haber de todo, pájaros, comunistas y cuantas cosas malas puede uno imaginarse, ya que si no, no era. Las doñas se enojaban muchísimo, que no te oiga tu papá, le decían, que te mata ese hombre. Ramón pensaba que hasta los comunistas entraban en la democracia y en la libertad, si uno podía decir lo que le venía en gana, ¿por qué los otros no? El no estaba de acuerdo con bombas, ni con tiros, ni con asesinatos, pero sí con que tuvieran su partido y hablaran, sí con que dijeran por el radio yo pienso esto y esto, como hacían los demás. Nada más de oírlo la doña enrojecía, que se fijara en Cuba, que si una cosa así era lo que él quería que hubiera en el país, se enojaba muchísimo. Lucila no sabía de política, pero en eso le daba la razón, que el teniente había dicho lo que era un comunista, gente que te quitaba la propiedad privada, y ella estaba de acuerdo con las doñas. Si un pendejo era un lelo que no conseguía nada, ¿iba a tener lo mismo que los que se fajaban? Si ella llegaba a tener una casa (o su pai, por ejemplo, después de estar partiendo corozos con el culo allá por Haina), ¿iba a venir un buen pendejo de ésos a decirle que mitad-mitad? Para ella su partido era la UCN, que el teniente Sotero y Estelita lo decían muchas

104

veces, que ahí estaban los buenos, y no en el PRD ni en el Catorce, los dos llenos de ateos, que son los que no creen ni en las cuatro paredes de su casa.

¿Con los ateos, con los comunistas había gente que estaba? Ramón no, Ramón no estaba con ellos, lo único que hacía era decir tienen derecho, porque si no la cosa no fuera democracia, que fuera dictadura. De todas formas ella no sabía nada, que no entendía ni jota, ella lo que quería era que vinieran bien pronto las elecciones esas para ver si el país se calmaba de una maldita vez, que ya se estaba hartando de tener que quedarse metida en su cuartico por el toque de queda. Toque de queda por aquí, toque de queda por allá. Hubo una semana en que la cosa fue toque y más toque, de modo que a las seis había que estar con todo recogido y con todo comprado. Las doñas se preocupaban mucho cuando mandaban toque, porque cuando mandaban don Santiago no estaba casi nunca, que lo trancaban en su fortaleza. Eso lo hacían por si acaso había que defender al gobierno y la patria, que entonces salía él y los demás a defenderla, en lo cual consistía su trabajo, se lo dijo Ramón. A ella ni fu ni fa que hubiera toque, lo que pasaba era que se aburría por no poder hablar con sus amigas, que ella también ahora las quería y se sentía en el grupo de lo más ambientada. Lucila pensaba que la política tenía sus cosas malas, que por el día se formaban las turbas y se ponían a tumbar zafacones, a tirar piedras y a insultar al gobierno, por ejemplo. Pero ella encontraba que igualmente tenía sus cosas buenas, como hablar y decir lo que te daba la realísima gana, en eso coincidía con Ramón. Ella misma hablaba mucho de política con todas sus amigas, si bien no les hacía ni puñetero caso, que sabían menos que ella todavía. Con Ramoncito hablaba también, aunque no tanto como al principio, que últimamente lo suyo era estar acechando a las doñas y esperar que salieran para ir a la cocina o a su cuarto y empezar a tocarle la nalga y a decirle aprovechemos ahora.

Las doñas también hablaban de política con ella, que la consideraban su poquito, doña Enriqueta contándole las cosas que pasaban cuando tenía como catorce años, antes de que el Jefe se cogiera el poder para él solito, y doña Evangelina informándola de quién era Fulano y quién era Mengano, que ella le preguntaba porque no lo sabía. Juan Pablo Duarte, por ejemplo, fundó la Trinitaria, que se llamaba así por ser de tres en tres que se reunían a leer la Biblia y a pegar tiros. El del bigote, Mella, y el negrito, Sánchez, lo acompañaban, que eran los comeplomos, los que cuidaban a Duarte para que no lo hirieran los haitianos. Uno murió como quien dice peleando, se lo lambieron por ahí, por el Cibao, y el otro en su cama, pero siempre pensando en la salvación de la patria, ya no quedaban hombres como ésos. El coronel compró sus tres retratos y los tenía colgados en la sala como toda la gente, que ahora estaban de moda porque ellos sí que fueron los verdaderos Padres de la Patria, y no el tirano, el Jefe, que se hizo pasar durante mucho tiempo y engatusaba a todos con que el Padre era él, siendo mentira. El Padre verdadero, lo que se dice verdadero, fue Duarte, y después venían Sánchez y Mella, que también eran Padres, pero un poquito menos. Sus retratos los vendían por El Conde y la avenida Mella, cualquiera los tenía, a dos pesos y medio cada uno, la Trinitaria entera por seis en baratillo. Ramón sabía también mucho de Duarte y le decía que Duarte era tan grande como Jesucristo y que todos los que vinieron después de él no le llegaban ni por los tobillos. Ella en la escuela siempre oyó que el Jefe por aquí, que el Jefe por allá, pero de Duarte casi ni siquiera le dijeron quién carajo había sido, y menos de los otros, aunque quizás sí le dijeron y ella no se acordaba. Algún día ella se compraría esas tres fotos y si no tenía casa las guardaba para cuando tuviera y colgarlas en la misma sala, mirando hacia la calle, presidiendo, que Duarte era como el papá del país entero y ella por muy sirvienta y pobre que fuera también había nacido en Haina, que estaba en el país, y seguro que Duarte si ahora la conociera la iba a tratar igual que a cualquier otra, sin hacer diferencias. Una noche ella soñó con Duarte, lo vio clarito y habló con él y todo. Lo malo es que resulta que después no era Duarte, que era el teniente parado en la galería, aunque, eso sí, vestido como Duarte y hablándole de pollos y negocios y sacándose pilas de papeletas de los bolsillos y dándoselas a ella para que se comprara los tres cuadros de la Sagrada Trinidad de la Patria, que habían subido mucho de precio. Ella cogió el dinero y salió corriendo hacia El Conde, gritando que daba dos mil pesos, que daba cuatro mil, qué relajo de sueño. Por la mañana se lo contó a doña Evangelina, y doña Evangelina llamó a doña Enriqueta y le dijo, Quetica, ven a oír el sueño de Lucila, y ella volvió a contarlo, y al final todo el mundo había oído su sueño y hacían cábalas, que si el teniente parado en el balcón daba tal número y que si el sacarse cuartos de un bolsillo daba otro, combinando y pidiendo cada vez más detalles con el fin de saber qué billete comprar ese domingo. Hasta el teniente cuando vino se enteró de su sueño y luego fue y le dijo ¿conque soñando conmigo, eh?, ¿conque confundiéndome con Duarte, eh?, y ella no sabía dónde meter la cara de vergüenza, que no fue así, como así que se lo dijo, que la miró con ojos de vampiro, con ganas de querer agarrarla allí mismito.

A las doñas ella les preguntaba siempre cosas de antes, no cosas de ahora, que de ahora lo que sabían era quejarse mucho. A Lucila eso como que no le gustaba demasiado, era como de vicio que lo hacían y el mismo coronel se lo decía a cada rato, no tengan miedo, no nos va a pasar nada. Siempre estaban pensando en la revolución y en que el día menos pensado se armaría la del diablo y el ejército se vería obligado a partirle el pescuezo a media república, que se lo estaban buscando con tanto protestar y con tanta tiradera de piedras y con tantos letreros. Miedo tenían también de don Santiago, un hombre pacífico por fuera, revoltoso por dentro, un hombre que se ponía muy bravo con el presidente, que por cierto no había, porque resulta que eran como siete los que estaban mandando al mismo tiempo. Ese solo detalle ya lo sacaba a él de sus casillas y por ejemplo cuando leía el periódico de repente pegaba un puñetazo y se cagaba en todos y les decía partida de incapaces del carajo. Pero eso era muy raro, que normalmente él estaba callado, bebiéndose su trago, su whiskito, que lo traían por cajas, o hablando en voz muy baja con el marido de doña Luz, que se llevaban bien y comentaban las últimas noticias. Las doñas lo trataban como de lejitos y casi nunca hablaban de política delante de él, que en seguida les paraba el carro y les decía que se dejaran de eso. A veces él hablaba y entonces permitía, pero era con Sotero y con el señor Flores, el papá de Estelita, que estaba en UCN y según se decía llegaría a tener puestos de importancia cuando ganaran los de su partido, que eran los únicos que podían ganar. Ella cuando se acostaba no se quedaba ni una noche sin pensar en la suerte que había tenido yendo a caer entre gente de tanta importancia, que si ganaba la UCN, como muy bien decía el señor Flores, a lo mejor a ella le tocaba alguna boronita en el reparto. Por eso ella pensaba que gane la UCN, que gane la UCN, y ya se veía en un futuro, señorita Lucila, encargada de tal o encargada de cual, con un suelito chévere de cuarenta o cincuenta o quién sabe si más. Ella caché tenía, presencia le sobraba, y no le iba a faltar atrevimiento para meterse donde la dejaran, que había abierto los ojos y se había dado cuenta de cómo había que andar en el país para no seguir siendo una buena pupú la vida entera.

Qué vidota tan chévere se estaba ella pegando. Estela, por ejemplo, le regaló un vestido que ya no le servía y a ella le quedaba como hecho a la medida, un vestido de lo más qué sé yo, que ella se lo ponía los domingos para darse la consabida vuelta con todas sus amigas. Una noche fue bueno lo que le pasó, lo tenía que contar, todo por el vestido. Pues resulta que ella iba por El Conde con el grupo y se detuvo a ver una vitrina grande donde había que si blusas, que si buenos manteles, que si toallas finas, que si zapatillas, a causa de lo cual se retrasó y las otras siguieron caminando. Se estuvo allí un ratico, embobada con tantas cosas buenas, y de repente oyó que alguien la llamaba, pero no por su nombre, no, sino diciéndole cosita, óyeme, tú, cariño, y ella hizo así, con mucha lentitud, se dio la vuelta, ¿y qué fue lo que vio? ¿eh? Pues vio al hombre más buen mozo del mundo parado en medio de la acera y echándole piropos educados y finos, como a cualquier muchacha de sociedad. Que si vidita, que si qué linda tú eres, que si con contemplarla ya se le había arreglado esa noche tan triste y que nunca había visto una chachi tan así, tan asá, que cómo se llamaba. Ella tuvo que hacerse la engreída y la antipática para que desapareciera y no la viera juntarse con las otras, para que no notara que ella era una sirvienta. Pero en toda la noche ya no pudo pensar en otra cosa que no fuera ese hembro del diablo que la había piropeado con aquella elegancia y con aquel estilo, como para venirse allí mismito, qué exitazo. El se marchó en seguida, debiendo de pensar he metido la pata, y ella se quedó triste, aunque también contenta, como en una novela Colgate-Palmolive, así es que son las cosas de este mundo. Lo que no hizo fue decirles ni pío a las muchachas, que tuvo miedo de que empezaran con el relajito y a llamarla la Princesa de Haina y Miss Caché, que eran muy embromonas cuando se combinaban y decían vamos a darle cuerda. Luego se fue a su casa, ya no quiso continuar el paseo, se sentía muy romántica y le entraron de pronto unas ganas tremendas de estar sola y escuchar el programa «Yo canto para ti», donde ponían los boleros más chéveres del mundo.

Al llegar se extrañó de oír las risotadas de Freddy y de otro más que no logró identificar. Lucila sabía que doña Evangelina y doña Enriqueta habían salido. Pero fue luego cuando supo que se habían ido al cine con don Santiago a ver una muy buena de Sarita Montiel, ésa donde cantaba aquello tan bonito del ave precursora de primavera. Decían que Sara en la película salía vestida con un traje de muchas lucecitas que dañaban los ojos y que cantaba bajando una escalera mientras abajo la esperaba el galán, con el que discutía porque él la había engañado o algo así y ella le daba una galleta en plena cara, si bien antes del Fin terminaban felices y arreglándose. Ella se iba a esperar que la pasaran al Max, porque ése era el circuito, del cine Independencia al cine Max, y la vería con todas sus amigas. Que las doñas se habían ido se lo dijo Wilson, que estaba muy borracho, no se sabía por qué, y eso fue lo que hizo que ella al entrar no le reconociera la voz y pensara hay uno nuevo. Se le veía al pobre lo amargado que estaba, quizá por su muchacha, quizá por otra causa que ella no conocía, pero también se le veía contento, era una cosa rara, que Freddy lo animaba diciéndole esta vida es una vaina grande y en seguida riéndose a carcajadas, qué relajado era y qué contento estaba ese loco de Freddy. En el picó había un *long play* de Cortijo y su combo sonando fuerte y Freddy se reía y lo bailaba mientras Wilson desde el suelo le decía tú eres el hombre del chaleco, oye, tú eres el hombre del chaleco, y Freddy le respondía que no, que él no era el hombre del chaleco, que él era el tuntuneco, muñeco, acelerando el ritmo y moviendo los pies igual que un bailarín profesional, que tenía fama de eso. Ella se quedó viéndolos desde la puerta que comunicaba la sala con el patio, oyendo las risotadas, ahora de Wilson, ahora de Freddy, deseosa de saber la causa de esa borrachera tan así, pensando que cuando regresara el coronel a lo mejor se armaba una bien grande porque a él no le gustaba que Wilson pusiera ese picó tan duro. Ella se quedó allí y entonces vino Freddy y le dijo Lucila échate un trago y ella dijo que no, pero él le dijo bebe, complace a este moreno tan, y aquí una palabrita que ella no le entendió, una de esas palabras tan raras que él usaba. Ella no quiso desilusionarlo y se largó un petacazo que le quemó el galillo, el estómago, todo, y que la puso a resoplar como un caballo. Después Wilson le dijo Lucilita, así mismo le dijo, fríete unos cuantos tostones, ahí, y ella se fue en seguida a la cocina y comenzó a quitarles la cáscara a los plátanos. Pero no sólo eso, sino que al mismo tiempo iba cogiendo el ritmo de la música, que sonaba y sonaba en el picó, de tal modo que cuando vino a ver ya se hallaba fajada en solitario, moviendo el cuerpo entero con aquel guaguancó que le decía que tú no bailas mi guaguancó, pero tú no gozas mi guaguancó, cosa rica.

En eso duró ella por lo menos tres piezas de lo más embullada, cuando de pronto descubrió que Wilson y Freddy la estaban mira que te mira desde el patio con una sonrisota en plena cara, los bandidos, y entonces ella, claro, se detuvo, y los dos se pusieron a aplaudirla y a decirle que siga, que siguiera, qué vergüenza tan grande. Que siga, que siga, decía Wilson, y sigue, mucha-cha, sigue, decía Freddy. Ella que no y que no, ellos que sí, que sí, y el disco de Cortijo allá, suena que suena, en el picó. Hasta que Freddy se le acercó y le ofreció otro trago para que dizque se animara y ella volvió a sentir el mismo escalofrío, que era un ron de esos fuertes, y Wilson le ordenó Lucila, baila, coño, y Freddy comenzó a dar salticos, a rondarla y cogerla por la cintura para que se decidiera de una vez. Ella en su interior quería bailar, que no podía evitarlo, y la música ahí, cutupún, pa, y Freddy dando vueltas por toda la cocina, girando como un trompo y agitando. Baila, Lucila, baila, y Wilson baila, baila, con los ojos salidos, que los dos querían verla. Así hasta que ella dijo allá voy, y retiró el sartén para no preocuparse de esa vaina y en seguida hizo así, soltó primero un brazo, soltó después el otro, se aflojó los tornillos, desgonzó las caderas, remeneó los hombros, le saltaron las tetas y rom-pió a darle al ritmo sabrosón que sonaba y sonaba, mientras Freddy, ya sentado en el suelo, le decía pueblo, pueblo, qué bárbara, coñazo, los dos con los dos ojos como bolas quilladas. Cuando se terminó el *long play* ella dijo está bueno, muchachos, me cansé, pero ninguno se movió, no hacían más que mirarla, tan insistentemente que incluso le metieron su poquito de miedo. Pero no ocurrió nada, que casi de inmediato se pararon y lo único que hicieron fue aplaudirla con ganas, menos, por cierto, Freddy, que además de aplaudirla se le acercó, le pasó un dedo por el cuello, se lo chupó, llenito de sudor —era loco, ése sí que era loco— y continuó diciendo pueblo, pueblo. De remate. Por suerte en eso apareció Ramoncito, que venía de la calle y comenzó a embromar con que él también quería que le dieran un trago. Wilson se lo dio y después se subieron los tres a la azotea dizque a cantar boleros, que Ramón era un diablo tocando la guitarra y se ve que lo estaban esperando para formar un trío. Allá arriba tuvo ella que subirles los tostones, y además longaniza, que también le pidieron. Después terminó con los encargos y fregó el sartén y los platos, se metió en su cuarto y se quitó la ropa, toda la ropa, toda, pero no pudo dormirse durante un largo rato sencillamente porque no podía y porque no dejaba de pensar en el chachi que le había piropeado ni en Wilson ni en Ramón y tampoco lograba quitarse la impresión del dedazo de Freddy raspándola en el cuello. Qué nerviosura se le metió en el cuerpo.

Ella con los muchachos se llevaba muy bien, y más desde esa noche, que fue una noche chévere que le salió redonda, y cuando se ponía, por ejemplo, a copiar y hacer cuentas después de terminar con su trabajo, a veces venían ellos, Wilson, Freddy o Ramón, según quien estuviera de los tres, y la ayudaban muy explicándole que cañón, corazón, pendejón como Ramón, y demás palabras que terminen igual se acentúan obligatoriamente, lo mandaba dizque la Academia, que según Freddy eran los guardias que les caían a palos a los analfabetos. También le preguntaban con toda rapidez, Lucila, ¿dos por dos? y ella les decía cuatro, ¿dos por cuatro?, ocho, ¿por ocho?, sesenta y cuatro, ¿menos ocho?, cincuenta y seis, ¿más catorce?, y al final la enredaban y le decían muy bien, va progresando. Wilson, además, le tomó más confianza y la puso de enlace entre su novia y él, diciéndole coge siempre el teléfono y si es ella y está mamá o mi tía tú le dices se equivocó y le cuelgas, que ella ya sabe de lo que se trata. Así lo hacía Lucila, que no quería buscarle más problemas a Wilson, que ya tenía bastantes en la casa, obligado a esconderse cada vez que venía con sus tragos de más y yéndose en secreto, sin que nadie lo viera cada vez que se iba, porque si no empezaban las doñas a decirle que no tardara mucho y a aconsejarle que tuviera cuidado por la calle, las turbas por aquí, los tiros por allá, que viniera temprano y cómo iba el asunto de la universidad. Razón tenía de escaparse a cada rato, de no estar casi nunca y cuando estaba de encaramarse al techo y no bajar durante horas y horas, que las doñas se pasaban el día tirándole sus pullas y queriendo meterle a la Esther por los ojos, alabándola siempre como si fuera la reina de nadie sabía qué. Lucila no se explicaba ni así ese afán de las doñas con Esther, y menos cuando conoció personalmente a Yolanda, que un día la encontró por El Conde paseando con Wilson y ella se dio cuenta en seguida de que Esther no le daba ni por los tobillos, pues Yolanda parecía una postal, con su melenita, su vestidito, dientes perfectos, blancos, no amarillosos de fumar como Esther e incluso como Estela, que fumaban las dos que daba gusto, y aquel porte, ese estilo importado de Nueva York, que nada más mirarla tú decías qué belleza y pensabas si hubiera aquí concursos de Miss Tal se los ganaba pero que corriendo. En cuestiones así las doñas eran raras, no se podía negar, Lucila no sabía qué tanto pretendían y lo mismo se portaban con Freddy, criticándole siempre la novia, llamándola pataporsuelo, nalguita sucia, que si él se merecía una cosa mejor, tipo Esther, por ejemplo, y vueltas con la Esther.

Menos mal que a Freddy no le importaba en lo más mínimo que le dieran consejos y le tiraran pullas, que no era como Wilson, que se desesperaba y terminaba por ponerse bravo. Freddy decía que sí, sencillamente, sisí, sisí, sin dejar ni un momento la sonrisita esa. Uno a veces pensaba que él tenía en la cabeza como una tuerca floja o algo parecido. Tampoco era como Wilson en eso de esconderse, no se andaba escondiendo como Wilson, iba siempre con ella, con su novia, abrazados y requeteabrazados, sin importarles nada el qué dirán, que no vivían del mundo. Sisí, sisí, qué Freddy del carajo. Ella lo iba a aprender, que era una buena técnica esa de estar respondiendo que sí y luego hacer con todo lo que te daba la realísima gana. Lo único que a ella no le gustaba era que cuando se encontraba con el teniente Sotero lo saludaba como sin entusiasmo y en seguida se largaba a otro sitio, no le gustaba eso. ¿Por qué con el teniente, si era un hombre tan bueno, Freddy no se llevaba bien? Ella oyó que una vez dizque fueron enllaves, se lo dijo Ramón, y que pelearon por cualquier cosita, porque el teniente dijo y porque Freddy dijo; pero ahora ¿por qué no eran amigos, si se hablaban y todo? ¿Tenía algo que ver la mujercita esa, Conchita, que dizque antes de ser la mujer del teniente había sido cuerito de cortina y a lo mejor resulta que Freddy fue uno de los muchos que se la tiraban y por eso el teniente le tenía tirria y no podía aguantar que él se hubiera acostado con su mujer actual porque entonces cuando lo miraba hacía así y descubría en los ojos de Freddy que él estaba pensando algo malo de su antiguo enllave por meterse a vivir con una hembra que había sido cuerito y todo el mundo se la había tirado? En ese caso también hubiera tenido que ponerse de enemigo con Wilson, que si Conchita había sido cuerito seguro que también se la tiró, como Freddy y como muchos otros, y sin embargo da la casualidad de que con Wilson se llevaba más o menos bien, que no era nada raro verlos conversando en el balcón, sentado cada uno en su respectiva mecedora y contándose cosas que debían de ser secreto porque para contarlas se agachaban un poco y se acercaban. Que ella los viera, sólo un día discutieron y fue por el asunto de los pollos, que Wilson opinaba que con eso no se iba a ningún sitio y que ése era un negocio sin futuro, mientras que el teniente Sotero intentaba demostrarle con números que para tal fecha habría ya conseguido tales y cuales cosas y entonces Wilson mismo se tendría que callar y meterse la lengua en el fullín, es decir en el culo. En ese asunto desde luego no se ponían de acuerdo, que el teniente era práctico, iba siempre a lo suyo —Lucila no sabía de números ni de negocios, pero eso se notaba—; aparte de que a ella se lo decía su pai, que el teniente era un diablo a caballo y que ese hombre llegaba si quería hasta a ser presidente del país, y en cambio Wilson y Freddy, con ser muy buena gente y muy de todo, no sabían de negocios y no les importaba, lo único poner discos y llamar por teléfono y estudiar su poquito y hablar peplas, vacuencias, de mujeres, de política y de los rusos y los americanos, que ella los oía bien cuando estaban en eso. Labia sí que tenían y lo mismo instrucción, aunque a la hora de la verdad ella no sabía muy bien con cuál de los tres se quedaba, que el teniente también estudiaba en la universidad y a lo mejor llegaba a ser presidente del país. Wilson sería doctor, de esos que ponen inyecciones y luego abren barrigas, que a veces te matan y a veces te salvan, pero que en general son buenos para la nación, porque así no hay tantas enfermedades —y si no ahí estaba el padre Billini para demostrarlo— y Freddy no sería nunca nada. Ese lo que quería era irse a Nueva York y ahora estaba sacando el pasaporte y mandándose a hacer fotografías y llenando papeles, que todavía no había ido al consulado y tal vez cuando estuviera en ese otro país que se llama Nueva York le daban chance como abogado, hablaba en los mítines, se compraba mucha ropa y tenía un pendejo carro como algunos abogados de aquí, a ella se lo habían dicho. Lo que pasaba era que criticar resultaba muy fácil y caerle encima al teniente, que se estaba todo el día trabajando para hacer que el negocio prosperara, también. Ellos como los mantenían no sabían lo que era moler vidrio con el culo, como molía el teniente, que su mismo papá se lo decía cuando venía del campo, cómo seguían fajándose los dos, su papá y el teniente, doblando alambres, limpiando terreno, poniendo nuevas jaulas y el teniente además buscando los futuros clientes, comedores y bares, sin explicarse nunca dónde concho se gastaba el dinero. Eso no lo veían, que lo suyo era estar paseando a cada rato con sus dos muchachas, fumando *Chéster* y fumando *Winston*, dándose la gran vida por El Conde, así cualquiera. Hasta en eso le llevaban ventaja al pobre teniente, que a su novia tenía que verla siempre sin pasar de la sala, sin poderle coger ni la manita. Lucila a veces llegaba a preguntarse pero dónde carajo se dan un apretón estas dos gentes y le echaba la culpa a doña Luz y a su hija Esther, que estaba más que claro que no lo querían nada y que nunca en la vida le iban a dar un chance porque sencillamente no confiaban en él. Ellas lo que querían era que él se dejara de Conchita y se comprometiera en serio de una vez, que no anduviera así tan en el aire, viniéndole dos días, no viniéndole tres, poniéndola a sufrir, llorando eternamente, con los ojos hinchados, consolándose siempre con doña Evangelina. Eso era lo que ellas dos querían, según Ramón, pero Lucila no se lo creía, que ahí pasaba otra cosa, que veían al teniente por encima del hombro y ella apostaba un brazo a que cuando el señor Flores se marchaba al trabajo comenzaban Esther y doña Luz a insultarla y a decirle que a dónde se pensaba que iba con un pataporsuelo como ése. Ahí estaba la causa de que el teniente trabajara tanto allá en la finca, doblando el lomo como el que más, pues él lo que deseaba era llegar a ser un hombre con dinero, importante, para después venir y hacer que doña Luz y Esther le besaran la planta de los pies diciéndole Soterito perdónanos.

Que Dios la perdonara a ella, pero ella tenía ojos y los ojos se hicieron para ver y ella veía lo que estaba pasando en ese grupo, que por ser tan amigos de doña Evangelina y de doña Enriqueta ella iba atando cabos y sabía muchas cosas. Lucila sabía bien, y era sólo un ejemplo, que algunas noches Estela se pegaba sus buenos petacazos de Brugal dizque para olvidarse de sus sufrimientos y también que había un médico que la estaba tratando de los nervios y para que no se fuera poniendo poco a poco tan flaca, que daba pena verla, con ojeras y todo desde que descubrieron lo de la Conchita esa. Fumar, fumaba mucho, que no se despegaba el cigarrillo, y llorar ni se diga, que eso era un velatorio a cada rato. Era verdad que últimamente Sotero la visitaba menos, sin embargo la culpa la tenían Esther y doña Luz, que no le hacían ni caso y que un día hasta hablaron con él y le dijeron que se diera cuenta de la situación, lo contaron las doñas. Eso mantenía al teniente fuñido y bien fuñido, que entre una cosa y otra se iba también quedando en puro chasis, una tragedia de película. Pero eso no lo comprendían los muchachos, se estaban la vida entera haciendo chistecitos acerca del teniente, que si mister polaina, que si tigre Kepis, y ella hasta se enojaba, que quizás si lo hubieran comprendido y lo trataran bien ni la orgullosa de doña Luz ni la comparona de Esther se portaran así, que a lo mejor comenzaban a decir qué simpático es este tenientico, mira qué bien se lleva con Wilson. Porque así como eran de agrias con Sotero eran de zalameras con futuro galeno, o como se pronuncie, que decía el señor Flores.

9. Altagracia Valle, viuda de Nogueras
Septiembre de 1962

La casa de Santiago era la de la esquina, doblando a la derecha, donde luego pusieron el burdel, y la nuestra esta misma, sólo que entonces, hablo del primer año, como con más luz, menos llena de polvo, con la pintura fresca. Una casa continuamente nueva porque estaba Julián, y Freddy todavía era un niño juguetón que se pasaba el tiempo correteando por los aposentos. Nos visitábamos continuamente, y por las noches formábamos un gran grupo en la acera o nos sentábamos en la sala a conversar y a reírnos, a veces a bailar. Al principio no teníamos amigos y cuando nos juntábamos era como si aún no hubiéramos salido de San Pedro, pero al cabo del tiempo nos fuimos ambientando, conociendo más gente, y a los dos o tres meses no había nadie en el barrio que no supiera quiénes éramos. Una de las primeras que se nos acercó fue Josefa, que en esa época vivía lo que se dice bien y tenía un buen negocio (ella no, su marido, por la avenida Mella), además de una barra que se puso de moda por los *sandwiches* que preparaban y a donde nosotros íbamos muchas noches cuando volvíamos del cine. Allí precisamente empezamos a vernos, pues ella lo atendía, y allí precisamente empezamos a hablar, Evangelina y yo y Enriqueta, de trapos y vestidos con ella, que ya entonces daba viajes al extranjero, con lo dificultoso que era eso, y nos ponía a buen precio los *pantys*, los refajos y las medias de nilón que traía. De aquellas conversaciones de la barra saltamos a visitarnos y a reunirnos y logramos hacer una amistad que si no ha conservado la alegría de entonces ha sido porque también a ella, carajo, le cayó carcoma, como a mí, pasando de vivir en la papa, como estaba, a vivir como ahora. Todo por culpa del difunto Toñito, su marido, que no supo aguantarse esa tendencia al juego y a las bebentinas y que cuando murió, de repente, la dejó con un montón de deudas por pagar y sin un chele ahorrado. Pero eso fue después, después, incluso, de lo de Julián, eso fue en el cincuenta y dos, de modo que hubo tiempo para que nos hiciéramos amigas y formáramos, las cuatro, un grupo inseparable. Fíjese si fue así que todavía hoy ella sigue visitando a Evangelina como si tal cosa, empeñada también en meterse en ese círculo de comparonas que la rodean y se pasan el tiempo hablando peplas. Claro que ella tiene razones para seguir viendo la vida como una cosa que debe conquistarse y por eso yo tampoco a ella la critico; lo mismo hiciera yo de estar en su lugar, a mí eso no me importa. Sólo que, francamente, si he de serle sincera yo tengo que aclararle que en lugar de las de ahora yo prefiero aquellas tres amigas de los años en que esta ciudad, este país entero parecía, y excúseme la frase, una gran plasta de mierda comida por las moscas. Y sé bien lo que digo: no es que yo piense que hoy la gente es más mala que la de antes, qué va, ni se me ocurre. Lo que pasa es que entonces, en los años a los que me refiero, la vida aquí era tan diferente, uno estaba tan al margen de todo, vivía tan alelado y como tan pendiente de lo de cada día, que con llenar las horas, ver crecer a los hijos y estar bien con el hombre que nos había elegido, ya se tenía bastante. Y a mí esas cosas me sobraban, francamente. Toda mi vida giraba en torno a unos hechos que eran siempre los mismos, y además, para qué mentir, yo me sentía contenta de que así fuera. Yo hablo, yo le digo todas estas cosas como la mujer de un capitán (que murió como murió, totalmente de acuerdo), pero es que yo no quiero hablarle de otra forma. No le voy a negar que mi vida se me cortó de un tajo con lo de Julián, después de lo cual yo no volví a levantar la cabeza (salvo, quizás, ahora, que me estoy dando cuenta del tiempo que he perdido aferrada al pasado y pendiente de un hijo), pero no por eso rechazo mi felicidad de entonces, mi pequeña o mi grande, que vaya usted a saber, felicidad de entonces. Después, naturalmente, la cosa fue distinta, después de lo de Julián la cosa fue distinta, sí, muy diferente. Empezando porque, como es lógico, yo me encerré en mi casa durante un tiempo largo, tan largo que cuando quise volver a incorporarme al grupo de mis amistades, Josefa, Evangelina, Enriqueta, Santiago y algún que otro vecino de esos que se asoman a la vida de uno y que un buen día, sin que se sepa nunca la razón, desaparecen para siempre y no hay forma de volverlos a ver, cuando quise, le digo, me resultó imposible. Yo los veía sentados como antes, tan sólo pongamos como año y medio antes, y no había modo de descubrir en ellos a los mismos amigos ni de oír sus voces, sus palabras, como voces y palabras que yo había oído ya millares y millares de veces. Estaba sentada entre ellos sencillamente igual que una sonámbula y no sé si reía o no reía, ni siquiera me acuerdo si en aquellas reuniones se reía, pero tanto en un caso como en otro me imagino que lo que en realidad reflejaba mi cara era una mueca extraña, mueca de haber estado forcejeando con una realidad que me negaba a reconocer, que rechazaba. Josefa me sacaba a pasear, era la única, porque también en esa época Evangelina comenzó a tener sus problemas con Santiago, como le contaré en seguida, y yo iba recorriendo la ciudad como quien va caminando en un sueño, exactamente igual. Ella me hablaba de sus cosas, de las grandes borracheras del difunto Toñito, del daño que eso le estaba haciendo a su hijo Sotero, de cómo botaba lo poco que se sacaba de la tienda, de lo mucho que ella tenía que trabajar en la barra, escondiendo el dinero para poder mantener las pérdidas de lo otro, los billetes pelados, ringleras de billetes pelados y los pules sin premio de Toñito, y mientras tanto yo caminaba, como digo, a su lado, todavía con la imagen de Julián metida en el cerebro, con la imagen de aquella fotografía de su cuerpo acribillado que salió en el periódico y que fue lo único suyo, el único recuerdo que a mí me quedó de su último viaje. De modo que es curioso, y hasta singular, pero lo cierto es que al menos viéndolo desde ahora, desde no sé si la tranquilidad, la experiencia o quizás la amargura de ahora, aquel maldito hecho no sólo se interpuso en mi vida, como un bloque macizo, dividiéndola en dos, un antes y un después inalterables, sino que al mismo tiempo, por coincidencia o por lo que fuera, nos cambió a todos en el sentido de que ya nuestras relaciones no volvieron jamás a ser las mismas. Habíamos vivido en completa armonía todos juntos por este barrio que entonces era de lo más tranquilo y pacífico, rodeados de vecinos educados y serios, gente de otra calaña, ¿me comprende?, desde el cuarenta y siete, en que vinimos, hasta lo de Julián, en el cincuenta y uno. Esos fueron los tres años y medio mejores de mi vida, y aunque no quiero hablar por los demás, supongo que también de la de ellos. Pero está visto, carajo, que nada dura nunca (apréndalo con tiempo) y de repente la casa, el hogar de cada uno de ellos, Santiago y Evangelina, Josefa y el difunto Toño, nosotros no, Julián y yo seguíamos como siempre, comenzó de repente a agrietarse, quizá —pienso yo ahora— porque hay momentos en que hasta la propia felicidad aburre, yo no sé. A agrietarse, a agrietarse, tal y como le digo, de modo que ya los dos últimos meses antes de lo de Julián yo notaba que algo estaba pasando en casa de Santiago y que Josefa a veces evitaba las invitaciones y que el difunto Toño se pasaba los fines de semana pegado a una botella de whisky (de ron barato luego), rodeado de lambones que venían a adularlo y a emborracharse gratis, mientras Julián y yo, en el medio de todo, intentábamos ayudar y ayudarnos, mirarnos en los otros, sufriendo, evitando caer en eso mismo. Pero en esta maldita vida, en esta vida tan azarosa todo se relaciona, que no le quepa duda, y si la muerte de Julián terminó por romper aquel círculo, lo cierto es que también el desasosiego que se apoderó de ellos tuvo mucho que ver en su muerte (la de Julián) y, por consiguiente, en todo lo que ha sido mi vida desde entonces; y me voy a explicar. Resulta que Santiago tenía por Macorís a una mujer mudada, una querida, con la que se veía bastante, y resulta que tenían un hijo, ese mismo Ramón que vive ahora con ellos, y resulta, además, que Evangelina no sabía nada, ni siquiera se podía imaginar que estuviera pasando una cosa como ésa. Pero es el caso que al final se enteró, porque se lo dijeron, porque en este país no hay manera de que la gente sepa algo y se lo calle, y esa mujer se puso como loca, le entraron unos celos endiablados y no hacía más que querer controlarle la vida a Santiaguito, dónde vas, te vas con ella, te voy a perseguir, los mataré a los dos. Todo muy en silencio, muy dentro de su casa, hasta el punto de que yo me vine a dar cuenta en el peor momento

—lo que quiere decir que ese problema fue algo que ellos sufrieron y padecieron solos, sin decírselo a nadie, de donde les venían esas caras tan largas de los últimos meses—. Así las cosas, la tarde que mataron a Julián, y ahora verá cómo se relaciona todo, Santiago y él se habían pasado un buen rato conversando, oyendo música y bebiendo tragos. Yo estaba allí. Yo estaba allí, Julián me había llamado y yo estaba allí con él, sentada a su lado, intentando animar a Evangelina, a quien veía cansada, preguntándole a Enriqueta si su cuñada se encontraba enferma, si no sería mejor que entre las dos la lleváramos a visitar a un médico, tan mal se la veía, y Enriqueta que no, que no me preocupara. En eso que Santiago se levanta y nos dice tengo que ir a San Pedro, dentro de un momentico pasarán a buscarme, y Julián me hace señas de que nos retiremos, porque él sí que sabía, él sí estaba en la cosa, y yo, como en la inopia, me voy a la cocina y, creyendo que iban juntos, como siempre, le digo a Evangelina hasta lueguito, que les vaya muy bien por Macorís, salúdenme a la gente. Y para qué carajo lo habré dicho. Oírme y levantarse esa pobre mujer, como una culebrita, y acercarse a la sala y empezar a gritar que lo mataba, que a dónde coño iba, que si ya se largaba con la otra, fueron una misma cosa. Yo me quedé de piedra, Julián no se movía, Enriqueta calmándola, y ella empeñada en que ella también iba, en que ella también iba, con un ataque de nervios en el que se mezclaban la risa, el llanto, el odio y vaya usted a saber. Santiago intentaba controlarse, se ponía la camisa, la corbata, le pedía que se calmara, que no iba a ver a nadie, refiriéndose, claro, a la mujer, a la otra, diciéndole que lo que pasaba era que tenía una reunión con no sé quién para un asunto de terrenos, para un asunto de una casa, ya no recuerdo bien, y Julián en el medio, como algo avergonzado de que yo descubriera que él había sido cómplice de ese engaño tan feo, sin hallar qué decir. Entonces viene ella, Evangelina, y se le arroja encima a su marido, a Santiago, y lo quiere aruñar, y Santiago no sólo no se deja, sino que para colmo le da una pescozada que la sienta, así, tal como suena, que la sienta en el suelo, ante el

121

asombro de nuestros propios ojos, los míos, yo se lo juro a usted, como queriendo salírseme del rostro de vergüenza. Luego se arrepintió, pobre Santiago, la levantó del suelo, yo creo que nunca la quiso tanto como en ese momento, y le gritó abrazándola me voy a una reunión, te digo que me voy a una reunión, y es más, vente conmigo, vámonos los cuatro para que compruebes por ti misma que voy a una reunión, a una simple reunión y nada más. Ella se quedó aturdida, la cara roja como una remolacha, silenciosa, con los brazos caídos, como con esa especie de sopor, de malestar o, cómo le dijera yo, de sentimiento de inutilidad y de hastío que se le mete a uno cuando descubrimos que hay hechos en la vida que debemos tragarnos así, sin más ni más, por la sencilla razón de que la misma vida nos lo exige, nos los pone delante y nos exige que los aceptemos, ¿me comprende? En cuanto a él, yo quiero que usted sepa que yo nunca vi a un hombre tan avergonzado. Mira, le dijo, intentando arreglar la situación, Julián también nos acompaña, ¿verdad que tú también nos acompañas, Julián, díselo, verdad que tú también?, a lo que el pobre Julián, tan como estaba yo, no decía nada. Y aquí viene lo bueno del asunto. Yo no sé por qué rayos a mí me pareció que aquella invitación estaba totalmente de más, y no sólo en lo que se refiere a Julián, sino también en cuanto a Evangelina. ¿Qué demostraba que ella fuera esa tarde a San Pedro y viera con sus propios ojos que, en efecto, esa tarde, no todas las tardes del mundo, no, sino sólo esa tarde, Santiago le decía la verdad, que esa tarde no se iba con la otra? No demostraba nada, pues como luego sucedió, el asunto de Mercedes la querida aun duró medio año por lo menos. Pero qué quiere usted, las cosas de la vida siempre son de la forma que son, y no de otra, de modo que Julián aceptó y hubo allí, de repente, un movimiento de reconciliación y mucho sécate las lágrimas, vidita, y no me llores más, mucho dime que la vas a dejar, mucho prométemelo por nuestro hijo; cosas que me alegraban y al mismo tiempo me recomían por dentro, porque yo no dejaba de pensar en el engaño en sí, en la parte de culpa que a Julián le tocaba y especialmente en la desconfianza que significaba el que durante años él me hubiera mantenido alejada de ese secreto a voces. Ya sabe usted cómo somos las mujeres, así que no le extrañará que en aquellos momentos yo me identificara con Evangelina y que pensara ¿y si resulta que a mí también me tienen mi regalo por ahí, y estoy aquí de buena tonta, pensando que me ha tocado en suerte el marido más serio de la tierra, siendo todo mentira? Esta duda, que me llenó de una rabia repentina, y al sentirme tan inocente, tan inocentona, en medio de aquel rejuego, tan apartada sin justificación por las cuatro personas que yo más quería en la vida (¿dónde estaba la confianza que produce la amistad, eh, dónde?), ese enterarme en el último minuto y de forma indudablemente tan rastrera (porque aquello, se lo digo, resultó un espectáculo lamentable, lamentable, algo a lo que ninguna mujer que se precie debe exponerse nunca, por mucho que quiera a su marido), todo eso fue lo que hizo que yo diera la vuelta y sin decir ni pum me largara a mi casa. Y de nada sirvió que viniera Santiago, ya muy sonriente él, Evangelina, ya muy sonriente ella, que viniera Julián queriendo contentarme y diciéndome ven, dejemos a Freddyto con Enriqueta, pasemos un buen rato en Macorís. De nada, ya le digo, porque sencillamente yo me sentía ofendida y molesta y los mandé a la mierda a los tres juntos —cosa que todavía me pesa, pues esa misma noche lo mataron, como a un perro, y yo estoy convencida de que, si hubiera ido, ese crimen no ocurre, yo no hubiera dejado que las cosas llegaran a donde llegaron y que por una discusión tan pendeja aquello terminara como terminó. Santiago tampoco debió permitirlo, Evangelina tampoco debió permitirlo, pero ése es otro cantar. Quizá la culpa no fue más que de Julián, quizá habían bebido tanto que nadie, como me dijo Elpidio, hubiera sido capaz de evitar lo ocurrido, váyase usted a saber. A estas alturas ya yo no sé qué versión es la buena y cuál es la inventada de tantas como me han ido dando a lo largo de todos estos años. De cualquier forma, lo que sí recuerdo bien fue el alelamiento en que caímos todos, Evangelina y Santiago, Enriqueta y yo, a causa de aquel maldito hecho. Se nos vino encima un sentimiento de culpabilidad y un remordimiento tan grande y tan insoportable (si yo los hubiera acompañado, si nosotros no lo hubiéramos invitado, si esta maldita no se pone de celosa) que durante un buen tiempo no nos atrevimos ni a mirarnos la cara y fue como si el suelo se hubiese cuarteado a nuestros pies y entre ellos y nosotros se hubiese abierto un abismo insalvable, a través del cual estábamos, sin embargo, condenados a mirarnos: ellos del otro lado lanzándome sus frases de consuelo, sus promesas de ayuda, y yo y Freddy en este otro obligados sin más a recibirlas. Lo único que me quedaba, la única persona a la que yo podía aferrarme sin sentir lo mismo que sentía cuando estaba con ellos, era Josefa. Pero también Josefa, como le dije antes, tenía ya en ese entonces sus problemas, sus líos con Toñito y no estaba para ayudar a nadie. Así que yo me traje, o me mandaron, a mi hermana Chelén, y entre que luego me marché a San Pedro y que estuve varios meses para recuperarme, luchando con la familia y con los abogados para al menos quedarme con la casa, transcurrió el primer año y cuando regresé y quise reaccionar lo encontré todo nuevo, Evangelina y Santiago felices de la vida, organizando fiestas como antes, fiestas en las que ya yo no cabía, yo no podía caber (y no por ellos, sino por mí, por lo rota que me había quedado) y a Josefa y Toñito ya sin salvación como matrimonio, refugiados en la barra, intentando exprimir ese pequeño negocio para pagar las deudas que se les habían ido amontonando, una barra ahora llena de moscas y de mozalbetes que se pasaban todo el tiempo jugando dominó con el propio Toñito y a la que nadie iba porque lo que vendían ya no tenía la calidad de antes y porque algunas noches ellos mismos se ponían a pelear delante de la gente y a insultarse. Entonces era ella la que venía a buscarme a casa dizque para que yo me entretuviera un rato, cuando en realidad lo hacía para soltar todo el veneno que se le había acumulado en el alma y el odio que le había cogido a su marido. A mí, si he de serle sincera, no me servían de nada sus visitas porque no estaba yo para esos canes. No por maldad, naturalmente, no porque hubiera dejado de quererla ni porque no me importara lo que le sucedía, no. No me servían de nada por la simple razón de que en mi estado lo único importante era lo mío: uno se vuelve demasiado egoísta cuando le pasan ciertas cosas, supongo que lo entiende. Al fin y al cabo ella al menos sufría por alguien a quien definitivamente despreciaba, ¿me comprende?, y la salida de eso ya se sabe cuál es: divorcio, y punto. No era algo irremediable, no: lo suyo no llegaba a ser una tragedia, como ocurría en mi caso. Su lugar era una lucha a muerte con la vida, lo mismo que la mía, en eso estoy totalmente de acuerdo. Pero entre ella y yo me parece que había una notable diferencia: yo quería y añoraba mi pasado; ella, en cambio, despreciaba el suyo. Afortunadamente Toñito se murió, de repente, como le dije antes, jugando dominó, fíjese usted qué vaina, en camisilla, intoxicado de ron, casi como un cuatrero (¡si hasta se lo llevaron a la clínica los mismos muchachos que lo acompañaban en el juego!) y el panorama se aclaró de inmediato. Es más, si quiere que le diga la verdad, yo creo que en aquel entierro la única persona que lloró fue esta Tatá pendeja que tiene usted delante, y no por Toñito, con quien nunca llegué a tener más que una amistad superficial, sino por mí, por ella, por Julián, por Freddy y porque comprendí, de un solo golpe, que no hay ni un puñetero proyecto, que no hay ni un solo sueño que la vida no esté dispuesta a rompernos en el momento más inesperado.

10. El teniente Sotero de los Santos
De febrero a marzo de 1962

El teniente había ido una que otra vez al terreno de Haina, siempre acompañando al coronel Tejada, que sentía por esa propiedad una afición no compartida por las mujeres de la casa, pero esa tarde lo hizo solo, con la intención de hacerse una idea más clara de dónde exactamente iba a colocar cada uno de los elementos de su futura industria. El coronel había hecho construir una pequeña casa de madera, un gallinero rudimentario, una pileta de agua y una enramada bastante amplia en la que se resguardaban del sol y colocaban las mecedoras y los haraganes cuando venían a disfrutar del aire y del silencio. El teniente estuvo una media hora larga recorriéndolo todo, inspeccionándolo todo, removiendo los palos de la cerca, tomando medidas y calculando la disposición de las que en su interior se presentaban como instalaciones modélicas, higiénicas y, sobre todo, productivas. No había comprado aún un puñetero clavo y se sentía ya, no dueño de una pequeña granja avícola, sino empresario por todo lo alto de un complejo entramado de negocios cuya base inicial sería precisamente aquel terreno bien cuidado, llano, repleto de pequeños árboles frutales que habría que eliminar para ganar espacio, surcado de zanjas de desagüe por las que, en los días de lluvia, corría hacia la carretera un lodo espeso y rojo como sangre de muerto. De allí, de aquel esfuerzo concentrado en que consistiría su labor, habría de salir un auténtico imperio comercial que el país entero conocería como «Sotero Chiken» y que repartiría sus luces de neón y sus correspondientes puestos de venta al público por aquellos rincones del territorio nacional donde hubiera la más mínima posibilidad de comercialización. Acostumbrado a los ventorrillos y a dejar que las iniciativas más o menos importantes dependieran de extranjeros (españoles, italianos, turcos, chinos) era hora ya de que el criollo abandonara su complejo de inferioridad y se lanzara a conquistar el reducido mundo de la isla con proyectos ambiciosos que se adecuaran a las necesidades reales del país. Había que calcular, si bien posteriormente, a cuántas unidades ascendería el consumo nacional de carne de ave para, inmediatamente después de los primeros éxitos, lanzarse hacia ese tope sin temor a una competencia que, a no dudar, y estimulada por su ejemplo, pretendería enfrentársele entonces, cuando afortunadamente ya fuera demasiado tarde. Había que pensar, además, en las múltiples ramificaciones del sector, en sus relaciones con la industria cárnica y en la influencia que podría tener, que tendría, en el régimen alimenticio del país y en la movilización de todo un ejército de trabajadores más o menos pagados que en cualquier momento y lugar habrían de sentirse identificados con el objetivo de la, o quién sabe si de las empresas dependientes del mencionado emporio. En la cúspide de esa pirámide se sentaría él, dominando un sector de la vida nacional de cuya importancia no dudaba un segundo e influyendo en otros diferentes, ajenos, quizás hasta contrarios, desde los cuales lo mirarían con envidia los que estaban allí por simple tradición y con respeto los que, como él, habían llegado a partir de sí mismos. Desde esa altura, aún incalculable, Sotero se veía como un ser con posibilidades de conseguirlo todo, incluyendo, como era natural, el mismísimo solio presidencial. Porque, por otra parte, si de algo estaba convencido, era de que se metería de lleno en la política en cuanto sus circunstancias personales se lo permitiesen. ¿De qué serviría, si no, tener una agresiva mentalidad de empresario, de hombre del momento, de individuo perteneciente a una colectividad que estaba a punto de ingresar en la Historia libre de trabas y de arbitrariedades, si esa idea de las cosas no se reflejaba en los demás, no influía en los demás, no contribuía a cambiar a los demás?

Aquella tarde, todo ante sus ojos se presentaba limpio, cuidado, los árboles podados, la hierba cortada, las zanjas desatascadas, el camino bien delimitado, de modo que no quedaba más que comenzar a edificar y a sentar las bases de un enriquecimiento que ya casi tocaba con las manos. Volvió por eso a corregir sus anteriores cálculos mentales, a plantearlos de nuevo, a medir con risibles zancadas las partes de su ilusorio plano, y al final, algo cansado, se recostó en el tronco de un guayabo, se echó aire con el papel que llevaba en las manos y se puso a mirar el cielo azul, el verde de los campos y el rojo espeso de aquella tierra ajena que sentía, no obstante, como suya. Se le acercó entonces el viejo Tonongo, que hacía ya unos minutos que lo observaba desde el umbral de su vivienda, lo saludó, le preguntó si quería un cafecito, extrañado por el curioso ballet de Sotero hacia uno y otro lado de la finca. Sotero lo saludó con familiaridad, dándole una palmadita encima de los harapos que le cubrían el torso a manera de camisa, y lo puso al corriente de lo que había acordado con Santiago. Al poco rato se acercó su mujer, se acercó la hija mayor, la llamada Lucila, vinieron los demás, cinco muchachos barrigones, famélicos, con el ombligo herniado, los ojos hundidos, los dientes sucios, la piel cubierta de arañazos y picadas de insectos, el cabello pringoso y secos churretes de mango a uno y otro lado de la boca. Vinieron todos y rodearon al teniente Sotero, que se sintió halagado y un tanto confundido por el recibimiento. Lo habían estado observando desde el interior de la casa y ahora se encontraban allí, esperando que él, como otras veces, le ordenara a la mujer que, por ejemplo, pusiera a hervir el agua necesaria para un sancocho, que el coronel ya estaba de camino, o algo por el estilo. De haber sido así, los muchachos se hubieran puesto como siempre a bailar de contentos, porque en ese caso habría sobrado suficiente comida como para que ellos se dieran un banquete de boas ante las risas benefactoras y satisfechas de los Tejada y de sus invitados. Pero como eso no ocurrió, como en seguida vieron de lo que iba la cosa, de fundas de cemento, de varillas y de pilas de arena, los hijos de Tonongo se dispersaron jugueteando o espantándose los mimes que les zumbaban en torno a la cabeza. Tonongo, su mujer y Lucila, en cambio, sonreían, él con su boca llena de trocitos de dientes putrefactos, ella con la protuberancia de sus encías desnudas y brillantes y la hija, para mayor contraste, con dos hileras de dientes blancos e impecables y con aquellos ojos achinados que la hacían diferente, y como superior, a la mísera estética de sus progenitores. Tonongo sonreía y se iba dando coba, alabándose de lo cuidado que lo tenía todo, de las horas que dedicaba a cortar la hierba, de lo arregladita que mantenía la cerca y del empeño que ponía en que no se metiera nadie, ni hombre ni animal, absolutamente nadie, en el terreno. El teniente ya había reparado en eso, ya lo sabía de antes, y alabó, por su parte, a los hombres de trabajo, a los hombres serios, a los hombres responsables que se ganan la vida con el sudor de su frente, y no zascandileando por ahí.

El teniente sabía muy bien que aquel hombre, que no probaba un solo trago de alcohol, que se pasaba el tiempo chiripeando (un trabajito aquí, otro allá) y que no tenía más entrada fija que los pocos pesos que el coronel le daba por cuidarle la finca y mantenerla limpia, era el más indicado para convertirse en capataz de su negocio. Por ello había pensado ofrecerle nada menos que veinticinco pesos y agua y luz completamente gratis, además de un pedazo de finca para que se hiciera su propio conuco. No se lo dijo de inmediato, sin embargo; aún caminaron un poco y mandaron a comprar, con dinero de Sotero, un par de sobres de café que Lucila se empeñó en colar a su manera, que era, según dijo, la mejor del mundo. Y mientras los muchachos iban y venían, como una horda, corriendo y dando saltos a lo largo de la carretera, Lucila encendía el fuego a la entrada de la casa y Tonongo y Sotero, sumergidos en cálculos cada vez más complejos, tomaban asiento en el interior, el primero en una silla rota que amenazaba con descuajeringarse de un momento a otro y el segundo en una mecedora de madera roída por el tiempo y en cuyos brazos podía verse una película de mugre que el teniente se dedicó a raspar con la uña del meñique. El teniente captó con un golpe de vista la tremenda miseria que reinaba por todo, en las paredes, adornadas con viejos almanaques de *Pepsicola*, cerveza *Presidente* y refrescos *Old Colony*, en el piso de cemento, áspero y agrietado, en la mesita de caoba cubierta con un pañito blanco, en los anafes apagados que veía a través de la puerta posterior, en el zumbido de las moscas, en el aire pegajoso y en aquel olor a cuadra humana que llenaba la atmósfera con su invisible pesadez. Pero observó también que todo, al mismo tiempo, estaba limpio, que al lado de la miseria, y quizás combatiéndola, había un afán constante por que aquella pocilga se mantuviera presentable y digna. Salvo la mugre de la mecedora, probablemente efecto del trajín de los niños, la suciedad y el polvo se mantenían en un nivel perfectamente soportable y lógico, sobre todo si se tenía en cuenta que la vivienda se reducía a la sala, el aposento, la cocina y, tal vez, una cuarta dependencia que el teniente imaginó ocupada por diversos y rústicos objetos colocados en un perfecto orden. Y como el detalle le agradó y el olor del café comenzaba a llegarle a la nariz y seguía sintiéndose optimista, le propuso a Tonongo el asunto que lo había llevado a Haina aquella tarde. Tonongo, al oírlo, se levantó del asiento y abrió los ojos con una alegría irreprimible. Después abrió la boca y comenzó a mover la cabeza afirmativamente y a llamar a su mujer a grandes gritos para comunicarle la noticia. Cuando ésta llegó, los tres se sentaron de nuevo (también el teniente se había levantado, sorprendido por la meticulosidad con que Lucila iba sirviendo el café en los más extraños recipientes y por la redondez de sus nalgas y la lisura de sus corvas, que mostraban el inicio de unos muslos alargados y duros, incitantes) y se dedicaron a sorber el negro líquido en un silencio lleno de miradas satisfechas y sonrisas nerviosas. El siguiente paso fue ponerse de acuerdo en los primeros detalles. El futuro capataz le hizo tres o cuatro preguntas acerca de responsabilidades y mejoras y, dejando a su mujer y a su hija, acompañó a Sotero hasta la pequeña casa de la finca. Una vez allí hablaron de lo mismo, caminando de un lado para otro, ambos en su papel de jefe y subalterno, ambos con una sonrisa estrictamente seria y como preocupada, cada uno programando el futuro según sus propias aspiraciones y posibilidades, que eran en el teniente inmensas, caudalosas, precisas, y en Tonongo pequeñas, infantiles, incrédulas. Al cabo de un buen rato Sotero dijo que se iba, que al día siguiente empezaría a mandar los materiales necesarios para el inicio de las obras, y rompió a caminar con rapidez y decisión, con pasos largos, al borde de la estrecha carretera. Tonongo se quedó a la entrada de la finca, observando cómo se iba achicando su figura, sin dejar de resultarle extraño el elemento ese, capaz de transmitirle, como lo había hecho, el gusanillo de la ambición sin tener, probablemente, en qué caerse muerto.

En el cruce, Sotero esperó a que llegara un carro público e hizo el viaje de retorno en silencio, mirando siempre el campo y pensando en sus cosas. Lo único que lo perturbaba, aunque no demasiado, era el letrero que había visto en la parte posterior de la casa (Esta Tierra Es DE nozotro), pintado con cal y nerviosismo y con respecto al cual no quiso hacer ningún comentario delante de Tonongo. Eso y, por un mecanismo de compensación, las nalgas de Lucila, su figura de persona distinta, no obstante su vestido y sus maneras, de ser fuera de ambiente, de ser como obligado por las circunstancias a estar allí, contradiciendo alguna ley biológica o social que él apenas vislumbraba, pero de cuya existencia no le cabían dudas. ¿Era que le había gustado la hembra al teniente Sotero? Más bien no, más bien lo había impresionado el contraste de su simple presencia, contraste que lo llevó a la vena lírica de pensar en su país como un estercolero donde, de vez en cuando, surgían de improviso esas flores difusas, imprecisas, llenas de un encanto, de un encantamiento, similar al que se recibe de la gente descrita en *Al amor del bohío,* libro dulzón que había estado leyendo en los últimos días. Pensó después que quizás fuera ésa la muchacha ideal para servirle de sirvienta en su hogar cuando, una vez casado, necesitara de alguien que tuviera, delante de visitas, la altura de los dueños, tanto en presencia física como en presencia de ánimo. Pero en eso llegó a la entrada de la capital, cercanía de la Feria, más o menos, y como había en su vida otras personas y otros hechos de mayor importancia, cambió de rumbo y se puso a rememorar lo acontecido en las dos últimas semanas con el fervor de quien hace un examen de conciencia para saber en qué detalle exacto le fallaron los cálculos, en cuáles acertó y el porqué de ambas cosas. El auto se detuvo un momento y entonces el teniente, como sucede siempre cuando ni el tiempo ni el espacio del que viaja coincide con el espacio y el tiempo del viaje que realiza, hizo el gesto de quien retorna al mundo desde un lugar secreto de sí mismo y se encontró rodeado por una muchedumbre que le era ya habitual. Unos quinientos o seiscientos hombres, quizás ochocientos o mil, a ojo de buen cubero, taponaban la avenida y levantaban unas cuantas pancartas que el teniente no se entretuvo en leer. Se dedicó, mejor, a repasar sus cálculos, y cuando los manifestantes, que pedían lo suyo, según dijo el chofer, se pusieron a andar y les dejaron paso, terció, pero muy débilmente, en la conversación iniciada en el carro y que giraba, como era natural, en torno al deterioro de la situación, la carestía de los productos básicos y una serie similar de pendejadas que francamente le interesaban poco. Lo que él quería era llegar pronto para ver a Estela y por eso cuando descendió del dichoso vehículo echó una carrerita casi aérea hasta su casa con el fin de contarle cómo andaba la cosa. La encontró sentadita en el balcón, recostada en los brazos, cruzados, a su vez, sobre la barandilla, y sin que ella lo viera se metió en el zaguán por una puerta que daba al comedor y la llamó siseando. Cuando Estela se acercó, tanteando en medio de la penumbra de la prima noche, el teniente la abrazó y allí mismo le dio una de esas lenguas que él sabía y un estrujón de sexo que la dejó medio dormida de felicidad con la frente apoyada en su clavícula. Así era como últimamente se querían: así y aún con más fuerza desde que él consiguió llevársela a un lugar muy secreto, muy secreto, y prometerle amor eterno con tal de que ella hiciera lo que hizo. Y él la amaría, se había dado cuenta de que la amaría y de que la vida lo había tratado bien poniendo en su camino una muchacha como ésa, una muchacha que indudablemente estaba a ocho mil leguas de viaje submarino de las que, hablando en serio, debían ser sus compañeras naturales, aquellas jovencitas mohosas de su barrio con las que al teniente sólo le cabía imaginar un porvenir lleno de mucha sarna y de mucho calor. Pero mentira. En realidad lo que pasaba era que en cuanto pudo proyectarse como un ser poderoso, Sotero empezó a ver con suma claridad hasta qué punto le convenía definir sus sentimientos, y aunque de todas formas se negaba a abandonar el fuego y la bellaquería sexual de Conchita (siempre muy superior en eso a Estela) decidió colocarla definitivamente en su lugar y erradicó de su interior, pues era muy capaz, aquella especie de cosquilleo afectivo que todavía a veces le producía, para dejarla como en la actualidad, simple refugio de sus necesidades. Justo como Conchita no quería que la considerara. Ahora casi todo su tiempo estaba dedicado a su novia, con quien, como esa tarde de febrero, pasaba largas horas conversando vacuencias y elaborando planes. A su novia y al ambiente que la rodeaba, con sus idas al cine Independencia cogidos de la mano y en grupetes de a seis, sus reuniones nocturnas, sus pasadías en cualquiera de las playas cercanas y su estarse quietecitos en la sala delante de la mirada inútil y algo estúpida de doña Luz, decimonónica vigilante de una virginidad que hacía ya rato que su hija del alma había perdido. Con ella precisamente se tropezaron al entrar en la casa y con ella se sentaron en la sala, donde el teniente sólo permaneció el tiempo necesario para cumplimentar sus deberes de novio antes de marcharse a la suya a descansar, agotado y nervioso.

Así habían sido sus jornadas de los últimos días y así fueron las de los días siguientes: cargadas de visitas esporádicas, llamadas comerciales y prolongadas conversaciones en torno a costos, rebajas, materiales, medidas, transportes e inversiones, todo lo cual le ocupó la totalidad del mes de enero, en el que hubo, además, dos hechos de enorme trascendencia para su futuro. Uno fue su compromiso oficial con Estela (a no confundir con el simple consentimiento de las relaciones), celebrado en medio de una algarabía tan familiar que doña Luz —ella sabía por qué— terminó lloriqueando en brazos de su esposo, Estela borracha como un pajarito y el teniente cantando con Wilson y el coronel boleros y habaneras del agrado de todos. El otro, la terminación definitiva de una de las naves de la granja, así como la colocación de las quince primeras jaulas y de una incubadora seminueva que le compraron a un americano que se iba. Lo demás giró en torno a esos dos hechos y adquirió para el teniente naturaleza de cosa secundaria, como decía el señor Flores de lo que no tenía importancia. No significó nada para él, por ejemplo, el intento de tomar nuevamente las riendas del país —potro sin freno, caballo desbocado, etcétera— por parte de un sector militar del que probablemente nadie esperaba nada, ni la huelga general que terminó por aupar a un Consejo de Estado al que se le asignó la tarea de preparar unas elecciones generales que le dieran salida al caos institucional que se estaba viviendo. Nada. Lo único que al teniente le preocupaba de verdad era ir a la finca a programar lo suyo con un fervor casi infantil y regresar después a calcular sus gastos y a preparar la jornada siguiente. Menos mal que algunas noches, y como para compensar, el panorama variaba de modo sustancial y Sotero se convertía de pronto en el centro de unas reuniones presididas por el buen humor y en las que a veces hasta faltaban sillas para sentar a quienes, invitados o no, se acercaban a ellas en plan de contertulios. Esos momentos contribuían a aumentar el bienestar de que últimamente disfrutaba, sensación que, para colmo, se veía intensificada por las buenas relaciones reinantes entre los Tejada y los Flores, los Flores y doña Josefa, desde hacía poco esporádica visitante de la casa, y, finalmente, él y doña Luz, con la que había llegado a una especie de entente cordial, causada sobre todo por las reiteradas ocasiones en que últimamente Sotero le había asegurado la finalización de sus relaciones con Conchita. Doña Luz, en realidad, se comportaba ahora de una forma distinta, resultado quizás del magnetismo del teniente (pensaba él), así como de sus prolongadas conversaciones con doña Evangelina, que disfrutaba contribuyendo a facilitarle las cosas a Sotero. Doña Luz, que quería mucho a su hija y cuyo problema era, en buena parte, de naturaleza maternal, empezaba a no ver en él la imagen que ella misma se forjó en un principio, sino la que los protectores del teniente, excesivos para su reducida perspicacia, le habían ido inculcando poco a poco. En doña Luz, isleña del interior y presumida, ciertos valores de naturaleza indefinible que ella calificaba de morales, pero más aún las consecuencias que podían desprenderse de ellos, seguían teniendo una importancia decisiva. Y como en su inocencia daba las relaciones con Conchita como definitivamente terminadas, acabó por creer en los valores de Sotero, que si bien existían, la verdad era que poseían una índole distinta. Por eso cuando el teniente llegaba a aquella casa, fingiendo a veces más de lo debido, el resultado no se hacía esperar: un brazo fofo, del que colgaba una hamaca de carne casi transparente, de tan blanca y lavada, se adelantaba para recibirlo con una palmadita que sonaba a vacío —como dada con un guante de trapo relleno de virutas.

Pero esa jovialidad no duró demasiado, todo lo más tres o cuatro semanas, al cabo de las cuales, y sin saber cómo, el teniente se vio envuelto en la misma rutina de meses anteriores. Y era que el encantamiento de aquellas veladas no podía prolongarse en un país donde cada mañana el periódico anunciaba varias muertes violentas, los sindicatos amenazaban constantemente con iniciar otra de sus huelgas y el diálogo político se había convertido en una serie de frases demagógicas cuyo sentido último nadie lograba descifrar con claridad. Los acuartelamientos y los toques de queda, que el teniente aborrecía, se habían hecho ya tan habituales que la gente, o como decían pomposamente ciertos locutores, la ciudadanía, se comportaba siempre como si los hubiera, de modo que por una de aquellas noches de diálogo insustancial y ameno había tres o cuatro en que el teniente se veía obligado a matar el tiempo en una mecedora, mirando alternativamente las caras de su futura esposa, su futura suegra o su futura cuñada, cuando no descifrando el pequeño laberinto de su vida en las dependencias de la fortaleza. Pero no fue únicamente eso lo que descalabró esta vez la confortable estabilidad del teniente Sotero, sino algo más concreto y más en relación con sus asuntos.

Todo empezó la noche en que el coronel volvió a llamarlo, con una voz similar a la que había empleado aquel 31 de mayo que ahora resultaba tan lejano, para anunciarle por enésima vez que algo se preparaba y que estuviera atento.

Sotero, naturalmente, se lo tomó con calma, como había hecho en todas y cada una de las ocasiones anteriores, y aunque tampoco en ésta la cosa pasó de ser lo que había sido: una falsa alarma, lo cierto es que tuvo un efecto secundario de mayor importancia. Pues ocurrió que ese nuevo rumor, eslabón de una larga cadena de rumores, desencadenó en la gente, en el comercio, en todo, una apatía tan grande que el señor Flores primero, y el coronel, su mujer y su hermana, así como su propia madre, su suegra y hasta su novia Estela, después, le aconsejaron que detuviera durante algún tiempo sus trabajos avícolas y se dedicara a contemplar el panorama y a esperar que aquella marejada redujera su fuerza. Al principio, el teniente se rebeló, arguyendo razones que le parecían de un peso incuestionable, pero las argumentaciones de los otros, a más de escudarse en el afecto, terminaron abrumándolo por su cantidad y machaconería. Y como el teniente era cualquier cosa, menos desagradecido, terminó por complacer, más que por obedecer, a quienes le daban tan rotundos consejos. Lo que sin duda alguna ninguno de ellos tuvo en cuenta fue la repercusión que este simple detalle (parar los trabajos de la granja hasta que la situación se viera más clara) tendría en el ánimo de Sotero, que era un hombre de grandes optimismos y grandes depresiones. Tanto habló el señor Flores de hundimiento económico, de confusión, de desintegración social, de lo necesaria que resultaba la estabilidad para el consumo masivo de un producto como el que Sotero pensaba introducir en el mercado, y con tanta vehemencia y tanta ciencia, que el teniente no tuvo más remedio que ir donde Tonongo, darle veinte pesos y decirle que lo dejara todo como estaba hasta nueva orden. Sólo que con la paralización de sus proyectos Sotero se vio a sí mismo también paralizado, muerto de incertidumbre y de ansiedad, como antes de empezar, y recurrió, para salir del hoyo nuevamente a Conchita, la única capaz de soportarle sus depresiones y su mal humor y además comprenderlo sin objetarle nada.

A Conchita, el teniente la había ido dejando en un segundo plano, y últimamente, encaprichado con la granja, la mantenía en un semiabandono que ella aceptaba sin rechistar siquiera. No porque la situación no le importara, que le importaba, y mucho, sino porque en todo momento lo imaginaba cargado por el peso de innumerables cuentas, libros para leer, informes que preparar y tan cansado como sólo han de estarlo los hombres de futuro. A todo eso se añadía, además, el detalle de sus deberes militares, que habían sufrido una notable intensificación a consecuencia de la fuñenda nacional —como se le empezaba a llamar a la crisis política—. Y si bien lo primero no pasaba de ser pura invención de su adorado, lo segundo era, efectivamente, cierto, aunque no hasta el punto de servir como justificante de un descuido tan drástico. Por fortuna para él, ni Conchita sospechó nunca nada ni esa especie de retirada intermitente duró más de lo soportable para una mujer fiebruda y temperamental como ella, de modo que cuando volvió a su casa con la cara de siempre, a los dos o tres días de que lo convencieran con lo de la granja, Conchita encontró ese regreso de lo más natural y puso a relucir todas sus artes para darle una soberbia bienvenida. El teniente la necesitaba, desde luego. Acostumbrado desde jovencito a perderse en la sordidez de ciertos ambientes, en la brutalidad de ciertas situaciones (alcohol, peleas al puño) cuando no veía forma de resolver los problemas que el hastío le ponía por delante, el teniente regresó donde ella como buscando el lado opuesto, el complemento negativo de aquellas beatíficas sesiones en familia que, lo descubría ahora, desligadas de su ambiciones le resultaban soporíferas. En cuanto cedió a las peticiones, a los ruegos, a las argumentaciones de Estela, eco de los análisis paternos, y dejó de contar con el móvil inmediato de la granja, el teniente no tardó mucho en experimentar la vieja necesidad de cruzar ciertas calles y adentrarse en esa zona de la ciudad en la que no tenían vigencia los edulcorados convencionalismos que acababa de dejar en casa de su novia. Y fue donde Conchita, cerró todas las puertas y ventanas, mandó a comprar comida, ron, cervezas, y se pasó dos días borracho, sudoroso, sorprendiendo a su compañera con una potencia que él mismo no sabía ni

cómo ni de dónde le brotaba —porque era una potencia
que sobre todo, y por encima de todo, le brotaba—. Sólo al
segundo día pareció dar señales de recuperación, y este
detalle, el breve momento de lucidez que hacia las once lo
llevó, como otras veces, a descargar su amargura delante de
la otra, transformó de repente aquella relación de solitarios
en algo más que una simple sucesión de encuentros.
Durante el rato que él estuvo hablando, Conchita se dio
cuenta de que ella, y sólo ella, poseía algo que el teniente
necesitaba, y a partir de ahí se proyectó hacia el futuro, en
un fogonazo de lucidez, como alguien eternamente secundario y al mismo tiempo eternamente importante en su
vida. No concubina, ni amante, ni querida, ni amiga
ocasional, aunque también es cierto, todo eso, sino como
ese ser único e insustituible al que se recurre en los
momentos esenciales. A partir de ahí, en efecto, Conchita
dejó de atormentarse y supo que el teniente ya no sabría
prescindir de ella. Sintió que la naturaleza, la biología,
cierta fuerza que su incultura no conseguía ni siquiera
intuir, acababa de establecer entre ambos una unión
permanente, un vínculo indisoluble. E imaginó al teniente
marchándose, contrayendo un matrimonio que, sin duda
alguna, le resultaría conveniente, ascendiendo como militar o como civil, progresando como comerciante; lo
imaginó rico o muerto de hambre, joven y apetecible como
ahora o viejo y arrugado como después, pero acudiendo
a ella cada vez que la vida se le pusiera amarga. Ese
convencimiento le hizo perder el miedo que hasta ahí había
tenido con respecto a Estela y la llevó a sentirse segura,
satisfecha, dueña de su papel, de modo que ya esa misma tarde, regocijada por el descubrimiento, comenzó a
demostrarle una amabilidad sin fingimientos que no guardaba ninguna relación con la anterior, habitualmente
acompañada de unas zalamerías que más que agradar,
terminaban por hartar al teniente y sacarlo de quicio. Se
prometió Conchita no volver a luchar, no volver a atormentarse más, ya que Sotero era un hombre definitivamente conquistado, y se entregó al placer de considerarlo
desde ese instante como algo fijo y suyo, no huidizo

y ajeno. Los días siguientes estuvieron dominados por un clima afectivo en el que, a causa de la seguridad que ella poseía en sí misma, no quedaba el más mínimo rescoldo de su anterior e histérica agresividad. El teniente no supo nunca a qué atribuir el bienestar, la paz interior que, como en los primeros días de sus relaciones, lo invadía cada vez que se hallaba con ella. Pero le resultaba tan gratificante que, como si él también hubiera descubierto algún aspecto nuevo allá en el fondo de sus sentimientos, continuó visitándola casi diariamente, yendo con ella al cine o simplemente hablando como antes en torno a ciertas cosas y en un tono que de alguna manera ambos presentían como exclusivamente suyo. El embobamiento llegó a tal extremo que, en más de una ocasión, el teniente llamó a Estela y sustituyó con quince minutos de teléfono lo que debía haber sido una visita en toda regla, detalle que resultaba tanto más significativo cuanto que en sus planes no había entrado nunca la posibilidad de poner a Conchita por encima de su prometida, se tratara de quien se tratara. Estela, por su parte, como en ocasiones su rival, no encontraba extraña la repentina ausencia de su novio, atribuyéndola a mil pequeñas cosas sin más verosimilitud que la que les otorgaba su enamoramiento.

11. Freddy Nogueras y Wilson Tejada
Martes, 12 de junio de 1962

—¿Y a qué hora tú dices que saliste de la casa? —preguntó Wilson.

Freddy abrió los ojos y levantó la cabeza para responder:

—A las siete y media —dijo, y se reclinó de nuevo—. Paolo estaba durmiendo todavía, pero yo no quise despertarlo y le dejé una nota debajo de los zapatos, supongo que la habrá leído.

—Debiste venir a buscarme a esa hora —dijo Wilson—. Yo también estaba despierto.

—No fui porque no quería tener que darle explicaciones a madrina.

Eran las diez y media y circulaban por el malecón, a la orilla del mar, en cuya superficie rebotaba un sol triste, filtrado por un tamiz de nubes deshilachadas y movedizas que recorrían el cielo con rapidez, dejando aquí y allá pequeños claros por los que la luz intentaba colarse inútilmente.

—Hiciste bien —dijo Wilson—. De un tiempo acá no hay quien las soporte. ¿Por dónde cojo?

Freddy se sentía cansado, con ganas de dormir. ¿A dónde ir que le quitara el sueño?

—¿Tú qué tienes que hacer ahora?

—Por el momento nada. De once a doce a casa de Yolanda. Ayer quedamos en que hoy hablaríamos, ya tú sabes de qué —Freddy asintió—. Mientras tanto podemos aprovechar el carro. Hay gasolina suficiente. ¿Tú quieres que pasemos por la universidad? Aún me quedan un par de exámenes y tengo que saber las fechas.

—A cualquier sitio menos a ése —Freddy se incorporó, sacó el brazo por la ventanilla y se puso a jugar con la brisa—. No tengo ganas de encontrarme con ciertos individuos. Con la noche que me dio Paolo es suficiente. K.O. técnico.

—¿Discutieron mucho? —dijo Wilson, aminorando la velocidad para gritarle algo a un par de jovencitas que se hallaban sentadas en el suelo, recostadas en el tronco de un almendro, cerca del parque Hostos.

—Mucho es poco. Mucho es nada. Nos desbocamos, como siempre —dijo Freddy—. Estuvimos en eso hasta las tres. Lo malo es que a las seis ya yo tenía los ojos como dos bombillos.

—Y él en cambio como si tal cosa. Sigue igual. Nunca he visto un elemento con el sueño más pesado. ¿Y qué te dijo?

—No quiero hablar de eso ahora.

—¿Por qué? ¿Es que me mencionó?

—No, no te mencionó.

—Pues qué raro. Desde la vez del Pony me odia a muerte.

El perfil de Wilson se recortó con dureza contra el gris platinado del mar, permaneció en silencio, como petrificado durante unos segundos, pensando, recordando, sin duda, la discusión de aquella tarde absurda en que Freddy, a punto casi de empezar a llorar, les tuvo que rogar que no pelearan, que lo hicieran por él.

—No es verdad —protestó Freddy—. Paolo no te tiene odio, Wilson. Lo que pasa es que no se le puede decir a alguien en la cara que sus preocupaciones políticas no son más que la envidia que siente hacia los que viven bien y después querer que esa persona se quede como si tal cosa. Aquella tarde él se descalentó con razón, me parece a mí.

Wilson dio un manotazo en el guía.

—Coño —exclamó—, es que ya me tenía harto con tanta frasecita y tanta propaganda. Parecía que el genio fuera él y los demás imbéciles.

—*Okey*, en eso estoy de acuerdo —dijo Freddy—. Pero al fin y al cabo él nunca te ofendió. Nunca te dijo nada tan duro. Yo creo que él siempre tuvo en cuenta lo amigos que éramos. Creo yo.

—¿Y qué quieres tú que yo te diga? —gritó Wilson—. A lo hecho, pecho. Yo no le guardo rencor, pero tampoco voy a ir a pedirle perdón, si eso es lo que tú quieres.

—Yo no creo que él esté esperando eso de ti. Bastara con que nos viéramos un día, como antes, y habláramos un poco, para que todo se arreglara. ¿O es que ya ni siquiera se saludan?

—Sí que nos saludamos. Pero es que no es eso solamente, Freddy del diablo, date cuenta. Hay otras muchas cosas. Ya no somos los mismos.

—¿A qué tú te refieres?

—Te lo voy a explicar —Wilson frenó con brusquedad, se puso serio y estacionó el vehículo muy cerca de la acera—. Me refiero a que antes nos parecían mal muchas cosas y estábamos de acuerdo en que al país había que arreglarlo. Pero también a que ninguno sabía cómo ni sabíamos qué coño era eso de pertenecer a un partido y tener una ideología precisa. A eso me refiero. ¿Tú me entiendes?

—Perfectamente. Apaga el motor.

—Ahora Paolo es del Catorce —siguió Wilson— y no piensa más que a través del Catorce y no admite más opinión que la que esté de acuerdo con la del Catorce y sus héroes son los del Catorce y no hay más posibilidad de salvación que la que ofrece el Catorce. Conclusión. Uno termina mandando al Catorce a casa del carajo.

Apoyó las manos en el guía y lo apretó con fuerza.

—Un poco de eso hay, no te digo que no —admitió Freddy—. Pero eso se debe a la politización en que vive el país. Esa es una fiebre que a él se le va a pasar. Conmigo hace igual.

—Pero contigo es diferente —dijo Wilson—. Tú siempre fuiste más enllave suyo que yo. Y además tú hace unos meses que estabas igual que él, no me digas que no.

—Sí, pero de otra forma —aclaró Freddy de inmediato—. Yo no funciono igual. Paolo es de los que saben ir paso a paso. A mí me gustaría que todo se arreglara o se jodiera de una vez. Yo prefiero jugármelo todo de un solo golpe, y él no. Paolo sabe cómo quiere lo que quiere. Yo sólo sé lo que quiero.

—Coño, qué frase, tigre —bromeó Wilson, encendiendo el motor—. ¿Dónde la leíste?

—En ningún sitio —sonrió Freddy—. Se me acaba de ocurrir. Salió bien, sí. Debe de ser el sueño que tengo.

142

Wilson arrancó.

—Y lo aceitado que te dejó la discusión de anoche, supongo. ¿Sólo estaban tú y él?

—Y un tigre que tú no conoces, pero que durmió abajo y se puso a roncar en seguida.

De nuevo aquella brisa húmeda, aquel cielo gris, el ruido imperturbable del mar contra los arrecifes. Cruzaban pocos autos en dirección contraria, iban solos los dos, sin rumbo fijo, adentrándose progresivamente en esa extensa zona de silencio a la que no llegaba nunca el alboroto de una ciudad que a Freddy le parecía cada vez más absurda y más contradictoria.

—Supongo que ya se te pasó el susto, ¿no? —dijo Wilson inesperadamente. Freddy ya ni se acordaba.

—¿Qué susto?

—Lo del sargento.

—Ah, pero claro. Claro que se me pasó. Eso fue sugestión, y nada más —y luego, descargándose, como si todo lo viera claro de repente—: la sugestión y el ron y la pelea con Evelin y todo lo demás. Ya antes de verme con Paolo yo estaba convencido de que a mí no me iban a meter en ese lío. Después de todo ¿por qué?

—Yo fue esta mañana que lo supe —dijo Wilson—, en el noticiario de las siete. En seguida pensé en ti, pero de vaina, si tú quieres que te diga la verdad. ¿Cómo se me iba a ocurrir que alguien pudiera pensar en implicarte?

—Es verdad, yo también lo veo así ahora —dijo Freddy, y al cabo de unos segundos—: pero bueno, ya pasó. ¿Tú ayer qué hiciste?

—¿A qué hora?

—Durante el toque.

—Primero aburrirme —dijo Wilson, y esperó unos segundos antes de continuar—. Lo de después no sé si te lo cuente.

Freddy bostezó con indolencia, se estiró en el asiento y habló sin mover la cabeza:

—Te hiciste una paja pensando en quien tú sabes.

Luego lo miró con picardía, diciéndole «a que acerté» con los ojos. Wilson se echó a reír.

—No seas tú pendejo. Ya yo pasé esa etapa.

Risa de Freddy ahora.

—¿No me digas? ¿Qué dedo quieres tú que yo me chupe?

—En serio. Acuérdate bien que el pajero del grupo siempre fuiste tú.

—¿Fuiste? —dijo Freddy, entre burlón y agresivo—. Soy. Y no lo niego, además. Pero cuéntame qué fue lo que hiciste.

Antes de llegar a Güibia, Wilson dobló a la derecha y disminuyó notablemente la velocidad. Ahora iba despacito, mirando hacia el interior de las casas, casi todas rodeadas de jardines, casi todas con un letrerito que decía: «Cuidado con el perro». Casi todas habitadas por una o dos muchachas hermosas, bien cuidadas, de esas que se pasan el día entero en pantalones cortos, leyendo revistas y esperando la hora de hacer algo en la vida, casarse o divorciarse o recibir visitas o asistir a una fiesta.

—Cuenta, coño —insistió Freddy.

—Ya te lo dije —sin dejar de mirar al exterior—. Primero aburrirme.

—¿Y después?

—Misterio.

—Novelas de misterio que escribió la realidad —gruñó Freddy—. Cuéntamelo, pendejo, que ya tú sabes que de mí no pasa.

Wilson volvió, por fin, el rostro hacia su amigo, sonriendo. ¿Se lo diría? ¿No se lo diría? Freddy no podía contenerse la risa ¿Con qué embuste le saldría el otro ahora? ¿Con qué verdad? Lo mismo daba. Lo importante era que al final terminaría contándoselo, aunque tuvieran que jugar un poco. No había en esta tierra dos personas más amigas que ellos.

—Te voy a dar un segundo chance de que adivines —dijo Wilson, fingiendo seriedad—. Adivina.

Freddy se rascó la cabeza. Estaba en un programa preguntas y respuestas de la televisión, había que concentrarse.

—Cogiste los binoculares... —se detuvo, dizque titubeando— y viste a Estelita como doña Luz la trajo al mundo.

—Te quemaste —dijo Wilson muy serio—. Eso es lo que tú quisieras, pendejo,

—*Okey*. Comillas para lo anterior, y en lugar de Estelita a doña Luz con su esposo el calvo metidos en la cama. En cueros, naturalmente.

—Te quemaste otra vez.

—Me rindo, coño —gritó Freddy, haciendo como que se desinteresaba—. Cuéntamelo si quieres.

—Es que tú no te lo vas a creer —Wilson movió varias veces la cabeza. Era francamente increíble—. Yo estoy convencido de que tú no te lo vas a creer.

—Si es mentira seguro que no.

—No es mentira. Que me parta un rayo.

—*Okey, okey* —Freddy estaba impaciente—. Qué fue.

—Esther —anunció Wilson, como si pronunciando ese nombre ya estuviera todo dicho.

—¿Esther? —preguntó Freddy, con malicia, dispuesto a no dar nada por sabido.

—Sí, Esther —insistió Wilson.

—Esther qué, coño. Cuenta de una vez.

—Cruzó después del toque y subió directamente a la azotea.

—No jodas —dijo Freddy, intentando disimular la desilusión. ¿Qué de raro tenía que Esther hubiera subido, otra vez, a la azotea en el instante justo en que Wilson sudaba con sus pesas o intentaba estudiar?

—No jodo —dijo Wilson, sonriendo.

—¿Y qué pasó? —siguió jugando Freddy. A veces tenía la sensación de que lo sabía todo, de que la personas nunca podrían darle una sorpresa.

—Estuvimos hablando —dijo Wilson al tiempo que doblaba con toda rapidez por una nueva calle—, sólo hablando.

—No me lo creo —dijo Freddy, incorporándose: la maniobra lo había sacado del asiento—. Y no me sigas contando. Punto. No me lo creo.

—Bueno, *okey*, es verdad —admitió Wilson—. No sólo hubo eso. Pero es que tú no te lo vas a creer.

—Pero dímelo, coño, de una vez —gritó Freddy.

Estallaron los dos en una carcajada.

—¿Sabes lo que pasó?

—No.

—¿Sabes lo que hizo?

—Que no, coño.

Volvieron a reírse, sin saber por qué, sin explicarse por qué.

—Pues te lo voy a contar —dijo Wilson y frenó para aumentar el suspense de lo que venía a continuación—. Subió sin blumen.

—¿Sin blumen?

—Sin blumen, tal como suena. ¿Y tú sabes lo que hizo?

—No. Qué. Cuidado con ese heladero.

—Se sentó en la banca inclinada, abrió las piernas y me preguntó si me gustaba. Yo le dije que sí.

—¿Y después?

—¿Tú qué hubieras hecho en mi lugar?

—No sigas. Te comprendo.

Sin darse cuenta habían bajado de nuevo al malecón. Freddy estaba excitado por la historia que Wilson acababa de contarle, le parecía excelente, maravillosa, esas cosas no le ocurrían a él. Circulaban hacia el Obelisco, bajo el cielo grisáceo, con lentitud, en completo silencio.

—Pues hermano —dijo Freddy de pronto—. Te jodiste.

—¿Se puede saber por qué?

—Hembra mamada, hembra pegada, dice un refrán de mi invención. Así que no se la vas a quitar de encima nunca. Es capaz de apuñalar a Yolanda una noche de luna y gritando tu nombre: Wilson, Wilson, Wilson.

Wilson no dijo nada, siguió manejando hasta el Obelisco y allí giró de nuevo, haciendo rechinar las ruedas, para coger la dirección contraria.

—¿Tú quieres una cerveza? —propuso al cabo de un rato.

—No, gracias —dijo Freddy. Y, de repente—: frena.

Wilson obedeció.

146

—¿Qué pasa?

—Dobla por ahí. En esta calle, a unas dos cuadras, hay una hembra del carajo. Un día la vi y se me cayó el cerquillo. En aquel casifundio, ¿lo ves?

—No soy ciego. ¿Paro cuando llegue?

Freddy sonrió.

—No. Pasa lento, que a lo mejor me pide que me quede con ella y ahora no tengo tiempo.

Wilson iba a celebrar la frase, pero se contuvo. Lo que hizo fue sacar un cigarrillo y encenderlo mientras Freddy asomaba la cabeza por la ventanilla e intentaba localizar a la mujer, a quien imaginaba rodeada de perros y sirvientas, muda, imperturbable, sin otro fin que ese de estar allí esperando al marido.

—No está —dijo, metiendo la cabeza. Después empezó a divagar—. A lo mejor trabaja o se ha ido al extranjero. Esta gente de por aquí se pasa, coño, la vida entera por ahí. Así cualquiera.

Wilson no le hizo caso, continuó circulando lentamente, sin pasar de los veinte kilómetros por hora, fumando, silencioso, preguntándose qué sentido tenía aquel paseo, qué carajo hacían los dos deambulando de un lado para otro, sin saber qué dirección tomar, como niños perdidos en un parque.

—Freddy —dijo de pronto.

—Dime, papi —con voz afeminada. Esta vez Wilson sonrió.

—¿Tú quieres que te diga una cosa?

—Si es muy seria, no.

—Me parece que estamos hablando y hasta viviendo como dos comemierdas. Por lo menos yo.

Freddy sacudió la cabeza, sorprendido.

—Es que a lo mejor somos dos comemierdas —dijo—. ¿Qué quieres tú que yo le haga?

—Yo creo que debiéramos hacer algo, otra cosa —siguió Wilson—. Siempre estamos en lo mismo. Ya yo me estoy cansando.

—Otro —exclamó Freddy teatralmente—. Y vamos dos. ¿Algo para llenar el vacío que carcome nuestras vidas?

¿Meternos en un partido, por ejemplo? ¿Qué te parece la Unión Cívica Nacional?

—Si tú te pones así no hay manera de hablar.

—*Okey*, me pongo de otra forma. ¿Tu problema cuál es? ¿La vieja? ¿Yolanda? ¿Tu carrera? ¿El país? ¿El paisaje del país? ¿O el paisanaje del paisaje del país?

—De todo eso un poco —asintió Wilson. Tiró la colilla, encendió otro cigarrillo—. Lo que a mí me pasa es que tengo la impresión de que no voy, de que no estamos yendo a ningún sitio. ¿Tú no?

—Filosofa, Pachulí, que tu hora llega.

—No, en serio —insistió Wilson—, te lo digo en serio. Esto te lo digo en serio.

—Pues no hables en serio, coño —gritó Freddy—. Ya yo estoy hasta aquí de oír hablar en serio a tanta gente seria de cosas siempre serias, ¿oíste?

—Oí.

Callaron. Freddy le quitó el cigarrillo de las manos y se lo llevó a los labios. Chupó profunda y lentamente hasta que sintió que ya no le cabía más humo en los pulmones. Luego se lo devolvió. Wilson hizo lo mismo.

—Perdona, viejo —dijo Freddy—. No debí gritarte.

—No te apures por eso.

—Mira, yo estoy de acuerdo contigo. Nada de esto tiene sentido. Por eso me voy. Es más, ¿tú sabes una cosa? Yo creo que lo que tú tienes que hacer es irte conmigo a Nueva York.

—¿Tú crees?

—Sí —se entusiasmó Freddy—. Los reyes del merengue invaden y causan conmoción en templo sagrado del *rock and roll*. ¿Qué te parece?

—Tú y yo ahí no concordamos —dijo Wilson con sequedad.

—A ti te van a joder la vida si te quedas aquí, te lo digo yo.

—Y a ti te la van a joder allá.

—Sí, pero siempre puedo volver hablando inglés a emplearme de azafato en la Pan American.

Wilson sonrió. De nuevo la ironía de Freddy limaba las

pequeñas tensiones, eliminaba las pequeñas diferencias que surgían entre ellos. ¿Toda la vida continuarían así?

—De todas formas —dijo—, tengo la impresión de que no se dice azafato, poeta. Y perdona.

—Vete al carajo.

Acabaron, como siempre, entendiéndose. Freddy se sentía bien: se deslizó hacia la parte delantera del asiento y apoyó la cabeza en el respaldo. La brisa húmeda y fresca se colaba por la ventanilla de manera uniforme, le rozaba la oreja como un animalillo, hacía que la camisa le golpeteara el pecho sin descanso. Cerró los ojos y se puso a pensar en mil cosas distintas. Pensaba que era bueno tener un carro marca *Chévrolet* y una casa y un trabajo de esos que te llenan de cuartos cada cuatro semanas y una mujer amable, que supiera recibir a los amigos de uno, que los tratara bien y no fuera bochinchera ni chismosa, sino educada y culta. Una mezcla de Evelinda y Yolanda cuando no se ponían pegajosas ni histéricas. Pensaba que tal vez fuera más conveniente esperar, como le aconsejaban, a que se celebraran los comicios antes de decidirse a coger el avión. Quizá, pensaba, cada vez más absorto y distraído, sin apenas mirar la cinta abigarrada del paisaje, quizá para ese entonces el país ofrecería otro aspecto, quizá alguna lluvia mágica lo transformaba todo, si no en un paraíso, al menos en un sitio en el que, simplemente, se pudiera vivir. «Vivir, vivir, vivir», murmuró en su interior, y la palabra, vacía de contenido, como una bola hueca, lo llenó de repente de una brusca ansiedad y lo hizo estarse quieto, con los ojos abiertos, clavados en el aire, en un punto intermedio entre él mismo y las cosas. Vivir, un sueño mil veces repetido al que era siempre inútil retornar porque siempre, también, había una realidad, cruel, inhumana, que no tenía otro fin que desmentirlo. Bastaba simplemente con despertar, bastaba con abrir nuevamente los ojos y mirar hacia afuera, para que la hinchazón de aquella falsa pompa estallara en pedazos.

Un frenazo imprevisto lo obligó a incorporarse.

—¿Qué pasa? —preguntó.

—Mira.

Estaban frente al Baluarte a unos escasos metros de El Conde, por cuya bocacalle salía ahora la habitual muchedumbre de los últimos días: mil jóvenes, quinientos, trescientos veintisiete, ¿qué más les daba a ellos?

—La cosa está igual que ayer —dijo Wilson.

—Que se hunda esta vaina de una vez, nojoda, que lo quemen todo —dijo Freddy—. Esquívalos antes de que venga la policía a molerlos a palos y sube 30 de Marzo. ¿No había que ir donde Yolanda?

—Sí, ten-go que hablar con ella —especificó Wilson, esperando que los manifestantes despejaran la calle.

—*Okey*, tórtolo del carajo. Admitida la pulla. Sácame de este lío y déjame en cualquier esquina, que me voy a mi casa. Luego ve y habla con ella hasta que te canses. Eso sí, que después me lo cuentas, ¿oíste?

—Gracias, viejo —dijo Wilson—. Ya sabía yo que tú te ibas a dar cuenta.

—Vete al coño. Pita. Aprovecha ese hueco.

Wilson obedeció. Se precipitó hacia Mercedes y dobló bruscamente, haciendo que las ruedas rechinaran de una forma imprevista antes de alcanzar la avenida que Freddy le había dicho.

—Déjame aquí —dijo Freddy cuando habían recorrido unos trescientos metros.

—Aquí te dejo. Llámame esta tarde.

—*Okey*, abur.

—Cuídate.

Freddy dio unos saltitos en la acera.

—Tranquilo. Estoy en forma. Mira —y se puso a imitar las portadas de *Muscle Power* mientras Wilson se retorcía de risa sobre el guía.

—Abur —volvió a decir Freddy antes de marcharse.

—Abur —respondió Wilson.

En dos o tres minutos llegó a Padre García, estacionó el vehículo en la esquina y se acercó a la casa de Yolanda. Iba nervioso, iba casi temblando, como a buscar el primer beso de la primera novia, y se detuvo a frotarse las manos y a secarse el sudor de la cara. Tocó la puerta y esperó que le abrieran, pero no vino nadie. Luego quiso empujar la del callejón y se encontró con que estaba cerrada. Llamó entonces en la casa de al lado, donde vivía una muchacha negra que se moría por Freddy.

—Se fue —le dijo ella, emergiendo del fondo, mostrándole los dientes más impecablemente blancos que Wilson había visto en su vida.

—¿Cómo que se fue?

—Que se fue.

Por un momento Wilson pensó que la muchacha iba a decirle: a Nueva York, y sintió que las piernas le flaqueaban.

—A Santiago —aclaró ella—, a visitar a la familia con doña Graciela y el hermano.

—Ah, sí —dijo él, tratando de quitarle importancia a la noticia. Pero la otra ya lo había visto palidecer.

—No te apures —dijo, como alegrándose—, que vuelve pronto.

—¿Cuándo? ¿Te lo dijo? ¿No me dejó nada contigo? ¿Un papelito? ¿Cualquier cosa?

—Que en cuanto vuelva te llama —respondió la otra.

Wilson se subió de nuevo en el auto y arrancó calle abajo, pensando en Yolanda. Pensando también que había hecho mal en inventarse aquella historia estúpida de Esther, pero mucho peor en contársela a Freddy como si realmente hubiera sucedido.

12. Yolanda Martínez
De mayo a junio de 1962

Yolanda creía a veces que iba a estallar, que su contenida pasión la llevaría a cometer cualquier locura de esas que suelen cometerse en casos semejantes, y no hallaba la forma de sentirse tranquila. Por suerte suya había encontrado en Evelinda una auténtica amiga, una muchacha comprensiva que también sufría mucho a causa de su novio, y esa amistad la aliviaba de sus tormentos a través de largas conversaciones en las que el alma masculina y el alma femenina eran sometidas a una profunda disección por separado. La única cosa mala de Evelinda era que le gustaba un poco la política y en determinados momentos se empeñaba en verlo todo desde ese único ángulo, costumbre que al principio a Yolanda le molestaba mucho. Después no, desde luego, porque en cuanto ella supo lo que le hicieron a su pobre padre, que lo metieron en la cárcel y cuando lo sacaron no duró más de un mes debido a las secuelas de las grandes torturas que le habían infligido, comprendió de inmediato el deseo de justicia que la hacía maldecir su país y hablar de paredones y fusilamientos como si en vez de ser una muchacha tan bonita y sensible fuera una de esas locas que andan por ahí voceando pendejadas y viviendo del cuento. Con Evelinda salía ella a pasear y a Evelinda le regaló los vestidos que ya no le cabían y hasta empleó un domingo para retocárselos y probárselos y ponerla delante del espejo, haciéndola girar igual que un maniquí de la Quinta Avenida. Se contaban sus penas y sus alegrías porque consideraban sin decírselo que en un país tan atrasado ya era un verdadero regalo del destino el dar con alguien a quien poder confiarle los secretos más íntimos de una. En este sentido sus conversaciones llegaban a límites insospechados por una mujer de mente tradicional, y si bien era cierto que trataban muchas veces de ropa, baratillos, películas, artistas, cantantes y boleros, también lo era que otras tantas elevaban el tono y rondaban temas como el del pesimismo, el sexo opuesto, la opresión de la mujer y el viajar como medio de enriquecimiento intelectual. Algunos de estos temas se compartían en coloquios abiertos con todos los demás, Wilson, Freddy y amigos invitados, pero otros quedaban reservados a la intimidad que ambas habían creado para su propio uso. Eso significaba que Yolanda lo sabía todo, lo que se dice todo, de las relaciones prematrimoniales de Evelinda y de Freddy —así como de cuándo, cómo y dónde— y que Evelinda conocía al dedillo las aventuras amorosas de Yolanda y hacía suya la preocupación que ésta sentía con respecto al tantas veces mencionado Carmelo. Lo que Evelinda no conseguía comprender era el silencio que Yolanda había guardado, cuando la más elemental de las leyes amorosas indicaba que esas cuestiones hay que ponerlas siempre en el tapete con el fin de evitar postreros sufrimientos, desasosiegos como esos que ella estaba pasando. Una tarde, Yolanda intentó explicárselo de la forma más sincera posible y al fin parecía que Evelinda se aclaraba, pero en seguida le volvieron las dudas. La explicación de Yolanda fue ciertamente bonita y Evelinda le confesó que nunca hubiera podido imaginar que en el interior de esa cabecita loca se escondiera un alma de poeta. Yolanda dijo que ojalá amaneciera así de inspirada el día que tuviera que enfrentarse con Wilson, y de inmediato, emocionándose de nuevo, volvió sobre lo mismo y estableció cuadros comparativos entre lo que había sido antes y lo que era ahora, después de enamorarse. La diferencia resultaba, desde luego, abismal, tan abismal que Evelinda no acababa de creer que el amor fuera capaz de realizar semejante transformación, aun cuando las palabras de su amiga no dejaran lugar para la duda. Hasta intrigada llegó a sentirse con respecto a Wilson, a quien siempre consideró un personaje bastante amorfo, incapaz de emociones profundas, y se prometió que comenzaría a observarlo con más detenimiento, intentando encontrar esas facetas espirituales que Yolanda le atribuía con tanta vehemencia.

Pero no todo se reducía a hurgar las profundidades más oscuras de Yolanda en una especie de purificación inútil que a ella misma le resultaba a veces excesiva, qué va.

A cada dos por tres se reunían un ratito porque los cuatro juntos se sentían muy a gusto y se cayeron bien desde el principio. Freddy los alegraba mucho con sus ocurrencias y Yolanda, que era muy intuitiva, pensaba que detrás de ese rostro sonriente y de esas burlas seguro que la vida guardaba algún secreto amargo y tormentoso. Sólo con verlo bailar un guaguancó, una guaracha o un rítmico merengue, comprobaba Yolanda que se hallaba en lo cierto. El baile no era en él, en efecto, una manifestación espontánea, o al menos no solamente eso, sino el medio más directo e idóneo para liberarse de esa tristeza, de ese malestar interior que constituía su manera más profunda y por tanto más verdadera de ser. El baile representaba para él una especie de purificación, y Yolanda creía —así se lo hizo ver a su amiga Evelinda— que Freddy era un muchacho hipersensible y angustiado de esos que en Nueva York terminan refugiándose en la droga a causa del vacío y la nada que consume sus vidas. Evelinda se asustó de la interpretación y por un momento llegó a sentir miedo del futuro, pues su fantasía le presentó de inmediato la imagen de un Freddy cadavérico, con los ojos hundidos y una jeringuilla oxidada entre los dedos temblorosos, tal y como había visto en las películas de la serie *The Naked City* que daban por la televisión, un Freddy perseguido por la Brigada de Estupefacientes y acorralado por un agente rubio que le decía: muchacho, cálmate, sólo quiero ayudarte. Desde luego que cabía ese peligro, insistió Yolanda, pero Evelinda debía tener en cuenta que en un país tan avanzado como aquél existían los medios necesarios para que nadie, absolutamente nadie, salvo los degenerados de nacimiento (muchos negros y puertorriqueños, por ejemplo) penetrara en el falso paraíso de la drogadicción. A Yolanda, Freddy le caía supersimpático y sabía que su inteligencia y su sensibilidad le impedirían rodar a tal abismo, por muy solo y muy en Nueva York que se encontrara, si es que algún día se iba. Lo que no se explicaba era esa afición a beber que lo dominaba, esa incapacidad para estar en una reunión amable y delicada, como todas las que ella organizaba últimamente, sin

154

terminar pensando en un frasco de ron que, según él, hiciera desaparecer el aburrimiento de lo cotidiano. Fue entonces cuando Evelinda le explicó los motivos de esa actitud aparentemente incomprensible o al menos los que ella consideraba como tales. Yolanda se enteró así de los más importantes capítulos de la vida de Freddy (la muerte de su padre en circunstancias más que oscuras, las tensas relaciones con su madre, su aventura política y su posterior desencanto) y desde entonces lo quiso mucho y buscaba la forma de estar siempre a su altura en cuanto a inteligencia se refiere. Para evitar que se pasara las noches en los bares de El Conde muchas veces lo invitaba a cenar a su casa, a escuchar música o simplemente a que estuviera allí, sentadito en la sala leyendo cualquier libro como un niño aplicado, mientras Wilson y ella permanecían en sendas mecedoras dialogando en voz baja para no molestar. Él siempre le pedía que le hablara en inglés y que le contara lo que se le ocurriera de esa ciudad fantástica llamada Nueva York, y a Yolanda no sólo no le costaba nada complacerlo, que por algo sabía más inglés que Rockefeller, sino que lo hacía encantada de la vida porque precisamente ella también pensaba que en el mundo no había nada comparable a la ciudad del Empire y de la Estatua de la Libertad, en eso coincidían. Yolanda lo trataba más que como a un amigo, casi como a un cuñado, en especial desde que supo que Wilson y él se habían criado juntos y nunca habían tenido un más ni un menos; es decir, desde que descubrió que ellos dos eran verdaderamente como hermanos. Su problema con Freddy era que ella no podía confiarle sus secretos más íntimos debido a que los separaba la barrera infranqueable de los sexos. A Evelinda se lo había contado todo, y viceversa, pero a Freddy no sólo no se atrevía, por muy amigos que fueran, a decirle la más mínima palabra, sino que ni siquiera se sentía con derecho. Las mujeres se entienden entre sí de una forma inmediata, que por algo comparten las mismas preocupaciones y las mismas dudas con respecto a los hombres, e igual, sin duda alguna, les acontece a ellos, que se entienden casi sin hablar, eso ella lo sabía. La cuestión se complica cuando hay que entablar

155

esos diálogos cruzados en los que la mujer se pregunta: ¿me creerá?, ¿confiará en mis palabras?, y el hombre: ¿me dice la verdad?, ¿me está engañando? Yolanda creía en la verdad esencial, consideraba que lo importante es el meollo de las cosas, no la maleza de que están rodeadas, pero se preguntaba al mismo tiempo si esa idea no sería una excusa para no tener que confesarlo todo cuando hablara con Wilson. En cuanto a Freddy a ella le hubiera gustado pedirle consejo, pues a pesar de lo alocado que parecía, Yolanda tenía la impresión de que debía de ser un hombre comprensivo con respecto a problemas de esa índole. ¿Se lo contaba? ¿No se lo contaba? A veces ella se sentía morir porque desde que, hacía ya un mes, le dijo a Wilson que no fueran tan rápidos, que quedaran como amigos hasta más adelante, éste había dejado de comportarse con la sencillez de los primeros días. Seguía siendo, desde luego, el mismo Wilson amable y educado, el mismo que la llenaba de palabras hermosas y que la estaba continuamente cortejando, llevándole regalos, preocupado por su felicidad, pero también había adquirido hábitos, que a Yolanda le preocupaban mucho y la hacían miedosa y reservada. Cada día que pasaba a Yolanda le resultaba más y más difícil pensar en ese instante fatal en que ella tuviera que confesarle que allá en Nueva York había sido la amante de un santiaguero llamado Carmelo, una amante de muy pocos meses, pero amante al fin y al cabo. Sufría pensando en la cara que pondría, la forma violenta en que reaccionaría al saber que Yolanda, su adorada Yolanda, carecía de esa fina membrana llamada virgo, o himen (vulgo tapita) sin la cual es tan difícil la felicidad. Wilson no creería jamás las explicaciones que ella le diera, ni mucho menos comprendería que fue el efluvio de la ciudad del Hudson, el vacío libertario que ella experimentaba entre tantos edificios, la soledad y el no saber qué hacer, pero nunca, en ningún caso, el amor (cuya realidad sólo conocía ahora, ya demasiado tarde, para su desgracia) lo que la indujo a entregarse a Carmelo. Ella quería contárselo y no le salían las palabras ni encontraba el momento; sabía que muy probablemente acabaría perdiéndolo para siempre y por eso lo adoraba cada vez más, continuamente más, y no le importaban sus ataques de celos ni ese afán de hacerla suya que le entraba cuando estaban a solas. Le molestaba tener que verlo en esa situación, pensando que ella lo quería menos, cuando pasaba todo lo contrario, cuando precisamente si ella actuaba así, si ella no dejaba que él le besara los senos perfumados ni tampoco que le metiera la mano entre los muslos era porque sentía que de esa forma no le pertenecía del todo y por lo tanto no lo estaba engañando. Yolanda era consciente de que esa tensión se rompería el día menos pensado y de que, una de dos, o Wilson la ponía en la picota de confesar o abandonarla, o ella misma, empujada por el amor, daría ese paso que tanto le costaba. Sin embargo, ahí estaba lo malo, creía saber también cuál sería el resultado de esa conversación, y como ya veía a Wilson tildándola de cuantas cosas desagradables pueda haber, retrasaba sin proponérselo la llegada de ese momento decisivo. ¿Por qué?

Mientras tanto, se dedicaba a complacerlo en todo, y si él le pedía, por ejemplo, que a tal hora o tal otra estuviera en su casa, ella, naturalmente, no salía: si él la veía saludar a alguien y le pedía explicaciones, ella, naturalmente, se las daba. Ella quería que su amor no entorpeciera la vida de Wilson, que él no dejara, como había dejado, de estudiar sus materias y asistir a las sesiones clínicas de un médico amigo de su padre que lo ayudaba en eso. Quería que él no perdiera el tiempo y que llegara a ser el más bueno en lo suyo, que era la mejor forma de contribuir al desarrollo de su patria, y no gritando vainas por ahí, como hacía toda esa juventud de ahora. Por eso le pedía que no estuviera tan preocupado y que no se pasara el día deambulando por El Conde mientras ella escribía a maquinilla en la oficina. Se lo estuvo pidiendo durante muchos días e incluso habló con Freddy para que la ayudara a estimularlo, pero sin resultado, porque Freddy tenía una visión exageradamente derrotista de la vida y de todo decía que para qué. Para qué estudiar, para qué tener una carrera, para qué ser un buen profesional, para qué meterse en política, para qué intentar ayudar a los demás, y así por el estilo. En aquellos tiempos del cuplé, como él decía refiriéndose a una época suya que, afortunadamente, ya tenía superada, Freddy llegó a creer en cada una de las razones con que Yolanda le replicó su pesimismo. Pero ahora Freddy sólo pensaba en desaparecer, en convertirse en polvo del camino, en recorrer el mundo y ser una brizna de paja en el viento. Lo que él deseaba era que nadie lo conociera, que nadie lo quisiera, que nadie se preocupara de su triste destino, quería ser, como reza el poema, el incansable y eterno peregrino que camina sin rumbo porque nadie lo espera. De modo que Yolanda se encontró sola frente al problema de estimular a Wilson para que retornara a su anterior y modélico equilibrio y no hallaba la forma de solucionarlo, cosa que, dicho sea de paso, tampoco a Wilson le importaba mucho.

Wilson, el pobre Wilson, con su perfil de artista y su musculatura, estaba vuelto un ocho y no entendía por qué tanto misterio y tanta vaina. Su corazón de veinte años se sentía palpitar como nunca y experimentaba un acelerón involuntario cada vez que Yolanda lo obsequiaba con un beso en los labios, metiéndole en la boca el exquisito molusco de su lengua. Se pasaba los día pensando en ella y cuando se acercaba la hora de verla le parecía que el tiempo se convertía en algo interminable. A él no le cabían dudas de que también Yolanda lo quería, de que también Yolanda lo adoraba, y precisamente por eso no lograba captar el porqué de ciertas reacciones suyas, consistentes en echarse a llorar sin que viniera a cuento o en besarlo de pronto, de una manera brusca, como queriendo succionarlo todo, para después alejarse, aturdida y confusa, dejándolo cortado y sin saber qué hacer. ¿Qué le ocultaba, qué secretos guardaba allá en el fondo de su alma, qué cosas la llevaban a comportarse así? Para Wilson, Yolanda era un enigma, y de los grandes, una mujer extraña y sorprendente que no actuaba jamás según las coordenadas habituales. Freddy le decía que esa actitud venía de haber estado tanto tiempo fuera, que no le diera vueltas al asunto y la aceptara tal y como era, pero Wilson, que a cada rato la tenía en los brazos temblorosa de amor, no podía estar de acuerdo con su amigo. Por eso le rogaba a Yolanda que le fuera sincera, que le contara lo que le sucedía, ya que él iba a ayudarla, ya que él no iba a dejarla jamás abandonada. Yolanda le decía que todavía no, que un poquito más adelante, y en seguida le salía con el cuento de que tenían que conocerse más, de que aún no había pasado el tiempo suficiente. Le hablaba de una equivocación anterior y de su deseo de no volver a caer en los mismos errores y Wilson muchas veces tenía ganas de mandarla a la mierda a causa de lo mucho que lo atormentaba con su silencio y su reticencia.

Así las cosas, nada tenía de raro que él hubiera dejado de estudiar y de ser ordenado como antes. Nada tenía de raro que ahora se pasara todo el santo día parado en esa esquina de la dichosa calle El Conde que él y su grupo, según la lengua y el relajo de Freddy, le tenían alquilada al propio Ayuntamiento. Lo único que no había descuidado era su físico, que mantenía las medidas constantes, ni su ropa ni su alimentación, pero hasta eso lo entusiasmaba poco. En realidad seguía haciendo ejercicios porque de esa manera se olvidaba de sus preocupaciones habituales y porque era un encanto eso de sudar mucho, bañarse y salir a la calle lleno de fuerza, rebosando salud, a recibir las miradas de admiración de todas las muchachas, las miradas de envidia de todos los muchachos. La primera de ellas, la de Esther, que no podía, era que no podía, resistir el encanto de su cuerpo y que cuando él pasaba delante de su casa le daba a veces pellizquitos de rabia por la poca atención que le ponía. Resultaba agradable que Esther lo deseara de esa forma y aunque él, de cuando en cuando, la atendía, dándole largos besos y estrujones de sexo que la dejaban medio muerta y siempre con las ganas de que se repitieran, la verdad es que más, mucho más, le gustaba que fuera su adorada Yolanda la que intentara abarcarle los bíceps y luego se metiera entre ellos y su pecho igual que un pajarito. En realidad lo de Esther para Wilson no tenía demasiada importancia, era una de esas cosas que se vienen arrastrando de lejos y que un hombre como Dios manda no puede nunca terminar del todo si la mujer se empeña en continuar. Wilson y Esther habían sido seminovios hacía ya mucho tiempo, unos diez meses antes, y su mamá y su tía siempre contemplaron con muy buenos ojos el desarrollo de esa relación. Las dos mujeres veían en Esther la compañera ideal, la mujer adecuada para convertirse en la esposa de su mimado retoño y a cada rato le estaban obsequiando cosas, que si una pulserita con su nombre, que si una cadenita, que si un pequeño adorno para el pelo. Las dos mujeres soñaban con que en un futuro Wilson desposara a esa joven tan linda, tan de buena familia, tan educada, etcétera, que además nunca sería una carga para él, ya que Esther estudiaba también esa carrera excepcional llamada Medicina. Ya los veían ellas trabajando juntos, yéndose al Canadá después de haber pasado el examen del *foreign*, haciendo una especialidad en ese país cuya hermosura y cuyos adelantos llegaban al nivel de los de su vecino, sin padecer, no obstante, sus agobios, su prisa, ni su discriminación racial con los latinos. En el Canadá nos querían mucho, nos trataban como a hermanos menores y los dominicanos que residían allí se habían ganado a pulso fama de trabajadores, honestos, serviciales, de manera que ellos dos vivirían en Montreal o en Quebec una luna de miel llena de encanto, llena de la satisfacción que produce trabajar mucho para luego regresar a su patria a engrandecerla. Y qué regreso sería ése, qué hermosa esa mañana en que bajaran del avión con sus maletas y su diploma bajo el brazo, muertos de sueño, pero ilusionados, con el fin de instalarse en el país y montar al unísono una clínica propia que podría llevar un nombre, digamos, «El Progreso», «La Salud», o «La Unión», que eran los que a ellas dos más les gustaban. Pero los sueños de doña Evangelina y de doña Enriqueta no coincidían ni un punto con los de Wilson, que se había proyectado su futuro de otra forma y que ni por asomo se hallaba decidido a compartirlo con Esther, por la que no sentía el más mínimo esbozo de pasión. Ella sí, desde luego, Esther sí que lo amaba y participaba de las mismas ilusiones y los mismos planes de su madre y su tía. Es más, hasta podía afirmarse sin temor que fue Esther con sus mimos, con sus zalamerías, con su entrega, ayudada por el aburrimiento de la vida de Wilson y por las facilidades que proporcionaba la cercanía de las viviendas de ambos, la que lo arrastró al establecimiento de tales relaciones. Y como en ese medio en que vivían el más mínimo beso, el más fugaz —aunque fuerte y apretado— achuchón que alguien se diera en el zaguán se consideraba como el inicio de una relación exclusiva y excluyente, desde el primer momento Wilson se vio catalogado como novio oficial sin pedirlo ni desearlo. Por fortuna, la misma facilidad con que pomposamente se legitimaban uniones de tipo pasajero existía también para los rompimientos radicales, bruscos y sin explicaciones. Y así, de un buen día para otro, Wilson le dijo a Esther entre bostezos y contracciones involuntarias, ya por simple rutina, del *latissimus dorsi,* que no deseaba continuar con aquello. Él sentía que su vida no podía encadenarse a la de una mujer que era bonita, que estudiaba mucho, que lo amaba con fuerza, pero que no le despertaba esos deseos y esa obnubilación de los sentidos que él presentía que ha de ser el amor. Pasó así muchos meses de no saber qué hacer, refugiado con sus estudios y en sus pesas de hierro, atosigado por los cuidados de su madre y su tía y por los efluvios amorosos de la joven, que continuaba asediándolo, llorándole, consiguiendo que de vez en cuando él la abrazara, diciéndole que algún día él se daría cuenta de que la unión de sus dos vidas era algo que el cielo les tenía reservado.

Encontró entonces a Yolanda y su alma sufrió una conmoción tan profunda que desde el primer momento Wilson supo que ésa era la mujer que llenaría el vacío, la mujer con quien sería feliz eternamente. Lo supo como se saben ciertas cosas, al margen de la vía racional, a través de esa especie de alarma que llaman intuición y que sólo funciona en presencia de un ser excepcional. Yolanda también lo supo de esa forma, si se juzga por aquella mirada con que, a despecho de todos los presentes, ella se quedó viéndolo por encima de todas las cabezas que abarrotaban la amplia sala de la casa de su amiga la noche en que se conocieron. La lástima era que últimamente, a pesar de lo hermosos que fueron los comienzos, hasta esa unión parecía abocada al fracaso. No por él ni por ella, qué va, sino por los imponderables del destino, cuya existencia Wilson presentía como la de una sombra sin contornos que planeara sobre sus dos vidas. Sombra que en su caso concreto estaba representada por su madre y su tía y que en el de Yolanda permanecía en esa zona de misterio aún no descubierta, aunque sí vislumbrada, que era su pasado neoyorquino. Wilson a veces tenía el doloroso presentimiento de que su amor y el de Yolanda no iban a lograr nunca superar esos obstáculos y buscaba en su interior la forma de que no fuera así. El no sabía lo que Yolanda le ocultaba ni la razón de que se lo ocultara, y en tal sentido había clasificado mentalmente aquellas cosas que se hallaba dispuesto a admitir para seguir adelante con sus relaciones y aquellas otras que de ningún modo. Entre las primeras se contaban, por ejemplo, la existencia de un novio recientemente abandonado, la esterilidad (que en muchas ocasiones es curable) o incluso aventurillas más o menos locas, siempre que no tuvieran repercusiones en sus actuales sentimientos. Las segundas incluían una enfermedad hormonal que afectara la salud de los hijos y, por supuesto, la pérdida de la virginidad como consecuencia de ese tipo de prostitución llamada dizque libertad sexual que se practica en las grandes ciudades de los países industrializados.

Yolanda, por su parte, tendría que hacer acopio de valor para enfrentarse a la oposición de su madre y su tía, que estaban muy en contra de que esas relaciones continuaran —si bien por diplomacia, sólo por diplomacia, se mantenían a la expectativa, con la esperanza de que Wilson sabría reaccionar a tiempo. Desde el primer momento una y otra habían venido haciendo sus averiguaciones (no a escondidas, qué va, sino muy a las claras), preguntándole a Freddy, preguntándole a la loquita de Evelinda e incluso al mismo Wilson, acerca de esa joven de voz tan agradable y, por lo que decían, de aspecto tan encantador. ¿Y qué era lo que habían descubierto, santo Dios, con horror, con auténtico horror? ¿Que Yolanda era pobre? ¿Que no pasaba de ser una vulgar secretaria que ganaba 94 pesos con 27 cheles sin descuentos? ¿Que su único mérito consistía en saber mucho inglés (detalle de importancia, ahí no les cabía duda)? ¿Que tenía cierta fama de ser amiga de bachatas y jolgorios? Nada de eso, cosas que al fin y al cabo un verdadero amor puede ir borrando poco a poco. Lo que habían descubierto con horror era su edad, la barbaridad, la tremenda barbaridad de que fuera casi cuatro años (y los que se quitara) mayor que su retoño. Y en eso sí que no transigirían. Admitían, muy a su pesar, desde luego, que Wilson rechazara la opción de una joven selecta y estudiosa como Esther por no sentirse lo enamorado que el caso requería. Pero de ninguna manera darían su aprobación a un matrimonio en que al cabo de unos cuantos años él parecería su ahijado y ella su madrina. Callaban, eso sí, se mantenían calladas porque sabían lo contraproducente que puede llegar a ser una oposición abierta en tales casos. Pero no estaban de acuerdo en que aquello continuara adelante y adoptaban posturas de franca rebeldía que, como era de esperar, repercutían en sus relaciones con el joven, agriándolas al máximo y llenando su ánimo de amargo desconsuelo. Si Yolanda llamaba fuera de la hora acordada con Wilson, por ejemplo, ellas siempre le respondían que no estaba; si Evelinda, en cualquiera de las pocas visitas que efectuaba con Freddy, se atrevía a mencionarla, alabando su cutis, diciendo que su dentadura era perfecta y que en cierta ocasión la eligieron reina de belleza de no sabían qué «Club de Jóvenes Latinos Residentes», en seguida saltaban tildándola de poca cosa y diciendo que lo menos que podía hacer era darse cuenta de que la edad de su acompañante ideal estaba unos diez o quince años por encima de la de Wilson. Delante de Wilson guardaban silencio, era cierto, pero más soportable hubiera sido que vomitaran los sapos y culebras que llevaban dentro y no que lo trataran como a un niño, castigándolo con cosas tan absurdas como disminuirle la paga semanal, negarle el carro, cerrarle el crédito en el bar de la esquina o no comprarle, como solían hacer cada dos o tres días, su consabida cajetilla de *Winston*.

Sin embargo, y a pesar de todos sus enojos y rabietas, Wilson no perdía la esperanza de que la aprensión de su madre y su tía con respecto a Yolanda desapareciera en cuanto él la llevara y se la presentara. Ninguna de las dos, pensaba él, podría resistir el encanto de su rostro, el efluvio de su belleza y mucho menos la aureola de su simpatía. Y si todavía en el mes de junio no había dado ese paso era porque aún no había resuelto con Yolanda el problema más grave. Era porque ella no acababa de decidirse a poner en claro la oscuridad de su pasado para que él, a su vez, supiera a qué atenerse. Pero ya estaba harto, francamente, ya estaba más que harto de verla sollozando, de verla enflaqueciendo, de verla caminar a su lado con aquella extraña inquietud que se le metía a veces, observándolo todo de antemano como si de cualquier zaguán, de cualquier árbol, fuera a surgir de pronto la más terrible de las agresiones. ¿Cuáles eran las causas de que Yolanda actuara de ese modo? Ésa era su pregunta incesante por aquellos días, pregunta que, naturalmente, carecía de respuesta, dado que en este mundo sólo había una persona que supiera la verdad de ese silencio, y esa persona no era otra que la misma Yolanda.

La clave del enigma se encontraba en las cartas de Carmelo, que Yolanda había estado recibiendo puntualmente desde que regresó al país. En eso y en las que ella misma, tonta, retonta, requetesupertonta, le mandara en respuesta de las primeras, cuando, a juzgar por otra que le escribió una amiga de ambos, parecía que Carmelo se hallaba al borde del suicidio o, en su defecto, al borde de la desesperación y la locura, entregado a la bebida y sumido en una crisis de ésas que se estilan en la urbe de los rascacielos. Yolanda no se explicaba cómo pudo caer en la estúpida trampa de dejar documentos escritos acerca de sus pasadas relaciones, pero en aquel momento las cartas de Carmelo, sus propuestas de matrimonio, sus declaraciones amorosas, lo mucho que según él había sufrido después de su partida, despertaron en ella un sentimiento de culpabilidad y compasión tan grande que no pudo evitar acudir en su ayuda dándole ánimos y diciéndole (pues no pasó de ahí) que lo de ellos podía y debía quedar en amistad y que un hombre como él no tendría dificultad alguna en encontrar una muchacha joven, amable y cariñosa que le correspondiera.

Sus respuestas nunca abandonaron ese tono ni fomentaron futuras esperanzas, a pesar de lo cual ella sentía en su pecho una profunda y cada vez más desesperante preocupación. ¿Por qué? Pues porque al rayar con lápiz negro el trozo de cartón que le sirvió de apoyo para escribir las fatales misivas y al descifrar, después, las palabras que así se dibujaban, había logrado recordar algunos trozos francamente comprometedores. Frases como: «Lamento mucho que el olor de mi cuerpo desnudo te haya dejado una impresión tan imborrable como dices...», o aquella otra: «...quisiera eliminar de mi memoria las cosas que hicimos allá en mi apartamento y te aseguro...», le laceraban el espíritu, llenándola de miedo y de desasosiego. Sobre todo de miedo, ya que si bien las cartas enviadas no pasaban de cuatro (las recibidas alcanzaban el número de nueve) y de que incluso antes de conocer a Wilson ella ya había dejado de escribirle, lo cierto era que luego había llegado a comprender que se trataba de pruebas perfectamente utilizables en su contra, pruebas que Wilson podría conocer algún día, y eso no la dejaba ni dormir, ni soñar, ni ser feliz, ni nada. De ahí venía su silencio, su ardoroso silencio, su insoportable silencio, su reticencia, sus rechazos y su misterio, cuando precisamente lo que ella deseaba era todo lo contrario.

Pero no sólo la atormentaba eso, sino también el saber que Carmelo continuaba queriéndola y el vivir con el peso de esa pasión lejana que pendía como una amenaza sobre su corazón. ¿Cómo hacerle creer a Wilson que ella no participaba, ni había participado, de semejante sentimiento? Añádase, además, el hecho singular de que Carmelo, negando la evidencia del rechazo, en sus últimas cartas insistía en regresar a verla y se mantenía firme en el propósito de hablar con ella, de pedir su mano, de confirmarle con su sola presencia que no habría en todo el mundo un ser humano que la adorara igual. ¿Cómo convencer a ese maldito loco, cuando ya se encontrara en el país, de que no la visitara ni la llamara, de que, en definitiva, la dejase en paz? Últimamente, incapaz de dar con la solución que la satisficiera, Yolanda pensó incluso en marcharse de nuevo, en coger un buen día y volver a la ciudad del Hudson a buscar otro rumbo en la vida. Por fortuna, cuando ya se sentía completamente sola y agotada, recurrió a doña Graciela en demanda de esa ayuda que sólo las madres proporcionan a veces, y doña Graciela también ahora tuvo una idea brillante y acertada. Yolanda le dijo que la única solución que se le había ocurrido era escribirle otra vez a Carmelo y pedirle las cartas y esperar. Si él entraba en razón, llegando a comprender la trascendencia de lo que le pedían y decidía admitir que jugando en el juego del amor en lugar de ganar había perdido, Yolanda quemaría aquellas cartas y al hacerlo quemaría igualmente su pasado. Si, por el contrario, él persistía en venir a todo aquello que decía, antes de que sucediera, antes de someter a Wilson a semejante vergüenza, ella se largaría del país con el alma en pedazos, pero resignada.

Cuando le tocó hablar, doña Graciela le contestó que no, que su deber era quedarse y explicárselo todo a ese muchacho tan sensible que era Wilson, aun a riesgo de que él la abandonara, y que en cuanto a la carta le parecía muy bien, excepto en un detalle: no escribiría Yolanda, sino ella, ella personalmente, y esa misma tarde para acabar con tanta pendejada de una vez. Y le mandó a Carmelo, en efecto, una carta muy larga en la cual apelaba a su sentido de la caballerosidad, a su honor de cibaeño, que ella le suponía de antemano, así como a la pureza de sus sentimientos, para al final rogarle y suplicarle que le devolviera las dichosas cuartillas en que Yolanda había escrito ciertas frases que ahora constituían un obstáculo en su vida. ¿Sería él tan bondadoso de hacerle ese inmenso favor, logrando así que la tranquilidad retornara al corazón de una madre dominicana, que tantos dolores padecían sin motivo? Yolanda no creyó ni un momento que esa idea suya diera resultado (y menos si quien la realizaba era su madre) porque pensaba que Carmelo no se desprendería de unos documentos que, al fin y al cabo, eran lo único que le quedaba de ella. Pero se equivocó en redondo. Justo a los nueve días de que doña Graciela hiciera lo que hizo, el cartero le entregó un paquetito certificado en cuyo interior, envueltas en un papel con la siguiente nota: «Ahí tiene usted, señora», se encontraban las cartas deseadas. Yolanda rió, gozó y quemó, después de revisarlas, las fatales misivas, y ya esa misma tarde, aprovechando que su madre haría un viaje a Santiago para ver a una hermana, urdió la estratagema de acompañarla, saludar a su tía y regresar dispuesta a arreglar sus problemas con Wilson.

13. Lucila, la sirvienta
De junio a julio de 1962

En fin, que ella veía que la vida era dura, dura, y que por eso había que cogerla con más calma que el diablo, porque si no te llevó quien te trajo. Ahí estaban para demostrarlo toda esa gente dizque bien vestida y bien comida, con su carro en la puerta, el marido de doña Luz próximo tutumpote, secretario o senador, cuando ganaran los de su partido, que era el que iba a ganar, los de UCN, y sin embargo no eran felices ni eran nada, creía ella, unos amargados. Mientras tanto, eso sí, la gozaba con duro, que a cada día de más veinticuatro horas menos, y en cuanto había una fiesta y uno de los llamados CNB (Coge Nalgas Bailables) ella estaba metida la primera y los domingos se iba al queme de cualquier verbena a bailar su merengue chochito con bimbín, que era lo bueno. Los días normales seguía acostándose a la hora acostumbrada y deseando que vinieran de una maldita vez las elecciones a ver si era verdad que se acabó la vaina y a ella le conseguían el trabajito que le habían prometido. Los domingos llegaba con sus tragos en el cuerpo y se ponía a escuchar sus boleritos y a pensar disparates. Antes nunca lo hacía, lo de tomarse tragos, que se decía esto es muy malo y da vomitadera, y hasta una vez le dio, por eso lo decía, pero fueron las muchachas que comenzaron a inventar y a invitarla a pasear por la parte alta porque ya estaban hartas de dar vueltas y vueltas al parque Independencia. Además, como últimamente con eso de la campaña las cosas se habían puesto muy requetechéveres y casi cada sábado había que si verbena con gran combo, que si baile en la calle, que si mitin, y como ella también se había cansado de lo mismo y se sentía relajona y eso de bailar siempre le había gustado, pues se metió en el can y allí estaba ripiando la guaracha con cualquiera que no fuera ni demasiado feo ni demasiado prieto —eso por descontado—, limpiando hebillas, como decían los tigres. Así conoció a Andrés, a Pololo, a Pichín, al tigre Melena y al tigre Bigote, y bailaba con todos en el parque Enriquillo y en casa de unas trabajadoras como ella que tenían su familia por ese mismo barrio, además de un picó que le compraron a un cuero que lo trajo de Curaçao y que decía que ese picó sonaba chévere *boy*, así era que decía. A ella ese ambiente le gustaba, no lo podía negar, tan distinto a ese campo del diablo, lleno de mierda y lodo, y los muchachos que se le pegaban y le querían poner la cosa ahí en el medio y le cantaban al oído y luego dizque invitarla al callejón de la casa para seguir hablando, pero mentira, para que ella les cogiera el ripio y se dejara toquitear lo suyo. A ella le gustaba, no lo podía negar, bailaba mucho, gozaba más que el diantre e incluso dejaba que la manosearan y manoseaba ella también, sólo que sin pasarse, que ella tenía muy claro lo que quería en la vida: vivir bien, no jodida ni aguantándole vainas a un pendejo que ganara unos chelitos viejos, por muy buena persona y muy trabajador que fuera. Ella de eso podía montar escuela, que ni un segundo dejaba de acordarse de su familia, su papá, su mamá, sus cuchimil hermanos, la miseria que habían pasado, el hambre y la hediondez, que si no llega a ser por ese hombre que se llamaba Sotero no se sabía a qué sitio hubieran ido todos a parar. A cualquier barrio de ésos, que si Guachupa, que si Borojol, que si debajo el puente, comiendo mierda frita, bebiendo orín de burro con tal de seguir vivos. A cualquier barrio de los que ella veía ahora por esa parte de la ciudad que aún no había visitado y a donde las muchachas la llevaban a veces dizque para que supiera lo que era vivir mal y no estuviera siempre hablando disparates, buenísimas pendejas. Lo hacían para embromarla y lo único que conseguían era que ella pensara: aquí no me veo yo nunca en la vida. Parecían gusarapos la gente en esos ranchos que hedían a perro muerto y por eso cuando alguno de los amigos de sus amigas, Pancho Bigote, por ejemplo, se le declaraba y le decía Lucila yo te quiero, metámonos de novios, y le pedía que se pusieran dizque a tener amores, ella decía que no, que de eso nada, papachón, y se iba rapidito a contar sus ahorros, que ya en los tres meses que llevaba eran casi quince pesos, que cuándo soñó ella verlos juntos y suyos. Ella comparaba, eso era lo que hacía, que de pendeja no tenía ni la pe, comparaba, se pasaba la vida comparando: de dónde había salido ella, en dónde estaba, para dónde iba, y de dónde, en dónde y para dónde la gente que era como ella: jodidos, bien fuñidos, y ella no deseaba terminar así. Boleros, guarachas, rumbas calientes, que si su disco de Cortijo y hasta rozar ombligos en la Feria: todo lo que quisieran sus amigas y amigos, menos resignarse a estar la vida entera fregándole los platos a otra gente. Que la relajaran, si querían, que le dijeran todo lo princesa de Haina que quisieran, todo lo Miss Caché que les diera la gana. A ella qué, ella estaba esperando que ganara UCN y terminar su sexto de primaria para que así el teniente le consiguiera algo, que se fuñeran ellos. Ella había cambiado mucho desde que llegó, no se podía negar, que hasta las doñas se daban cuenta de eso, así que lo supieran. Ella ya no era la campunita que trajo el coronel en su carro aquel día, que no se lo creyeran. Ella ahora tenía las uñas más cuidadas, rojo mate, tipo Estela y Esther, tipo casi Yolanda, su cabello bien limpio, largo, chévere, su cabello, negro como azabache, más blanqueada la piel, el sobaco sin pelos, es decir afeitado, que recogía las yilés que botaban el coronel y Wilson y cada cuatro días hacía así, fua, y se quitaba todos los vellitos. Luego *Yodora*, desodorante, y jabón *Palmolive*, que tenía la pacolla porque juntaba todas las cascaritas que iban sobrando y con eso se hacía su propia pasta. Mucho, había cambiado mucho, ni su mamá la conoció, gordita, bien vestida, con zapatos, pintada, olorosa, blanquita, al cabo de dos meses y pico, cuando el teniente la llevó un domingo en su carrito *Hillman*. Las muchachas mismas, aunque lo disimularan, tenían que darse cuenta de ese cambio y aprender como ella, no estancarse, aprender de ella, Lucila, que era capaz de todo por estar en el can y en la papa el resto de su vida. Parejera, que la llamaran parejera si querían, pero lo que no pensaba ella hacer era meterse en nada con nadie, comprometerse, a las muchachas ya se lo había dicho más de una vez. Como ejemplo de por qué ella actuaba de esa forma ahí estaba la loca de Ramona, que fue una de sus primeras amigas, que trabajaba en casa de doña Luz y se tuvo que ir porque llegó un guardia dizque con una medallita de campeón de tiro y con eso la engatusó. Se le estuvo muy bien que le pasara, por pendeja. Ahora andaba por Villa, sin trabajo, mal viviendo en un patio, llena de humo y de cisco todo el maldito día. Ella fue a visitarla y hasta pena le dio con la barriga y los dientes picados. Ella siempre la ponía de ejemplo a esa loca, que aprendieran ahí, que se vieran en ese espejo, que hay que saber a quién carajo le abre una sus piernas y le regala el hoyo, más que brutas. No hay que tirar para el monte, era uno de sus refranes predilectos, aparentar lo máximo, que si tú tienes diez la gente vaya y piense que tú tienes doscientos, por eso a ella no la veían demasiado metida en esos canes. Gozando sí, bailando mucho y fiesteando, pero también yendo a mítines de UCN, que había que estar con los que estaban, con los que iban a estar, paseando por El Conde y por las calles principales y no dando confianza a la gente sin aspiraciones. Ella privaba, sí, ¿y qué?, así es que se adelanta en esta vida, no andando por ahí muerto de miedo, como preguntándole a un pie dónde poner el otro. Caché, caché, comprender que en ese paisazo los primeros que se joden son los prietos, la gente fea, bembona y bruta, no las de melenita, como ella, indiecita de boquita medio fina, ojos negros, tetuda, como quieren los machos que las mujeres sean. Privaba, sí, privaba, se metía algunas veces en los bares de El Conde, como buscando a alguien, dizque a un hombre, para ver lo que hacían los demás, sin miedo a que viniera ningún mesero de esos a echarla para afuera. ¿Y qué era lo que hacían? ¿Mirarla como a una sirvienta, como a una chopa cualquiera? No. Piropearla, decirle aquí estoy yo si él no está, mami linda. ¿Y eso por qué? Por su seguridad, por sus tetas, su nalga, su melenita rica, sus dos ojos, que todo eso vale cuartos. Y no es que ella no quisiera a las muchachas, las quería mucho, las quería, así como también a los muchachos que le habían presentado últimamente, bailadores, simpáticos, buena gente toditos. Lo que pasaba era que ella no deseaba quedarse en ese ambiente y tenía sus proyectos y no estaba como ellas todo el tiempo

pensando dizque en chineros, billeteros, guardias y poli-
cías. A ella los hombres que le gustaban de verdad eran los
hombres como el teniente Sotero, hombres así, bragados,
emprendedores, buenos mozos. No hombres como Pancho Bigote, que se lo decían por el bigote dizque Jorge
Negrete que llevaba, que era un muchacho simpático
y bueno, todo el mundo lo ponía por las nubes, y que
ahora siempre le estaba buscando la vuelta y sacándola
a bailar, infeliz de la vida. ¿Qué se creía, el pobre? Ella le
daba soga, que por las noches la iba a visitar con un radito
de pilas y la llevaba al malecón a comer mucho maní y ella
entonces buscaba su estación preferida, Fernan Gonza al
micrófono y la voz encendida de Marco Antonio Muñiz.
Lo dejaba, pero también le paraba los pies y en cuanto se
embullaba se las cantaba claro: bájate de esa nube, que yo
no estoy por eso. Con hombres como Pancho Bigote no
había que dar ni un chance, que se enamoran pronto y se lo
toman muy en serio, no son de los que se conforman con
mano y lengüeto, qué va, lo quieren todo y se pasan el
tiempo como perros falderos. Y ella no, ella estaba por el
can y el asunto y si un tipo de ésos se te enamoraba no
había can ni había asunto, que te tenías que ir a un patio
a echar muchachos y a joderte viva. Buena gente, de
acuerdo, ella no lo negaba, pero de lejos, mantener la
distancia, pues tampoco se trataba de ponerlo a sufrir, que
no era mala ella. A ella el tigre Bigote la ponía muy triste,
pero qué quería la humanidad que hiciera: no era feo ni
buen mozo, gordo ni flaco, grande ni chiquito. No era
hombre arrollador, tipo teniente Sotero, que a ella le
hubiera encantado que la cogiera y la traspasara una noche
junto al mar bebiendo cerveza *Presidente* hasta decir ya.
Lo único suyo que a ella le encantaba era ese pelito muerto
que le caía sin una sola arruga, como el de los chinos, la
onda que se hacía, que le caía en la frente. Con eso por lo
menos los hijos no le saldrían moñudos ni prietos, sino con
su cabello bueno, indiecitos muy claros o quién sabe si
blancos. El teniente Sotero no tenía el cabello bueno, al
contrario: más bien tirando a malo, enredado y cortico,
como si la mamá se hubiera entretenido en estrujárselo

antes de nacer, pero en el teniente eso no le importaba, que además era blanco lavado y tenía muchos vellos en los brazos y el pecho, señal de que los hijos salen bien. ¿Por qué no se le ocurriría al teniente Sotero agarrarle una nalga un día cualquiera? A lo mejor él ni se imaginaba el cerebro que ella había estado haciendo con él los dos últimos meses cada vez que llegaba a visitar a Estela. A Lucila el teniente había terminado por gustarle tanto que ahora casi todas las noches soñaba con él y ya no le caía tan bien Estelita como antes, que parecía un fliñifliñi de mujer, y comprendía mejor a Conchita, que algo debía de darle al teniente para tenerlo como lo tenía siendo una pobretona. Cocomoldán le dijo a ella Ramón que era lo que tenía la Conchita esa, que cuando agarraba a un hombre dizque el hombre no se podía salir así como así porque ella lo apretaba con el chochito y sólo lo soltaba cuando el otro se ponía a gritar y ya no le quedaban ni fuerzas. Contra eso no podía luchar Estela, cada día más flaca y más huesuda, más consumida, sólo que estaba bien que le pasara por no tener valor y decirle a la mai vete a la mierda y abrírsele de piernas a ese hombre del diablo, a ese artistazo, como hubiera hecho ella si no hubiera nacido una jodida. Estelita ni se cuidaba ya como antes, le habían salido barros en la cara, ojeras, se comía las uñas y si seguía siendo bonita era por las cremas que se daba y porque no sacaba un clavo, así cualquiera. Que la pusiera a ella, masaje va, masaje viene, cepillada de pelo cada día, juguito de naranja al levantarse, juguito al acostarse y vestiditos finos para ver si el teniente iba a seguir así tan indeciso y no le hubiera ya levantado la falda. No iba a haber cocomoldán ni doña Concha que valiera si ella pudiera estar en el lugar de Estela, en el mismo zaguán se lo ofrecía. ¿Estaba enamorada del teniente Sotero? Si ella se lo proponía, no en ese momento, no, sino después, cuando hubiera conseguido ya su puestecito y no fuera sirvienta, ¿lograría levantarse al teniente Sotero, lograría que él le hiciera caso y la cambiara por Conchita, aunque estuviera casado con Estela, que eso a ella no le importaba en lo más mínimo? ¿Lo lograría, que él le diera, por ejemplo, una chupada grande, como ésas que seguro que le daba a Conchita? Lucila por la noche pensaba en todo eso y se ponía a temblar de envidia y de ganas y abría las piernotas que tenía y se pasaba la toalla untada de jabón, que le habían dicho las muchachas que así se cogía gusto, y era cierto. Aunque eso no la consolaba, la verdad, que no por hacerlo dejaba de pensar en el teniente, al contrario, pensaba mucho más. A veces también pensaba en Ramón, que lo único malo suyo era ser muy muchacho, pero que a ella algunas noches le daba su gustico, pues él seguía esperando que doña Evangelina y doña Enriqueta cruzaran a charlar con doña Luz para meterle la mano por ahí cuando ella estaba sentada en la escalera con todo bien oscuro. Ella se dejaba, que relajaban mucho los dos, Ramón y ella, y además él no era parejero, como podía ser Wilson, que a veces la veía por la calle cuando iba con Yolanda y ni siquiera la saludaba. Ramón, no, Ramón la saludaba, le decía qué hay Lucila y se paraba a hablar con ella e incluso a acompañarla su poquito. Con Ramón se encontraba también en los mítines de los partidos, siempre con el grupito de amigos que ella ya conocía de verlos en la casa y ni aun así dejaba él de pararse a saludarla y a decirle: cuídateme, Lucila. Ella se cuidaba, porque sabía muy bien en lo que estaba, y mítines son mítines, que a veces la policía no se podía aguantar y rompía a pegar palos y patadas y había que decir por aquí, que es más derecho. Hacía ya casi un mes que ella no se dejaba ni uno solo por ir, gritando libertad, gritando no la hay, moviendo la boca cuando cantaban el himno, que sólo sabía algunas palabras y por eso tenía mucho miedo que le vieran lo atrasada que era. El comienzo sí: «quisqueyanos valientes alcemos, nuestro santo con gran devoción, y en el mundo la paz demostremos, nuestro humilde y grandioso león», pero cuando venía lo otro, eso de «salve el pueblo de la muerte y las cadenas de los clavos», la lengua se le daba una enredada del carajo y sólo le salían palabras sueltas, generalmente las finales: mereeeeeece, braaaaaava, sabrá, tantachán. Ése era un momento muy difícil para ella, que se lo pasaba deseando que la cosa acabara y que subieran los políticos y empezaran a hablar de lo chévere que iba a ser la vida cuando los de UCN cogieran el poder. A Ramón pensaba ella decirle que se lo enseñara, el himno nacional, que seguro que Duarte lo cantaba y ella a Duarte lo quería más que el diablo, que fue mejor que Cristo y se murió pensando en el país en mares extranjeros. Al señor Flores, no, que era un hombre muy serio, futuro tutumpote, y ella no podía demostrarle lo atrasada que estaba, no fuera a ser que luego a él lo hicieran del gobierno y entonces se acordara de que ella no se sabía le letra del himno nacional y por eso le negara un favor o cualquier cosa. Al teniente tampoco, que no quería que se riera de ella ni siquiera un poquito, y menos a las doñas, a Ramón. Al señor Flores lo que ella le decía era: señor Flores, lo vi; señor Flores, yo lo estuve aplaudiendo; señor Flores, yo soy de la UCN, y el señor Flores le sonreía satisfecho, engordaba, el pendejo, que ella era pueblo-pueblo y él nunca se quitaba de la boca su frase predilecta: nuestro poder está en el voto de las clases menesterosas de esta nación sin par. Ella se la sabía de memoria porque él la repetía delante del teniente y de don Santiago, por la televisión, que a veces lo sacaban declarando, por el radio: «las clases menesterosas de esta nación sin par», qué señor Flores. ¿Las sirvientas como ella eran las clases menesterosas de esta nación sin par, tantachán? ¿Y qué coño era eso de menesterosas? Según ella debían de ser la gente muy jodida, los que iban a hacer filas para meter el voto en la cajita que llamaban urna, cuántas palabras nuevas. Al señor Flores ella se lo trabajaba con inteligencia, y como ya se acercaban las elecciones, pues los domingos cruzaba para ayudar a Estela a cortar banderitas, empaquetar papeles de propaganda e incluso regalarles, de parte de UCN y la familia Flores, que si cincuenta cheles, que si un par de camisas usadas, que si dos pantalones, a un montón de miseriosos que se acercaban a pedir por la casa, que ahora más parecía una oficina que otra cosa. ¡Si hasta una vez pasó en el carro el Líder Máximo, acompañado de otros líderes máximos! Bebieron café y hablaron con doña Luz y los fotógrafos les hicieron fotos, que por cierto después no salieron en el periódico, pendejos de la mierda. Con lo bien que hubiera quedado ella, que se puso detrás y sonreía cada vez que el bombillo fogoneaba. Parecía una oficina la casa, no era cuento; doña Luz ya no sabía dónde meter tantos papeles y por eso Estelita le pedía a doña Evangelina que se la prestara, a Lucila, porque ella era ágil y ordenaba muy bien y en seguida arreglaba los paquetes. Haciéndolo Lucila ya se sentía medio importante, progresando, que a veces se juntaba con doña Josefa, que venía sus raticos a ayudar, pues era de UCN y el teniente le decía ve y ayuda. Hasta a doña Josefa le caía ella bien y doña Josefa a ella ni se diga, siempre estaban hablando del teniente, de su papá, de la granja, de rolos, de cine y de los artistazos que se presentaban por Rahintel, que ésos sí eran valores de la farándula criolla y no los de antes, que no tenían presencia y estaban todo el tiempo con la misma canción. ¿Cómo era ese bolero que decía, cómo era que decía, te cogeré las flores más hermosas, o algo así, para ti, cómo era? También las doñas cruzaban igualmente y empezaban a opinar de política y a decir que si esto y que si aquello, que si los comunistas se habían puesto de acuerdo con Fidel y que si aquí triunfaba el comunismo lo primero que hacían era cercar el país con alambre de púas para que nadie se pudiera salir al extranjero, qué miedo le tenían. Las doñas hablaban con doña Luz y con doña Josefa, poco con las muchachas, pero no se metían a repartir, que el coronel se lo advirtió muy claro, ustedes no se me meten en esa pendejada, refiriéndose a la chercha que se armaba cada día con los paquetes. Ellas en lo que sí ayudaban era recolectando ropa vieja entre sus amigas y participando en los bingos sociales, que los organizaba Estela y las bolitas las cantaba Esther. Ahí precisamente se ganó ella unos cuartos rendidos una tarde, que se vio claro que ese día amaneció con suerte y le cantaron el par de paticos, las canillas, al revés y al derecho y el solitario y ella gritó su bingo y le tocaron siete pesos, se jugaba con duro. Algunas tardes aquello se ponía que era el barrio enterito y se vendían refrescos y había un letrero grande que decía PRO COMPA-TRIOTAS NECESITADOS y cruzaban los muchachos y se formaba un grupo de lo más qué sé yo, bebiendo refrescos y cervezas y disfrutando en peste de la chercha. Ella entonces miraba y se sentía contenta y le pedían: Lucila, hazte un café, Lucila, cómprame una *Chéster*, y ella no se paraba, de un lado para otro. Le entraba como envidia de ver a esa gente tan feliz, jugando bingo y hablando del país con aquella educación y aquella cortesía. ¿Ella también alguna vez? ¿Y cuándo? ¿Le darían su chance a ella en la vida? Cuando terminara su primaria, que aún no la había empezado, que eso sería en septiembre, pero cuando la terminara, ¿dejaría de ser chopa? ¿Tendrían razón las muchachas diciéndole que se bajara de esa nube y no fuñera tanto? ¿Y si encontrara un hombre que la viera y dijera qué buena y se casara y le pusiera a vivir como una reina? ¿Y si a ella venía un hombre y le decía y entonces ella...? ¿Y si por ejemplo, eh? Las muchachas siempre le estaban aguando la fiesta, aconsejándole que no confiara en nadie, que no creyera en nadie, y que en las elecciones no eran los de UCN los que iban a ganar, que era Juan Bosch, el señor ese que hablaba por el radio tan bonito. Juan Bosch o el Catorce, que estaban con el pueblo, con las sirvientas y con los paleteros y con los campesinos, que formaban la mayoría y que no iba a haber trampa en eso de los votos y a cada uno un voto y por lo tanto. Ella les contestaba ni hablar del peluquín, que era UCN, lo decía el señor Flores y lo decía el teniente y lo decía hasta el gato, UCN, UCN y UCN, que se lo metieran en la cabezota y en la nalgota y en donde les cupiera. UCN, que estaba con los ricos y estaba con los pobres, UCN, que estaba con los yanquis y era nacionalista, UCN, que su máximo líder aguantó más que el diablo y dijo desde muy jovencito por aquí yo no paso, y no pasó, lo decía el señor Flores, UCN, que creía en los Padres de la Patria y en Dios, no ateos, como los otros. Que se lo metieran bien en la cabeza, ella se lo decía, aunque a veces la ponían a dudar, como en la encrucijada, para dónde coger. Menos mal que su desánimo le duraba muy poco y que ella continuaba estudiando aritmética y haciendo copias para progresar, que ya sólo faltaban como cinco meses para las elecciones y cuando eso llegara ellas iban a ver. Suponiendo que la metieran en una

177

fábrica, que si Manisera, que si Pidoca, encargada de algo, ella estaba ya lista para fajarse y dejar sorprendido a todo el mundo. ¿Cuánto le pagarían? ¿Cincuenta pesos? ¿Setenta pesos? Si no, pues con el teniente, con uno de los puestos de pollos o en un restaurante de ésos que él estaba deseando montar en cadena, Sotero Chiken, y ella dizque encargada. Ya se veía con su vestido, blanco, impecable, dirigiendo: un servicio para la mesa del rincón, retírele al señor esos tostones, ¿no ve que están mocatos? A la señora *coca-cola* con hielo y a la niña un juguito de chinas, pero pronto, y luego, por la noche, rindiéndole las cuentas al teniente Sotero, que ya no sería teniente, sino dizque comerciante y político, con su partido y todo, a lo mejor. Entonces era que ese hombre le iba a gustar a ella, cuando lo viera así, mandando, hablando fino por la televisión y aconsejando lo que había que hacer para salvar la patria. Lo malo era que a veces ella se metía en miedo y se ponía a pensar en lo que pasaría si las cosas no le salieran bien al teniente y el negocio de pollos se le iba al carajo. ¿Ella entonces jodida, toda su vida de sirvienta si no había chance de otra cosa? Siempre le quedaría la posibilidad de irse a Nueva York, que ahora eso había cambiado y se iba todo el mundo, lo decían sus amigas, que hasta algunas estaban ahorrando para eso. Ella además les llevaba ventaja, caso que tuviera que marcharse, que Freddy hacía dos días que se montó en su avión y cumplió al fin su sueño y ella lo despidió y le dio la mano y por lo tanto estaba convencida de que si alguna vez tenía que irse pues le escribía y ya está. Él le contestaría, que era un chévere *boy,* tan bueno, tan simpático, medio loco, eso sí, atronado, siempre como en lo suyo, pero tan cariñoso, que todo el mundo lo quería y ahora que se fue hasta ella lo iba a echar en falta. El teniente Sotero nunca pensaba en irse a Nueva York, lo hubiera dicho, tan sólo de paseo, de hacer un recorrido de paseo sí que hablaba, con Estela, solitos, dizque a Miami, que las doñas estaban todo el tiempo con Miami. Wilson hablaba de Nueva York, qué remedio, con Yolanda ahí, que ella había oído que Yolanda sí que estuvo y sabía mucho inglés. Él con Yolanda, como el teniente con Estela, y más ahora, ahora que estaba el día entero con ella y además ya tenía el chance de largarse, porque su enllave, como ellos se llamaban, por fin se había marchado. Por cierto que desde entonces la casa se quedó como un poco vacía. Y era que a Freddy en donde los Tejada lo querían, no se podía negar, que ella lo comprobaba cada día, que hasta el teniente, el pobre, le estrechó la mano el día anterior al vuelo, cuando a Freddy le hicieron esa fiesta, diciéndole que le fuera muy bien, que se te cumplan todos tus proyectos y mándanos recuerdos aunque sea. Se ve que lo apreciaba allá en el fondo, que eso de que pelearon no eran más que mentiras de Ramón, a lo mejor una discusioncita, que la tiene cualquiera, ella misma con sus amigas, por ejemplo, y sin embargo, no dejaba de sentir un cariño muy así por toditas. Qué Freddy, ella también sentía que se hubiera marchado, nunca lo hubiera dicho, al principio le pareció relajo, pues las doñas decían: no se va, ése no se atreve a dejar sola a su mai, la quiere mucho, pero al final se fue, que lo llevaba muy metido en el casco. Y lo malo era que la gente cuando se salía para el extranjero ya no volvía más, todo el mundo lo decía, que ya no volvían más. Ella por eso no pensaba ni en sueños, que la patria de uno es la patria de uno, lo aclaraba el teniente a cada rato, añadiendo: más vale cabeza de ratón que cola de león, ni en sueños lo pensaba. ¿Por qué tan pesimista? Seguro que al teniente le saldría bien la cosa, seguro que al señor Flores lo nombraban lo que quisiera, seguro que Estelita se casaba con el teniente y seguro que a ella le daban su chance, su trabajo. No había que desesperarse, no había que compararse con nadie. Había que cogerlo, como decía Ramón, requetesuave y darse cuenta de que al fin y al cabo uno no estaba viviendo en un país, sino en patio. Ésa era la conclusión a que ella había llegado y de ahí no la sacaba nadie: en un patio, en un patio. Ese país del diablo era un gran patio donde unos tocaban el merengue para que otros lo bailaran y ella no quería ser de los mirones, sino metida en la cabuya, en el bollo, en el gran chou. A su papá se lo decía cada vez que venía: viejo, de aquí parriba, a estar con el que esté, y su papá no la entendía, el pobrecito, se quedaba mirándola, y una tarde hasta casi le larga una galleta y le dijo comparona de mierda. A ella le dolió mucho, no lo pensaba recordar ahora, pero le dolió mucho. ¿También su pai no tenía aspiraciones, como sus amigas de la capital, no deseaba llegar a vivir chévere, con su casa, nevera, televisión, etcétera? Las muchachas se conformaban, ella no, su pai se conformaba, ella no. Lo suyo era la chercha, el relajo y la vaina de la Capital, ella no había nacido para estar jodida. ¿Cómo quién deseaba ella ser? Como Estelita *never*, como su hermana menos, que la seguía mirando por encima del hombro, como las doñas tampoco. ¿Cómo quién?

14. Altagracia Valle, viuda de Nogueras
Septiembre de 1962

Así es: se pasaba horas muertas sentado en esa silla que él mismo desfondó con el uso y que nunca quiso arreglar ni que le arreglaran, sin levantar la cara, sumergido en vaya usted a saber qué cavilaciones, a lo mejor pensando que lo de su papá había sido pura chanza de la gente mayor y que en cualquier momento escucharía el sonido de sus botas en los mosaicos de la sala. Tenía entonces diez años y medio y estuvo hasta los once en esa situación de desamparo, sin que en ningún momento yo me percatara de que él me necesitaba a mí por lo menos tanto como yo a él y de que si existía alguien que pudiera sacarme del hoyo en el que me encontraba ese alguien era precisamente mi muchacho. De repente, un buen día amaneció con más ganas que nunca de hablar conmigo y por primera vez me lanzó aquella molestosa pregunta que ya no dejaría de hacerme hasta que cumplió los diecisiete: ¿cómo fue?, ¿por qué fue? Ese dichoso día a mí me costó mucho responderle porque, naturalmente, como era una pregunta que nadie me había hecho todavía, no sabía de qué forma empezar, qué palabras usar para que él se sintiera lo menos herido posible y sobre todo para que en su interior no se desfigurara demasiado la imagen que yo sé que él se había ido formando de su papá. Se lo dije, sin embargo, todo, todo lo que sabía, tratando de ocultarle los detalles más o menos desagradables, y aquella historia, tan cruel en un principio, se fue poco a poco convirtiendo en algo rutinario, una especie de puente que nos mantenía unidos al pasado. Por la noche se acostaba y tenía pesadillas monstruosas, hasta el punto de que yo me vi obligada a colocarle un catre de tijera a los pies de mi cama. Pero al cabo del tiempo eso se le pasó y no fueron dos ni tres las veces que se durmió hablando conmigo del asunto o simplemente recordando a su padre con una naturalidad tan triste que a mí me ponía al borde de la desesperación y me obligaba a sobreponerme y a sentirme cada vez más responsable y protectora. Todas aquellas conversaciones le dieron una imagen completamente falsa de Julián y se lo convirtieron en algo así como un mártir de yo no sé qué causa inventada por su fantasía. Supongo que él hizo mentalmente su propia composición y creó el escenario adecuado para ponerlo a morir como todo un valiente, enfrentado a lo más vil y repugnante de este mundo. En contrapartida, supongo también que esa versión equivocada lo ayudó al menos a sobrellevar su propio sufrimiento, y aunque de cuando en cuando se hundía en algo que es muy suyo desde entonces: unas ganas furiosas de estar solo, de que nada ni nadie rompiera su aislamiento, en general su actitud hacia la vida no tenía aún esa amargura y esa falta de fe que le vino más tarde. Fue un muchacho difícil, muy difícil, yo no sabía qué hacer con él, en muchas ocasiones tuve la sensación de que se iba criando completamente solo, al margen de mí misma. El único amigo que tenía es ese único amigo que tiene todavía (al difunto Paolo, naturalmente, ya ni lo menciono), el hijo de Santiago, Wilson Tejada. Pero fíjese que esa amistad, que es algo más, le venía de muy lejos, fue algo que, por decirlo así, ellos dos heredaron de nosotros, pues francamente esos muchachos se criaron juntos, casi comiendo, y a veces sin el casi, en el mismo plato. Es más, la unión de esos dos niños fue una de las causas que me hizo a mí volver a verme con Evangelina, visitarla de nuevo con una frecuencia similar a la de antes, y eso porque ellos dos se pasaban el día, cuando no en nuestra casa, en la de ellos. Ese vínculo, sin embargo, no impide que podamos hablar de un muchacho sencillamente fuera de lo común (por lo retraído), y más en un país y en un barrio como éste, donde usted sabe que lo normal es justo lo contrario. Por eso ahora, cuando yo le pregunto: hijo mío, por qué tú eres así, tan amargado y como con tan poca fe en la vida, en el país, en ti mismo, y él me contesta, relajando: vieja, la culpa es del sistema, con esa sonrisita irónica que a mí no me da más que pena, yo sé que no, que por mucho que él quiera buscar la causa de su forma de ser en otro sitio, en el sistema ese, lo cierto es que él esa tristeza la lleva metida en la sangre desde que pasó lo que pasó con su papá. A no ser que cuando el habla de sistema se esté refiriendo precisamente a ese hecho, así como a la vida de privaciones y de sacrificios que hemos tenido que llevar entre los dos para poder salir adelante. Si es así, estoy de acuerdo, si esa frasecita con la que él me quiere justificar su amargura y quitarse responsabilidades de encima: la culpa es del sistema, como si yo supiera lo que significa, incluye todo eso, todo lo que hemos sido y lo que no hemos sido en estos años, *okey*, estoy de acuerdo. Sólo que en ese caso que me la aplique a mí también, que no se la coja para él sólo, que me dé a mí un poco de su argumento y que comprenda de una vez por todas que a mí también se me fuñó la vida sin buscarlo y que me encontré sola y todo eso sin que por ningún sitio apareciera alguien que quisiera de verdad ayudarme. Es más, mire, yo creo que el problema, la imposibilidad de que esta juventud de ahora y nosotros nos comprendamos está ahí: en que nosotros hemos envejecido en un país donde las cosas se nos daban hechas, o no se nos daban, pero en definitiva en un país donde había ciertas reglas dentro de las que, por muy jodonas que fueran, uno se acostumbró a vivir, mientras que ellos, que creyeron romper el molde de esa inmoralidad, se encuentran de repente con que no han roto nada, se encuentran con los mismos perros y casi casi con los mismos collares. Ese pesimismo viene de ahí, que no le quepa duda, y si no cómo se explica que estos muchachos pasen del entusiasmo a la amargura con una rapidez que yo no hallo cómo calificar, que vivan de esa forma tan altanera, que hoy se acuesten llenos de alegría y al día siguiente se levanten como quien se despierta en su propio ataúd y no sabe si salir, y eso es lo grave, o quedarse de una maldita vez en su interior. Pero no quiero generalizar: yo sé que hay quienes no, yo sé que hay quien se deja el pellejo luchando, sólo que son muy pocos, y además ni siquiera: démeles a esos tres o cuatro un poco más de tiempo y usted verá que igualmente acaban en lo mismo, desesperados, andando como zombis, buscando la manera de escapar de no se sabe qué, no sé si me comprende. Freddy también pasó por esa fase, por eso se lo digo, él también hubo un tiempo en que creyó que había una posibilidad de ser distintos e incluso corrió riesgos por unos ideales que a mí entonces, tal vez cosas de madre, me parecían excesivos y sumamente peligrosos. Precisamente en esa época, que fue como quien dice, y sin como quien dice, el otro día, yo me pasaba el tiempo aconsejándole que se cuidara y que no se expusiera demasiado, intentando que encontrara ese punto intermedio en que uno sueña siempre, queriendo que se dedicara a sus cosas, a él mismo, que no estuviera todo el santo día pensando que tres o cuatro locos pueden sacar agua limpia del fango. Pero está visto, él me lo ha demostrado, que aquí sólo hay tres formas de ser: o cínico o suicida o fugitivo. Y él parece que escogió este último camino, lo que me pone a mí frente a una doble duda, pues ahora no sé si lo que debí hacer fue fomentarle aquel entusiasmo y conseguir, a base de consejos, que lo encauzara por otro sitio, que se dejara de política y comprendiera que la mejor forma de ayudar a los demás es ayudándose primero a uno mismo (preparándose, convirtiéndose, por ejemplo, en un buen profesional), si eso o actuar como actué, como una mujer asustada que por nada del mundo quería tener otro cadáver en su casa, ¿a usted qué le parece? Esa fiebre de que le estoy hablando se le metió, lo recuerdo muy bien, en el 59, cuando pasó lo de Cuba y vino la invasión y hubo en este país una especie como de corrientazo general que nos conmovió a todos, y la gente de pronto se dio cuenta de que algo entre nosotros estaba agonizando, no solamente el régimen, qué va, sino algo más profundo y complicado que yo no conseguiría describirle jamás. Él había vivido aferrado al recuerdo de su padre ya le he dicho hasta qué punto, pensando en su muerte como en la de un valiente que defiende su honor de militar ante una ofensa inadmisible, y no como lo que fue: un asunto de tragos en el que probablemente hubo algo de aquello, no lo voy a negar, pero en definitiva un asunto de tragos. Yo no sé si hice bien o si hice mal en no desengañarlo, incluso en fomentarle esa visión. En realidad, si no le dije la verdad desde el primer momento, si dejé que él le diera rienda suelta a su imaginación y que se inventara, por decirlo de alguna manera, a su padre, fue por inercia, por la pena que me producía y porque, en resumidas cuentas, tampoco yo, qué carajo, he sabido nunca más de lo que han querido contarme, ¿me comprende? Lo único que puedo decirle con conocimiento de causa es que hacia finales del 59 Freddy se levantó un buen día decidido a averiguar si el asesinato de Julián había tenido ese matiz político que su edad, sus propias maquinaciones, los libros que habían estado entrando en esta casa y las circunstancias del momento le hicieron imaginar que, en efecto, tenía. Claro que averiguar no es la palabra, puesto que en realidad desde hacía ya un buen tiempo, desde que ya en cuarto de bachillerato se reunía con Wilson a secretearse cosas en el patio, a decir que el gobierno esto y que el gobierno lo otro, desde entonces estaba convencido de que ese matiz político existía. Así que, como digo, ésa no es la palabra: él se marchó a San Pedro a confirmar, y lo repito: a confirmar esa creencia suya con las cosas que quisieran contarle aquellos que se acordaban del asunto. El desengaño, desde luego, tuvo que ser grande. Yo me lo imagino perdido por aquellos campos preguntando, indagando, volviéndose loco, para al final acabar con una respuesta simple y sin sentido. Yo me lo imagino perdido por ahí, hablando con los pocos familiares que su orgullo le permitiría visitar, sacando, finalmente, unas conclusiones que tuvieron que ser por obligación distintas a la idea que él llevaba metida en el cerebro. Y fíjese que le digo «imagino», no «fue así» o «fue de esta manera», no; simplemente «imagino», porque es el caso que cuando él regresó de Macorís con su cargamento de detalles, más informado o más desorientado que antes, ¿usted cree que se dignó decirme ni una sola palabra?, ¿usted cree que fue capaz de comentarme sus averiguaciones? Qué va a ser. Lo que hizo fue no volver a mencionar jamás el episodio, encerrarse en un silencio tan, ¿cómo le diría yo?, tan arbitrario, que no hubo forma, hasta un tiempo después, de que en esta casa se hablara del pasado como antes, como una cosa que nos pertenecía y sin la cual resultaba, y resulta, imposible comprender lo que somos. Hasta la foto que tenía en su cuarto, una foto de su padre en el momento de subirse al *jeep*, dedicada a mi hijo Freddy, con mi gran cariño, hasta la foto esa desapareció del mapa y sólo la volví a ver la víspera de su partida a Nueva York, cuando la sacó de no sé dónde y me la puso delante de los ojos diciéndome: mire, vieja, la foto: me la llevo. Después cambió, después de ese viaje a Macorís, que al principio consideré una desgracia y a la postre un acierto por lo que tuvo de aclaración y de base para dejar las cosas en su sitio, su actitud dio un viraje tan grande que yo lo contemplaba, yo que lo parí, y apenas lo reconocía. Se volvió más sociable, perdió como la timidez, organizaba fiestas en la casa, le dio por visitar a la gente del barrio. Empezó también a enamoriscarse y a cada rato se dejaba caer por aquí una muchacha que otra, a la que, sin pedirme permiso, pero quizás haciéndome ver con eso mismo que podía tener confianza en él, que ya era una persona responsable, llevaba hasta su cuarto. Allí, con la puerta abierta, a lo más entornada, y yo, naturalmente, siempre echándole un ojo, se ponían a escuchar discos y a hablar con acaloramiento de gente que escribía, de poetas y locos de esos a los que probablemente él pensaba imitar en el futuro. Por esa época se alejó un poco de Wilson, o quizá se trató simplemente de que ahora repartía su tiempo y sus preferencias entre un círculo cada vez más amplio, e intensificó su amistad con Paolo, que hacía ya varios años que vivía por el barrio. Precisamente con Paolo, que ha terminado, el pobre, como terminó, se fue metiendo la política en esta casa. Al principio yo no decía nada, o mejor dicho, pensaba: cosas de muchachos, limitándome a aconsejarles que bajaran la voz, que tuvieran cuidado por la calle, que no comentaran nada con desconocidos, que todo estaba perfectamente bien mientras no saliera de ellos tres. Yo jugaba así la única carta que podía jugar, la de una madre que sabe que aquella inquietud que ellos sentían en un país como éste era algo inevitable y que valía más permitirles que se desahogaran en mi propia casa y no que por mi culpa, por miedo, se fueran por ahí a seguir en lo mismo y con el riesgo que eso suponía. Ya sé que cuando comenzaron a darse cuenta de las cosas, a abrir los ojos, apenas tenían bozo (el mayor de los tres era Paolo, diecinueve años), pero ya yo había oído que en La Victoria había muchachos hasta de dieciséis y además sabía bien que esa gente, carajo, no se andaba con juegos a la hora de defender lo suyo. Por eso los dejaba que se desfogaran, que se leyeran sus poemas y que hablaran de lo que quisieran. Por otra parte, ya yo no daba un chele por la dictadura y en el fondo pensaba que al gobierno lo tumbarían antes de que mi hijo alcanzara esa edad en que los hombres empiezan a tomarse y a ser tomados por los demás en serio. Lo que pasa es que el tiempo corría de una forma que usted no se imagina y todo seguía igual y ellos fueron creciendo, creyéndose con fuerzas para tomar posturas, hasta que sucedió lo inevitable, que un buen día los del SIM metieron preso a Paolo. No por nada especial, no vaya usted a creer, sino por lo que entonces comenzaba a ser el delito político más extendido: una resistencia muda, silenciosa, ante la incitación partidista de aquellos a quienes les hubiera encantado que el país entero se pasara el día gritando viva el Jefe. Sólo por eso, aunque resulte raro, por lo que a partir de esa resistencia deducían elementos como el tal Ramos ese, que fue precisamente el que, según él mismo se jactaba en confesar, dio el chivatazo y lo acusó de andar hablando, lo cual no era mentira, y de andar conspirando en contra del gobierno. Eso ocurrió, si no recuerdo mal, en marzo del sesenta, cuando la cosa estaba aquí que botaba candela, de modo que imagínese cuál fue mi reacción. Yo pensé de inmediato que a mi hijo le vendrían a buscar al día siguiente, en cuanto el otro empezara a decir los nombres de la gente con la que se reunía, y de inmediato llamé a Santiago, que vino a casa y, después de calmarme, hizo que le contara lo que había sucedido y de dónde carajo me venía a mí ese miedo. Cuando yo le hablé de las reuniones de esos tres locos en el patio de casa, de las sesiones de radio que se pegaban por la noche con el cuento de que se juntaban a estudiar, Santiago, que ni por un momento se le ocurrió pensar que Wilson pudiera andar metido en tales cosas, echó un carajo, un coño, los llamó a ambos, los insultó, le dio un par de pescozadas a Wilson (mientras yo le decía: dale también a Freddy, no te apures, dale también a Freddy) y después, más tranquilo, le dijo al mismo Wilson: búscame a Ramos dondequiera que esté y dile que yo lo quiero ver, que aquí lo espero. Yo al principio me quedé algo extrañada de lo que acababa de oír, pero esa misma tarde, hablando con Evangelina, lo comprendí todo. Resulta que el tal Ramos había empezado siendo guardia antes de terminar en lo que terminó y guardaba con respecto a Santiago un respeto que se manifestaba en ridículos saludos a lo militar en medio de la calle y en la adulona petición de pequeños favores, que si hoy un par de pesos, que si mañana una botella, que si al siguiente una camisa usada. Pequeños y míseros favores de los que Santiago iba a sacar ventaja en ese instante, pues Ramos, en efecto, apareció en seguida, tocó la puerta, pidió permiso y se metió hasta el patio con una sonrisa de triunfador, de persona que sabe a lo que viene. Allí hablaron a solas de cosas que solamente ellos conocieron y al final, delante de mí misma, Santiago le introdujo en el bolsillo de la camisa dos billetes de veinte que ampliaron de oreja a oreja la sonrisa de Ramos y lo hicieron decir: yo me voy a callar por usted, don Santiago, pero una cosa le aconsejo, si usted me lo permite: métalos en cintura, porque de que los tienen en la lista los tienen. Después se despidieron con unas muestras de afecto y de cordialidad que en el otro eran sumisión, labonería, y en Santiago simple fingimiento, pero yo me quedé, aunque por fuera representara mi papel creo que a la perfección, completamente preocupada por la última frase de aquel hombre, en la que seguí viendo una amenaza y un peligro constante. Y no me pude controlar, se lo confieso a usted. Desde entonces mi única preocupación consistió en mantener a Freddy apartado de todo lo que, según mi parecer, pudiera representar la más mínima posibilidad de apresamiento. Le saqué el radio de su aposento, hice que se desprendiera de sus libros, indagaba continuamente su paradero y fingía auténticos ataques de desesperación y de miedo con el fin de que permaneciera el mayor tiempo posible dentro de la casa. Y lo logré. Pero caí en la trampa de pensar, como él, que una vez muerto el Jefe el país cambiaría definitivamente, y aquel desasosiego, aquel miedo a que vinieran a buscarlo para llevárselo a yo no sabía dónde, desaparecerían también. Equivocada, completamente equivocada. Después de lo de mayo fue cuando ese muchacho se lanzó a la calle hecho una furia y cuando comenzaron mis verdaderos sufrimientos. Que no se han acabado todavía, pues a aquel afán de pretender instaurar el reino de la justicia en un país donde, salvo tres o cuatro pendejos, todo continuaba igual, siguió esta decepción de los últimos meses, esta convicción de que lo que nos rige es la fatalidad, convicción en la que inexplicablemente coincidimos, sin que, a pesar de eso, logremos entendernos. Quizás porque en el fondo yo pienso que es necesario resignarse, amoldarse a esa verdad y luchar como lobos para salir a flote, y él, en cambio, continúa creyendo que si por una parte toda lucha es, en efecto, inútil, resignarse, por otra, es claudicar. Por eso se me ha ido: no le quepa a usted duda.

15. El teniente Sotero de los Santos
De marzo a junio de 1962

Marzo y abril transcurrieron sin novedad, fueron meses difusos, tiempo muerto que el teniente aprovechó para hacer nada, para hundirse de nuevo en la rutina y reconsiderar su situación. Pese a los consejos del señor Flores y a las recomendaciones del coronel, que habían incrementado el capital con una participación de dos mil pesos cada uno, el teniente siguió adquiriendo material de segunda mano para su futura industria de producción avícola y eso lo hacía acudir de vez en cuando a casa de Tonongo, que continuaba tan trabajador, educado y eficiente como el primer día. Hasta tal punto, con tanto celo cuidaba del cemento y del alambre, que el teniente se vio moralmente obligado a pagarle los cincuenta pesos correspondientes a esos dos meses de inactividad. Desde el primer momento el teniente supo que ése era su hombre, su mejor adquisición, y trataba por ello de tenerlo contento; a él y a toda su familia, a la que casi siempre llevaba regalos de ningún valor (mentas para los niños, vestidos o zapatos usados de su madre para la señora, camisas suyas para el propio Tonongo), que ellos recibían con la algarabía y el agradecimiento de quien nunca ha tenido en qué caerse muerto. A la hija, la llamada Lucila, que no veía la hora de salir de aquel maldito campo, el teniente le había prometido conseguirle algo, y aprovechó, en efecto, que Evangelina respajilara a la sirvienta, por vaga, por inútil y por mil cosas más para ofrecerle el puesto que quedaba vacante. Lucila lloró lágrimas vivas de agradecimiento y a finales de marzo se instaló en casa de los Tejada, que la acogieron con las consideraciones debidas a la hija de su ya antiguo celador. Allí la encontraba él cada vez que visitaba a sus amigos y siempre más rolliza y más limpia y como más persona. Era indudable que esa muchacha, como decía su suegra, valía como sirvienta un potosí, y por eso una noche, para estimularla, el teniente le dijo que si ella lograba terminar la primaria, como tenía pensado, él se comprometía a emplearla en uno de los puestos de venta que pensaba montar en cuanto sus ingresos se lo permitieran. Estela también la encontró muy simpática, muy fuera de lo corriente, muy amable, y los primeros días, cuando el aburrimiento la mataba de asco y no hallaba qué hacer, se entretenía instruyéndola acerca de mil cosas que iban desde la corrección de una palabra a la forma de usar el pintalabios. Por ese entonces las relaciones de Sotero con la familia de su novia, es decir, con doña Luz, se mantenían, como en los meses anteriores, a un nivel de contenida efusividad. Nadie sospechaba, y menos doña Luz, que el teniente había intensificado con verdadero ímpetu, casi con violencia, sus relaciones amorosas con Conchita, y aunque de cuando en cuando ésta lo retenía varias noches seguidas, los demás atribuían su ausencia a cualquier otra cosa que no fuera esa mujer culebra que vivía por la parte más fea, por la parte más plebe de la capital. Contribuía a ello el hecho de que ahora las reuniones nocturnas, que habían experimentado un nuevo resurgimiento, se celebraban casi siempre en casa de doña Evangelina y de doña Enriqueta, en donde no faltaba, a partir de las siete o de las siete y media, la chercha continuada de tres o cuatro compañeros de Wilson y cuatro o cinco adultos que formaban un grupo comedido en el rincón más tenue de la sala. Sotero, cuando iba, no sabía con quién estar, y era, por esa indecisión, un poco personaje central y un poco personaje periférico con relación al resto. Entre unos y otros caminaba, corría casi, la figura familiar de Lucila, bien trayendo más hielo aunque no lo pidieran, bien pendiente del más mínimo gesto de la doña para salir huyendo a complacerla. Los que querían bailaban y los que no, charlaban de política, o simplemente de cualquier otra cosa, con el señor Flores, que también se acercaba por allí y que aún se daba ínfulas, ya por muy poco tiempo, de ciudadano independiente. Cuando estaba de buenas, Freddy les ofrecía un *show* de los suyos, que normalmente consistían en ponerlos tristes declamando un poema de amadas que se mueren y pueblecitos solos donde llega un viajero, ya cansado de todo, al final de su vida, o ponerlos alegres contándoles los chistes más de moda. El teniente en esas ocasiones prefería

191

asomarse al balcón en compañía de Estela, porque por un extraño maleficio de la vida aquello que había sido una amistad sincera, la de Freddy con él, se había convertido, si no en odio, en una especie de aversión recíproca que los hacía alejarse en cuanto se encontraban. Freddy no podía dejar de evitarlo desde que en julio del 61 el teniente Sotero, con quien aquella tarde se encontraba bebiendo unas cervezas, permitió que Ramos lo humillara delante de la gente, amenazándolo con un revólver y obligándolo a que gritara por enésima vez que viva el Jefe. No hubo manera de que Sotero le explicara que como militar él no podía intervenir sin graves riesgos, que hubiese sido complicar las cosas enfrentársele a Ramos, borracho y asustado, en esas condiciones, y que por mucho que Freddy se empeñara en lo contrario, la situación seguía siendo la misma y nada había cambiado en el país. Freddy consideró, aún consideraba, que aquella sumisión de Sotero, el hecho de aceptar la vejación de su amigo sin esbozar un gesto de defensa, sin levantar un dedo, sin ni siquiera abrir la boca para calmar al otro, lo definía como un ser desleal, cobarde y majadero. Y así, después del incidente, no volvieron a juntarse más. Entre otras causas, porque Freddy sacó por ese entonces el odio acumulado contra la dictadura y se dedicó a luchar con tal intensidad que no había forma humana de verlo por el barrio ni en su casa ni en ningún otro sitio. Se pasaba los días agitando en la calle, asediando a los chivatos del régimen (que si hubieran podido lo cosen a balazos), perseguido, enfundado en unos mahones blanquecinos y cubierto con una boina verde que, según él, tenía la gloria de haber sido empleada por un guerrillero de la Sierra Maestra. La pobre doña Tatá andaba vuelta loca, todo el tiempo llamando a su compadre, el coronel Santiago, preguntándole a él si lo había visto y dónde. Afortunadamente, ese desasosiego no le duró mucho, ya que luego los sueños iniciales de su hijo —y el teniente los conocía bien— dieron paso a esta cosa, a esta figura desgarbada y flaca, ya sin boina cubana ni un carajo, que ahora, de repente, se mantenía metida en casa de Santiago desde que el sol salía. Allí, como a Lucila, lo encontraba el teniente cada vez que iba, siempre imprevisible, pálido y ojeroso, animando el ambiente con sus poemas y sus ocurrencias. Algunas noches hasta hablaba con él de cosas sin sustancia y cuando venía a cuento y el coronel se ponía melancólico formaban nuevamente, para complacerlo, su antiguo trío de tres, como ellos lo llamaban: Wilson de bajo y Freddy y el teniente en plan falsete y prima.

También hablaba mucho con su futuro suegro y con el coronel y siempre de lo mismo. El coronel continuaba empeñado en mantenerse a la expectativa hasta que los comicios se llevaran a cabo, y el señor Flores empezaba a decir que a él le parecía prudente, dadas las condiciones del país, votar por un partido que estuviera a la altura de las circunstancias, como era, por ejemplo, la Unión Cívica Nacional. El coronel, que había ejercitado durante tantos años la prudencia, creía saber lo que ocultaban las palabras de su reciente amigo, pero no decía nada. Guardaba para sí sus conclusiones, que compensaban su escasa originalidad con el deseo sincero de actuar de una manera diferente a como lo había hecho en el pasado y con el propósito de dejar que el país se otorgara a sí mismo una oportunidad. Nada de lo cual, por cierto, le interesaba ya al teniente Sotero, que había aplazado su interés por la política y que buscaba ahora la forma de concentrar su esfuerzo, todo su esfuerzo, todo, en la reanudación de los trabajos de la granja. En tal sentido, el teniente le había pedido al señor Flores que le sirviera de garante para solicitar un préstamo, y como eso, según había averiguado el señor Flores, iba por buen camino, el teniente dedujo, sin decírselo a nadie, que podría comenzar a principios de mayo. No es que el préstamo fuera absolutamente necesario, sino que en los dos meses de inactividad sus proyectos habían crecido algo, se habían perfeccionado, y el montaje de todo resultaba ahora un poco más costoso que al principio. La cosa empezaría con un plantel de dos mil pollitos parrilleros de un par de semanas y doscientas gallinas ponedoras que el teniente recibiría pequeñas y que al cabo de aproximadamente cinco meses estarían produciendo las primeras remesas de huevos fértiles para darle trabajo a ese maravilloso aparato llamado incubadora. Todo lo tenía calculado el teniente, así que para agosto, aproximadamente, las primeras remesas saldrían al mercado; primero en condiciones un tanto primitivas, dado que los pequeños animales se venderían vivos, pero después pelados, sin cañones, sin tripas, limpitos y con una chapita de metal que dijera «Sotero», simplemente «Sotero», como ésas que había visto en los catálogos. La nave principal, que llevaría adosado un enorme corral al que las aves saldrían a beber, a picotear y a tomar el sol, estaría terminada hacia finales de mayo. Estela estaba contenta de todo y como era la única en saber que Sotero ya tenía trabajando a Tonongo y a tres o cuatro más desde hacía una semana, se pasaba el día entero, es decir, los momentos en que se hallaban juntos, pidiéndole que hablara, que los reuniera a todos y les dijera lo que había decidido. Así lo hizo el teniente, desde luego, pero sólo después de que Tonongo le comunicara que ya habían terminado con las labores de acondicionamiento; sólo después de que él mismo transportara los primeros quinientos pollitos parrilleros.

Aquel día fue glorioso y, además, cayó en sábado, lo que quería decir que el que más y el que menos se encontraba contento y dispuesto a reír y a sentirse feliz y a pensar que la vida valía siempre la pena a pesar del país en donde habían nacido. El teniente llegó a la hora habitual y sus amigos, previamente citados por Estela, que no sabía fingir, lo recibieron con un aplauso fuerte y estruendoso que se oyó hasta en la esquina. Que hable, que hable, le gritaron nada más entrar Evangelina, Estela y Enriqueta, y el teniente, emocionado, sintiéndose querido, pronunció unas palabras tan triviales y melodramáticas, tan por encima de aquello que querían comunicar, que los demás se vieron casi en la obligación de interrumpirlo con un nuevo aplauso. De inmediato se llenaron las copas y los vasos y el señor Flores pidió silencio para brindar por el éxito de una empresa que, a no dudar, timoneada por un talento de tan altos quilates, etcétera y etcétera. Todos bebieron y se acercaron a felicitar el teniente, siendo a partir de entonces la configuración perfecta de la cortesía, el cariño desinteresado y la amabilidad. El único que salió un poquito de órbita fue, como siempre, Freddy, que al cabo de una hora u hora y cuarto, sin duda estimulado por las risas de Wilson, los comentarios de Esther y la fuerza del whisky, dobló los brazos en forma de ala y comenzó a volar de un lado a otro, unas veces cantando el pío-pío y otras imitando el sonido de la gallina clueca. El teniente lo hubiera asesinado en medio de la sala, como en una escena del Oeste, pero el caso es que Freddy en ciertas circunstancias tenía gracia, y como después de las imitaciones pasó a hacer malabarismos con un huevo ficticio y a improvisar un discurso fúnebre en el supuesto entierro del pollo criollo, también Sotero terminó riéndose y aceptando el relajo.

Al día siguiente se organizó una caravana de tres carros, el del señor Flores, el del coronel y el del propio teniente, un diminuto *Hillman* que compró por quinientos pesos cuando supo que lo del préstamo iba por buen camino, una verdadera ganga de la que su dueño, un tal Iván, había querido desprenderse con urgencia. Sotero estaba más que satisfecho de la compra, que llevó a cabo a instancias de su novia y de la que, por cierto, aún adeudaba unos doscientos pesos, y circulaba en él con el desparpajo de quien en vez de una carcacha maneja un convertible de cambios automáticos. El señor Flores, aun reconociendo que el estilo con que se abordan las cosas resulta indispensable para conseguirlas, consideraba que era un tanto ridículo aquel sacar el brazo por la ventanilla y aquel engreimiento con que llevaba el guía, frenaba, reducía, concedía el paso a señoras y niños y casi atropellaba a los muchachos al doblar las esquinas. Al fin y al cabo no se trataba más que de una pulga, como observó Lucila cuando lo vio parquearse al lado de su *Impala*, lo que le hacía pensar al señor Flores que quizás un poquito de calma no le viniera mal a su futuro yerno. Doña Luz, por su parte, opinaba que, en definitiva, lo peor no era eso y que si ese carajo conseguía hacer feliz a su hija mil veces alabado fuera Dios, aunque ella lo dudaba. Doña Luz, como madre, se había ido dando cuenta de que el teniente no correspondía con el mismo alboroto y la misma pasión que Estela le brindaba —aparte de que, claro, luego estaba ese pelito duro que él tenía y ese color de piel que no acababa de convencerla mucho. El señor Flores iba a replicarle que su crítica se reducía a lo estrictamente formal, ya que seguía considerando que el teniente poseía otros valores, pero en eso llegaron a la granja y ocurrió lo de siempre, que Tonongo les abrió la puerta y, después de llamar a su mujer para que saludara, se puso a sus completas órdenes. Sólo que de momento no las hubo porque todos estaban boquiabiertos mirando hacia la nave, hacia el galpón, como decía Sotero —nadie sabía por qué—, hacia el hangar, como relajó Freddy; hacia el lugar, en fin, en donde los primeros retoños de la industria picoteaban, bebían y mostraban, a través del alambre de las jaulas, el limpísimo blanco de sus plumas. Se acercaron en grupo y lo recorrieron de arriba a abajo, escuchando las explicaciones llenas de tecnicismos, cifras y proyectos de Sotero y al cabo de una media hora salieron a sentarse bajo la enramada, en la que pasaron un buen rato, bebiendo café y fumando, antes de regresar a sus hogares.

A partir de esa mañana, que fue considerada como la de inauguración oficial, aumentaron los estímulos y los parabienes. El señor Flores mismo se confesó sorprendido y dijo que quizás en ciertas ocasiones valía más el arrojo que la precaución y se dispuso a mover cuantas teclas se hallaran a su alcance para que lo del préstamo se hiciera realidad. Se habló de nuevas compras, de nuevas inversiones, las mujeres estaban deseosas de poner su granito en el asunto y la satisfacción inundaba de nuevo el rostro del teniente. Todo ello coincidió, además, con unos días de relativa calma política que el señor Flores aprovechó para inscribirse, al fin, en el partido de su preferencia, y casi-casi de su vocación, como apuntaba Freddy por lo bajo, el llamado Unión Cívica Nacional. Y como el señor Flores no era un señor cualquiera, sino un Doctor en Leyes, con bufete, unos miles de pesos, propiedades y cierta fama de ser bueno en lo suyo, su casa, de repente, se transformó de un modo radical en algo así como el punto de unión y de reunión de los «cívicos» del contorno. A ella empezaron a llegar, al mismo tiempo, centenares, millares de pasquines, banderitas, periódicos e impresos que sus tres mujeres se encargaban de clasificar, numerar y preparar para su posterior reparto, realizado por una caterva de simpatizantes en la que se mezclaban jóvenes estudiantes con hombres sudados de muy difícil clasificación social. Por primera vez en su vida y previo permiso de Sotero, Estela participó en uno de los mítines del partido de su padre, que era también el suyo, y estuvo recorriendo, al final de los largos discursos, la parte baja de la capital montada en un vehículo descapotado y tocada, ya que no cubierta, con un sombrerito de paja tejida que le quedaba de lo más chulo, gritando y dando vivas hasta ponerse ronca. El señor Flores salía a cada rato por la televisión declarando sus cosas y formando parte de las más diversas comisiones. También salía en los periódicos y, hacia el viente de mayo, realizó un viaje al interior, específicamente a los campos del Cibao, en los que echó unos discursos rimbombantes, patrioteros, llenos de perífrasis elefantiásicas que prometían, prometían, prometían lo que fuera a una masa de hombres cansados, sucios, agotados por la espera y el hambre. Luego regresó a la capital orgulloso, triunfante, y se reunió con su familia a contar sus anécdotas, la marcha victoriosa hacia el poder.

Estela estaba embobada con la verborrea de su padre y lo veía ya de algo muy grande en el futuro, y lo mismo le sucedía al teniente, que se sentía en alguna medida protegido y que de ningún modo pensaba abandonar su posición. Le encantaba, además, ver que Estela lo adoraba tanto y que, a pesar de que su situación le hubiera permitido casarse con un hombre de más categoría (se entiende que social) por encima de todos y de todo lo continuaba prefiriendo a él y cada día se mostraba más sedienta de su amor y sus besos. Para cualquier cosita le pedía su opinión, hasta para el más mínimo detalle lo tenía en cuenta, y por eso el teniente la dejaba; la dejaba lucirse con aquel sombrerito de «cívica» que le caía tan bien y aplaudir a su padre cuando hablaba en los mítines y repartir sus fundas de ropa vieja y de comida a los pobres de los barrios miseria, siempre formando parte de una delegación que llevaba pancartas de UCN y se ocupaba mucho de los problemas de la gente del pueblo. Él mismo le dio la idea de organizar en el patio con flores de su casa los llamados bingos sociales de UCN, cuyo fin consistía en recaudar fondos para sus ensayos de beneficencia, que estaban, desde luego, en el principio, pero que podrían servirle como trampolín para que en el futuro la nombraran Directora de cualquier dependencia del gobierno del Doctor Fiallo, que era el que iba a ganar porque eso estaba claro. Incluso habló el teniente con su madre para que se acercara a casa de su novia y ayudara a ordenar aquel maremágnum de papeles y aquel desorden pre-campaña. Y doña Josefa, naturalmente, fue y organizó en seguida unas manos de bingo tan perfectas que cada cuarto de hora se limpiaban cartones, se cobraba el porciento y se empezaba otra. Por la mañana todo eran llamadas telefónicas, visitas, comentarios, y en la tarde, a partir de las dos, la casa se llenaba de mujeres con rolos, mujeres en chancletas, damas recién bañadas que no sabían qué hacer con ese tiempo muerto que precedía a la cena y que acudían allí a comerse las uñas y a colocar granitos de maíz, habichuelas partidas y garbanzos en los recuadros de aquel crucigrama de números con cuyas ganancias se engrosaban las arcas del futuro político de Estela. Doña Evangelina y doña Enriqueta eran de las primeras y a veces ellas mismas, cuando Estelita se sentía cansada, ayudaban a recoger, en bolsitas *ad-hoc*, el abundante menudo de las manos. Ese protagonismo, sin embargo, solamente les duró tres tardes, ya que don Santiago, que al principio optó por el silencio, consideró después que aquél no era momento ni lugar para que sus mujeres anduvieran metiéndose en política, que de eso se trataba, en realidad. El coronel Tejada pensaba que lo más correcto, justo y adecuado para un hombre de su rango era permanecer al margen de lo que sucedía en el país, y como en cierto modo sus dos mujeres lo representaban y todo gesto de ellas sería considerado como suyo (de él), prohibió tajantemente tales incursiones vespertinas. Para el coronel, la casa de don Rodolfo Flores ya no era solamente la casa de un amigo, sino además la de un hombre tremendamente comprometido en los destinos del país en un área que, en aquellos momentos, no parecía aconsejable mantener en contacto con la suya, que se regía, en principio, por reglas diferentes y hasta opuestas. Aparte de que nadie podía asegurarles que a la familia Flores le resultara beneficiosa, que la familia Flores deseara la presencia, al fin y al cabo *militar*, de sus mujeres en plena efervescencia partidista. Doña Enriqueta pensó que esas razones no pasaban de ser majaderías de su querido hermano, pero naturalmente no lo dijo, y doña Evangelina se atrevió a replicar que nada más lejano de la realidad, pues a ellas las seguían recibiendo no sólo con la misma, sino con una consideración y una deferencia mucho mayores que antes. A lo que el coronel le contestó recordándole que allí quien mandaba era él, de modo que a lo dicho: a no cruzar más que lo imprescindible para que la amistad no se perdiera.

Tan trivial decisión disminuyó la intensidad de unas relaciones que ya se habían visto bastante trastocadas por el continuo ajetreo del señor Flores y por el excesivo de doña Luz y sus muchachas. Las festivas reuniones familiares desaparecieron casi totalmente y cuando el teniente visitaba cualquiera de ambas casas lo que encontraba era, por un lado, una novia molida por el trajín del día acompañada de una suegra somnolienta y una cuñada que le hacía poco caso, y por otro, la risita suspicaz de Freddy, el silencio de Wilson y el desgano de sus dos amigas, temerosas de que se conocieran las razones de ese retraimiento. Nada de ello, sin embargo, le sorprendió al teniente, que sabía que la vida de la capital estaba hecha, como la de sus habitantes, como la suya propia, de grandes ruidos y de grandes silencios, y que a ese intempestivo acostarse temprano, no asomarse al balcón y no invitar a nadie a lo de siempre, seguirían después nuevos días de chercha continuada. Al teniente, además, le venía muy bien que las cosas tomaran ese rumbo, porque de esa manera podía disponer mucho más libremente de su tiempo nocturno y alternar sin nerviosismo sus estancias en casa de Conchita con sus visitas prematrimoniales. Y era que a esas alturas ya el teniente ni siquiera dudaba acerca de lo que haría o dejaría de hacer con Conchita. A esas alturas el teniente estaba completamente decidido a mantener ese vínculo como un imponderable en su existencia. Le importaba al teniente un soberano rábano lo que opinara su respetada madre y su excelente suegra cuando se enteraran de la cosa; le importaba al teniente un carajo que una y otra lo tildaran de lo que quisieran. Él sabía que Conchita nunca sería un obstáculo en su vida, sencillamente porque ya había llegado a ese acuerdo con ella. En cuanto a Estela, estaba convencido de que todo era cosa de escoger el momento adecuado y la forma precisa para comunicarle una ambivalencia afectiva que ni él mismo lograba comprender con claridad. En tal sentido el teniente contaba con el amor inmenso, sufrido, sollozante, sumiso, que ella le profesaba, con una admiración superior, si cabía, por lo injustificada —pues Estela era hermosa, de muy buena familia, educada en los mejores sitios de la capital—, a la de la mismísima Conchita. El teniente había ido preparando el terreno para que, cuando llegara ese momento, doña Luz no pudiera impedir que el asunto saliera tal como había pensado, y Estela, en realidad, ya tenía prácticamente digerida la idea de que había dado con un hombre medio animal y medio asceta (centauro tropical), capaz de compartir las pasiones más puras con las urgencias más elementales —para las cuales, naturalmente, tenía necesidad de otras habitaciones y otros cuerpos—. Él sabía, por lo tanto, que en cuanto lo conociera, la muchacha cerraría los ojos ante el hecho y aceptaría las cosas como eran. Así, al menos, se lo había hecho comprender Conchita, que aparte de sus mañas de mujer culebra, tenía, sobre todo, una labia especial para comunicar razones como ésas. Pues fue ella, en efecto, quien con sus baños de hojas, sus masajes y ciertas aptitudes que el teniente llamaba calisténicas a la hora de practicar el coito, había ido metiéndole en la mente la idea de que, en definitiva, no había necesidad de una farsa, la del matrimonio impoluto pretendido por su suegra, que ni el país, ni ella, ni, en el fondo, Estela le exigían realizar. Y como él se sentía, y tal vez se veía, avanzando, y sabía que ese avance y que el optimismo con que lo iniciaba (como, si se ponía a repasar, también los anteriores) se debían a Conchita, pensaba que era injusto y, sobre todo, innecesario, apartarla ahora de su vida por un simple prejuicio para volver después, como sin duda alguna volvería, a buscarla de nuevo. Pero en aquel país tarde o temprano todos llegaban a enterarse de todo, y aunque Sotero actuaba con prudencia cuando estaba con ella, no yendo más allá de los lindes del barrio si salían a pasear, o escogiendo un lugar apartado y solitario si iban a alguna parte, una tarde ocurrió lo inevitable, que se dejaron ver. Todo porque Conchita no supo contenerse las ganas de dar, ella también, un salto social en el vacío y durante unos días estuvo atosigándolo para que se comieran una *pizza* en el nuevo local que habían montado los mismos italianos de aquella heladería a la que, siendo novios, él la llevó un domingo inolvidable antes de entrar al Rialto a ver una reposición de Humphrey Bogart. Era la época en que a Sotero se le presentaba, al contrario que ahora, un porvenir aséptico y escuálido como representante de una marca de ron —un porvenir del que quería escapar y al que se mantenía, sin embargo, aferrado precisamente por el amor tan loco que sentía hacia Conchita—. Y por eso, intentando quizás resucitar desde otra perspectiva aquel amor de entonces, accedió a acompañarla y le dijo que bueno, que esa noche.

Ella casi lloró de la alegría y cuando él fue a buscarla en su carrito siempre reluciente la encontró hecha una dama de Clase Media media, o al menos pretendiéndolo, hermosa, bien vestida, el pelo hecho un primor, con zapatos de tacón, un vestido escotado de color verde oscuro y una estola con la que iba a cubrirse los hombros empolvados. Él llevaba su traje, su corbata, sus nuevos mocasines, y si por un momento creyó que aquello era un error, en seguida se sintió machote y mandó sus temores a otro sitio. Cogió, pues, a su hembra, se la colocó al lado y se propuso darle una noche perfecta. Primero la llevó al cine, al mismo

Rialto de cuando fueran novios y compraban cositas para el matrimonio —algunas de las cuales: ceniceros, biscuís, tacitas de café, aún guardaba Conchita en las gavetas—, luego a dar la consabida vuelta por el malecón, hasta la Feria, donde se entretuvieron un momento buscando un *Jack Pot* imposible, y, finalmente, a la dichosa pizzería. Era sin duda un riesgo llevarla a aquel lugar, que el teniente ya había oído mentar y que estaba de moda entre una juventud que no sabía qué hacer a ciertas horas y que acudía allí por la novelería de encontrarse con el mismo grupete de amigos con el que se encontraba siempre en cualquier sitio. Pero como el asunto ya estaba decidido, hacia las nueve y media estacionó cerca del parque Independencia, caminaron un rato y se metieron en el restaurante. Ocuparon una mesa del fondo y estuvieron de lo más embullados bebiendo cada uno su cerveza durante un largo rato, el necesario para que Conchita adoptara una pose de princesa complacida y él de artista de cine. El teniente llegó a quitarse el saco y a fumarse un par de cigarrillos antes de que en la puerta apareciera Esther, seguida en fila india por Wilson y por Freddy —a quienes en desagravio de cierta discusión acerca de la Vida, la Religión y el Hombre, no se les había ocurrido otra cosa que invitarla a comerse una *pizza* precisamente, coño, en el jodido restaurante de los italianos—. Wilson lo vio primero, le dio un codazo a Freddy e intentó que salieran nuevamente con la excusa de que estaba muy lleno y no podrían hablar de lo que deseaban con la calma precisa. Pero Freddy no cogió bien la seña, captó tarde la presencia de Sotero y Conchita y cuando quiso secundarlo ya Esther había clavado su mirada como un rayo de odio sobre aquella mesita tan recoleta y tímida del fondo. Freddy entonces optó por salir a la calle, convencido de que ya allí no había nada que hacer, mientras Wilson levantaba la mano en un hola o en un qué hay difuso. Tan difuso que Sotero no sabía si era a él o a algún otro a quien se dirigía el saludo, por lo cual reaccionó, como antes Freddy, tarde. Se levantó y se les acercó con su mejor sonrisa, pero en ese momento Esther le dio la espalda y lo dejó posando para un fotógrafo inexistente: una mano extendida que Wilson se vio en la obligación de estrechar con exagerada efusividad y una mueca como de niño malo y sorprendido en lo que no debía por la tía regañona. «Lo siento, viejo», fue todo lo que Wilson pudo decirle —con la boca, porque al mirar sus ojos, Sotero comprendió que el final de la frase era algo muy distinto, algo como un insulto o una burla a su mentecatez. Precisamente con esta sensación de mentecato, de quien mete la pata cuando todo marchaba sobre ruedas, retornó a la mesa, donde lo esperaba una Conchita lejana, dolorida y silenciosa espectadora que ya no consiguió tragarse ni un solo bocado de *pizza*.

16. Wilson Tejada y Yolanda Martínez
Martes, 12 de junio de 1962

Yolanda vino de Santiago y se lo contó todo. Se había ido con la idea de dejar a su madre en casa de una tía y así tener el tiempo necesario para hablar con Wilson. Su madre, al despedirse, le recomendó que fuera, sobre todo, sincera, y Yolanda le prometió que sí, que lo sería. Por eso aprovechó el regreso, incómodo, caluroso, aburrido, para pensar y organizar su historia de la forma más lógica posible. ¿Cómo se lo diría? ¿De una manera abstracta, generalizando, acusándose de ser una perdida para que el otro se ablandara? ¿Se pondría, por el contrario, en plan de hembra dominadora, diciéndole yo soy así y asá, lo tomas o lo dejas? ¿Le daría detalles, aunque él no los pidiera? ¿Y si se los pedía? ¿Se vería obligada a contarle, por ejemplo, lo que hacía con Carmelo, lo mucho que gozó, lo mucho que sufrió?

Ninguna de las distintas posibilidades que se le ocurrieron le pareció adecuada. Durante el viaje, Yolanda tuvo en todo momento la impresión de que cualquier verdad que ella dijera sería siempre una verdad a medias, un telón tras el cual quedarían otras muchas verdades machacadas, luchando por salir sin conseguirlo. Pero cuando llegó a la capital y lo llamó y le dijo: «ven, que te quiero hablar», y casi de inmediato lo vio, tan tembloroso, tan pálido y tan muerto de amor, tuvo miedo de su propio miedo y habló sin detenerse casi una media hora. De tal forma lo hizo, con tanto entusiasmo y con tantos detalles, que, al terminar, estaba enteramente convencida de haber sido todo lo sincera que se puede ser y se sintió tremendamente satisfecha de sí misma y como liberada. Por fin, según pensó, se había puesto a la altura de Wilson, por fin se encontraban los dos desnudos ante el mundo para iniciar una vida de felicidad o para separarse definitivamente en el caso de que él no consiguiera comprenderla y, sobre todo, perdonarla.

Ahora estaban en la sala, con las puertas cerradas, ella recostada en el sofá y él de pie, las manos en los bolsillos, caminando, deteniéndose. Antes la había escuchado desde uno de los sillones, atónito, lleno de amor, con unas ganas locas de matarla y al mismo tiempo de comérsela a besos, sin dejar de pensar —hacía ya varias horas que lo llevaba metido en la cabeza— en el bolero aquel, cuya letra decía: te odio y te quiero, porque a ti te debo mis horas amargas, mis horas de miel. Lo había escuchado mientras desayunaba y no había podido olvidarlo desde entonces.

—¿Y por qué tú no me lo contaste antes? —gritó Wilson— ¿Por qué?

Yolanda tardó un rato en contestar.

—Porque antes yo no sabía que te iba a querer así como te quiero.

Su respuesta fue lenta, persuasiva, convincente, estudiada. Se hallaban en el momento más difícil y Yolanda intentaba retenerlo con una pose, no voluntaria ni fingida, sino tremendamente real, de hembra domesticada y sumisa. Que Wilson la insultara, la vejara, la violara, pero que no la dejara sola precisamente ahora, cuando había descubierto de qué forma tan loca lo quería.

—Sí —dijo él—, pero si tú me lo hubieras dicho yo no me sintiera como me estoy sintiendo.

Yolanda se incorporó, le tendió las manos, sin dejar de mirarlo. Wilson acudió a su lado, se sentó en el sofá, se mesó los cabellos con firmeza, con un poco de desesperación y de rabia.

—¿Y cómo tú te sientes ahora, después de saberlo todo?

Wilson le clavó los ojos en la cara. Yolanda ni siquiera pestañeó. Yolanda estaba a punto de llorar.

—No te lo puedo explicar. Pero muy mal, porque yo te quiero. Y si tú me lo hubieras dicho antes, al principio, esto no estuviera pasando, la cosa yo la hubiera asimilado muchísimo mejor.

—O tú me hubieras tratado como a una loquita vieja —se defendió Yolanda—, como a una muchacha que va para cuero de cortina.

Wilson comprendió la intención de la frase. Yolanda quería decirle que todos los hombres son iguales, que sólo cuando están enamorados son capaces de admitir ciertas cosas. En su interior, Wilson presentía que Yolanda acababa de arrojarle a la cara una verdad enorme, irrebatible.

—Eso no es cierto —replicó, sin embargo—, porque desde la noche del baile yo supe que te iba a querer mucho.

—Yo también —el tono de Yolanda se hacía cada vez más suave, más meloso—. Pero ahora lo que yo quiero es que tú me comprendas.

Wilson se levantó. Yolanda sintió deseos de que la desnudara, de desnudarlo, de que se desnudaran.

—Yo lo voy a intentar, pero no te aseguro nada. Todo eso que tú me dijiste es muy duro para mí. Ya yo me lo esperaba, pero eso no quita. ¿Tú ya no estás enamorada de él?

—Yo nunca estuve, Wilson. ¿De qué forma quieres tú que te lo diga?

Wilson se sentó de nuevo, la cogió por los brazos, la sacudió con fuerza.

—Entonces, coño, ¿cómo es que tú te acostaste con él, si tú no lo querías? ¿Eh?

La soltó, le apoyó, derrotado, la cabeza en el hombro. Yolanda le acariciaba el pelo.

—Porque yo soy así, Wilson, ¿qué tú quieres? Se ve que yo soy mala. Yo no sé si te convengo. Yo misma a veces me tengo miedo. Yo soy muy mala, Wilson.

Se abrazaron. Yolanda se sintió suya.

—Tú no eres mala, tú no eres mala —negó Wilson, besándola en el cuello, en la ropa, por donde podía.

—Sí que lo soy, sí que lo soy —insistió ella.

—¿Y él te sigue escribiendo?

—Hasta ahora me ha mandado esas nueve cartas. Yo no las rompí para que tú pudieras leerlas. Léelas.

Señaló la mesa, donde, a través del bordado del mantel, se veían, en efecto, los sobres. *Air Mail*», «*Return*», leyó Wilson.

—No. Yo no quiero leerlas. ¿Tú le contestaste alguna vez?

—Nunca —mintió Yolanda—. Nunca.

Llevaba pantalones cortos, tenía las piernas ligeramente

abiertas. De vez en cuando Wilson le posaba su mirada de hombre deshecho por el amor en el pequeño promontorio del sexo, y de ahí la recorría hacia arriba, hasta encontrarse con su rostro tembloroso, o hacia abajo, exactamente hasta sus piececitos, hasta sus uñas pintaditas de rojo.

—Y doña Graciela, ¿lo sabe?

—Sí. Por eso tú a veces la veías con esa cara, porque ella me decía que te lo contara, que si te quería que te lo contara, que luego iba a ser peor. Sufría mucho la vieja, casi igual que yo. Por ejemplo, cuando llegó la última carta estuvimos a punto de pelear de verdad. Pero yo tenía miedo de que tú me rechazaras, y por eso no me atrevía a decírtelo. Yo creía que ya no nos íbamos a ver más, yo creía que se me iba a caer el mundo encima si te lo decía.

—Pues ya tú estás viendo que no se te cae nada encima —dijo Wilson, lleno de rencor.

Yolanda cruzó las piernas en silencio, deseando que aquella molesta conversación se detuviera, deseando que Wilson la abrazara, la besara por todo, ahora que ya podía.

—Sí, ya lo estoy viendo. Pero no estoy muy segura, ¿tú sabes? No estoy muy segura de que tú me comprendas, de que tú me perdones.

Wilson no se inmutó. En ese momento Wilson pensaba en Carmelo, se imaginaba retándolo a pelear, rompiéndole la cara a puñetazos.

—¿Y el Iván ese? —preguntó de pronto, como dando un salto. Dándolo, en realidad.

—Un loco viejo. Con él nunca hubo problema. Ya yo te dije que con lo del baile se puso muy bravo. Después me llamó un par de veces y ya no volvió más.

En el cerebro de Wilson continuaba cantando Vicentico Valdés. Cuántas horas amargas. Cuántas horas de miel.

—¿Nunca se te declaró?

—Ése siempre se estaba declarando. Pero ya tú sabes lo que yo le decía.

—¿Y qué es lo que te cuenta el Carmelo ese en las cartas?

—Léelas.

—Que no las leo, coño. ¿Qué es lo que te dice?

—Bobadas. Que me quiere mucho, vainas así. Que va a venir.

—¿Que va a venir?

—Sí.

—¿Cuándo?

—Sólo dice que va a venir. Supongo yo que cuando le den las vacaciones.

Wilson salió del centro de los muebles tres-piezas, en donde se encontraba de pie, y se acercó a la puerta de la calle. Desde allí preguntó:

—¿Y tú qué piensas hacer?

Se puso a jugar con el pestillo, lo cerraba, lo abría. Yolanda tenía miedo de que la abandonara. Yolanda lo adoraba, le pedía con los ojos que volviera a su lado.

—¿Qué tú crees que yo pienso hacer? ¿Acostarme con él otra vez? ¿Eso es lo que tú piensas que yo voy a hacer?

—Yo no sé —abrió la puerta—. Yo espero que tú me lo digas.

—Pues te lo voy a decir —dijo ella, echándose a llorar—. Lo que yo pienso hacer es matarme, ¿oíste? ¡Matarme! Eso es lo que yo pienso hacer.

Wilson cerró, se fue acercando, lleno de calor, hacia ella, que sollozaba con el rostro metido entre las manos. Se arrodilló, le apoyó la cabeza en los muslos, se le abrazó a las piernas.

—Perdóname, mi vida, mi vidita, perdóname. Es que esto así, tan de repente, yo no lo puedo soportar. Eso es lo que me pasa.

Por la ventana que quedaba detrás penetraba la brisa, los ruidos de la calle, el frufrú del tamarindo de la casa vecina.

—Ya yo lo sabía —dijo Yolanda—. Ya yo sabía que te iba a pasar eso. Por eso ayer, cuando hablamos, yo te dije que iba a ser peor para ti que para mí. Yo sabía que te iba a ser difícil. Por eso si tú quieres lo dejamos. Si tú quieres yo me voy y no vuelvo más.

—No, eso no, Yolanda, no es eso. Yo te quiero, yo quiero que tú te quedes, yo quiero que tú te quedes.

Wilson habló besándola, rozándole la piel con los labios, mirándola.

208

—¿De verdad que tú quieres que yo me quede contigo?

—Sí, yo quiero que tú te quedes conmigo.

—Entonces yo me quedo contigo hasta que tú quieras.

—Sí, quédate, quédate conmigo.

—¿Y no te va a importar lo que pasó con Carmelo?

—Si tú me quieres, no. Yo voy a intentar olvidarme de eso, lo voy a intentar.

—¿Y cuando hablen de mí por ahí, cuando me critiquen, tú vas a hacerles caso a los chismosos?

—No, yo te voy a preguntar a ti antes, siempre nos vamos a decir la verdad.

—¿Y tú me vas a creer cuando yo te la diga, cuando yo te diga es así, y no como dice la gente?

—Sí. Yo te voy a creer, yo te voy a creer.

Por primera vez en la mañana, se besaron, con suavidad, con suma lentitud, como siempre lo hacían. Wilson se atrevió a ponerle la mano sobre el sexo, la acarició durante unos segundos.

—Tengo miedo —dijo Yolanda—. Soy tuya, te quiero, pero tengo miedo.

Wilson retiró la mano, dejó de besuquearla.

—¿Miedo de qué?

—Miedo de que tú te vayas a cansar de mí, de que después tú no me quieras. De eso.

Se miraron completamente absortos.

—Yo nunca me voy a cansar de ti, Yolanda. Yo te quiero, ¿tú sabes?, yo te adoro.

—¿Y no me odias al mismo tiempo?

—Te odio y te quiero —bromeó Wilson en medio de una mueca de estudiada amargura, recordando el bolero.

—Nuestras horas amargas, nuestras horas de miel —sonrió Yolanda, a punto de ponerse a llorar nuevamente.

—Pues no, no te odio —dijo Wilson con decisión—. Me cuesta mucho asimilarlo, comprenderlo, eso es todo. Pero no te odio.

—¿Ni siquiera un chin?

—Ni siquiera un chin. Lo que odio ahora es el tiempo, no haberte conocido antes.

—¿Antes, cuándo?

—Antes, hace ya muchos años. Esto no estuviera pasando.

Se sentían más tranquilos. El se había tirado en el sofá y ella, ahora, lo sostenía entre sus brazos.

—Hace muchos años tú eras un pipiolo. Yo ni me hubiera fijado en ti.

Wilson fingió ofenderse. Levantó la cabeza.

—¿No te hubieras fijado en mí? ¿Tan feo te parece a ti que yo era?

—No, bobo —rió Yolanda—. No lo digo por eso. Seguro que tú eras tan buen mozo como ahora. El que más.

—¿Y entonces?

Yolanda se puso repentinamente triste, arrugó el rostro.

—Lo digo por los años. Casi cuatro años son muchos años a esa edad, cuando es la mujer la que los tiene. A esa edad y a cualquiera.

—A mí eso no me importa —dijo Wilson alegremente—. A mí eso qué me va a importar.

—Pues debiera importarte. Me voy a volver vieja antes que tú. Además, la gente va a murmurar, tú sabes cómo es la gente aquí. En seguida me van a llamar la mamá de Wilson, te van a tirar pullas.

—Que no se atrevan. Cuando tú seas mi mujer no va a haber quien se atreva. ¿Oíste? La gente a mí no me importa.

—La gente es tu familia también, tu mamá, tu tía —lo interrumpió Yolanda—. ¿Esas no te importan tampoco?

—Tengo que hablar con ellas, déjame hablar con ellas.

—No me van a querer, me van a llamar de todo, tú vas a ver.

—¿Por qué? ¿Por qué no te van a querer? Sí que te van a querer.

—Porque van a decir que te engañé, que te tendí una trampa, que me estoy aprovechando.

—¿Aprovechando de qué?

—De lo bueno que tú eres.

Wilson se ruborizó.

—Que no se atrevan —dijo con firmeza. Luego dudó—. Pero no lo van a decir, ¿por qué lo van a decir? Ellas no saben nada, no tienen por qué saberlo, no le vamos a contar nuestras cosas a nadie.

—Lo averiguan, aquí todo se sabe. Le preguntan a la gente qué clase de muchacha soy yo, y cuando la gente les diga lo que piensa, ellas no van a querer nada conmigo.

—Yo las voy a convencer, no te apures. Yo les voy a decir que nos vamos a casar. No van a tener más remedio que aceptarte.

—¿A casar? ¿Tú conmigo? ¿A casarte tú conmigo? —los ojos de Yolanda se llenaron de lágrimas. Pero pensó: «no voy a llorar»—. Esas son cosas que más vale no decir, Wilson.

—¿Y por qué no? ¿Por qué no nos vamos a casar? ¿Entonces para qué nos queremos?

—¿A pesar de lo que te conté de Carmelo y de los otros?

—Sí, a pesar.

—¿Y eso no te importa?

—Sí, mucho, pero ya yo estaba preparado. Yo por la noche pensaba en ti y decía: aunque me cuente lo que sea, lo importante es que esté enamorada de mí, y no de otro. Me imaginaba lo peor para que luego la cosa no me resultara tan mala.

—¿Y qué era lo que tú te imaginabas?

—Lo peor, ya te lo dije.

—¿Y qué es lo peor para ti?

—Que tú no me quisieras a mí, que estuvieras enamorada de otro intentando olvidarlo sin poder, que yo no fuera más que un entretenimiento.

—¿Eso era lo que tú pensabas de mí?

—Sí, eso era. Excúsame, pero eso era. Tú tienes la culpa por no haberme hablado claro desde el primer momento.

—¿Y ahora? ¿Qué piensas tú ahora?

—Ahora me siento muy extraño, me siento raro. Pero también estoy contento de saber que tú me quieres y de saber que tú vas a ser toda para mí. ¿Verdad que tú vas a ser toda sólo para mí?

Yolanda lo miró con pena, con amor, sintiéndose ama y esclava, arrepentida, mala, pasional, perversa, lloran-

211

do de nuevo, repitiendo que sí, que sí, que iba a ser toda para él.

—¿Toda para mí de verdad?

—De verdad. Toda para ti de verdad.

—Dame un beso y dime que tú me quieres. No. Mejor dime que tú me amas.

—Te amo, Wilson.

—¿Toda la vida vamos a vivir juntos?

—¿Eso es lo que tú deseas?

—Sí, eso es lo que yo deseo.

Se besaron de nuevo, se acariciaron durante un largo rato, sudando, suspirando. De pronto, temblorosa, mirándolo a los ojos, ella le preguntó:

—¿Tú quieres?

Wilson le devolvió la mirada.

—Sí —le dijo.

—Ven.

Se levantó, lo cogió de la mano, lo condujo al interior de la casa, por donde había regado un fuerte olor a ropa limpia y a madera.

—Ven.

Wilson iba detrás como flotando, tenía miedo, tenía vergüenza. ¿Y si después de hacerlo descubría que no era más que eso, ganas de acostarse con ella? Freddy opinaba que únicamente entonces se sabía si uno estaba o no estaba enamorado.

—Yolanda.

—¿Qué?

—Nada.

—Ven.

La quería, la quería, la quería. Carmelo, los mil hombres que ella tenía detrás, ¿qué le importaban? ¿Ya no se lo había dicho? ¿No había sido sincera? ¿Qué más prueba de amor?

—Ven.

—¿Este es tu cuarto?

—Sí. ¿No te gusta?

—Sí.

17. El teniente Sotero de los Santos
Junio de 1962

Los efectos del desagradable incidente no se hicieron esperar porque Esther, que padecía el mismo engreimiento, el mismo complejo de sangre azul, de mírame y no me toques de su madre, consideró una ofensa inadmisible que el novio de una Flores anduviera paseándose con una mujerzuela por los lugares que ella visitaba. Y como también había creído en la inexistencia de tales relaciones, en un primer momento no supo qué le dolía más, si la humillación sufrida en carne propia o la que, por culpa de una confianza que nunca debió otorgársele a un pataporsuelo como ése, le correspondía a la familia Flores en su totalidad. Empezando, naturalmente, por su hermana, que había sido incapaz de contenerse y que ahora se encontraba atrapada en las redes de una pasión sin freno ni medida, dispuesta, como le confesaba por la noche, cuando hablaban a solas, a darlo todo, todo, por aquel ser ebúrneo (sic), excepcional, distinto, que el destino le había puesto en la vida. Llegó, pues, a su casa hecha una furia, con el rostro congestionado por un llanto que el orgullo la obligó a contener delante de Wilson y de Freddy, y después de la habitual sonrisa de despedida, del apretón de manos de rigor, rompió a llorar delante de su madre (por su hermana, por ella, por los Flores), maldiciendo al teniente y soltando en su contra los sapos y culebras que la educación le había hecho contener mientras las cosas transcurrieron con normalidad. Y fue el desastre, entonces, porque doña Luz encontró buenas todas las maldiciones y todos los insultos de que ella quiso descargarse y llamó de inmediato a su otra hija para ponerla al corriente del asunto. Estela acudió y la escuchó con calma, pero no quiso saber nada y aseguró que no tomaría ninguna decisión hasta no hablar con su adorado. Estela opinaba que bien podría tratarse de una amiga cualquiera, no necesariamente de Conchita, la amante, con quien Sotero había zanjado toda relación definitivamente. Opinaba que a lo mejor Esther se había precipitado y que antes de juzgar

213

y condenar a su novio más le valía esperar a que él se defendiera. A semejante retahíla, que las otras recibieron entre sorprendidas y enojadas, Esther le respondió que con aquel aspecto sólo podía tratarse de Conchita y que, además, para que su hermanita lo supiera, ella andaba con Wilson y con Freddy, que la conocían bien a la Conchita esa, y muy a fondo, dicho esto en el más amplio, crudo y puteril sentido del vocablo. ¿Quería Estela que se los llamara para pasar por la vergüenza de que ellos en persona —pues aún debían de estar conversando en casa de Wilson— cruzaran la calle y se lo confirmaran? Los testigos eran desde luego irrebatibles, pero Estela no se dejó achicar. Lo que hizo fue aferrarse a la idea de que no adoptaría ninguna decisión antes de hablar con él. Y así, transformada de pronto, por mor del amor, de acusada en acusadora, añadió que incluso siendo como Esther lo contaba, ella no pensaba abandonar a Sotero, un ser excepcional, de los que no quedaban, una persona que ellas dos, por cierto, se habían dedicado a rechazar sistemáticamente en nombre de un árbol genealógico que estaba, como el de cualquier familia en el país, más que lleno de uniones ilegítimas y concubinatos paralelos. Las acusó de remilgadas y les dijo que no tenía la intención de abandonar a su hombre por cuestiones de faldas; que lucharía, eso sí, como una gata en celo para ganar, pero que si no lo conseguía tuvieran por bien cierto que aceptaría un reparto en el que estaba absolutamente convencida de que siempre sería la primera. Dicho lo cual se metió en su aposento y se tiró en la cama, boca abajo, a llorar su desconsuelo y a sentirse desgraciada y sola —predispuesta, no obstante, a perdonar con tal de que él quisiera amarla y no la abandonara.

Ahí empezó su drama, que parecía un bolero, pues resulta que el teniente Sotero no fue a verla la mañana siguiente, como ella imaginó, ni tampoco, lo que ya era peor, a lo largo del día o de la noche. El teniente, refugiado en la casa de tablas de Conchita, se mantuvo a la espera de saber cómo lo ordenaría todo ahora que esa maldita cosa que se llamaba azar había vuelto a dañarle la existencia y a tumbarle las fichas del tablero. Pero como su espera se prolongó más de lo previsto, en el entretanto Estela sufrió una depresión de esas que comienzan con un simple lloriqueo y una cierta desgana y terminan con un silencio casi anormal y continuas amenazas de suicidio. Se encerró en su habitación con un *long play* de Lucho, y doña Luz ya no sabía qué hacer con aquella amargura amorosa ni con las desgraciadas canciones con que su hija del alma recordaba a su novio y le castigaba de paso los oídos a ella, sacándola de quicio y llevándola al borde de la histeria. La voz de Lucho, del grande, del inimitable, gritando que tú me acostumbraste a todas esas cosas y tú me enseñaste que son maravillosas, llenó el espacio de las habitaciones de la casa durante varios días consecutivos desde que el sol salía hasta que se acostaba. Hasta que Estela, agotada también, se quedaba dormida en un rincón del cuarto y doña Luz entraba a apagar el dichoso tocadiscos y a recoger un cenicero de cristal tallado que su hija se había encargado de llenar de colillas de *Pall Mall*. La sirvienta también estaba vuelta loca y como consecuencia de escucharlo tanto terminó aborreciendo al que siempre había sido su ídolo favorito. Total, voceaba Lucho, indiferente a cuanto acontecía, si me hubieras querido ya me hubiera olvidado de tu querer, mientras el ánimo de la pobre muchacha continuaba un descenso imparable hacia los abismos de desesperación que presagiaban sus boleros. Apenas comía nada y cada vez que doña Luz asomaba su cara de madre aduladora que no sabe qué hacer e intentaba animarla, su rostro la miraba desde el fondo de unos ojos sin luz que ya no reflejaban ningún sentimiento, sólo la inanición de quien no desea más que morirse de pena después de haber amado mucho, mucho. Incluso Esther, culpable, en cierto modo, del desaguisado, empezó a preocuparse y le hizo sopas, le compró manzanas, néctar de pera *Lybby's*, intentando que Estela reaccionara —pero nada—. Lo único que conseguía cada vez que se sentaba a consolarla era que la otra iniciara nuevamente su rosario de quejas diciendo sin parar me botó, me botó, me botó durante un largo rato y poniéndose de inmediato a llorar con tanto desconsuelo que Esther, tan dura ella, tenía que hacer un gran esfuerzo para contenerse la rabia que le daba, estrecharla en sus brazos y replicar que no, que no, que él volvería. De nada servían, pues, los arrumacos de su madre y su hermana, los caldos y las arepitas que le hacía la sirvienta, las invitaciones para dar una vuelta o ir al cine. Lo poco que ingirió fue vomitado siempre al cabo de unos cuantos minutos, de modo que su cuerpo, que sólo soportaba juguitos y compotas o leche condensada con cerveza morena, abandonó su eterna lozanía y se llenó de ojeras, hinchazones labiales, cabellos mugrientos y enredados, clavículas salidas y espinillas grasientas. Doña Luz llamó entonces, más que desesperada, a don Rodolfo, extraviado de nuevo por campos del Cibao en asuntos políticos, y se lo contó todo. Pero su esposo, que no había visto, y mucho menos oído, lo que estaba sucediendo en su casa, consideró que el asunto carecía de importancia y siguió discurseando y alabando el sentido cristiano, el patriotismo y la honradez del campesino criollo. En eso transcurrieron los cuatro días más aciagos de la vida de Estela, que se sentía morir y que seguía dispuesta a no sobreponerse, cuando una buena tarde el teniente descendió de sus predios y, ya dispuesto a todo, decidió visitarla.

Don Rodolfo Flores regresó del Cibao con la típica euforia de los triunfadores, y como esa misma tarde participaba en una reunión política de interés primordial, apenas le concedió importancia a las explicaciones de su esposa. Y era que ésta le hablaba de palideces, sufrimientos y manifestaciones cercanas a la locura que él no lograba descubrir, por más que lo miraba, en el rostro sonriente de su hija. Ni doña Luz ni Esther pudieron convencerlo del desmadre organizado por Estela en esos cuatro días, pues como al quinto apareció Sotero ocurrió que, a lo largo del sexto y del séptimo, la joven se recuperó tan plenamente que cuando su padre subió a verla, inmediatamente después de su llegada, se encontró con la misma de siempre, una Estela de aspecto saludable, lozano y agradable como el de una toronja. Don Rodolfo, además, estaba tremendamente atareado con cuestiones de mayor trascendencia, y aunque en un primer momento pareció preocuparse por el asunto ese de la amante de su futuro yerno luego guardó silencio y adoptó un aire entre reprochador y comprensivo y dijo que un día de ésos hablaría con Sotero. Nunca habló, desde luego, porque don Rodolfo sabía perfectamente que ésas son cosas de hombres que viven solos y porque daba la puñetera casualidad de que aquel muchachote, con sus veintiséis años y toda su energía, le seguía resultando, al contrario que a doña Luz, muy digno de confianza. Don Rodolfo sabía que en los reproches de su mujer había mucho de ese racismo soterrado del negro tras la oreja, tan extendido entre ciertas familias del Cibao, de donde procedían, y si bien era cierto que él tampoco hubiera permitido que una de sus hijas se casara con un negro retinto, había que admitir que respecto a Sotero su esposa exageraba. ¿Qué tenía el pelo duro y la piel quemadita, el vello de los brazos retorcido y un cierto achinamiento de mulato? ¡Qué carajo importaba! Al hombre se le mide por las aspiraciones y por los sentimientos, aparte de que, observándolo con calma, se podían descubrir en él ciertos rasgos que denotaban un fuerte predominio de su madre, que era blanca, y muy blanca, a saber: la nariz, recta y fina, el mentón poderoso, los ojos claros y la boca pequeña —por no hablar de su porte en general, muy a tono con el de un hombre que no quería quedarse en donde estaba.

Lo malo fue que esa especie de admiración de don Rodolfo hacia Sotero resultó muy contraproducente, pues doña Luz, que no lo comprendía, radicalizó su posición, encerrándose ahora en un mutismo que ni la reluciente felicidad de Estela ni las explicaciones del teniente lograron reducir. Sotero juró y volvió a jurar que allí había habido un cruel malentendido; que si, efectivamente, aquella señorita era la misma con quien hacía ya meses mantuvo ciertas relaciones, en realidad la noche del suceso fue el azar, siempre el maldito azar, y no otra cosa, el que lo hizo encontrarla a la puerta del cine y acompañarla luego (por caballero, porque ella insistió y porque no le quedaba más remedio) a donde ella le dijo que se dirigía, al restaurante de los italianos. El ofendido, pues, debía ser él, a quien Esther trató como un ser despreciable sin motivo ninguno, y quería que quedara bien claro que durante su ausencia llegó a sentirse bastante avergonzado de la situación. Afortunadamente él no era rencoroso y creía comprender la reacción de su cuñada —¿le permitía que la llamara así?— Por eso estaba allí, con el fin de despejar cualquier clase de dudas y dejar bien sentado que su intención seguía siendo la de llevar a Estela a los altares. Semejante discurso tenía un respaldo muy fuerte: la aquiescencia de Estela, a la que el teniente había logrado convencer, entre mimos y besos, de que no obstante una verdad amarga, que él hubiera querido decirle en instante y en forma diferentes, la elegida era ella y nadie más que ella. Para lo cual, por cierto, no necesitó emplearse muy a fondo, ya que cuando él llegó la situación afectiva de la joven, sin ser, ni mucho menos, la descrita por doña Luz, había alcanzado tal grado de dependencia y de obnubilación que el teniente se resistía a creer que el responsable de tan apasionado sentimiento fuera él. Eso le dio valor para hacer lo que hizo, hablarle con franqueza a su novia (aunque dejando entrever que lo de Concha no se prolongaría demasiado: Estela debía entender que se trataba de una cosa muy vieja, de algo que ya existía antes de que soñara conocerla) y mentirles descaradamente a las que ya se dibujaban como sus dos eternas rivales: Esther y doña Luz.

La primera lo mandó mentalmente a casa del carajo y la segunda se arrepintió profundamente de haber confiado en sus buenas intenciones y de haber creído en las recomendaciones de sus dos amigas, Evangelina y Enriqueta, para quienes Sotero no era más que aquel joven ambicioso y bueno que ellas dos habían visto crecer en las calles de su viejo barrio. Ninguna, sin embargo, dijo nada, temerosas de que una ruptura radical desencadenara una nueva racha de melancolía profunda en el espíritu de su pobre hija, de su pobre hermanita. De melancolía y de boleros, que no sabía doña Luz a qué temerle más, si a la depresión de la joven o al desquiciamiento de sus propios nervios como consecuencia de aquella infernal repetición de frases amorosas que Lucho iba engarzando con su voz al son de los violines y de los timbales. Pero no sólo a eso le temía doña Luz, sino también, y muchísimo más, a que su hija accediera a marcharse con él, en plan de fuga previa y posterior concubinato, si la expulsión se producía. Tan enamorada se le observaba, tan desencajadamente arrebolada se le veía. Mucho más, desde luego, que antes del conflicto, cuando no había quien la hiciera mantenerse en la casa sin reparar en lo feo que resulta andar el día entero en pantalones y en chancletas, la cabeza llena de rolos, pintándose las uñas y leyendo revistas y paquitos o novelas de amor del tipo «Te amaré siempre aunque te vayas», «Cualquiera sabe lo que nos dicta el corazón» y «Volveremos a vernos cuando quieras». Ahora se pasaba los días medio embobada, aprendiendo de memoria poemas amorosos, arreglando la casa y esperándolo. Tenía su habitación, de donde desaparecieron definitivamente Clark Gable, Pedro Infante, Jorge Negrete, James Dean y Pat Boone, llena de fotos del teniente que en un principio se contentó con pegar en un álbum y que en los últimos días se entretuvo en enmarcar, limpiar y colocar en las paredes, encima de la mesita de noche y de la cómoda. Guardaba también, muy a la vista, algún objeto suyo: una corbata militar, una vieja esclava con su nombre y su fecha de nacimiento y una cadenita dizque de oro, además de un pañuelo con sus iniciales. Ahorraba para comprarle regalitos y, lo que era peor, se los compraba: pañuelos, cigarrillos, discos, todo ello con el dinero que sacaba en el juego de bingo, que había convertido en una forma de aumentar sus ingresos y que, después de una suspensión de algo más de una semana (el tiempo del conflicto) renacía con mayor ímpetu que antes.

Fue todo eso lo que hizo que doña Luz prefiriera callar, disimular un poco y esperar, calculando que así, dándole tiempo al tiempo, la fiebre y la obsesión de su querida hija bajarían de nivel, como las aguas, y la buena razón y el buen sentido volverían a reinar en su cabeza. Le dijo al teniente que desde luego le resultaba muy difícil creerle, pero que de todas formas, y comprendiendo lo duro que ha de ser abandonar un cuerpo para un hombre soltero que además tenía la obligación suprema de respetar la inmaculada virginidad de su futura esposa, le daría la oportunidad de resarcir su error y demostrar su cacareado temple. Doña Luz confiaba en que con ello ganaría el tiempo suficiente para que su hija terminara viendo en aquel mequetrefe los mismos defectos y las mismas carencias que ella. Sólo que de inmediato volvió atrás y dijo que no estaba dispuesta a consentir una boda en tales condiciones, decidiendo, de paso, adoptar una postura aún más radical que la anterior. Así, después de asegurarse de que su yerno le había mentido, utilizando para ello (para asegurarse) enviados especiales que vigilaron la casa de Conchita hasta que vieron al teniente andar por ella como Pedro por la suya; después de contenerse un ataque de rabia por la doble ofensa que tal mentira representaba, se encaró con su hija y trató de convencerla del mal paso que pensaba dar casándose con un chulo de barrio como ése, del daño irreparable que les haría a todos —y en especial a ella—. Llamó, finalmente, a su esposo, intentó hablarle en serio y obligarlo a intervenir en la medida que ella consideraba justa, pero don Rodolfo estaba, por una parte, muy ocupado y poseía, por otra, un concepto de la vida (especialmente del hombre en su relación con la mujer) que le impedían ver el asunto bajo la misma luz que su señora. A él le bastaba con que su hija se sintiera feliz, como en efecto, y que Sotero se la respetara antes y durante su matrimonio. A lo otro, a eso de la-mujercita-que-andaba-por-ahí, el señor Flores le concedía una importancia sumamente escasa, tan escasa que en realidad no se la concedía. Estaba convencido de que el teniente cumplía (lo cual no era verdad) y cumpliría (lo cual no era seguro) con lo fundamental, y por eso le dijo a su señora que no fuñera tanto con el dichoso asunto y que no pretendiera ganar una partida que, en definitiva, quien debería ganar era su hija. Mientras ésta dijera soy feliz, no había que preocuparse, así opinaba él. Y como Estela lo decía sin decirlo, como continuamente lo estaba gritando con su rostro, su cuerpo, su mirada, más valía que doña Luz recapacitara y comprendiera que ese bienestar resultaba mil veces preferible al supuesto descrédito que Sotero le infligía a un apellido que no era otro —se veía en la obligación de recordarlo— que el suyo propio. Doña Luz, que no esperaba semejante respuesta y que tampoco logró convencer a Estela, cada día más incomprensiblemente enamorada, optó por luchar sola y decidió boicotear un noviazgo que comenzaba a resultarle insoportable.

Al principio, el teniente creyó que esa racha de malhumor acabaría desapareciendo en un tiempo relativamente breve y optó por disimular el profundo disgusto que le producía verse literalmente despreciado por la mala señora. Pero a medida que pasaban los días sus gestos (los de ella) fueron haciéndose más y más hostiles, sus silencios más y más cerrados, sus saludos más y más cortantes, de forma que al teniente le era prácticamente imposible estar allí sentado, como siempre, escuchando los discos que Estela le dedicaba y viendo pasar, de la acera a la cocina y viceversa, la figura enojosa de doña Luz o la no menos desagradable de Esther, que ahora se había cogido con ponerse en un lado de la galería a echarle miraditas a Wilson, erguido como un dios del músculo en la azotea de su propia casa. A causa de esa hostilidad, atemperada sólo por las escasas y brevísimas apariciones de don Rodolfo, el ambiente se transformó en algo turbio, y Sotero no tuvo más remedio que abandonar su despreocupada sonrisa de los primeros días para buscarse otra más en consonancia con la ofensa que se le infligía. Se inició así un pugilato de malos pensamientos, orgullos soterrados y maldiciones silenciosas que el enamoramiento de Estela y sus repetidas intervenciones en pro, según decía, de su felicidad, apenas lograban contener.

La agresividad implícita en semejante situación hizo que la muchacha decidiera parlamentar completamente en serio con su madre, intentando llegar a un arreglo amistoso. Suspendió por una tarde las partidas de bingo y la llevó a su cuarto, donde rogó, lloró, juró y abjuró con gestos tan afligidos y desolados que a doña Luz no le quedó más remedio que recular un poco y prometer que intentaría reducir su ofensiva y otorgarle a su inevitable yerno esa oportunidad que toda madre guarda siempre en el fondo de su corazón para cuando se trate de salvar la felicidad de sus retoños. Durante los días inmediatamente anteriores doña Luz había estado confiando en que la buena educación, los principios cristianos y las consideraciones propias de quien, como era el caso de Estela, procedía de donde procedía, la hicieran comprender que ésa era una unión imposible. Pero en ningún momento consiguió intuir, saber, hasta qué grado de ensimismamiento llevaban a Estela aquellos ojos verdes, de miradas serenas, del teniente; hasta cuáles de arrobamiento y de entrega los abrazos y la rigidez con que él la acometía en ciertos sitios de la capital que el pudor de uno y el temor vergonzoso de la otra mantenían en el más recóndito secreto. Esa tarde, sin embargo, se dio cuenta, captó la verdadera profundidad del sentimiento de su querida hija y hasta se emocionó escuchándola, por lo cual comenzó a preguntarse una serie de cosas que la llevaban a poner muy en duda la sinceridad de su propia actuación. ¿Debía una madre como ella, que no había tenido un matrimonio lo que se dice feliz, oponerse a que su hija eligiera el paraíso de felicidad que presagiaba su enamoramiento? ¿Era justo que guiada en parte (sólo en parte) por un prejuicio racial de muy escasos fundamentos —dado que don Rodolfo tenía una tez canela únicamente compensada por sus cabellos lacios y un tío suyo (de ella) había sido un mulato rabioso, de pasa y casi bemba— despreciaba a aquel hombre que tal vez adorara a su hija tanto como ella a él? ¿Lo rechazaba por eso, en realidad, o porque temía, dada su procedencia barrial, que en el futuro el teniente Sotero rodeara a Estela de un corro de familiares famélicos y amigos bebedores, de esos de locrio en patio y tesas bebentinas? ¿Debía permitir que en su ánimo pesara como pesaba la dichosa relación de Sotero con la puta esa, relación que podía ser evidentemente contemplada como la necesaria válvula de escape que un hombre necesita para mantener el recato y la castidad inherentes a todo noviazgo que se considere serio? Sus respuestas fueron en cada uno de esos casos difusas, imprecisas, titubeantes, y arrastraban tras de sí una profunda carga de culpabilidad que llevaban a la señora a nuevos y cada vez más complejos interrogantes. Y fue precisamente esa última sensación, la sensación de que se estaba dejando llevar por el apasionamiento, lo que la hizo ceder y prometer, entre mimos de reconciliación y de agradecimiento, que intentaría hallar en el teniente ese lado bueno y exquisito que su hija le veía.

18. Altagracia Valle, viuda de Nogueras
Septiembre de 1962

Por ese entonces, hacia finales del 59, Sotero ni siquiera soñaba con engancharse en el ejército, y como no tenía nada que hacer se pasaba media vida buscando algún empleo y la otra media intentando sacar adelante los casi cuatro cursos que le quedaban del bachillerato. A pesar de su edad (tenga en cuenta que le lleva casi seis años a Freddy) Josefa estaba muy satisfecha de su nueva actitud. Y con razón. Había que saber lo que fue Sotero dos o tres años antes para poder valorar aquel deseo de superación que le entró de repente, casi como quien dice de un día para otro. Yo sí que lo sabía, yo sí que llegué a conocerlo en ese tiempo que le menciono y puedo hablar, por tanto, con conocimiento de causa. Yo sí sé lo que era verlo pelear con otro durante media hora, sin hacer caso de nadie, hasta quedar exhausto, pero vencedor, en ese solar de la esquina, rodeado por un montón de mozalbetes silenciosos sin otro pensamiento, sin otro deseo que verlo derrotado. Yo sí que sé lo que era verlo llegar borracho, vomitado, arrastrándose por la acera hasta la puerta de su casa, de donde Josefa tenía que levantarlo como un saco de arena y llevarlo a su cuarto después de pagarle la carrera al chofer que lo trajo. Yo sé todo eso, porque lo vi y porque lo viví, y sé también lo que fue llamarlo, no una, sino muchas veces, para aconsejarlo y pedirle que lo hiciera por ella, por Josefa, que sentara de una vez la cabeza y comprendiera que por ahí no se va a ningún sitio. Por eso precisamente, porque lo sabía y lo había visto, me daba cuenta del valor que tenía el que, de pronto, decidiera terminar su bachillerato y trabajar de nuevo. Y por eso también valoro mucho, pero mucho, a la pobre Conchita, la única que ha sabido ayudarlo de verdad (aparte, naturalmente, de Evangelina y Santiago, pero eso es otra cosa) y no me importa nada que hasta Josefa me hable mal de ella. Conchita, efectivamente, fue la que lo sacó del ambiente de los bares y de los billares cuando ya parecía realmente imposible que Sotero pudiera abandonarlo, lo ayudó a encontrar un empleo como representante y lo puso a pensar en cosas serias, como casarse y formar un hogar —que dirán lo que quieran, pero que sigue siendo el modo más correcto de vivir en la vida. Ya sé que luego pelearon, sí, y que desde entonces hasta que se enganchó, Sotero no sacó un puñetero clavo. Pero lo cierto fue que después de estar con ella, que lo hizo un hombre en todos los sentidos (y crea que yo sé bien lo que le digo), Sotero ya no volvió a ser un parrandero como antes. Se bebía, sí, sus tragos, como todos los hombres del país, pero una cosa es ésa y otra muy diferente dar los espectáculos que daba. Usted va a decirme, como si lo viera, que la que se descarrió entonces fue Conchita, y yo eso no se lo voy a negar, porque a esa muchacha yo la conozco lo suficiente como para saber que la vida que llevó después de ese noviazgo no era una vida lo que se dice ejemplar, totalmente de acuerdo. Ahora bien, tenga en cuenta que si hizo lo que hizo (que no es tanto, tampoco, como decía después Evangelina, y menos, se lo aseguro yo, de lo que quiere achacarle Josefa) fue porque una mujer joven y sola, sin una mai ni un pai que la vaya guiando, muchas veces para sobrevivir se tiene que agarrar a un clavo ardiendo. Pero dejemos a Conchita quieta. Le decía que Sotero, después que rompió con ella, ya no recuerdo exactamente cuándo, quizá en el cincuenta y ocho, quizá en el cincuenta y nueve mismo, y fuera que lo botaran, fuera que él lo dejara, se quedó sin empleo, a pesar de lo cual, por raro que parezca, Josefa estaba muy contenta con él. Josefa y todo el mundo, empezando por mí misma, en serio se lo digo, que nunca me creí que una persona pudiera dar un cambio semejante. Y menos una persona como Sotero, que desde que su papá se murió vivió su propia vida, con sólo 16 o 17 años, como un chivo sin ley. Así que cuando un día Josefa, de repente, oye que va y le dice que había estado pensando en su futuro y que se daba cuenta de que sin saber nada no iba a poder llegar a ningún sitio y que por tanto comenzaría otra vez a estudiar, casi ni se lo cree. Es más, sinceramente: no se lo creyó. Era lógico, ¿no? Recuerde bien lo que le dije antes, que ya para ese entonces, le estoy hablando de fines del 59, Sotero no era un muchacho, ni cosa parecida. Ya había pasado alrededor de un año de sus amores con Conchita (de haberlos dejado, me refiero), año que él aprovechó para demostrarnos a todos que del Sotero buscapleitos y parrandero que habíamos conocido ya no quedaba más que la figura. Y en eso estaba, intentando cambiar de vida y apariencia, con sus veintitrés años, la mañana de arriba para abajo en busca de un empleo que no acababa de salirle (porque, sencillamente, no sabía hacer nada), y la tarde estudiando y asistiendo a las clases de una academia de esas que enseñan mecanografía, contabilidad, comercio en general. En eso estaba él cuando sus relaciones con Freddy, que siempre fueron cordiales (hasta el punto que Freddy, siendo niño, según me contó luego, en cuanto se encontraba con un abusador, venía corriendo a buscar a Sotero para que lo defendiera), empezaron a hacerse más estrechas que nunca, en parte por su actitud y en parte porque Freddy se hallaba inscrito ya en primero de la universidad y formaba con Wilson y Paolo un grupito de estudio al que Sotero terminó integrándose. A mí, sinceramente, me alegró, me alegró mucho saber que ninguno de ellos se negaba a admitirlo como uno más del grupo, y la razón no puede ser más simple: yo apreciaba y aprecio a Sotero como una cosa en cierto modo mía. Tantos años, tantos sufrimientos, tanta miseria, tanta mierda, en definitiva, compartida con Josefa no pasan en balde. No por nada hemos vivido casi dieciséis años como quien dice una al lado de la otra, no por nada nos pasamos el día contándonoslo todo y haciendo, todavía a estas alturas, santo Dios, nuestros planes dizque para el futuro —óigame usted esa cosa—. Pero no sólo fué por él que me alegré, que si vamos a hablar sinceramente hay que decirlo todo, no sólo fue por él, sino también por ellos, por esos tres pendejos, y en especial por Freddy, que estando solos, en el momento más inesperado yo sabía que podrían darme el susto de mi vida (como casi sucede cuando Ramos chivateó a Paolo), mientras que con Sotero la cosa cambiaría, que en cierto modo él ya era un hombre algo corrido y no creo que tuviera ganas de andar perdiendo el tiempo en boberías. Sotero, pensé yo, les serviría de freno a aquellos tres caballos desbocados —por lo menos al mío, que de Wilson se encargaría Santiago, y a Paolo, como se vio después, la muerte era la única cosa que lo frenaría. Y creo que acerté, si juzgamos por los resultados. En todo momento Sotero se encargó de contener los ímpetus de Freddy y de Paolo, que de no ser por él quién sabe a dónde hubieran podido llevarlos. ¡Si hasta tenían pensado, como yo supe luego, fabricar una bomba y colocarla nada menos que en la sede del Partido Dominicano, allá en el Obelisco! Sotero, afortunadamente, los hizo desistir, y si desde luego es cierto que a los pocos días los del SIM se llevaron a Paolo y lo torturaron casi hasta matarlo, también lo es, como ya le conté, que la culpa la tuvo sólo él, por imprudente y por impetuoso. Sólo a un loco, a alguien que no sabe nada de la vida, que sólo tiene sentimientos y piensa que con eso las paredes se tumban y las piedras se abren, se le puede ocurrir ponerse a discutir con Ramos, el calié, en un momento como aquél. Esa misma noche se lo llevaron, carajo, de este alto: a patadas, trompones y galletas lo sacaron de su propia casa y lo metieron en un cepillo de esos que usaban ellos. Y no hasta el día de hoy, como ocurrió con otros, pero sí que lo encerraron durante más de un año. Con ese apresamiento pasamos días verdaderamente desagradables, días en que mi egoísmo de madre me hizo tener varios altercados con Freddy, empeñado, con esa inconsciencia tan típica de los jóvenes, ya sabe, en hacerse solidario con Paolo de la única forma que se le ocurrió, ayudando a su familia, dándoles clases a sus hermanitos (cosa que hacía Paolo antes), visitando a su mamá y hasta queriendo acompañarla a La Victoria cuando a Paolo lo trasladaron desde la Cuarenta y le permitieron recibir. Usted no se imagina lo que yo pude sufrir con ese muchacho en las tres o cuatro semanas que siguieron al apresamiento de Paolo, usted no se imagina. Porque eso sí, tal y como al principio todos temimos que en seguida vinieran a buscarlos a él y a Wilson (y sólo faltaba que de rebote al pobre de Sotero), en realidad ya al mes el miedo se nos había pasado y las cosas comenzaron a normalizarse. Pero antes de eso, cuando todavía nadie sabía, nadie podía saber qué habían hecho con el pobre Paolo, si estaba vivo, si lo habían matado, en dónde lo tenían, ¿qué cree usted que hacía Freddy, si no era estar metido en casa de su amigo, cuidando a sus dos hermanitos mientras la mamá andaba por ahí como loca, de un lado para otro, tratando que le dijeran algo del paradero de su hijo? Yo tuve que dejarlo, yo tuve entonces que conformarme con verlo, muriéndome del miedo (aunque también, qué carajo, orgullosa) hasta que pasó todo, hasta que al mes, o cosa así, por fin dijeron dónde tenían al otro y pude convencerlo de que ya no hacía falta que él fuera a cada rato por su casa, de que ya había cumplido más que de sobra con su deber de amigo. Da vergüenza, hoy da vergüenza desde luego, pensar que visitar a alguien con un familiar preso resultara tan peligroso como yo ahora le cuento, pero lo cierto es que era así. Hasta tal punto, que la familia sobre la que caía una desgracia como ésa no tenía más remedio que quedarse sola, como si en vez de seres normales y corrientes se hubieran convertido en leprosos o tísicos. De esa actitud de Freddy vino el cariño inmenso que siempre se tuvieron, y eso al margen de que luego los dos se distanciaran algo —pues según creo en los últimos meses ya Freddy y él no congeniaban mucho en cuanto se refiere a la política—. Pero, sea como sea, el caso es que con el apresamiento de Paolo, y después de ese mes y medio en que yo casi me muero del miedo, la vida se normalizó, entre comillas, durante un tiempo. En cuanto se supo que estaba en La Victoria y que ya no lo torturaban, Freddy comenzó nuevamente a estudiar y a leer (siempre le daban rachas y se pasaba horas leyendo lo que fuera, incluso mis novelas, de las que decía que esa gente no hacía más que llorar por pendejadas) y Wilson a practicar su medicina en la clínica de un amigo de Santiago. Sotero, por su parte, siguió buscando empleo sin éxito ninguno, pues los que le salían eran cosas así como de dependiente, mensajero, recepcionista, cosas en las que no le iban a pagar más que chilatas, y él lo que deseaba era empezar con algo a lo que le viera porvenir, lo cual en ese entonces, cuando hasta las habichuelas escaseaban, resultaba verdaderamente difícil. Estaba, el pobre, muy desesperado, dependiendo ya en todo de Josefa, que le compraba desde los cigarrillos hasta los pantaloncillos, y eso posiblemente lo llevó a tomar la decisión de engancharse en el ejército, que realmente no era su vocación. Conseguirlo no resultó problema, que ahí estaba, desde luego, Santiago, íntimo de Toñito, y ahí estaban también Evangelina y Enriqueta, que lo trataron siempre (quizás, como en mi caso, por la amistad que tenían con Josefa, quizás porque veían en él, también como en mi caso, unos deseos inmensos de no quedarse en donde estaba, de salir adelante) como un muchacho al que había que ayudar porque valía la pena. Y no sólo por eso, pues la verdad es que con Evangelina y Enriqueta, así como con Santiago, por quien sentía una admiración extraordinaria, Sotero había entablado una amistad verdaderamente grande. Tanto era así que muy buena parte de su tiempo libre, que era casi todo, se lo pasaba él en su casa. Y no últimamente, no me refiero sólo a ese angustioso año sesenta que todos estábamos viviendo con el temor de que en cualquier momento el país estallara en mil pedazos, sino ya mucho antes, antes incluso de meterse en amores con Conchita —a pesar de lo tigre que era—. Y no digamos después, ya con Conchita, cambiado como de la noche al día, que eran los dos el alma de todas las reuniones y no había fiesta que Evangelina organizara donde no fueran ellos los primeros. A nosotros, a Freddy y a mí, nos lo dijo un día de sopetón, aunque más que a decírnoslo, a lo que vino fue a pedirnos consejo, pues no estaba seguro de que le conviniera meterse en el ejército. Yo no me atrevía a decirle nada, o mejor dicho, sí, le dije que si él lo creía conveniente, que adelante, qué carajo, que también había habido militares (y pensé en mi marido) y hay (y pensé en el mismo Santiago) de condición honrada, hombres que se lo toman muy a pecho eso de llevar uniforme. Pero Freddy le aconsejó que no, que ése era el peor momento para engancharse, cuando la tiranía estaba a punto de caer y nadie sabía lo que podía pasar ni lo que él, Sotero, se vería obligado a soportar allí dentro. Que recordara, le dijo, que las cárceles estaban abarrotadas de presos políticos, y si bien añadió que eso desde luego que no era asunto del ejército, sino de la policía, y ni siquiera, al fin y al cabo, el sancocho era el mismo. Sotero lo escuchó con atención y recuerdo que sólo le hizo una pregunta, que si Freddy dejaría de andar con él, de conversar con él, si él se enganchaba, y recuerdo también, como si fuera hoy, que Freddy le respondió con un abrazo y le dijo que de ningún modo, que él se había limitado a darle su opinión, pero que en absoluto. Y se enganchó, no tenía más remedio, había llegado a tal grado de dependencia con respecto a Josefa, a quien las cosas, sus pequeñas cosas, no le iban yendo, por cierto, nada bien, que no halló otra salida que engancharse. Había terminado el segundo y preparaba los dos últimos cursos del bachillerato y quería progresar, quería recuperar el tiempo, quería salir de la miseria, estaba totalmente empeñado en ser algo en la vida, y se enganchó. Lo hizo porque, además, Santiago le prometió su ayuda y le dijo que él conocía jóvenes oficiales, y hasta soldados rasos, que se habían hecho una carrera de esa forma y que la vida del ejército por aquí y que la vida del ejército por allá. Así que un día se fue y al poco tiempo volvió a aparecer todo pelado y muy serio y Freddy lo relajaba y se reían los dos. Se marchó de nuevo, y cuando regresó, después de haber estado formándose para yo no sé qué, ya estábamos en febrero del sesenta y uno y, francamente, parecía distinto, era como otro hombre.

Yo hacía mucho que no veía a Conchita porque ella se marchó con su hermana mayor a vivir por el barrio Ozama, y aunque al principio siempre que bajaba por aquí pasaba a saludarme, la verdad es que luego, sin decirme por qué, dejó de hacerlo. Yo pensé que la causante de ese alejamiento había sido, sencillamente, la distancia, la mala comunicación entre ambas zonas, y no le di importancia. Al fin y al cabo me he pasado la vida viendo cómo la gente viene, se instala por el barrio, vive por aquí cuatro o cinco meses, a veces uno o dos años, y un día desaparece sin decir ahí te pudras. Con Conchita me dolió que fuera así la cosa, que la simple distancia nos separara definitivamente, ya que llegué a tomarle verdadero cariño a esa muchacha, a la que siempre vi como con esa cara que tenemos algunas de que en cualquier momento nos va suceder algo —y no algo bueno—. Ella vivió por aquí con su mamá y su hermana, que siempre fue más cuero que las gallinas, durante varios años, ya no recuerdo cuántos, pero sí sé que varios, hasta que la vieja se murió y entonces se mudaron por ese barrio Ozama que le digo, donde a su hermana le dieron una casita de las del Gobierno a base de ir regalando el culo a cada rato —y perdone—. De ella me hablaba muchísimo Conchita, le tenía una gran admiración y presiento que por ella tuvo que romper sus amores con Sotero, que la quería a rabiar, a mí me consta, y que todavía cuando ella se mudó de por aquí continuó visitándola por el Ozama, adonde él no quería que se fuera. Esa hermana le fuñó su matrimonio a esa pobre muchacha, porque Sotero no sólo no quería que se marchara, sino que le pidió que se casaran y que se quedaran a vivir en casa de Josefa el tiempo imprescindible hasta instalar la suya. Pero se ve que la hermana la convenció para que no accediera a esa petición, y como Josefa, que todo hay que decirlo, tampoco estaba muy satisfecha de meterla en su casa, Sotero tuvo que posponer sus planes y al final, por la hermana, por el ambiente que encontraba cada vez que iba a visitarla (hombres y bebentinas) terminaron rompiendo. A ella al principio no pareció sentarle mal esa separación, y lo sé porque todavía entonces se acercaba por aquí y me contaba cómo le iba la vida. Se ve que la hermana le había comido el coco con las diversiones y los hombres y la continua chercha en que vivía y que la admiración que Conchita sentía por ella acabó por poner lo que faltaba. Después, cuando se dio cuenta del error que había cometido siguiéndole los pasos a la otra, debió de llorar lo suyo. Y digo «debió de llorar», y no «lloró», porque ya para entonces yo había dejado de verla o, mejor dicho, ella ya había dejado de bajar, de manera que yo vine a enterarme de todo eso mucho más tarde, bien por su propia boca, bien por boca de otros. Es más, la causa de que ella dejara de venir no fue nunca la distancia, como inocentemente imaginé (¡si esa muchacha me llegó a querer, por los consejos que yo le daba, hasta un extremo que usted no se imagina!), sino precisamente el cambio de vida a que la condujo la convivencia con su hermana, que no pudo venderle su virginidad, porque ésa se la quitó Sotero (la misma Conchita me lo contó), pero que desde luego terminó convirtiéndola en un auténtico cuero de cortina como ella. A mí me llegaban rumores, casi siempre a través de Josefa o de Evangelina, cuando no de los muchachos, Freddy y Wilson (que me imagino que alguna visita le harían a su hermana: a ella no creo que se atrevieran a insinuarle nada), y sabía que había enflaquecido, que bebía más de lo que una persona de constitución como la suya puede permitirse y que incluso una vez había estado varios días arrestada por escándalo público. Por eso cuando el día de Nochebuena del sesenta esa muchacha apareció en mi casa, flaca como un arenque, llena de colorete, con el pelo, eso sí, bien arreglado y aquellos senos que parecían postizos de tan grandes, yo me quedé de piedra. La abracé, claro, como era lógico (por cierto, que llevaba un perfume que tumbaba) y me alegré de verla. Pero tuvo que pasar un buen rato hasta que conseguí acoplar la cara de Conchita que guardaba en el recuerdo, una cara de niña, con la de esta otra, al fin y al cabo verdadera, que ahora tenía delante. De inmediato la hice pasar y nos sentamos, y como al notar ella que yo no dejaba de mirarle los senos (tan asombroso me parecía que le hubieran crecido, cuando antes apenas se le marcaban debajo de la blusa) me dijo sin ninguna altanería, pero sin vergüenza tampoco, riéndose un poquito, que había estado regándolos y que por eso se le habían puesto así. Aquella salida me hizo una gracia tremenda (figúrese que me la imaginé usando tiestos en lugar de sostenes) y desde ese instante se instaló entre nosotras la misma corriente de simpatía y cariño de siempre. Le ofrecí café, me pidió si podía quitarse los zapatos nuevos que llevaba, que de eso venía, de comprárselos, y me explicó las razones por las que había dejado de visitarme, todas resumibles en una: la vergüenza que le producía verme después de estar haciendo lo que hacía y después de lo mucho que yo le aconsejé que tuviera cuidado con su hermana —con la cual, por cierto, había terminado peleando—. Ahora vivía en una casita de madera muy bonita porque quería volver a ser una mujer decente, para lo cual había empezado a trabajar como modista y a mover unos cheles ahorrados que tenía, prestando al diez y al doce. Me dijo que con eso no le iba yendo mal y que además también se dedicaba a coger empeñadas cosas de pequeño valor que luego, vencido el plazo, revendía. Que estaba, resumiendo, hecha una emprendedora y una fiera. Y de repente se calló, agachó la cabeza y se puso, simplemente, a llorar encima de la mesa. A mí, si he de serle sincera, esa reacción no me sorprendió ni así, pues desde que me habló de su hermana, tildándola de cuantas cosas malas pueda haber, y me habló de trabajo y de decencia, creí saber a lo que había venido: a buscar a Sotero. Se lo pregunté entonces y me dijo, sin dejar de llorar, que así era, que quería hablar con él, que había estado esperándolo varios días en la esquina inútilmente, que si se había marchado que si lo tenían preso. Yo le conté en seguida lo que sucedía, que es lo mismo que le he dicho a usted, y le dije que hacía ya un tiempo que no lo veía, cosa lógica, puesto que estaba en lo que estaba, preparándose para seguir la carrera militar. Le extrañó mucho que se hubiera enganchado, pero lo comprendió en cuanto yo le expuse las razones que él nos había dado. Luego me preguntó si yo creía que él aún le guardaba rencor o cosa parecida y yo le contesté que cómo quería ella que yo le resolviera semejante duda, a partir de lo cual la conversación se volvió intrascendente, aunque no por eso dejáramos de hablar, ¿me comprende?, que siempre nos llevamos bien esa muchacha y yo. Más tarde, supongo que fue en enero, o cosa así, supe por Freddy que Sotero había comenzado a visitarla en su nueva casa y que se pasaba más tiempo allí que en ningún otro sitio, detalle que a mí, sinceramente, no me sorprendió —como tampoco me sorprende que siga viviendo con ella todavía—. La que sí puso el grito en el cielo fue Josefa, la pobre, que vio esas relaciones como un retroceso y que no paraba de maldecir el día en que a su hijo se le ocurrió dejarse angatusar de nuevo. No hubo forma de que yo le dijera que cuanto más en contra ella estuviera más difícil se pondría la cuestión y que, además, qué concho, Sotero ya era un hombre para saber en lo que se metía. ¿Sabe usted lo que me contestaba, por cierto que con toda la razón?, que eso pensaba yo de su hijo, pero a que no del mío —y terminábamos riéndonos porque las madres, óigame, somos a veces una verdadera vaina.

19. Lucila, la sirvienta
Julio de 1962

Era verdad, se lo decía la doña, pero no sólo ella, que en esa casa habían cambiado mucho casi todos, que ya no se reunían como antes, sino con miedo siempre, diciendo va a haber guerra, va a haber revolución, no vamos a llegar ni a los comicios. A ella ahora las doñas le tiraban sus pullas y le dijeron no, cuando ella les pidió llegar más tarde, por ejemplo a las once o a las doce, y no a las nueve y media o a las diez. La doña tenía miedo de entregarle una llave de la casa, le decía tú eres de confianza, lo que pasa es que hay gente, hay mucha gente mala por la calle, mucho bandido suelto y ella no quería vainas con Tonongo, su papá, que la hacía responsable. Hasta el coronel parecía tener miedo y andaba como chivo, que no le gustaba ver las masas corriendo, tumbando zafacones, quería que hubiera orden. Lucila no sabía qué tanto miedo con lo que sucedía, si ese país estaba cada día más chévere. Ella ahora se encontraba superentusiasmada con la calle y a cada rato venían sus amigas a buscarla porque tenían su chercha y la más *very nice* que era ella nunca podía faltar. ¡Qué can, Dios santo, que fiesterío por la parte del Hostos, antiguo parque Ramfis, qué can con muchachones y hasta con hombres bien vestidos que venían a piropearlas y a querer levantárselas! A lo único que ella no se atrevía era a montarse en carros, que a veces se paraban y la invitaban a pasear por la Feria y a comerse, oiga, dizque un helado. Venían hombres muy finos y educados, pero siempre querían acabar en lo mismo, en la cama, ella conocía algunas que se subían a eso y otras que ya estaban dispuestas a subirse. Lucila no quería, pero a veces se agarraba pensando ¿y si esta noche?, como ocurrió una vez que vino un chofer del gobierno con una camioneta que ponía Secretaría de Educación y estuvo todo el tiempo con ella, caminando de un sitio para otro, y que al final le dijo: ¿quieres dar una vuelta por la Feria, beberte una cerveza en un sitio muy chévere y decente? Ella dijo que no por la tarde que era, pero se vio tentada, la doña en eso no dejaba de tener razón: si le daban permiso se hubiera ido a bailar con ese hembro que le gustó tanto —y después quién sabía lo que podía pasar—. Ella se aguantaba las ganas de ir a bailar a la Feria, que estaba muy de moda, pero las muchachas ya le habían metido la cominilla con que manita, ven, manita pero coño. Siempre estaba dudando últimamente, que las doñas la querían mantener en la casa, dizque porque eran responsables ante el viejo Tonongo, su papá, y ella se daba cuenta de que si no se contenía iba a salir perdiendo, ya que entonces la doña podía ponerse brava y decirle a su pai: no me hago responsable, así que se la lleva. Siempre estaban fiesteando últimamente las muchachas, que les daban permiso en donde trabajaban para llegar a cualquier hora, sobre todo los fines de semana, mientras que a Lucila ni siquiera los sábados. A Lucila la doña la tenía bien sujeta, se sentía responsable ante el viejo Tonongo, que cuando hablaban de ella le decía: si hay que meterle, métale, no me la deje suelta. Así que regresaba temprano, pero ya la casa no le agradaba tanto como al principio, era muy aburrido estar ahí, mirándoles la cara, haciéndoles juguito, escuchando radio. Lucila deseaba tener más libertad, ¿no era eso lo que estaba pidiendo todo el mundo?, pero la doña le decía mientras tú estés viviendo en esta casa, aquí a las nueve y media, y ella a veces pensaba buscaré otro trabajo. Le tiraban sus pullas, la tenían medio alzada con que si había cambiado, con que si cada día se salía más del tiesto. Ya dizque incluso la comida le quedaba distinta, cuando no mucha sal, demasiado grasienta, y eso era por la prisa de largarse a la calle a verse con las otras, según ellas. Los muchachos se quejaban del planchado de ropa y el coronel a cada rato se descalentaba porque abría la nevera y no encontraba el jugo, como antes, que no había que preguntarle ¿Lucila, hiciste el jugo?, sencillamente ir y cogerlo, con su pañito encima y frío y en el punto de azúcar.

Lucila era verdad que había cambiado mucho, pero no sólo ella, que también los demás, y para demostrarlo ahí estaba, por ejemplo, Wilson, el día entero entruñado, no simpático, amable y educado como cuando la vida le iba saliendo bien. Ahora ese muchacho se pasaba las horas pensando en su muchacha y ya ni se daba su vuelta por El Conde —de modo que las doñas le decían que se fuera, que con esa cara de machete no había quien lo aguantara, que vaya juventud—. Se veía que le faltaba su enllave del alma, míster Freddy, como él lo llamaba últimamente: ¿escribió míster Freddy? Se veía claro que le estaba haciendo una falta del diablo, que tal vez si estuvieran los dos juntos él no se emborrachara como se emborrachaba en la azotea ni le cogiera con amargarse tanto. Ella nunca había visto un hombre tan enamorado, y si estaba tan enamorado no se explicaba por qué concho había roto con Yolanda, que no era más que eso lo que le sucedía. Una pena esa vaina, sobre todo después de presentársela a la doña, que le dijo conforme y hasta habló de invitar a su mamá a comer todos juntos una comida de domingo que iba a cocinar ella. Con lo bien que le caía a Lucila esa muchacha tan supereducada y tan decente, que cruzaba las piernas, por ejemplo, o se fumaba un *Chester*, por ejemplo, y uno decía qué clase, coge lo que es caché, mírate en ese espejo, coge elegancia ahí. Las doñas sí que no, que la aceptaron a regañadientes y decían qué castigo de Dios, dizque irse a enamorar de una mujer tan vieja teniendo a Esther que se le derrengaba, teniendo compañeras que lo buscaban siempre y lo llamaban y le decían a ella: usted sí parió un hombre que está bueno. Las doñas le pusieron cara bonita y delante de Wilson es verdad que no la criticaban, pero sí por detrás, Lucila las oía, qué le habrá dado ésa, qué la habrá visto él, aparte de las tetas, las nalgas, la carita bonita.

Lo malo era que tuvieron razón, lenguas de chivo, que al coronel comiendo un día se lo dijeron: eso no dura nada, ésa no es la mujer de Wilsonito, tú vas a ver cómo se desencanta, eso se acaba en lo que canta un gallo. Y fue verdad, que se acabó en seguida, aunque no porque Wilson se desenamorara, al contrario, que estaba vuelto un ocho, y si no la llamaba y le decía mi amor, juntémonos de nuevo, era por orgulloso, que así es que son los hombres, orgullosos. Lo más jodón de todo era que el truño lo pagaba ella, que como Wilson no hablaba y se pasaba el día descalentado con la vida, las doñas siempre estaban co-

brándose con ella, gritándole, criticándole todo lo que
hacía. Ramón se lo decía, la aconsejaba mucho: la vieja está
muy brava, muy fuñona, así que ponte clara y no estés
tanto tiempo por la calle, que un día de estos te botan, y ella
pensaba *okey*, que me boten, coñazo, que me quiten el
trabajo este, por diez mierdas de pesos que me dan,
también ella se descalentaba, que tenía sus derechos. Si la
botaban la botaban, ya hablaría con el teniente y el teniente
seguro que tampoco esa vez le fallaba, y eso que ahora las
cosas no le iban yendo bien.

El teniente seguro que no le fallaría, ese hombre tan
bueno, ese hembrazo del diablo, que ya no venía tanto
a visitar la casa y por eso ella casi ni lo veía últimamente.
También el peleó, pero no con su novia, sino con doña Luz
y tal vez ahí estaba la causa de su no venir, porque según la
doña no se quería encontrar con doña Luz en casa del
coronel Tejada y tener que saludarla por educación. Doña
Luz no lo podía ni ver, siempre estaba dándole tijera con la
doña y la doña callada, a veces defendiéndolo, pero no
como ella, no como ella lo hubiera defendido a ese hombre
del diablo que le estaban cayendo los palitos. Lo jodón del
asunto era que todo lo malo se le pegaba a ella y a Ramón,
y las doñas a cada rato la insultaban, le gritaban, que si
mano de trapo, que si derrochadora, que si cómo se nota
que tú no compras el aceite ni la sal ni el vinagre. Total,
¿por qué? Porque Wilson casi ni les dirigía la palabra,
porque el teniente no las visitaba, porque se pasaban el día
entero hablando entre ellas solas. Así es que era el ambiente desde hacía casi un mes, ya ni la dejaban encender su
radito ni escuchar sus boleros ni cantar sus rancheras
mexicanas que le gustaban tanto, siete leguas, cuídate Juan
que por ahí te andas buscando y aquélla otra que no
recordaba. Cómo no se iba a ir a la calle, si todo el tiempo le
sacaban truños y para colmo no la dejaban ya sentarse en
su sillita a un lado de la sala para ver la película que daban
por la noche en la televisión. Cómo no se iba a ir, si además
por la noche cruzaba la Esther esa, moño duro, cara llena
de barros, dizque a hablar con Wilson, a aprovechar que
ahora ya no salía y se quedaba triste pensando en su

adorada y amargándose con un *long play* que ella le regaló. Con ésa sí que se alegraban las doñas que estuviera, que siempre la miraron con mucha simpatía y le decían a Wilson muchacha seria ésa, seriecita, estudiosa, educada y decente, una mujer así es que a ti te conviene. Por eso mismo en cuanto Esther llegaba ellas se iban al cine, par de consentidoras, se iban a visitar a nadie sabía quién o a la cocina para dejarlos solos y para que acabaran metiéndose en amores. Y acabarían, claro está, que ya Wilson le había dado su lengua y su sobeo y Esther se aprovechaba y lo trataba bien, ella se daba cuenta. Así que en tal ambiente no había quien se quedara, sin discos buenos, sin bailes en la sala, sin Ramón, que también salía huyendo y hasta se había olvidado de acercarse a la cocina a darle sustos y a enseñarle la cosa relajando. Ella con semejante ambiente ya no se hacía ilusiones de ninguna clase con respecto a su futuro, que pensaba: ¿para qué, si yo con esta gente no voy a conseguir ni un cacaíto, si esta gente ya no me pone caso? Hasta la tabla de multiplicar se le terminaría olvidando, que ya no la entusiasmaba repasar sus cuentas ni escribir mucho yo tenía una cabaña verde y el niño juega con la bola. Poco a poco ella había ido comprendiendo que ni siquiera con el trabajito que dizque le iba a conseguir el señor Flores cuando su partido ganara los comicios podía hacerse ilusiones. ¿Por qué? Por la simple razón de que sus cuñas ahí siempre fueron Estelita y Sotero y ahora todo el mundo sabía lo que estaba pasando entre ellos, el pobre, lo amargados que estaban, pobrecito. Se veían a escondidas, él la esperaba en su carrito *Hillman* detrás del cementerio y de ahí la llevaba a lugares secretos y luego la traía y la dejaba en cualquier calle de ésas, que si Arzobispo Portes, que si Palo Hincado. Ella era la que les servía de enlace, la que les llevaba los mandados: dice Estelita que mañana no puede, dice Sotero que la esperes en, por eso lo sabía. Pero aunque terminaran casándose Lucila tenía claro que de ahí ya no iba a sacar nada, pues doña Luz no la podía ni ver tampoco a ella y si acaso ganaba la UCN se lo diría a su esposo: a ésa no le des nada, no le consigas nada, que se joda por estar comparándose. Ya la veía diciéndoselo, arrugando la carita de cajuil chupado que tenía, maldita cibaeña del carajo. Y todo porque un día la atrapó llevándole un mensaje de Sotero a Estelita, escrito en un papel de cuaderno, de su cuaderno de ella, el cual se lo quitó de un manotazo diciéndole: la agarré, la agarré, ya yo lo sospechaba y la agarré. Desde ese día no la podía ni ver, la botó de su casa, la amenazó con hablarle a doña Evangelina, y si no es por Estela, que empezó mami, no, mami, la pobre, mami, no tiene culpa, ella quién sabe si no estuviera ahora cogiendo sol en Haina, bien jodida otra vez. Por eso no continuaba haciéndose ilusiones con aquella promesa que en cierta ocasión le hizo el señor Flores, porque sabía que nada, que doña Luz se la iba a guardar siempre, igual si se arreglaba que si no se arreglaba lo de Estela y Sotero. Ni con eso ni con lo del teniente se hacía ella ilusiones, que Tonongo, su papá, se lo dijo: no sueñes, de esto no esperes nada, refiriéndose, claro, al negocio de pollos. Su papá estaba al tanto de lo que sucedía, veía cómo esa vaina no avanzaba, cómo las esperanzas del teniente habían ido esfumándose por la simple razón de que no era tan fácil, de que no era lo mismo criar cuarenta pollos en un patio comiendo cualquier cosa que muchísimos más, centenares, millares, metidos todo el tiempo en jaulas, sacando la cabeza para comer el pienso, creciendo ahí como si fueran gusarapos. Animales muy delicados, como de agua y de grasa, no aguantaban calor, a unos cuantos su papá cuando se levantaba tenía que recogerlos medio muertos, boqueando, y quemarlos para que no apestaran (eso decía él) a los otros, nadie se lo explicaba. Ella pensaba que pobre teniente, pero también pobre Lucila, nació fuñida y va a morir fuñida. A veces, eso sí, reaccionaba y se decía que no, que por qué concho, que dónde estaba su caché, su colorcito indio, su pelito bueno, sus dientes y sus piernas bien torneadas, que si ya eso no valía dinero, se rebelaba, oiga. Otras, en cambio, más bien la mayoría, ahí estaba lo malo, se olvidaba de todo y les daba la razón a las muchachas cuando decían manita, bájate de esa nube, manita, no te van a dar nada, manita, no nos tienen en cuenta.

Fuera como fuera el caso es que ella ahora estaba en lo suyo, viendo el mundo de un modo diferente, planeando su futuro de otra forma. Hasta las elecciones estaría en esa casa con las doñas, pero sólo hasta ahí, de los comicios no pasaba, lo sentía por Ramón. Pobre Ramón, también lo iba a sentir, que ya no tendría a quien enseñarle lo suyo ni a quien tocar que se le pareciera —una sirvienta chévere, así, ¿por dónde la éncontraran?—. Después de los comicios a otra cosa si no le conseguían el trabajito que le habían prometido, todavía le quedaban esperanzas, iba a darles su chance. Después de los comicios hablaría con Estela y le diría manita, así mismo, manita, recuérdate de mí, recuérdate que yo te ayudé mucho con tu novio, te llevaba mandados, casi pierdo el trabajo por tu culpa, y Estela segurísimo que le echaba una mano y le buscaba una casa distinta donde al menos le dieran doce pesos, y no diez, en donde le dejaran su día libre y volver a la hora que quisiera, como ocurría con todas sus amigas. Ellas precisamente se lo habían dicho más de cuatro mil veces, le habían dicho que en cualquier otro sitio le pagarían sus doce, quién sabía si catorce toletes. En cuanto a votar, lo que se dice votar, votaría por UCN, es decir, por el señor Flores, qué pendeja si no, tenía que hacerlo así para ayudar a quien a lo mejor se acordaba de ella. No iba a votar por comunistas, ¿no verdad?, no iba a votar por gente atea, ¿no verdad?, no iba a caer de campuna en ese gancho, que aunque ya tenía claro que los comunistas estaban por el pueblo también se daba cuenta de que en cuanto subieran al poder el Ejército les daba su buen golpe de estado y decía se acabó el relajito. Aparte de que si ganaban los comunistas en seguida se apropiaban de todo, eso lo sabían hasta los chinos de Bonao, y si eso era verdad, ¿le quería alguien decir qué coño pasaría con la granja del teniente Sotero y por lo tanto con el trabajo de su papá, que por lo menos ahora comían las tres calientes, a cada rato pollo, sembraba sus yuquitas y hasta unos tenis les había comprado a los muchachos? ¿Le quería alguien decir? De ningún modo, pues; por don Viriato, que no estaba con los negritos de ningún sitio, pero sí con la gente pudiente, con los americanos, con los hombres de cuartos del país y con los que no tenían mucho pero cada día seguro que iban a tener más, caso del señor Flores. Ella lo veía claro, que otra cosa que hacía últimamente era reunirse al mediodía, a la hora de la siesta, con dos o tres amigas en cualquier zaguán de cualquiera de las casas donde ellas trabajaban y encender muy bajito, bajito, requetebajito, un radito de pilas y escuchar el programa «Tribuna Democrática», ése en que hablaba don Juan Bosch, un hombre sabio, inteligente, que las quería muchísimo a toditas y decía siempre hasta mañana si Dios quiere, dominicanos, lo que significaba yo no soy comunista —aunque toda la gente se lo preguntaba, si lo es, si no lo es—. Sus amigas lo adoraban y ella también su poco y les decía voy a votar por él, me convencieron, pero en el fondo sabía muy bien que no, que era mentira. Ella sabía que su voto era para UCN, ya que el señor Bosch hablaba muy bonito, era muy bueno, el pobre, lo decía mucha gente, pero en ese país ganaban siempre los de arriba, los riquitos de Gazcue, los blanquitos, y ella lo que buscaba era salir de pobre, no ser toda la vida una sirvienta. Precisamente por eso había dejado de ir a bailar (dizque) por allá arriba, como en el mes pasado, a casa de una prima de una amiga o a casa de una amiga de la prima de la amiga con un picó alquilado, cuando no con el radio, que a veces te cortaban un bolero por la mitad para decirte cualquier pendejada. Por eso a las verbenas con gran combo ya no iba porque se fijó bien y se dio cuenta de la clase de gente que estaba en el asunto, muchas sirvientas feas, que eso era lo de menos, guardias rasos, ni siquiera un sargento, ni un puñetero quepis se veía por allí, paleteros, muchachones mal vestidos que privaban en chulos y tú les preguntabas ¿en qué trabajas tú, mi hijo? y ellos te contestaban que si chiripeando, que si en lo que caiga, que si de plomero, que si de albañil. Ninguno te decía dependiente, por ejemplo, ninguno te decía pulpero o locutor o músico, no te decía contable, por ejemplo. Todos gente mal comida, pranganosos, aspirantes a guardias, no pasaban de ahí, campesinos sin aspiraciones que no sabían ni hablar ni echar piropos finos como aquel que le enseñó Ramón a ella y que decía: tú eres la flor que perfuma mi vida, de modo que todo era mamacita por aquí, mamacita por allá, o groserías peores como coñito de papá y siesito de melcocha. Ella terminó hartándose, que además dio la puñetera casualidad de que detrás se le formaba un grupo como de veinte que al principio se peleaban por ella y que al final ya era pelear con ella —todo porque les negaba un baile y los llamaba pariguayos y una palabra que le oyó a Ramón y le gustaba mucho para insultar la gente: ambidextros, añadiendo: de mierda—. Ella ahora se emperiquetaba después de la cena y enfilaba hacia la parte del Obelisco, perfumadita, y allí se encontraba con algunos muchachos que eran pobres, pero mucho menos, Pancho Bigote uno de ellos, que se le había dado una enamorada ese maldito hombre que siempre estaba persiguiéndola, declarándose y dándole consejos: no te juntes con tal, no te juntes con cual, no vayas por tal sitio. Hubo días en que eso era Pancho Bigote por aquí, Pancho Bigote por allá, se lo encontraba a cada rato y siempre de plagoso diciéndole vidita, no me trates así, diciéndole que en este mundo traidor no había ninguna mujer que se le comparara. Ella se le negaba y cuando él le preguntaba, por ejemplo, ¿qué te gusta más de mí, Lucilita, Lucilinda?, ella le respondía tu radito de pilas y él se ponía muy triste o muy rabioso. Ella quería despegárselo de encima y no hallaba la forma, quería despegárselo porque ahora bajaban por el Obelisco hombres bien plantados a piropearla, venían en carro, venían andando, en motores viniendo. Ella quería, pero no acababa de decidirse, hasta que una noche, fuáquiti, se lo dijo, que no siguiera por ahí, que se dejara de eso, de modo que a partir de ese instante se mantuvieron como amigos —aunque de vez en cuando él le echara piropos y la invitara a dar un paseíto.

También algunas veces Lucila aprovechaba que el teniente iba a la granja para pedir permiso y visitar su gente, su papá, su mamá, toditos sus hermanos, aprovechando el viaje. Hasta ahora sólo había ido un par de veces, pero qué chévere fue eso, cómo gozaba viendo el mar detrás de ese perfil de artista que la acompañaba, viendo el campo a su derecha, la autopista por delante, escuchando al teniente cuando hablaba. El primer día fue vergüenza y vergüenza que pasó, todo el viaje deseando que llegaran porque el teniente ponía cara de estar en otra parte y no le hacía ni caso. Pero el segundo la cosa cambió radicalmente, que él ya no estaba triste, sino contento, alegre, se le veía en los ojos, y le habló de la granja, de los pollos, ésa era su obsesión. Ella quiso animarlo y decirle que no se preocupara, que a un hombre como él Dios no podía permitir que el asunto le saliera torcido. Él contestó que no, que desde luego, que a él siempre le salía muy derechito, y comenzó a reírse y ella también, los dos, una y otro pensando en el asunto derechito y en cómo le salía, qué relajera armaron. La lástima fue que en seguida llegaron y hubo que poner la cara seria porque resulta que ahí estaba Tonongo saludando y anunciando que esa misma mañana se habían vuelto a morir otros diez pollos y que él no se explicaba cómo podía ser eso, que unos cuantos estiraban la pata mientras el resto seguía tan tranquilito, más o menos, como si tal cosa. Ella los dejó hablando y se fue a visitar a su mamá, a sus hermanos, que para eso había ido, todos con sus tenis azules, su vieja con vestido nuevo, la casa recién pintada y el anafe encendido. Como todas las veces que iba, su mamá se deshizo en alabanzas con respecto a Sotero, lo adoraban a ese hombre, un altar le pusieran, ella no dejaba de pedirle al cielo, a la mismísima virgen de Altagracia que lo cuidara bien, que se lo protegiera. Veinticinco pesos le estaba dando a su papá y además comían bien, sembraban yuca, ñame, plátanos, las mujeres del campo la envidiaban —¿sabía Lucila que un día fueron al cine?—. Ella siempre le tenía ese café, le preparaba sus sancochos cuando él se lo pedía, de chivo y pollo, le salaba la carne, arepas le guardaba, que Dios lo bendijera. Lucila tenía también que respetarlo, portarse bien con él, recordarse que su trabajito lo consiguió por él, y ella decía que sí, que ella pensaba igual (aunque en otro sentido) que el teniente era un hombre del carajo. Su mamá volvió a encontrarla muy cambiada y se lo hizo notar, más gordita, llenita, que se cuidara mucho de los hombres, y ella saludó a todos sus hermanos y a cada uno le regaló una menta de naranja, de fresa, de cacao, de limón y de anís y después quitó la olla del fuego y le gritó al teniente que iba a hacer un café, que si quería.

Pero la última vez fue la mejor, el viaje entero se lo pasaron relajando y hablando de películas, de sus artistas preferidos, porque él le preguntaba ¿cuál de los mexicanos? ¿Y de los yanquis cuáles? Y aunque ella contestaba Pedro Infante, Tony Curtis, por dentro iba pensando que era él, tú, teniente, su artista preferido. A mitad de camino ella le preguntó por Estelita, se atrevió a preguntarle por qué ya no le hacía sus visitas como antes y él estuvo un buen rato callado y ella quería decir perdóneme Sotero, dejando de tutearlo, qué metida que soy, pero no se atrevía. De repente él cambió y empezó a preguntarle por su vida, si se sentía contenta, si le gustaba su trabajo, si la seguían tratando bien y qué tal sus estudios, que si pensaba aún terminar la primaria. Y ahí fue que ella lo quiso, ahí fue que se dio cuenta qué hombre llevaba al lado y cómo le gustaba y se sintió una mierda de mujer y maldijo su suerte por no poder ser ella como Estela ni como Conchita, sino campuna, pobre, y además sirvienta. Se echó a llorar, se echó a llorar, y él le decía muchacha qué te pasa y cuanto más decía muchacha qué te pasa, ella lloraba más y él le dio su pañuelo para que se secara y sacudiera, hecho lo cual le dijo que la iba a invitar a un refresco porque con esa cara no podía llegar donde Tonongo, su papá, que era un hombre tan serio. Así la trataba él, con deferencia, con educación, con cuidado, como no la trataba nadie, como nunca jamás la habían tratado, diciéndole Lucila, qué vestidito chévere, o bien Lucila, qué uñitas bien pintadas, pero sin propasarse, siempre en el sitio que le correspondía. Así en los viajes que habían hecho juntos y así en la casa cuando llegaba y la doña le ordenaba preparar cualquier cosa para él, un refresquito, un combinado. Todo era gracias Lucila por aquí, gracias Lucila por allá. Pero la tarde esa ya fue el colmo de los colmados y la hizo sentirse pobretona, ridícula, sirvienta de a diez pesos, comparoncita que no saldría de ahí nunca en la vida. Por eso cuando regresaron, y ya esa misma noche, dijo ella se acabó, pensando que su vida nunca dejaría de consistir en lo mismo: en ser la mandadera de alguien, se llamara o no Sotero de los Santos, en ser la sirvienta de una casa cualquiera, fuera la doña buena o no lo fuera, en ser la nalga predilecta para los pellizcos del hijo de la casa. Por eso últimamente le resultaba tan difícil aguantarse, disimular, aparentar que estaba en lo que estaba mientras su mente la tenía en otro sitio, por eso se había dicho que sólo esperaría hasta los comicios y que después de ahí, si no le conseguían su trabajito, se iría a casa del diablo a seguir siendo una sirvienta o a tratar de buscar otro camino. ¿Enamorada del teniente Sotero la hija de Tonongo? Enamorada no, perdida, loca, hasta tal punto que si él no se fijaba en lo buena que estaba un día de ésos lo iba a agarrar desprevenido y le iba a poner una teta en la mano para que él supiera lo que quería decir me tienes vuelta un ocho.

Los demás días eran todos iguales, por la mañana trabajando, por la tarde un poco de descanso, la hora de la cena y después su paseo. En la casa el único que la seguía escuchando era Ramón, que le contaba cosas de su partido Social Cristiano y le decía que él cuando terminara su bachillerato pensaba ir a estudiar a Chile, un país del carajo que quedaba muy lejos. Ahora ya no miraba a Esther, ya casi ni la saludaba, le pasaba por el lado y le decía qué hay, eso era todo. Tampoco hablaba mucho con las doñas, siempre estaban quejándose de él, que lo veían muy metido en política y hablando de igualdad, de confraternidad y de todas las cosas que según ellas les enseñaba un cura que los adoctrinaba en el partido. Ella un día le pregunto Ramón ¿es verdad eso? Y él contestó que sí, que si el partido se hallaba así era precisamente por dos cosas, por lo social y por lo cristiano. Lo primero quería decir que ellos estaban por la sociedad, porque la gente pobre dejara de vivir en la miseria todo el tiempo y que hubiera trabajo, lo que a Lucila le gustó muchísimo, y lo segundo pues que no eran ateos, como los del Catorce; que no eran comunistas ni nada que se les pareciera, sino creyentes en Dios nuestro señor, en Jesucristo, que fue su único hijo, que fue pobre como Duarte y lo dio todo y nunca tuvo un chele partido en cruz. Qué ideas más chéveres, pensó ella, ésas sí que me gustan y luego cavilando se dio cuenta de que Ramón ahora se portaba distinto y los domingos se iba dizque a misa con otros amigos que ya no eran los de antes, relajados, caneros, sino serios, con libros bajo el brazo y espejuelos. Quizás por sus ideas tan bonitas, que los pobres comieran, que los ricos fueran menos ricos, que todos estudiaran, que las sirvientas ganaran más, y así por el estilo, quizás por eso ya no se le acercaba a tocarle las nalgas ni a ponerle la mano entre las piernas ni a enseñarle la cosa, qué Ramón. Ahora sólo hablar, ahora sólo querer que siguiera estudiando su aritmética, su gramática, ahora sólo contarle quién era Lilís, quien fue Santana, quiénes fueron los héroes de la patria para que ella aprendiera en qué país vivía. Como si ella no lo supiera ya, como si ella no se hubiera dado cuenta de que allí el jodido vive siempre jodido por más que él dijera esas cosas tan lindas de igualdad y confraternidad y de vivir juntos como buenos hermanos, qué Ramón.

20. Freddy, Yolanda, Wilson y Evelinda
Jueves, 14 de junio de 1962

—¿Te dijeron algo? —preguntó Wilson.

—Nada —respondió Freddy—. Me hicieron pasar y ni me miraron la cara. Me entregaron el pasaporte con el sello.

—¿No te lo dije? —dijo Wilson.

—Yo no me lo creía, hasta hoy yo no me lo creía —dijo Freddy.

Se encontraban en el «Mario» esperando la hora de cenar, haciendo tiempo hasta que las muchachas, Evelinda y Yolanda, dijeran que ya estaban dispuestas. Esa mañana a Freddy le habían dado la visa y desde el mismo consulado llamó a Wilson para comunicarle el acontecimiento. Wilson entonces recordó la promesa que Freddy le había hecho de que el día que la consiguiera los invitaría a todos a una cena de gala en donde ellos quisieran. Las muchachas eligieron el «Mario» y allí estaban, contentos como nunca, bebiendo y contemplando la ciudad, presintiendo que dentro de muy poco el olvido se instalaría entre ellos definitivamente, intentando desprenderse de esa desagradable sensación.

—¿Y qué tú piensas hacer ahora? —preguntó Yolanda. Freddy movió el hielo de su vaso con el dedo meñique.

—Ahora ya sólo es cuestión de comprar el billete —respondió.

—Escribe desde allá. No nos olvides —dijo Wilson melancólico.

—¿A quién? —se exaltó Freddy—. ¿A ustedes? Eso nunca, viejo.

—Eso es nunca, viejo —repitió Wilson mientras bebía—. Eso es lo que dicen todos los que se van.

Freddy le pasó el brazo y lo atrajo hacia sí con cierta brusquedad.

—Pero yo no, ya tú sabes que yo no. En seguida te escribo.

—Y a mí también —intervino Yolanda—. No te olvides

de mandarme una cartica diciéndome cómo te fue con las direcciones.

—¿Qué direcciones? —dijo Wilson.

—Unas que me dio ella —dijo Freddy apoderándose ahora de su vaso—. ¿Tú para qué lo quieres saber?

—Me interesa —cortó Wilson.

—Son las de los amigos que ya yo te hablé —explicó Yolanda—. ¿Tú ya no te acuerdas?

Wilson asintió, volvió a beber, le sonrió a Evelinda.

—¿Y a mí tú no me vas a escribir? —dijo ésta, la mimosa del grupo aquella tarde. Freddy le estrechó las manos.

—¿Y cómo no, mi vida? A ti la primera.

—¿Cuándo se juntan allá? —preguntó Yolanda. Freddy y Evelinda se miraban absortos. Pasaron unos segundos antes de que Freddy se decidiera a responder.

—¿Cuándo? —le soltó las manos, cogió el vaso—. En cuanto yo reúna unos chavos y la pueda mandar a buscar.

—Ya yo le dije que eso no es necesario —dijo Evelinda—, que se piden aquí y que después se pagan. Pero él no quiere.

—¿Y tu mamá dice algo, Evelin? —preguntó Yolanda.

—Se queja a veces, no se quiere quedar sola. Pero también dice que ya está acostumbrada y que yo salí a papá, que no se podía estar quieto.

—¿Y a ti te va a gustar eso allá, Evelin? —preguntó Wilson no sin cierta ironía.

—¿Y por qué no le va a gustar eso allá? —intervino Yolanda—. En Nueva York hay de todo, para que tú lo sepas, mi vida.

—*Okey* —refunfuñó Wilson—. No me lo digas otra vez.

—Es que ésa es la verdad, papi —se atrevió a insistir Yolanda.

Wilson la miró de reojo.

—A ti lo que te pasa es que eres una fanática de ese país —le dijo despectivo.

—Una fanática no, la verdad —Yolanda pensaba en sus paseos vespertinos, en sus idas al cine y al teatro, en sus amigos—. ¿Verdad Freddy?

—A Evelinda le va a gustar —dijo éste, como en un aparte—. A los dos nos va a gustar.

—¿Verdad que sí? —se iluminó Yolanda. Wilson se bebió un trago larguísimo—. Eso es lo que yo digo, que a los dos les va a gustar. Pero no se vayan a juntar con ciertos latinos, escojan sus amistades, no se dejen comer por el ambiente.

Freddy la miró agradecido y se pasó el pañuelo por la frente antes de responderle con el mismo tono de voz algo lejano de su frase anterior.

—Evelinda va a estar contenta cuando vaya, yo se lo digo a ella.

—¿Y Evelinda qué dice? —intervino, por fin, Wilson—. ¿Qué opina?

—¿Yo? —con voz enamorada, como si careciera de opinión—. Que donde vaya él yo también voy.

—Muy bien, muy bien —gritó Wilson—. Eso merece un trago.

—¿Más cocacola? —dijo Evelinda, ofreciéndole una botella a Freddy, que acababa de vaciar la suya. Freddy dijo que no con la cabeza.

—Bébela, Freddy —aconsejó Yolanda, en plan amiga hasta la muerte—. Más vale que te vayas acostumbrando, porque allá eso es cocacola para todo.

—Y pepsicola —fuñó Wilson—. Pero mejor será que ingiera buenas y grandes dosis de sancocho en los días que le quedan, que de eso sí que no hay allá. ¿O también?

—¿Qué no? —saltó Yolanda—. Allá hay de todo, de todo lo que tú quieras.

Esta vez el rostro de Wilson emitió una sonrisa maliciosa.

—Okey, okey —suspiró en broma, dándose por vencido.

—No, si al final también ustedes terminarán yéndose —dijo Freddy.

—Quién sabe, quién sabe —admitió Wilson.

—Mejor es que termine la carrera antes —dijo Yolanda, y Evelinda, como si le hubiesen preparado el terreno, se recostó en la idea.

—Eso es lo que yo le digo a Freddy, que por qué no termina la carrera antes.

—Evelin —saltó Freddy—, no empecemos con eso, que tú ya sabes.

—*Okey*, me callé.

—Callémonos, es verdad. Problemas a la mierda —dijo Wilson—. ¿Otra tercia?

—Yo no bebo más —dijo Evelinda—. No me siento muy bien.

—Por cierto, ¿ya se te pasó? —preguntó Freddy.

—Sí, un poco, papi.

—¿Qué es lo que se le tenía que pasar? —preguntó Wilson.

—Un mareíto que le dio al bajar del carro.

—La comida que me sentó mal.

—Lo nerviosa que está porque dizque yo me voy.

—Será que tiene miedo que no la mandes a buscar —sentenció Wilson—. Enamorada que tú la tienes.

—Eso no —dijo Freddy—. Ella sabe que lo nuestro ya está hecho.

—¿Allá se casarán o aquí? —intervino Yolanda, imaginándose su propia boda, su vestido largo, los muchachos arrojándole arroz y ella cubriéndose la cara con el velo antes de arrojar, a su vez, su ramito de flores para que alguna amiga lo cogiera en el aire. Todo en technicolor, naturalmente.

—Allá —contestó Freddy—. Aquí no vamos a tener tiempo.

—Yo quiero antes, pero eso está difícil. Freddy se quiere ir en seguida —dijo la novia.

—Eso te iba a preguntar —dijo Wilson—, que cuándo es la cosa.

—No lo sé todavía, pero pronto —dijo Freddy.

—¿Y la vacuna? —preguntó Yolanda.

—Un día de éstos me la pongo —dijo Freddy.

—Luego te la quitas con limón y así no te da fiebre —dijo Yolanda, que había viajado tanto, que estaba en todos los secretos.

—Ya lo pensé —dijo Freddy.

—Pero hay que tener cuidado —siguió Yolanda, ahora dramatizando su poquito—. Una vez cogieron a una señora que hizo lo mismo y la devolvieron del aeropuerto.

—Es mejor que te dé fiebre —se asustó Evelinda.

—¿Ustedes se fijan cuánto me quiere esta mujer? —dijo Freddy—. Ella dice que es mejor que me dé fiebre, que yo llegue a Nueva York vuelto una etcétera. ¿Qué les parece?

Wilson optó por el silencio.

—Yo también creo que es mejor —le pareció a Yolanda, arrepintiéndose de sus consejos anteriores—, que el diablo tienta y quién sabe.

Callaron de nuevo, sonriendo, mudísimos, cada uno haciendo chocar sus respectivos cubitos de hielo. «Está pasando un angelito», iba a decir Yolanda, pero se contuvo.

—Debes de estar contento de salir del país —dijo Wilson—. Al fin conseguiste lo que tanto querías.

—Estoy contento, sí.

—¿Y tú no piensas volver? —terció Yolanda, que a veces preguntaba y otras inquiría, como ahora

—Cómo no —dijo Freddy alegremente—. Pero si eso está ahí.

—Cruzando la calle y doblando a la derecha —relajó Wilson. A Evelinda se le escapó una risita chillona involuntaria.

—Es verdad que está cerca —dijo Yolanda, pero más respondiendo a la risita de Evelinda que a la broma inocente de su novio—. En nuestro tiempo todo está cerca.

—Espacialmente hablando —acotó Freddy.

—Lo malo no es eso —continuó Yolanda, que no había terminado con la idea.

—¿Ah, no? —dijo Wilson—. ¿Y qué es lo malo entonces?

—Lo malo es que Nueva York come gente —explicó Yolanda con aire de misterio y de poesía—. Yo he conocido gente que Nueva York se la comió.

—La devoró con sus fauces de concreto y de acero —aclaró Wilson.

—Relaja, pero es verdad —dijo Yolanda, despreciando un poquitín a Wilson, que no acababa de tomarse a Nueva

York en serio—. Gente que llegó con la mejor intención del mundo y luego Nueva York se la comió.

—O ellos se dejaron comer por Nueva York —dijo Freddy el emigrante.

—Es verdad —abundó Evelin—. A lo mejor fueron ellos que se dejaron comer por Nueva York.

—A lo mejor —reculó Yolanda—, no digo que no. Pero lo que sí digo es que hay que tener cuidado.

—Nueva York come gente, Nueva York come gente —gritó de pronto Wilson poniéndose de pie e imitando a King Kong. Se había revuelto el pelo, había cruzado los ojos y, con aquella musculatura contraída y tan llena de bultos, había conseguido un efecto bastante divertido.

—No relajen con eso, que me da miedo —dijo Evelinda. la única que no rió.

—Sí, dejen eso, que Evelin está impresionada —dijo Freddy.

—Evelinda está impresionada, Evelinda está impresionada —continuó King Kong, hablando para adentro, amenazando con morderla, ahora ya en medio de una carcajada general.

—No tengas miedo, Evelin —dijo Yolanda cuando todos, incluso ella, se hubieron callado—. ¿No te fijas que aquí estamos nosotros?

Evelinda se refugió, mimosa, en los brazos de Freddy, que la estrechó con delicadeza. Tenía dos lagrimitas rondándole los ojos.

—Es verdad, manita —dijo Wilson—, aquí estamos nosotros. No tengas miedo de quedarte sola. Nosotros te iremos a buscar para salir juntos mientras Freddy.

Evelinda no respondió nada, no se separó un solo instante de su novio.

—Sí, cuídenmela, que yo voy a estar muy preocupado por ella en Nueva York —dijo éste.

—Yo lo que le digo —dijo al fin Evelinda— es que me quiero ir con él, que se espere un poquito.

—Y yo lo que le digo es que no sé por qué tanto afán, que total no va a pasar ni un par de meses sin que nos reunamos.

—Eso es lo que él dice, sí —protestó ella—, pero yo sé cómo son los yanquis, que te dan una visa si quieren y no te la dan si no quieren.

—Lo malo allá es conseguir residencia, pero sólo si uno está solo —dijo Yolanda—. Si Freddy resulta que se casa contigo y va donde su tío, que tiene tantos años allá, que se la puede hacer, la residencia, y luego tú, no hay por qué, Evelin. Yo si tú quieres voy contigo a donde el cónsul cuando tú vayas. Le hablo en inglés y eso siempre impresiona su poquito.

—Es verdad, Evelin —dijo Freddy—. Eso está muy bien pensado.

—Cásense antes —se metió Wilson—, es lo mejor. Freddy del diablo, espérate a las elecciones.

—No puedo, no puedo, ya lo tengo decidido —rebatió Freddy—. Nos casamos allá, o aquí, pero después.

—O no nos casamos, a lo mejor no nos casamos.

—Evelin, no empieces.

—Sí, mejor no hablemos de eso ahora —dijo Wilson levantando su vaso—. Propongo un brindis.

—*Okey* —dijo Freddy.

—*Okey* —dijo Evelinda.

—*Okey* —dijo Yolanda.

—Brinda tú —dijo Freddy.

—No —respondió Wilson—, que cada uno haga el suyo. Yo brindo por ustedes.

—Yo brindo por ustedes también —repitió Yolanda, no por copiar a Wilson, sino porque de verdad brindaba por ellos.

—Yo brindo por nosotros —dijo Evelinda, tratando de que el brindis los englobara a todos. Freddy embromó el asunto:

—Por el extranjero brindo yo.

—O sea por Nueva York —atizó Wilson.

—En este país el extranjero siempre es Nueva York —respondió con rapidez Freddy Nogueras, ex-líder estudiantil al fin y al cabo.

Wilson rió, falso perdonavidas, levantó su vaso y lo chocó con el de los demás. Bebieron.

—¿Tú no tomas, Evelin? —preguntó Freddy.

—No, papi, yo sólo brindo, pero no por nada. Es que tengo miedo que me siente mal.

—Si es así, *okey*.

—Bébete otra cosa, Evelin —dijo Wilson—, un juguito criollo.

—Sí, un juguito criollo —dijo Freddy.

—Si no se te pasa tú no vas a poder cenar con nosotros —dijo Yolanda.

—Que se le pase, que se le pase —pidió Wilson desde la gradería, palmoteando.

—Se me pasa de una vez, no te apures —dijo ella dirigiéndose a Freddy, único centro de toda su atención—. Fue la comida, lo nerviosa que estoy.

—Es verdad —consintió Freddy—. Yo también. Esto de irse pone nervioso a uno.

—Te va a ir bien, tú vas a ver —dijo Yolanda inesperadamente, como si soñara. Freddy cruzó las piernas.

—Eso espero —dijo.

—A los dos les va a ir bien —dijo Wilson—. Y si se quedan aquí, pues también les va bien. Freddy se va porque se va, pero a los dos les va a ir bien.

—¿No te dan ganas de quedarte, Freddy, a veces? —quiso saber Yolanda.

—A veces sí, pero no. Necesito este viaje —dijo Freddy y, después de un silencio—: ¿Ustedes no se cansan de ver la misma vaina todos los malditos días del mundo?

—Yo no —dijo Wilson, bajo el lema: «mi plan hoy es fuñir»—. Yo no sé las demás.

—Yo ahora no —dijo Yolanda—. Pero yo comprendo muy bien lo que Freddy quiere decir. Cuando yo vine de Nueva York me sentía igual. Y eso que ya yo había salido.

—Me siento como preso —insistió Freddy—. Por eso es que me voy.

—Yo también me siento como preso, pero no me voy —dijo Wilson muy serio y se detuvo.

—Es que tú eres distinto, Wilson —señaló Freddy—. Yo me voy, yo me voy.

—*Okey*, tú te vas, tú te vas.

—Hay que irse —dijo Freddy—, hay que conocer otros mundos, ver cómo vive la gente por ahí, saber qué coño es lo que hace la gente por ahí.

—¿Qué quieres tú que haga, Marco Polo de patio? —dijo Wilson—. Lo que hace todo el mundo. Miren a éste.

—Wilson tiene razón —dijo una de las muchachas, probablemente Evelin.

—Sí, pero no es eso, no es eso a lo que yo me refiero —dijo Freddy—. A mí lo que me molesta es la isla, el aislamiento, lo aislado que uno está aquí. Uno está como enterrado vivo aquí.

—Yo no lo veo así —dijo Wilson—. Pero, de todas maneras, lo importante no es que tú te vayas, lo importante no es que nos vayamos todos. Lo importante es que regresemos algún día. ¿No te parece?

—Isla rodeada de mar menos por una parte —comenzó a recitar Freddy, siendo bruscamente interrumpido por su novia.

—Ay, sí, de acuerdo —chilló ésta, prescindiendo de la intención declamatoria de su compañero—, que nos volvamos a encontrar aquí dentro de un tiempo.

—Relativamente largo —acotó Freddy con sequedad, molesto por la interrupción. Pero se ve que nadie estaba por hacerle caso.

—Brindo por el regreso, entonces —dijo Wilson, elevando su vaso.

—Muy bien, muy bien —volvió a chillar Evelinda, que de pronto se había cogido el *show* para ella sola. Yolanda sonrió e imitó a Wilson.

—Pero coño —protestó Freddy—, todavía no me he ido y ya estamos dizque brindando porque vuelva. Mala vaina esa, viejo, mala vaina. No sé si brinde.

—Brinda o te torturamos —dijo Wilson.

—Sí, que levante su copa de ron con cola y brinde —dijo la eufórica Yolanda.

—¿Qué copa? —dijo Freddy contemplando su vaso a medio llenar.

—Sí, que brinde —dijo Evelin—. Brinda.

Asediado, Freddy respondió:

—*Okey, okey,* brindo. Pero no por el regreso. Por eso no.

—Di por qué, entonces —propuso Wilson.

Freddy guardó silencio unos segundos.

—Brindo —dijo al fin— por una persona que no está aquí, pero que se lo merece.

—Por doña Tatá, muy bien —dijo Wilson—. Nosotros también brindamos por doña Tatá.

—No, por la vieja no —dijo Freddy, que se había puesto serio—. Por Paolo.

—¿Y quién es Paolo? —preguntó Yolanda.

—Por Paolo, por el tigre Paolo —siguió Freddy, y ante la sorpresa de los otros se bebió de un solo trago el contenido de su vaso.

—¿Tú no conoces a Paolo? —dijo Evelinda para disimular la repentina mala educación de su adorado.

—No —dijo Yolanda—. ¿Quién es?

—Es un amigo de nosotros de hace mucho —respondió Evelin.

—¿Tuyo también, Wilson? ¿Y cómo es que no me hablaste de él?

—Hace tiempo que no nos juntamos. Pero brindo —dijo Wilson, sin lograr, sin embargo, desviar la atención de Yolanda, que insistió:

—¿Y por qué ya no se juntan si siguen siendo amigos?

—¿Por qué va a ser? —respondió Wilson—. Por política, por sus ideas políticas.

—Y por las tuyas también, supongo yo —supuso mal Yolanda.

—Tú bien sabes que yo no tengo ideas políticas, que a mí la política no me importa nada. No fue por mis ideas políticas, fue por las suyas. ¿Verdad Freddy? Siempre estaba intentando convencerme y una noche lo mandé al carajo. Desde entonces nos distanciamos, ¿verdad Freddy?, pero yo lo sigo apreciando, eso sí. Yo lo sigo apreciando. Así que por Paolo —y levantó su vaso nuevamente.

—Y tú, Evelinda —dijo Yolanda—, ¿tú conoces a Paolo?

—Yo sí, mucho. Él fue que me presentó a Freddy, así que imagínate. Estuvo en la cárcel con mi papá.

—Primera noticia —dijo Yolanda bebiéndose un traguito, algo molesta por lo marginada que la habían dejado con respecto a Paolo, un tipo extrañamente importante en la vida de su novio y de sus dos amigos—. ¿Por qué no lo invitaron? Si es tan amigo, ¿por qué no lo invitaron que viniera con nosotros?

—Es verdad, Freddy —habló Wilson—. ¿Por qué no lo invitaste?

—Sí que lo invité. Y Evelin también. Pero dijo que no.

—Dijo que él no se junta con reaccionarios. A que sí —dijo Wilson.

—A que no —respondió Freddy—. Dijo que no podía venir porque tenía otras cosas que hacer y no podía dejarlas, que le hubiera gustado.

—Tal como hablan de él —dijo Yolanda queriendo saber más— debe de ser muy amigo de ustedes.

—Es muy buena gente —dijo Freddy.

—Es muy buena gente —repitió Wilson con cierto retintín—. Protector del enllave aquí presente. ¿No supiste que se lo llevó a un escondite cuando Freddy se metió en miedo con lo del sargento?

—¿Qué sargento? —se extrañó Yolanda. Ahora sí que la habían dejado sorprendida.

—Mi hija, pero tú estás en la luna —dijo Wilson, a quien el ron volvía discutidor—. No te vamos a contar toda la historia. Freddy, resúmele los hechos.

—Un tipo que mataron por casa. Un ex-calié —dijo Freddy.

—Qué resumen —exclamó Yolanda.

—Lo mataron como a un puerco —siguió Wilson—, y Freddy creyó que se lo iban a llevar para someterlo a intensos interrogatorios. A él, no al puerco.

—¿Y por qué? —dijo Yolanda—, ¿por qué te iban a meter preso? ¿Tú peleaste con él?

—Eso precisamente es lo que a mí me hubiera gustado.

—¿Y entonces?

—Discutimos varias veces —explicó Freddy, mientras

258

Evelinda, recostada en su hombro, los miraba a todos como desde otra dimensión, probablemente la de la tristeza— y hace como tres meses que yo lo amenacé delante de la gente. Le dije que no se descuidara, que a la primera me lo quitaba del medio. Estaba bastante borracho y se lo dije. Casi me cae a balazos. Por eso fue.

—¿Por eso fue qué? —preguntó Yolanda.

—Por eso cuando supo que lo habían matado se fue de su casa —cortó Wilson—, por si las moscas. Paolo se lo llevó a dormir con él. ¿Te aclaraste?

—¿Y eso fue cuándo? —dijo Yolanda—. ¿Cuando yo estaba en Santiago?

—No, la noche anterior —dijo Wilson.

—¿Y qué pasó después? —dijo Yolanda—. Ustedes no me cuentan nada, cojollo.

—¿Qué va a pasar? —dijo Wilson—. ¿No leíste os periódicos de ayer y de esta mañana?

—Sí, pero ya tú sabes cómo es que yo leo los periódicos aquí —dijo Yolanda—. ¿Qué pasó?

—Pues que detrás del sargento se fueron dos más —dijo Wilson—. A uno por noche es que vamos a ir ahora. Ritmo de samba.

—¿Y ya se sabe quiénes son? —dijo Yolanda.

—Qué carajo van a saber. Locos, gente loca —gritó Wilson—. Así es que quieren arreglar el país, matando rasos, matando uniformados. Como si esa pobre gente tuviera la culpa.

—Pero ¿no dice Freddy que había sido calié, torturador y cosa? —dijo Yolanda.

—¿El sargento? El sargento sí —dijo Wilson—. De lo del sargento yo también me alegro, era un hijo de su madre. Pero el de ayer y el de antier dos campesinos viejos, dos muertos de hambre. Dizque por quitarles los revólveres, óiganme esa vaina.

—¿Y no han cogido a nadie? —se extrañó, no preguntó, Yolanda.

—Todavía no —dijo Wilson—. Se ve que están dejándolos que se embullen. Eso sí, que cuando los cojan, Dios los libre.

—¡Qué barbaridad! —se lamentó Yolanda—. Cómo puede haber gente así.

—Pero eso pasa porque no se hizo lo que se tenía que hacer, Yolanda —saltó Evelin, transformada de pronto en la de siempre. Freddy aprovechó el momento para recostarse indolentemente en la butaca.

—Eso es verdad, pero no justifica, Evelin, no me vengas con cosas —dijo Wilson—. ¿Tú me vas a decir que tú estás de acuerdo con esos criminales?

—Yo no, yo digo que eso está mal —dijo Evelin—. Pero también que fuñe mucho que a ti te hayan torturado en la Cuarenta y luego ver que a los torturadores te los mandan al extranjero, los dejan escapar tranquilamente.

—Ahí yo no me meto —reculó Wilson—. Yo hablo de lo que está pasando ahora.

—Señores, pero cómo está la cosa —dijo Yolanda, llena de miedo—. Hasta una guerra vamos a ver aquí como nos descuidemos.

—Una guerra tal vez no —dijo Evelinda taxativa—, pero muchos muertos sí.

—Haces bien en irte, Freddy, haces muy bien —dijo Yolanda.

—Yo creo que me fuera de todas formas, con muertos y sin muertos. Yo creo que uno no entiende este país hasta que no se aleja de él —filosofó Freddy, repantigado, desde el fondo de su momentánea indolencia.

—Sí —dijo Wilson—. Lo malo es que después lo comprende tan bien que ya no hay quien te haga regresar.

—Eso no es cierto —terció Evelinda—. Hay mucha gente que vuelve.

—Y que se vuelve a ir —insistió Wilson, rebosando patriotismo de signo negativo—. En cuanto tú sales de aquí ya no hay manera. Te conviertes en una pelotica de ping-pong saliendo y entrando.

—Nosotros vamos a volver para quedarnos, cuando aprendamos inglés y viajemos un poco, dice Freddy —dijo Evelinda. Y Freddy musitó:

—Ésa es la idea, sí.

—Además —siguió Evelinda, entusiasmada con lo de

volver–, a nosotros no nos queda más remedio. ¿Verdad, Freddy? Las dos viejas se van a quedar aquí. Y mi mamá dice que ella se va a la cochinchina, pero la de Freddy siempre está con que a ella de aquí no la mueve nadie, que aquí se muere ella y que ni le mencionen montarse en un avión.

–Doña Tatá es jodona en eso, sí –corroboró Wilson.

–Jodona es poco. Jodona y media, ¿verdad, Freddy? –bromeó Evelin, que adoraba a su suegra, que la admiraba por lo mucho que había sufrido y por lo buena gente.

–Por cierto –dijo Freddy, asintiéndole a Evelinda y dirigiéndose a Yolanda–, tú no la conoces todavía, ¿verdad que no?

–No, todavía no –dijo Yolanda–. Pero ahora que tú te vayas vamos a ir a visitarla todos.

–No hace falta esperar el último día –dijo Freddy–. Podemos reunirnos una noche de éstas, cuando ya yo tenga el pasaje. ¿Qué les parece?

–¿Una despedida? –preguntó Yolanda.

–Algo así –dijo Freddy–. Nos juntamos en casa, cenamos y bailamos y conversamos un poco. Entonces la conoces, ¿*okey*?

–*Okey, okey* –se metió Wilson–, muy buena idea. *I tis e gud aidea.* Corrígeme, mi amor. Una despedida en forma. A limpiar hebillas.

–Podemos hacer un sancocho –apuntó Evelin, poco original.

–Oye –exclamó Wilson, señalándola con el dedo–, ¿y por qué no lo hacemos en la finquita del viejo? Nos llevamos a Lucila para que lo prepare. Le pido el carro al viejo y nos pasamos el día con mucha gente y mucha música. Rodeados de pollos, eso sí. ¿Qué les parece?

–No –dijo Freddy–, porque yo lo que quiero es que la vieja esté ahí, que me vea.

–Si es por eso, *okey* –dijo Wilson–. Lo decía por el espacio. De todas formas, supongo yo que ella ese día no va a estar descalentada con lo de tu viaje. Porque si no, la jode.

–No, qué va, si ya se hizo la idea –dijo Freddy–. Ya

está tranquila. Sólo a veces se pone a decirme cosas. Pobre vieja.

—Al contrario que la mía —dijo Wilson—, que nunca está contenta y siempre me anda tirando pullas, que si ya yo no estudio, que si ya no me entusiasma mi carrera. Lo malo es que tiene su poco de razón.

—Pero él va a comenzar a estudiar ahora otra vez —aprovechó Yolanda para decir—. Otra vez él va a comenzar a estudiar. ¿Verdad, mi amor, que sí?

Sonrieron los cuatro, sintiéndose felices, unificados, únicos.

—Sí —dijo Wilson completamente convencido, como si hubiera estado meditando esa respuesta durante largos siglos—, de ahora en adelante sí que voy a estudiar. Le voy a dar con duro a eso, quiero terminar pronto.

—El supercirujano intestinal —dijo Freddy dibujando letreros de neón con las manos—. Partos. Dolores de cabeza. Orina. Análisis. Diabetes. Clínica «La Salud». Niños. Podólogo. Anestesia... Supongo que a tus enllaves tú no vas a cobrarles cuando te hagas.

Wilson sonrió.

—Tarifa reducida. Pero menos anestesia, para que sufran su poquito —dijo, produciendo involuntaria, inexplicable y repentinamente una sonora carcajada en las muchachas.

—Ay, yo estoy loca porque comience a estudiar otra vez —exclamó Yolanda con una palmadita—. Los dos hemos perdido mucho tiempo.

—Eso les pasa por estar filosofando —dijo Freddy—. Fíjense en nosotros. Servicio rápido.

—¿Y ya arreglaron su mundo con los viejos, Wilson? —preguntó Evelinda.

—Todavía no. Pero eso está caminando. Primero era arreglar lo nuestro —dijo Wilson.

—¿Y ya lo arreglaron? —preguntó Freddy con malicia.

—Pregúntaselo a Yolanda —dijo el gallito Wilson.

—Ya lo arreglamos, sí —dijo Yolanda con soltura—. El martes lo arreglamos.

—¿Y cómo lo arreglaron? Cuenten —volvió Freddy, que ya lo sabía, que no necesitaba que le contaran nada porque entre ellos cuatro no había secreto alguno, sólo por embromar.

—Secreto oficial —dijo Wilson sonriendo—. Lo arreglamos, y punto.

—Se dieron su besito en la puntica de la nariz —dijo Freddy, y comenzó a reír.

—No, en serio. Lo arreglamos en serio —dijo Wilson, como anunciando (anunciando, en realidad) que su vida acababa de entrar en otra etapa.

—*Okey, okey* —dijo Freddy—. Lo arreglaron. Supongo que eso quiere decir que ya no nos van a volver a quitar el sueño con los mismos problemas.

—Ahora tal vez con otros —dijo Yolanda, triste, como si presintiera que la cosa no terminaba ahí.

—Eso del sueño es verdad —dijo Evelinda—. Yo también protesto. Un día esta mujer me desveló casi toda la noche contándome sus líos, y al día siguiente la que estaba hecha un ocho era ésta que está aquí. Ella como un tomate en la nevera. Propongo que los problemas se cuenten de día.

—Eso ya se acabó —dijo Wilson superserio—. De ahora en adelante la cosa va a ir bien.

—¿No iban bien antes? —dijo uno de los otros.

—Quiero decir mejor —especificó Wilson.

—¿Y ya te conocieron, Yolanda? —preguntó Evelinda—. ¿La llevaste, Wilson, por tu casa?

—¿Y tú crees que íbamos a estar así, si eso hubiera pasado? Ese día hacemos una fiesta —dijo Wilson.

—¿Y cuándo va a ser eso? —se interesó Freddy.

—Pensamos que pasado mañana.

—Yo tengo un poco de miedo, ¿tú sabes? —dijo Yolanda, pegando su cabecita temerosa al hombro de su amor—. No sé si vamos a poder congeniar. Dice Wilson que son un poco raras.

—Qué raras ni qué raras —dijo Wilson, olvidando sus pasadas afirmaciones, lleno de optimismo con respecto al futuro—. Lo que les pasa es que están con el miedo en el cuerpo y se creen que cualquier cosa que yo haga me va a perjudicar.

—Lo añoñan como a un niño pequeño —dijo Yolanda,

recordando que Wilson también le había dicho que lo añoñaban como a un niño pequeño, e insistió—: ¿verdad que te tratan como a un niño pequeño? Sobre todo la tía.

—Pero eso me conviene —dijo Wilson—. A cada rato me moja la mano.

—La tiene metida en un bolsillo, eso es verdad —dijo Yolanda justiciera—. Lo malo es su mamá.

—La pobre vieja —susurró Wilson, a quien ya le había llegado la onda de que el coronel andaba por ahí con asuntos de faldas—. Yo a veces me descaliento con ella, pero de una vez se me pasa porque pienso que ella tiene razón, su situación es muy mala, muy difícil. ¿Ustedes se imaginan, mujer de un coronel, tal como está la cosa, pensando que a cada rato...?

—Que a cada rato puede haber una vaina, es verdad —completó Freddy.

—Fíjense ahora, con todo este reperpero, que si golpe, que si no golpe —siguió Wilson—. Suerte que ya parece que pasó. Pero ella no sabía nada de nada. Llegó hasta a pensar que el viejo estaba metido, así que dense cuenta.

—Y con lo jodón que es ese hombre, que no suelta ni una —apuntó Freddy—. Seguro que aunque hubiera estado no se lo dice.

—Qué se lo va a decir —dijo Wilson—. Hasta el acto de antier no se quedó la vieja tranquila. Hasta ese momento pensó que podía estar de parte de los otros.

—Pero claro, como lo vio por la televisión, acompañando —dijo Freddy, que también lo había visto.

—Ni eso se lo dijo él, fíjense —dijo Wilson—. Ni siquiera le dijo que él iba a salir por la televisión cuando hablara el gobierno, óyeme.

—Ojalá hubieran muchos como don Santiago —se atrevió Evelin, antimilitarista, anticlerical, antiyanqui, salvo en algunos casos—. Pero no hay.

—¿Que no? —replicó Wilson—. Que te crees tú eso. El ejército está lleno de gente como papá, yo los conozco. Lo que pasa es que son gente que no hablan, que no están figureando todo el tiempo.

—Yo por si acaso no me fío —dijo Freddy—. Y no lo

digo por padrino, tú sabes que yo a padrino lo quiero y lo respeto mucho. Yo por si acaso me voy yendo.

—Y ahora qué va a pasar —dijo Yolanda en medio de un largo suspiro.

—Ahora no va a pasar nada —dijo Wilson—. ¿Qué va a pasar ahora?

—La cosa va a venir después —anunció Evelin.

—Después que yo me vaya, por suerte —dijo Freddy.

—Espérate, que aún te quedan unos días —dijo Wilson.

—Qué va —dijo Freddy—. El oráculo Paolo, que no se equivoca, ya me lo dijo esta mañana.

—¿Y qué fue lo que te dijo el oráculo Paolo? —quiso saber Wilson.

—Pasó la crisis, viejo, seguimos adelante —citó Freddy textual—. Y cuando Paolo te dice eso, olvídate —se detuvo—, que te queda por lo menos un mes hasta la próxima.

—No —dijo Wilson, esperando que Yolanda (efectos del alcohol) dejara de reír por cualquier cosa, esta última vez por la ironía de Freddy—. Yo creo que ya, que sólo va a haber problema si ganan los del Catorce. Y los del Catorce no van a ganar, lo saben ellos mismos. Así que lo que queda ya es cuestión de esperar.

—Ojalá que se acaben los crímenes —dijo Evelinda—. Yo por lo menos con eso me conformo.

—Ésa es otra cuestión —pontificó Wilson—, los crímenes, los robos, los asaltos. ¿Eso quién lo para por ahora?

—Nadie, es verdad —aceptó Evelin.

—Yo te advierto un cosa —dijo Yolanda, nerviosa por la sola mención de la sangre—, a mí no te creas tú que me agrada mucho estar aquí para las elecciones. A mí si tú quieres que te diga la verdad me da hasta miedo. Porque eso de que la crisis pasó yo no sé hasta dónde se pueda creer. Aquí, según yo creo, la crisis no va a pasar en mucho tiempo.

—Bueno, se supone que es momentáneo —dijo Freddy, defensor de la tesis Paolo—, que luego viene otra, como las fases de la luna. Para que respiremos y levantemos las tiendas hasta el próximo ciclón. Se entiende que social.

—Así hasta que alguien se canse, el pueblo, por ejemplo, y diga se acabó —dijo Evelinda, por cuya mente habían estado pasando largas columnas de guerrilleros que hendían la manigua y en cada machetazo avanzaban un paso hacia el poder.

—Yo la verdad es que no estoy muy tranquila —confesó Yolanda.

—Sí, más vale que te prepares —dijo Freddy bromeando para asustarla un poco.

—Además —continuó Yolanda, sin captar la intención de la frase de Freddy—, a mí no me gusta vivir aquí. Yo estoy aquí por Wilson. Pero a mí tampoco me gusta vivir aquí.

Callaron un instante. Bebieron.

—¿La oyeron bien? —dijo Wilson de pronto, molesto por el exacerbado extranjerismo de su novia—. Ella quiere que ustedes sepan que a ella no le gusta vivir aquí.

21. El teniente Sotero de los Santos
De junio a julio de 1962

El teniente Sotero iba paliando su malestar con una dedicación casi exclusiva a los trabajos de la granja, en donde habían surgido graves dificultades. Casi cada día Tonongo abría una zanja para quemar, mezclados con el resto de la basura producida, los cuerpos de cuatro o cinco pollos que se morían de nadie sabía qué. Sucedía también que las primeras remesas de parrilleros, a las que se añadieron de inmediato (allá por el mes de mayo) las necesarias para completar el primer ciclo productivo, no crecían con la rapidez programada. Parecía haber una descompensación nutritiva cuyas causas ni él ni su capataz podían determinar con precisión. Intentando ayudar, el señor Flores le habló entonces de un muchacho del Cuerpo de Paz que andaba por ahí dedicado a lo mismo y a quien todo el mundo consideraba como casi un experto, y el teniente Sotero, aunque a regañadientes, accedió a visitarlo, localizándolo al cabo de unos días. La envidia y la rabia, sin embargo, le impidieron dialogar con él, pues el teniente no podía comprender por qué diablos, con menos medios, el americano había logrado levantar un plantel de varios miles de pollos sin apenas tropiezos, mientras que ellos, que ya habían invertido todo su dinero (y aquel maldito préstamo sin salir de una vez) en material mecánico, pienso vitaminado, vacunas y demás zarandajas, no acababan de encontrarle el secreto a la cosa. A veces, enojado, el teniente pensaba que Tonongo, el padre de Lucila, no era lo eficiente y capaz que él creyó en un principio. Pero se corregía en seguida porque en cuanto llegaba y lo veía sudando como un potro, en cuanto comprobaba que las dependencias se hallaban perfectamente limpias, comprendía que estaba equivocado y que la causa de aquellas muertes repetidas y de aquella descompensación entre alimento administrado y peso adquirido debía de estar obligatoriamente en otro sitio. Analizaron el agua, desinfectaron nuevamente las jaulas, se esforzaban por mantener en todo momento las mismas condiciones

267

ambientales, enriquecieron el pienso e incluso lo cambiaron, siguiendo para ello los consejos de un joven veterinario graduado en una universidad del extranjero y, sin embargo, los animales continuaron muriendo en cantidades que no por irrisorias dejaban de resultar muy preocupantes. ¿Qué carajo le estaba sucediendo a la incipiente industria? ¿Era que no había forma de sacar adelante ningún proyecto, por bien intencionado que fuera, por mucho que se trabajara, en aquel infierno de país?

De los casi once mil pesos que, entre una cosa y otra, había logrado reunir, al teniente Sotero no le quedaban más que mil cuatrocientos, con los cuales aún tendría que pagar los doscientos que le debía a Iván Sánchez, el antiguo dueño de su automóvil *Hillman*. Esa deuda, naturalmente, podía esperar (en realidad esa deuda con toda seguridad esperaría), pero lo que Sotero tenía la obligación de pagar, obligación moral y de conveniencia a la vez, era el sueldo de Tonongo y las siete u ocho facturas que le llegaban mensualmente por diversos conceptos. A finales de agosto, según sus planes iniciales, deberían estar en el mercado los primeros centenares de pollos parrilleros, cuya colocación en comercios y bares tenía ya, afortunadamente, apalabrada —de modo que su problema no era el de la venta ni el de las facturas, al menos por ahora—. Su problema era cómo hacerle frente a cualquier contingencia que se presentara, en ese largo lapso que iba de mediados de junio a principios de septiembre, con tan poco dinero y sin la ayuda del dichoso préstamo. Varias veces había ido al banco con el señor Flores sin resultado alguno y este simple detalle lo deprimía de tal manera que al final decidió no insistir más y dejar que el asunto se resolviera, o disolviera, solo. Le preocupaba mucho pensar que había confiado de una forma excesiva en la influencia y en las amistades de su suegro y se lamentaba de no haber efectuado los cálculos precisos para que el capital remanente resultara mayor. Tal vez no debió comprarse el carro, por barato que fuera, o quizá debió ampliar su capacidad de maniobra adquiriendo la totalidad del material a plazos más espaciados y de menor cuantía, pero no estaba seguro.

Estaba, en realidad, hecho un gran lío, durmiendo cada día peor, continuamente acosado por el desagradable presentimiento de que jamás alcanzaría lo que se había propuesto. Su mal humor resultaba francamente molesto para los demás, acostumbrados a su urbanidad y su mesura, e incluso para él mismo. Ahora se pasaba las horas malcarado, con el ceño fruncido, hablando lo estrictamente necesario con quienes lo trataban con delicadeza y apenas nada con aquellos, caso de doña Luz, que no acababan de tragarlo a pesar de todos sus esfuerzos. Cada tarde continuaba acercándose a la granja a discutir de nuevo con Tonongo los mismos pormenores de la tarde anterior. Por la noche, pero por poco tiempo, con el fin de evitar la tensión que su presencia producía, visitaba a Estela y cruzaba, de paso, a casa del coronel, en donde últimamente las conversaciones giraban con frecuencia en torno al más reciente rumor de carácter político que hubiera en el ambiente. Sin embargo, ni siquiera allí, en aquella casa que había sido durante tantos años como la suya propia, encontraba el teniente la alegría necesaria. En casa del coronel las reuniones se habían convertido en algo muerto y desprovisto del atractivo de antes, lo cual probablemente no era más que un reflejo de lo que, por un lado, acontecía en el país y, por otro, en el ánimo de sus participantes, empezando, naturalmente, por él mismo. A Sotero, por ejemplo, le hubiera gustado conversar largo y tendido con el coronel, que al fin y al cabo había invertido en el asunto dos mil pesos, acerca de las soluciones que a su modo de ver podrían resolver el problema de la granja. Pero tanto el coronel Tejada como el señor Flores, que también había puesto la misma cantidad, se hallaban sumergidos, cada uno a su modo, en la marea de acontecimientos dizque trascendentales e históricos por los que atravesaba la nación y no estaban dispuestos a gastar su energía en asuntos avícolas. Siempre que coincidían se saludaban (el coronel desde el balcón, el señor Flores desde la puerta de su casa) y, una de dos, o intercambiaban tres o cuatro palabras de simple cortesía, o se sentaban a charlar de lo mismo, casi como en secreto, sin enojarse nunca, cortésmente. El teniente los escuchaba en silencio, muerto de aburrimiento, pensando en lo contradictorio que resultaba por parte de Santiago prohibirle a su mujer que participara en un bingo político que era más lo primero que lo segundo y al mismo tiempo dedicarse a tratar de hipotéticos golpes, contragolpes, sobornos y gobiernos con un representante cada vez más conspicuo del futuro partido en el poder. Algo, pensaba él, estaba sucediendo en su interior que no encajaba ya con lo que sucedía en el de sus amigos. ¿Dónde se había metido el espíritu, la vitalidad de los primeros meses, cuando, a raíz de la muerte del Jefe, parecía que la vida se iniciaba de nuevo y que todos, absolutamente todos, aprovecharían la oportunidad que se les presentaba? Sotero tenía la impresión de que ahora cada uno comenzaba a decantarse nuevamente hacia su respectiva zona de aburrimiento y de desidia y no veía por ningún lado aquellas ganas de reformar las cosas que impregnaba sus vidas unos meses atrás. Quizá, naturalmente, nada había cambiado (o poco más o menos) y fuera su propio desconcierto el que lo llevaba a verlo todo diferente. Pero lo cierto era que se sentía perdido en medio de un ambiente en el que por lo visto ya sólo tenían importancia las arrugas de Evangelina, las canas de Enriqueta y el nuevo y según ellas desastroso noviazgo de Wilson —amén de la mujercita de por allá arriba que el coronel había mudado recientemente—. Ni siquiera, para compensar, se hallaba ya entre ellos, con sus historias y sus carcajadas, el loco aquel de Freddy, que el día cuatro de julio cogió por fin sus cosas y se largó a otro sitio con la música.

A pesar de todo, durante varios días el teniente creyó que el buen humor y el optimismo resurgirían de nuevo en casa de sus amigos y que, cuando menos lo pensara, el coronel volvería a conversar con él, no como de pasada, sino largo y tendido, acerca del futuro, de lo que harían o dejarían de hacer cuando las cosas empezaran a marchar como tenían previsto. Pero se equivocaba, pues a lo largo de aquel aplastante mes de julio la situación no hizo más que deteriorarse. Desde que Wilson se enamoró de

Yolanda, que estaba como para llevarla a ciertos sitios y hacerle ciertas cosas, y más aún desde que se empeñó en oficializar unos amores que al principio todos consideraron como un simple capricho, la casa de los Tejada dejó de ser la misma. Después de la partida de Freddy, cuya fiesta de despedida sirvió, por una tarde al menos, para reducir la tensión existente, a Sotero le resultaba cada vez más difícil permanecer allí y optó por alejarse, pensando que con ello se evitaría los roces y malentendidos que suelen producirse en situaciones semejantes. Le parecía mejor esperar, contemplándolo todo desde cierta distancia, a que el enfrentamiento de Wilson y su madre redujera su virulencia y a que, por otra parte, ésta asimilara su nueva, e inesperada situación conyugal (de cuya existencia se enteró Evangelina —y armó la del carajo— por medio de una llamada anónima; algo así como si tú quieres saber en lo que anda tu hombre pásate por tal calle y tal número a tal hora) para volver después a continuar con la amistad de siempre. Pero también en esto se equivocó Sotero, porque el azar parecía perseguirlo aviesamente, dispuesto todo el tiempo a establecer las más extravagantes e inesperadas conexiones con el único fin de fastidiarlo.

En este caso el asunto empezó la noche en que Iván Sánchez lo llamó por teléfono para decirle que necesitaba los doscientos pesos que Sotero le debía. Se citaron de inmediato en el Quisqueya, de la calle El Conde, y allí acudieron ambos, cada uno pensando en cosas diferentes: Iván en su dinero y Sotero en pedirle un aplazamiento de la deuda, que no se hallaba en condiciones de saldar todavía. Se encontraron a las siete y estuvieron hablando durante media hora como sin ton ni son, sin llegar al meollo de la cuestión. Al final el teniente le explicó sus problemas, exponiéndole con absoluta sinceridad las razones por las cuales quería aplazar el pago, y se puso a esperar que el otro contestara. Fue una conversación un tanto embarazosa, pero sólo al principio, en realidad, porque resulta que Iván era un tipo educado y comprensivo que quería a toda costa independizarse de la tutela de su padre, empeñado en meterlo en un mundo que no le interesaba, y simpatizó de inmediato con los proyectos de Sotero, por lo cual, además de aceptar la moratoria, se ofreció para ayudarlo en lo que hiciera falta. El teniente se lo agradeció, y como estaban ya sentados y, según se veía, se habían caído bien desde el primer momento, se quedaron allí bebiendo un poco y conversando de sus cosas, tratando de intimar. En eso estaban cuando, de repente, Iván dejó de hablar, se levantó y, después de pedirle permiso con una educación que delataba, según pensó Sotero, sus orígenes de clase, se dirigió a la puerta de la calle. El teniente siguió en lo suyo, sin volver la cabeza (no quería que el otro lo juzgara indiscreto), pero no tuvo más remedio que hacerlo al escuchar la voz inconfundible de Yolanda. Estaba hablando con Iván en un tono cuya frialdad contrastaba con el nerviosismo y la fingida desenvoltura con que él la había abordado. Al cabo de un momento entró Wilson, abriendo un paquete de *Winston*, y Yolanda (ahora nerviosa y fingidamente desenvuelta, mientras Iván se retraía y se mostraba apático, casi descortés, como en un intercambio de papeles) aprovechó el momento para presentarlos y dirigirse luego, seguida de Wilson, hacia una de las mesas del local.

Este simple incidente cambió el rumbo de la situación, porque cuando regresó a la mesa, Iván Sánchez ya no era, ni con mucho, el mismo que unos minutos antes le había pedido permiso para levantarse. Su rostro tenía esa expresión incierta de quien está sufriendo y sin embargo se empecina en disimularlo. Durante un largo rato permaneció callado, en completo silencio, haciendo girar el contenido de su vaso, como perdido en su interior, donde quién sabía (pensó Sotero maliciosamente) qué escenas amorosas y sexuales con Yolanda estaría recordando. Después levantó la cara, intentando seguir el hilo de la conversación interrumpida, y cuando parecía que se iba a levantar para marcharse lo que hizo fue llamar al camarero y pedir una nueva botella. Rompió entonces a hablar de las mujeres, de lo malas, lo perversas, lo traidoras, lo mal nacidas, para decirlo rápido, que eran. El teniente callaba, intuyendo que, naturalmente, todos y cada uno de aquellos insultos se dirigían en realidad, más que al sexo femenino en general, contra el cual no daba la impresión de que Iván tuviera nada, al muy particular de Yolanda Martínez, que en seguida imaginó estrechamente relacionado con la repentina amargura de su acompañante. Como en efecto sucedía, dado que, según éste, que había seguido hablando de lo mismo, estimulado por las preguntas breves y bien dosificadas (fintas de tigre de barrio) del teniente, Yolanda no había sido para él, para Iván Sánchez, una joven de la que estuvo perdidamente enamorado y a la que no llegó a tocarle ni una uña, sino una amante fogosa e incansable con la que se acostó (singó, fue su palabra) un infinito número de veces. Tantas, que no lograba aislar la imagen de un solo acto sexual de los muchos que ambos realizaron porque lo que quedaba de Yolanda en él era el recuerdo de un amasijo de acoplamientos orales, vaginales, anales y hasta axilares de los que jamás en la vida, de eso estaba seguro, se olvidaría ninguno de los dos. Sotero lo escuchó con atención y, arrastrado sin duda por la inercia de su propio ambiente, creyó sin titubeos las fantasías que el otro, mago del vilipendio, iba depositando en sus oídos como si las sacara de un sombrero. Ni por un instante se le ocurrió, no ya negar, sino poner en duda lo que Iván le contaba, de modo que a partir de ese instante su problema consistió en saber cómo debía actuar en el futuro con respecto a Wilson, a quien al fin y al cabo, aunque sólo fuera por la amistad, el respeto y el agradecimiento que sentía por su padre, consideraba como algo muy suyo. ¿Permitiría que esas relaciones, basadas, como acababa de demostrarle Iván, en la mentira, siguieran adelante? ¿Permitiría que la reputación de un hijo de su admirado coronel Tejada fuera víctima de un engaño como ése? Porque lo que para el teniente estaba claro era que Wilson no conocía, no podía conocer, los turbios precedentes de quien, a pesar de la edad, se hallaba enamorado. ¿O sí los conocía, en cuyo caso menos valía él que la misma Yolanda? Iván, naturalmente, seguía hablando, ahora de cosas diferentes, pero Sotero no le prestaba ya la más mínima atención. Para Sotero, la vida (el azar, siempre el maldito azar) acababa de ponerle delante de los ojos una nueva complicación, ahora de orden ético —ya que, en efecto, ¿qué clase de amigo sería él si guardaba para sí un secreto que probablemente estaba en la boca de todo aquel con quien Iván (de ser así ya no tan serio, ya no tan responsable) hubiera tenido el más mínimo contacto? Todo el que conociera a Iván consideraría a Wilson como el recolector de un desecho, como el acompañante de una simple basura de persona, y él, Sotero de los Santos, protegido de los Tejada desde hacía tanto tiempo, ¿cómo iba a permitirlo?

Cuando entraron, ni Yolanda ni Wilson le dijeron nada, seguramente porque no lo habían visto, y Sotero al salir tuvo miedo de que, en ese momento, justo en ese momento, repararan en él, pues no hubiera sabido qué expresión inventarse de tan turbado como se sentía. En la acera se despidió de Iván, que retornó a la penumbra del restaurante para seguir bebiendo en solitario, y se marchó a casa de Conchita a desfogarse un poco y a pensar. Conchita esta vez no lo ayudó mucho porque a ella estos asuntos no la preocupaban, de modo que el teniente se pasó todo el tiempo dándole vueltas y más vueltas a su propia concepción del hombre y de las cosas, buscando el medio de zafarse de aquella responsabilidad que le había caído, como siempre, de la forma más inesperada y pendeja del mundo. Pero todo fue inútil, ya que ni un solo instante lo abandonó la idea de que su deber consistía precisamente en todo lo contrario de lo que le indicaba la prudencia, en este caso personificada en la figura de Conchita, que no hacía más que preguntarle qué le importaba a él esa maldita vaina. Al día siguiente llamó a Wilson y lo citó, ¿dónde si no?, en El Conde para hablarle de un asunto muy serio, de algo que concernía a su honor y a su felicidad, y Wilson acudió, como siempre, puntual. El teniente le habló sin rodeos, con palabra directa y un tanto paternal, para que el otro se enterara de la vergüenza a que lo estaban sometiendo. El lío que se organizó fue, naturalmente, impresionante. Wilson no sólo se negó a creerle, sino que terminó llamándolo chismoso y lengua larga, exigiéndole pruebas y, finalmente, retándolo a pelear donde él quisiera, en la calle a los puños o en un descampado a pedradas y palos y puñales. Luego se derrumbó, como era de esperar, y el teniente, que había estado todo el rato en silencio, le colocó la mano en el hombro, indicándole que lo sentía muchísimo y que como se lo dijeron lo decía.

Aquella conversación le facilitó a Sotero el camino para alejarse de sus amigos durante cierto tiempo, pero en seguida se dio cuenta de que (a causa de las inesperadas confesiones de Iván y sus propios pruritos) cuando volviera ya no sería lo de antes, como él había previsto, ya no sería lo mismo. Evangelina y Enriqueta, pendientes siempre de los defectos de Yolanda, sin duda alguna le agradecerían la actitud adoptada, pero Wilson no olvidaría jamás que había sido Sotero el vehículo, ya que no el causante, de su desdicha. Este simple detalle bastaría para involucrarlo a él, de manera directa, en aquello de lo que precisamente pretendía escapar, de tal forma que ya no podría volver a representar el papel de amigo ecuánime y prudente que siempre consideró como ideal. No se arrepentía de lo hecho, sin embargo. Le parecía que había actuado precisamente como exigían sus vínculos de amistad con los Tejada, que no venían de ayer. Wilson mismo no tendría más remedio que aceptar que el haberle avisado constituía el gesto más noble que Sotero podía haber tenido con él. Y así, con esa tranquilidad de conciencia que da el convencimiento de haber actuado consecuentemente, sin preguntarse ni por un momento si Iván había mentido, tarea que al fin y al cabo le correspondía a Wilson, el teniente Sotero se hundió de nuevo en sus propios asuntos y desapareció del panorama. De una forma total, además, puesto que también su situación con doña Luz había estallado y hacía ya casi una semana que no visitaba la casa de su novia.

Esto último ocurrió prácticamente de un día para otro, pero en realidad se había venido incubando (verbo que el teniente empleaba mucho por aquellos días) muy poco a poco desde que se descubrió lo de Conchita. Desde entonces, no obstante sus esfuerzos, que de todos modos no fueron excesivos, a doña Luz se le hizo muy difícil soportar la idea de que su hija terminaría casándose con el teniente y no perdía ocasión de demostrarle su desprecio. Sotero soportó con estoicismo la desagradable situación y, primero por lo que podía representar para él un matrimonio con Estela (enamorada, loca perdida, dispuesta a lo que fuera) y después, o al mismo tiempo, sencillamente por venganza, por fastidiar a su suegra y su cuñada, siguió con la rutina del noviazgo, intentando mostrar un enamoramiento que se hallaba muy lejos de lo que realmente sentía —mezcla difusa de deseo, afecto, obligación moral y arribismo clasista—. Pero esa situación, ese precario y agresivo equilibrio se vino abajo cuando los asuntos avícolas del teniente Sotero comenzaron su racha de fallos y malos resultados. La muerte continuada de sus pollos, con los cuales soñaba, en los cuales se pasaba el día entero pensando de tan obsesionado como estaba, lo llevó no sólo a descuidar sus relaciones con Estela, sino a intensificar el ritmo de sus salidas con Conchita, en cuya compañía se le veía ahora a cada rato en los sitios más inesperados. Lo mismo se daban una vuelta por El Conde, muy cogidos del brazo, en plena noche, antes de entrar a la pista de baile del Quisqueya, que se paseaban a lo largo de todo el malecón, los dos subidos en el *Hillman*, los dos medio abrazados, los dos expuestos a que Estela se llevara el disgusto de su vida si los hallaba en eso. Igual hubiera sido, claro, porque si bien el azar le evitó el mal trago de tropezar con ellos, de verlos frente a frente tan acaramelados y tan cosa, a sus amigas, naturalmente, no. Se veía que el azar no tenía por qué contar con ellas, por qué evitarles ese encuentro fatal, como hacía con Estela, y quizá por eso casi a cada momento les ponía al teniente y a Conchita delante de los ojos con el único fin, al parecer, de que fueran corriendo a casa de Estela o de que, en su defecto, la telefonearan, para narrarle con lujo de detalles el acontecimiento. Y así lo hacían, efectivamente. Sólo que, mientras Estela disimulaba todo lo que podía su sufrimiento, diciendo, afirmando, gritando casi, que a ella no le importaba que así fuera, el embate de sus amigas y conocidas (empeñadas en cumplir su deber a toda costa) no cesaba un minuto. De ese modo y durante cuatro o cinco días la casa se convirtió en una especie de central telefónica a la que llegaban las más variadas voces anunciando desde los simples paseos cogidos de la mano a los apretujones y dizque borracheras públicas del teniente y Conchita. Voces que algunas veces se identificaban, adoptando entonces un tono entre malicioso y recatado, el mismo de como me lo dijeron te lo digo que el teniente adoptara en su conversación con Wilson, y otras se amparaban en el más rastrero y, sin embargo, cursi de los anonimatos. Hasta que, como era de esperar, doña Luz se dio cuenta y formó con Esther, que ya estaba al tanto y había guardado silencio por no mortificarla, un frente común para acabar con lo que, al unísono, ambas calificaron de sinvergüencería.

Lo que le dijeron, lo que le vocearon entre dientes una y otra, hablando como quien masca arena, al teniente Sotero, la noche en que por fin sacaron a relucir el enojoso asunto, no tuvo desperdicio. Doña Luz descargó la ira y el desprecio contenidos durante tantos meses y Esther no cesaba de introducir palabras aisladas y precisas (desvergonzado, rastrero, inconsecuente, torturador, malvado) como amargas acotaciones al discurso sin tregua de su madre, a la que, según la propia Esther contó luego, casi le da un ataque de lo acalorada que llegó a ponerse. A lo largo de aquella media hora, que al teniente se le hizo infinita, la única que en realidad habló fue doña Luz. Esther sólo la interrumpió cuando, dejándose llevar por la emoción, su madre comenzó a maldecir el momento en que Evangelina y Enriqueta se lo habían presentado como lo que no era, la hora en que, guiada por esa recomendación, ella le abrió las puertas de su casa, de la que ahora precisamente deseaba que saliera para nunca jamás. Esther le dijo entonces que no confundiera las cosas, puesto que, hablando con franqueza, ¿qué culpa podían tener esas dos excelentes amigas y vecinas de haber sido engañadas (también, sí, también) por la hipocresía de Sotero? Y era que ella, Esther (por eso intervino y por eso Sotero le sonrió con malicia mirándola a la cara), cuidaba, al defenderlas, su propia seguridad afectiva. ¿O no estaba, la pobre, tan loca perdida por Wilson, tan dispuesta a la mayor locura por él, como su hermana por ese mequetrefe uniformado? Después callaron, el teniente muy digno, pero rojo de ira, y ellas dos temblorosas, los tres deseando separarse y sin saber, curiosamente, cómo. El teniente no dijo nada, salvo que existen razones masculinas que las mujeres no alcanzarán jamás a comprender (y viceversa, acotó Esther, universitaria ella, con mucho desenfado), así como razones de caballerosidad y decencia que le impedían hablar y lo obligaban a aguantar aquel chorro de improperios. Doña Luz creyó que con esto último el teniente se estaba refiriendo a su amistad y a su admiración con don Rodolfo, y aunque el teniente sin duda alguna lo tuvo muy en cuenta a la hora de callarse, lo cierto era que pensaba en sus ocultas y casi salvajes relaciones sexuales con Estela —detalle que, secretamente, lo hacía sentirse dueño absoluto de la situación—. Después, naturalmente, se levantó y se fue, no sin antes dejar muy bien sentado que no consideraba rotas sus relaciones con Estela y que, como era lógico, se mantendría a la espera de que tanto su suegra como su cuñada decidieran presentarle sus excusas.

22. Yolanda Martínez
De junio a julio de 1962

Wilson la presentó por fin y a Yolanda le pareció muy bien la casa y muy bien todo, salvo algunos detalles que prefirió incluir en el capítulo de falsas impresiones. Freddy y Evelinda la ayudaron muchísimo aquella tarde de su presentación como novia oficial, no dejándola sola ni un momento, levantando los ánimos en cuanto comprobaban que el ambiente se enfriaba un poquito. El coronel estuvo de lo más amable, educado y simpático y habló mucho con doña Graciela antes de irse a donde sus deberes como militar lo reclamaban desde hacía media hora. Después de su partida, doña Graciela cambió de sitio y se puso a charlar con doña Evangelina, que llevaba un vestido importado de USA y la cara exageradamente maquillada, con emplastos de crema en las mejillas y un tono de carmín demasiado subido para su edad, que superaba los cuarenta y cinco. Yolanda no quiso averiguar de lo que hablaron, aunque supuso que de cosas de muy poca importancia, y no lo quiso porque esa tarde se sentía llena de amor, radiante, segura de sí misma. Freddy la sacó a bailar, le enseñó pasos nuevos y entre los dos se robaron el *show*. Wilson no dejó de adorarla un solo instante y ella adoptaba un aire natural y sencillo, se mostraba sincera, creyendo que con eso ganaba puntos de admiración y simpatía en el cerebro-*score* de su futura suegra. Hacia las nueve y pico decidieron marcharse y doña Evangelina las despidió con un besito al aire en la mejilla, sonriendo. Esa noche Yolanda durmió soñando con los ángeles y, al día siguiente, considerando que el último mal trago de su noviazgo había pasado, empezó a imaginar que de ahí en adelante ya no habría en el mundo un solo obstáculo que osara interponerse entre Wilson y ella. Bailaba de felicidad por las habitaciones de la casa, ilusionada con el momento en que, tal y como acordaron la noche anterior, ellas dieran la fiesta más sonada de su vida para sellar el pacto que la uniría con Wilson para siempre. Wilson no se encontraba allí para verla llorar de la emoción, pero en cuanto llegara

Yolanda pensaba reprocharle cariñosamente el miedo que le había metido previniéndola tanto acerca de su madre y su tía, que no eran ni quisquillosas ni regañonas, como él le hizo pensar, sino corteses, amables y en el fondo asequibles. Ella sabría ganárselas empleando a conciencia sus condiciones naturales para eso, su simpatía y su don de gente. Lo perdonaba, sin embargo, ahora se daba cuenta de que él lo había hecho sencillamente para que estuviera preparada y les diera la imagen que ambas deseaban de una novia, pobrecito. Cuánto deseaba verlo en ese instante, qué feliz era imaginándose feliz. Y su mamá también, que la miraba y sonreía y a cada rato se abrazaban sin que viniera a cuento y se metían en el aposento a probarse vestidos como dos colegialas.

Esa alegría, desgraciadamente, no le duró mucho, resultó efímera como el sueño de una noche de verano, porque la realidad era distinta, muy distinta, y ni el ánimo de Evangelina ni el de Enriqueta se encontraban dispuestos a admitirla, actitud que a Yolanda se le hizo evidente en las visitas inmediatamente posteriores. No de golpe, claro, sino de un modo paulatino. Primero fue un simple presentimiento —contra el cual, por cierto, Yolanda tuvo que luchar con denuedo, impidiendo que tomara cuerpo y la llevara al terreno de la aprehensión, ése que está ubicado entre la desconfianza y el desasosiego—. Pero después no le cupieron dudas al respecto y concluyó que tras aquella fingida cortesía se agazapaba la alimaña de la indiferencia, un sentimiento frío cual una lámina de acero dejada a la intemperie. Pasó una noche entera desvelada, levantándose continuamente a ver la luna y a pensar, buscando la manera de combatir aquel descubrimiento tan desagradable, de convertirlo en una simple ficción de su cerebro. Todo resultó inútil, sin embargo. Ninguno de los razonamientos que se hizo, ninguna de las explicaciones que se dio a sí misma, de las excusas que se puso, evitó que la imagen de Evangelina (la de Enriqueta no le preocupaba) le ofreciera ahora unos contornos, una configuración totalmente distintos a los iniciales. Y así, con una pena directamente proporcional a la alegría de la primera noche, llegó a la conclusión, a una semana escasa de haberlas conocido, de que ni una ni otra permitirían jamás que su enlace con Wilson arribara a buen puerto.

Cuando se dio cuenta de esa verdad en principio inalterable, Yolanda lloró mucho, estuvo una tarde entera llora que te llora, sintiéndose de lo más desgraciada, y de nada valió que doña Graciela le pidiera calma, de nada que la consolara, porque Yolanda lo único que deseaba era que la dejaran sola, llorando sin parar. Cuánto, sí, deseó, aunque sin conseguirlo, desaparecer por completo del mapa, huir y convertirse, como le decía Freddy, en una simple brizna de paja en el viento, de ahí en adelante no ser más que la sombra de un recuerdo. Cuánto, además, transformarse en otra persona, en esa otra persona que a los ojos de doña Evangelina estuviera a la altura de sus aspiraciones para con Wilson. Cuánto, por ejemplo, heredar de una forma imprevista la fortuna de algún pariente rico y desconocido, como ocurre en el cine a cada rato, o ser rica ella misma, o sacarse, cojollo, el primer premio de la lotería con el vigesimito que solía comprar los fines de semana. Después, naturalmente, comenzó a calmarse y, como le ocurría siempre que tenía un gran disgusto, su orgullo herido se sintió rebelde y una voz interior surgió de pronto con el fin de animarla y lanzarla a la lucha. Decidió entonces, ante el asombro de su madre, que de ninguna forma se quedaría con los brazos cruzados viendo cómo el capricho, los prejuicios y la posesivitis de dos pretenciosas destruían sus sueños de felicidad sin apenas intentar conocerla, sin siquiera saber en lo que consistían sus proyectos de vida, qué valores portaba su concepción del mundo. De inmediato, por tanto, habló con Freddy, y éste le aconsejó lo que tenía que hacer para lograr ese objetivo. Desplegar, ante todo, le dijo, el amplio abanico de sus capacidades, sus alabadas dotes de simpatía, mostrándose sin desmayo segura de sí misma, convencida de que no solamente se encontraba al nivel de su más inmediato rival, la Esther del diablo ésa, la que vivía en la casita de enfrente, sino muy por encima, qué carajo. Luego tomar en cuenta, o no perder de vista, que el juego resultaba peligroso, puesto que se trataba de fingir, y a las mujeres en ese terreno, ella lo sabía bien, no se les va ni una, con lo cual, y muy sucintamente (palabrita de Freddy) estaban esbozadas las dos reglas de oro para ese *póker* de ases del amor. Él, por su parte, haría todo lo posible por ayudarla al máximo. Sólo que no alabándola ni poniéndola por las nubes, como aconsejaba Evelinda, también presente en la conversación, sino precisamente rebatiéndoles a Evangelina y Enriqueta, como quien no quiere la cosa, los aspectos más notorios del trato y de la personalidad yolandísticos, seguro de que, a causa de ese espíritu de contradicción que posee toda madre (en el que Evangelina no era una excepción) ambas a dos terminarían diciendo y por lo tanto viendo lo contrario. Yolanda se preguntaba si no sería ése un juego peligroso, pero Freddy las conocía desde hacía ya tanto, con todas sus manías y sus cosas buenas, y estaba tan profundamente convencido de que para doña Evangelina y tía Enriqueta existían en este mundo dos polos opuestos, aunque complementarios, como los de una pila, que eran Wilson y él (el positivo y el negativo de la actual juventud) que no dudó un segundo que ellas dos considerarían todas sus propuestas y opiniones por vía de negación, como los escolásticos, creyendo a pie juntillas lo contrario de lo que él afirmara. Lo malo era que Freddy se iba pronto a Nueva York y a Yolanda le dio un poco de miedo quedarse sin su valiosa ayuda. ¿Tendría su amigo el tiempo suficiente para llevar a cabo el plan de revitalizar su imagen, poniéndola, como él decía, de vuelta y media y forzando a doña Evangelina, por tan cruel sistema, a cambiar de opinión? Ella no lo sabía, pero se dejó guiar por Freddy porque consideró que, de cualquier modo, ante la inquisidora mirada de aquellas dos mujeres, su causa llevaba de antemano todas las de perder. Freddy por un lado y ella por otro, pensó luego, animándose, quizás consiguieran romper el muro de hielo (cubitos de frío rechazo) que se levantaba ante sí, si lo consideraba sólo desde su punto de vista, o entre ella y Wilson, si lo hacía desde el punto de vista de la felicidad de ambos.

No perdió tiempo, pues, en alzar el telón para representar el dichoso papel de monalisa criolla que Freddy le aconsejó como más adecuado, el rol de joven ideal, sacrificada, y cosa, deseado por ellas. Comenzó haciéndose una lista mental de detalles a tomar muy en cuenta y decidió llevarlos de inmediato a la práctica. Cruzaría, por ejemplo, las piernas como mandan los cánones, poniéndose las manos con delicadeza a uno y otro lado de las caderas y en el momento justo en que cualquier varón pudiera descubrirle (y siempre había un varón dispuesto a descubrir este tipo de cosas) tres o cuatro centímetros de muslo, ¡zas!, coquetamente se estiraría la falda hacia delante hasta cubrirse con delicadeza las rodillas. En cuanto a su risa se refiere, ésta tendría que ser de lo más comedida y respetuosa, no como aquellas otras con que acostumbraba a celebrar las ocurrencias de Freddy y de Evelinda, que eran estrepitosas, llenas de aes, abiertas y sinceras. Ahora nada de echar la cabeza hacia atrás, como solía, y mostrar la impecable dentadura que le llenaba la boca, tan perfecta y reluciente que doña Evangelina, por lo bajo, y sólo por fuñir, se preguntaba si no sería postiza. Ahora una risa en e, que es la más fina y aceptada, no en i, porque con tal vocal la misma risa se pasaría ya de la raya y se haría remilgada y como de ratón, como de poca cosa, ni en o, por lo vulgar y extraña que resultaría, ni desde luego en u, que no existía —o que Yolanda al menos no había oído—. Otro tanto sucedería con sus gestos, que siempre fueron delicados, pero, al mismo tiempo, ahí residía su fallo, demasiado espontáneos y, por decirlo de alguna manera, demasiado libres. Precisamente a tenor de esto último, después de su conversación con Freddy, e *ipso facto*, Yolanda dejó esa curiosa e insólita costumbre de premiar con una palmadita en la mejilla, con una amplia sonrisa y medio abrazo o a veces incluso con un besito al aire a cualquiera de su grupo de amigos que dijera algo realmente ingenioso o tuviera una ocurrencia de ésas que sólo tienen los que están en la cosa. Incluso sus vestidos sufrieron el embate de su nueva postura, de su puesta en escena, siendo esquilmados, divididos, separados, engavetados, recortados, ampliados —seleccionados, en definitiva— con el fin de cumplir la fatigosa tarea de presentar la imagen adecuada. Se acabaron, por tanto, las faldas estrechas, las faldas de colores extraños, las blusas transparentes o abiertas, sus adorados pantalones, que le marcaban todo, lo que se dice todo —amén de producir la sensación del siglo cuando pasaba por ciertos lugares inequívocamente masculinos, especialmente barberías y barras—. Se acabaron hasta los zapatos estilo bailadora de *twist*, que era la última moda en baile y que, por su novedad, más que por su contoneo, Evangelina y Enriqueta no acababan de considerar como adecuado. De ahora en adelante ella se pintaría con suma precaución, no iba a llevar jamás sus pestañas postizas, disminuiría la altura de sus tacones (aunque quizás en esto no hubiera que ceder demasiado) y claro está que ni siquiera se le ocurriría sacar a relucir el par de pelucas, roja y rubia, que había traído sencillamente para por si acaso. Presentaría, en resumen, el aspecto más sobrio que pudiera, equivalente en todo al de esas inmaculadas señoritas que nunca han salido del país, que se mantienen vírgenes en todos los sentidos (que pregunten si quieren) y conservan todos y cada uno de aquellos tics isleños y ridículos que a Yolanda la sacaban de quicio, pero que, sin embargo, eran los que el ambiente exigía.

Yolanda calculó que aquella representación duraría por lo menos tres o cuatro meses y dispuso su ánimo para soportarlo, convencida de que valía la pena el sacrificio y de que poco a poco se las iría ganando y lograría que terminaran viéndola como lo que era por sí misma, y no por sus vestidos ni por sus gestos ni por sus fingimientos. Pero a finales de junio, a los cuatro o cinco días de hablar con Freddy, y cuando éste ya había puesto en práctica su plan, Yolanda empezó a notar algo muy raro en el comportamiento de Evangelina —que, sin embargo, continuaba recibiéndola con su habitual besito y su calculada educación—. No un acrecentamiento de su frialdad, que hubiera sido lo lógico, sino una especie de desplome vital, de reconcentración, de apatía hacia todo lo que no fuera ella misma, un como alelamiento que la llevaba a estar en las nubes casi todo el tiempo y a ser precisamente lo contrario de lo que siempre era. La idea que Yolanda se había hecho de ella, tanto a través de Wilson como personalmente, era la de una mujer dura, segura, cargada de la jovial altanería de los que significan algo en plena capital después de haber significado algo en la provincia, y esa idea se contradecía ahora, de repente, con una actitud francamente enfermiza que Yolanda atribuyó en principio a su propia presencia y en seguida —cuando lo supo— al incidente que la motivaba. Se quedó con la boca abierta y hasta le dio su poquito de pena cuando Wilson se lo dijo, pero pensó también, con algo de vergüenza, ciertamente, que había estado muy bien que le pasara, porque tal vez así terminaría entendiendo lo que es estar sufriendo a causa de un tercero. O de una tercera, como era el caso ahora, pues resulta que se trataba de eso, de que su marido, aquel señor de aspecto tan respetable, tan como alejado de esas fruslerías, tan patriarca en el gesto de la cara como adusto en cada uno de sus movimientos, el papá de Wilson, el coronel Tejada, le había puesto una pequeña sucursal por allá arriba (parte alta de la ciudad), lo que quería decir que había mudado a una muchacha joven, buena moza, con la que últimamente se pasaba una notable parte de su tiempo. Así que aquella nueva forma de estar (o más bien de no estar) de Evangelina no era más que una cosa que se llamaba desde siempre celos. Y hay que reconocer, pensó Yolanda con regocijo bien disimulado, que a una edad como la suya, y por muy dura que aún se tenga la carne —dureza relativa, desde luego—, la dichosa sensación debe de ser horrenda, por lo imposible que resulta combatir en plano de igualdad a quien te la produce. Por fortuna, según Wilson, la cosa era reciente, y eso le hacía abrigar la esperanza de que no pasaría de mero caprichín sin importancia. Pero Evangelina no participaba de la misma opinión, y ya el día que lo supo, a través de una llamada anónima, se apostó en la esquina de la calle en cuestión y aun tuvo el valor de esperar a que el coronel llegara, echara su gran palo y se fuera, antes de presentarse delante de la puerta y allí mismo, con bofetadas y jalones de cabello incluidos, darle a la entrometida la pela de lengua más bien dada que en mucho tiempo se había oído por aquel barrio sin nombre. Hasta ese punto de desintegración, siguió pensando la bonita Yolanda, eran capaces de llevar los celos a una persona que daba constantemente la impresión de tener asimilada al máximo la actual normativa de conducta y decoro que regía en el país. Quién le iba a decir a ella que aquella señora sería capaz de rebajarse hasta llegar a tales extremos, pensó otra vez. Y, sin embargo, así era, se lo decía nada menos que el mismísimo Wilson —y por eso Yolanda se preguntaba ahora si en alguna ocasión, y por motivo tan poco baladí como el primero, no le tocaría también a ella recibir la suya, su rociada de insultos—. En lo que francamente no pensó Yolanda, enemiga de mirarse en espejos ajenos, fue en la posibilidad de que eso mismo que le estaba ocurriendo a doña Evangelina podría ocurrirle a ella en el futuro, ya que, observándola con calma, cualquier persona atenta hubiera descubierto en la mamá de Wilson una carga de encantos corporales todavía presentes, amén de otros que sin lugar a dudas provendrían de su propia experiencia de la vida, que siempre enseña tanto. Y no lo pensó porque el amor de Wilson la había hecho olvidar que, contrario al caso de doña Evangelina, ella era la más vieja de los dos, y llegaría la noche, que no el día, en que probablemente nadie la mirara, mientras que a Wilson se lo disputarían las veinteañeras alocadas, buscadoras de canas y experiencias. Ella con Wilson vivía en el paraíso y no quería saber nada que no perteneciera a ese presente de perpetua alegría, a ese presente de largos ensimismamientos delante del crepúsculo, con ruido y olor de mar allá en el fondo, y orgasmos finos, delicados, húmedos e infinitos, en los que ambos perdían la noción del tiempo, como si en vez de ser reales fueran imaginarios. Es más, era precisamente esa felicidad, esa exacerbación de espíritu y de cuerpo, lo que le impedía pensar en el futuro. No, naturalmente, porque no estuviera continuamente proyectándose en él, o hacia él, que sí lo estaba, sino porque este menester de su mente consistía más en verlo como una repetición constante de su actual estado (en una prolongación de su felicidad, sin vejeces, decadencias ni cansancios) que a partir de los datos reales y de las circunstancias modificadoras que le fuñen la vida al más iluso. En breve, como escriben los malos traductores del francés, que estaba enamorada, y el tiempo, por lo tanto, se le había detenido y los días no corrían, y si corrían qué importa, y se sentía flotando en una atmósfera como de gases lúbricos que llenaban su cuerpo de esplendor y le ponían a veces, sin que viniera a cuento, la carne de gallina.

La felicidad que la embargaba creía Yolanda que la hacía poderosa, indestructible, y que, aun cuando Evangelina (si llegara el caso, que no llegaría) rechazara de plano sus amores con Wilson, ella y él, ambos a dos, como en un juego, el peligroso juego de la vida, sabrían buscar la solución adecuada, que sería siempre la de salvar su amor por encima y a pesar de todo. De ahí que, desde hacía un par de días, entre visita y visita a casa de su novio (y viceversa) se pasara las horas inventándose escenas de suplencia. Es decir, que en vez del paraíso deseado, se imaginaba, por ejemplo, viviendo con Wilson en una cuartería, ayudándolo para que terminara la carrera, manteniéndolo mientras él estudiaba, esperando tiempos mejores en una atmósfera de optimismo cercada por los asedios, las críticas y las malas caras de Evangelina y su cuñada. Se imaginaba eso o cosas parecidas. Pero tales extremos claro estaba que no se darían, pues ella no iba a permitirlo. Antes de llegar ahí, y ayudada por Freddy, cuyas gestiones se hallaban, por cierto, detenidas a causa de lo del coronel, Yolanda haría lo imposible por ganarse la amistad, por salvar los obstáculos que el destino, transfigurado en suegra, deseara ponerle en su camino. Y estaba en eso, desde luego, estaba haciendo su papel, o comenzando a hacerlo, con toda la pericia y pulcritud, con toda la concentración que el caso requería, preguntándole continuamente a Freddy si iba bien, si se había equivocado, en qué aspectos tenía que mejorar —todo a escondidas de Wilson, que no debía enterarse, y comprobando a veces cómo Freddy no se podía aguantar la risa que le entraba y empezaba a hacer chistes de buen gusto acerca de lo que, con gran liberalidad, llamaba la doble vida de Yolanda la bella—. Pero el ambiente no la ayudaba mucho, ésa era la verdad. No sólo porque Evangelina continuaba manteniéndose distante, sino porque ya ni siquiera reparaba en ella como en los dos o tres primeros días. A Yolanda le daba la impresión de que la sufriente menopáusica le había sacado una foto fija incluso antes de haberla conocido, una foto de anticipación (como el subgénero) y que esa foto permanecía inmutable en su cerebro, lugar donde, evidentemente, no existían más que remotas posibilidades de poder retocarla. Por otra parte, daba la puñetera casualidad de que ahora no era Evangelina la única que se interponía en su ascendente carrera hacia el estrellato de ese firmamento familiar en el que, a toda costa, y por amor, pretendía triunfar con su actuación. También estaban esos otros imbéciles que la rodeaban, la intelectualilla de pelo malo llamada Esther, con la que Yolanda se odió instantáneamente, lanzándose sus ojos chispazos de furor cada vez que por algo tenían que dirigirse la palabra, el obseso sexual, Sotero de los Santos, oficial de mucha más alta graduación en el terreno de la hipocresía, que a la más mínima les lanzaba miradas quemadoras y rápidas a sus partes pudendas y salientes, como si pretendiera hacerlas echar humo, y finalmente aquel corro enemigo formado a doble voz por la cuñada de nunca supo quién y la mamá de Esther y de Estelita, que era, esta última, la única que se podía salvar del horrible conjunto. Quizá, como le decía Wilson, semejantes personas consiguieran alguna vez acoplarse hasta el punto de crear entre todos un ambiente agradable, un ambiente en el que, siempre según él, valía la pena estar —ella no lo dudaba lo más mínimo—. Pero lo cierto era que si tenía que juzgar por lo presente, por lo que veían sus ojos y padecía su corazón, la conclusión no podía ser más desgraciada y pesimista. Aquella gente, cada vez que ella iba, parecía ahora, más que un grupo de amigos, una comparsa de apaleados farsantes que no serían capaces de comprender sus gracias, cuando ella las hiciera, sus delicadezas, cuando las tuviera, sus valores de joven que sabe ir por el mundo y es desde luego digna de que se la contemple, cuando ella los sacara a relucir. ¿De qué iban a servirle sus esfuerzos en un ambiente de franco deterioro, en el que cada vez que Yolanda aparecía (ahora diariamente) se encontraba con una menopáusica comida por los celos, si es que tal conjunción era posible, de repente repleta de jaquecas, y una atmósfera tensa, como si sólo un segundo antes de su llegada hubiera habido una pelea de todos contra todos?

Para colmo de males Freddy partió el día cuatro de julio, y aunque Wilson propuso, y todos aceptaron, darle una fiesta de despedida, lo cierto fue que con su partida Yolanda se sintió doblemente abandonada. Primero porque ese hecho rompió definitivamente el plan de ataque que elaboraron juntos —y que apenas pudieron empezar, ya que en seguida estalló lo del coronel y Evangelina se encerró en sí misma, se ensimismó, no dando chance para hablar de otra cosa que no fuera lo suyo—. Segundo, y principal, porque a los pocos días le cayó encima aquella destructiva, desconsiderada, envidiosa, malévola calumnia, aquella red de infundios y mentiras tejida entre dos hombres que al instante pasaron a encabezar su lista de gente odiada para siempre: Iván Sánchez y el teniente Sotero. Esto último ocurrió tan de prisa, fue tan sorpresivo (amén de sorprendente), caló tan hondo en el corazón de Wilson, la dejó a ella tan aturdida, deprimida, llorosa, impresionada, que todavía al cabo de varias semanas su mente no acababa de asimilar el hecho. Aquel día infausto Wilson la llamó por teléfono para decirle que le tenía que hablar urgentemente y Yolanda acudió al lugar convenido pensando, inocente mariposa, que se trataba de alguna de sus famosas controversias con su madre y encontrándolo, en cambio, con el pelo revuelto, el rostro lleno de ira y con todos los músculos de las extremidades superiores contraídos y los puños cerrados de furor. Con ganas, en resumen, de ahogarla allí mismo sin permitirle hablar ni darle explicaciones de aún no sabía qué, ya que hasta ese momento no habían hecho otra cosa que mirarse a los ojos, ella llena de amor, con gesto interrogante en la expresión, él como ya se ha escrito. Lo que vino después fue extenso, intenso, complicado por los ayes de dolor (espiritual) emitidos por la ultrajada dignidad de Yolanda (pues, ¿cómo era posible que Wilson la cubriera de insultos sin pararse a pensar en que aquello no era más que una sarta de fétidos embustes emitidos por el par de letrinas llamadas Iván Sánchez y Sotero?), pero resumible en lo siguiente. Wilson se negaba en redondo a continuar sus amores con ella debido a que, según le dijo, él no iba a ir por el mundo arrastrando la vergüenza que semejante realidad suponía (pero ¿qué realidad?, ¿qué realidad?) y de nada sirvió que ella lo contradijera, rechazara los infundios, se declarara inocente. Él dio la media vuelta y se marchó, dejándola allí sola, bajo la sombra unánime de los almendros, viendo a su vez cómo se le alejaba el amor a través de sus ojos empañados en lágrimas distorsionadoras, pensando que quizá cualquier día de ésos él volvería a llamarla para decirle, con más calma, que estaba arrepentido, para escucharla al menos.

Fue precisamente entonces cuando ella echó en falta la figura de Freddy, cuando creyó sinceramente que su presencia hubiera sido decisiva para cambiar el derrotero de los acontecimientos que se precipitaron sobre su vida como un alud de amargura a partir de ese día. Si Freddy, en efecto, no se hubiera marchado, ella habría tenido la oportunidad de recurrir a él para que se enfrentara a Wilson y lo hiciera recapacitar, darse cuenta de la injusticia que estaba cometiendo. Freddy, en una palabra, la hubiera comprendido. Pero como eso no era posible, Yolanda se vio de pronto sola, perdida en ese laberinto de perplejidad que se produce cuando se nos acusa de algo que no podemos recusar y, como siempre, pasó por esa fase de hundimiento, depresión y rechazo de todo, antes de reaccionar y, una buena mañana, a los dos o tres días del acontecimiento, con los ojos hinchados todavía, organizar a fondo su defensa. ¡Bueno estaría que por una calumnia el edificio del amor, tan difícilmente construido, se le viniera abajo!, fue lo que concluyó, mirándose al espejo y tratando de cubrirse las ojeras con un poco de crema limpiadora, disponiéndose a actuar, a cortar por lo sano —como en efecto—. Lo primero que hizo fue telefonear al maricón de

Iván (y lo llamó así mismo, pues su lengua, de repente, se había desatado, había dado un salto atrás, como si hubiera descubierto que ese asunto requería más de la agresiva Yolanda de antes de conocer a Wilson que de la sumisa Yolanda posterior) y le dijo hasta del mal que iba a morir, revelándose, rebelde, como una insultadora de gran categoría ante la mirada asustada de doña Graciela, que le hacía gestos con las manos y se abanicaba sin parar intentando vanamente apagar el sofoco de su cara. Algunos de los insultos que tan sólo en un instante salieron de su boca (las palabras de Iván debieron de ser mínimas y había que imaginarlo, como doña Graciela, totalmente aturdido, confundido, fundido, a causa del imprevisto ataque) fueron mariconazo de orilla, bugarrón de viejos, pederasta ruso (sic), lesbiano, locutor de calumnias, pajero de a dos manos, maníaco, maniático, mama güevo, chulo de oficinistas masculinos y otros tantos sacados, sin duda, de su repertorio neoyorquino, al que posiblemente habían contribuido, en no escasa medida, sus amigos hispanos. Después colgó y telefoneó a Wilson, intentando dialogar con él, citarlo en algún sitio para proponerle una conversación *à trois* con el lengua larguísimo de Iván, a ver si era verdad que se atrevía a decirle lo mismo delante de ella. Pero Wilson no estaba y quien cogió el teléfono fue doña Evangelina, que se mostró de lo más reticente y despectiva, quizá porque por fin había ocurrido lo que deseaba y no estaba dispuesta a dar facilidades. ¿Sabría Evangelina toda la verdad —mejor dicho: toda la mentira—, o simplemente conocía la separación (según Yolanda, momentánea), pero no los motivos? A Yolanda no le importó ni así la duda que acababa de planteársele, porque estaba convencida de que a esas alturas el problema había llegado al grado máximo de saturación y que lo que ocurriera desde ahora, malo o bueno, sería definitivo. Ahora Wilson tendría que aceptarla o rechazarla de una vez por todas y con independencia de cualquier otra consideración, viniera de doña Evangelina o viniera de Iván, vía Sotero. Por eso a las dos horas tornó a telefonear, tropezando esta vez con la voz atiplada de Esther, muñequita de trapo, su rival, con la que, ya desesperada, se descargó de nuevo. Tuvo su madre que arrancarle el teléfono de la mano temblorosa, pedir excusas a quien se hallara al otro lado del hilo, y en medio del ataque subsiguiente (lloros, espasmos, toses y lamentos) estrechar a su hija y pasarle la mano por el pelo para que se calmara, lo que Yolanda, desde luego, no hizo. Siguió en lo mismo durante muchas horas, esperando que sonara el teléfono y fuera él, recostada en la cama, con el pelo revuelto, sin comprender por qué, pensando que el misterio era el hombre, y no, como decía el bolero haitiano, la mujer. No quiso cenar, no quiso desayunar, no quiso comer, hizo que su madre comunicara con la oficina y contara un cuento chino, y se quedó en la casa atenta a la llamada de Wilson, que estaba al otro lado de la ciudad muerto de amor por ella, esperando también que Yolanda telefoneara (porque era a ella a quien le correspondía dar explicaciones) sin saber que ella ya lo había hecho, ambos aislados por el silencio celoso de Esther y el regocijo de doña Evangelina. ¿Se decidiría él a visitarla? ¿La llamaría? ¿Insistiría Yolanda en cuanto se le pasara la llantina y volviera a crecerle en el pecho la llamita de la esperanza? Parecían sonar en el aire los acordes de la Quinta (tantatachán) que para todo el mundo indican el misterio por resolver, la atmósfera enigmática con que la vida a veces nos envuelve. Pero el problema siguió igual, ya que ni ella llamó ni él acudió a su lado en esa batalla de orgullo sordo y ciego que ambos, sin darse cuenta, habían entablado, abonando el terreno para los enemigos del amor —de su amor—. Y así pasaron mañanas, tardes, noches (concretamente las del martes y el miércoles de esa semana aciaga) de un silencio total, que acabaron por postrar realmente a Yolanda, por enfermarla, por producirle incluso fiebres y delirios en los que (paradójica cosa, el corazón) sólo un nombre salía de sus labios: Carmelo, Carmelo, Carmelo. El médico que la atendió una noche, sin saber, sin descubrir, sin intuir siquiera el origen del mal, identificando aquel único sonido que emitía su paciente con la palabra caramelo, ordenó que le dieran un poquito de azúcar y dijo que volvería más tarde acompañado de un colega suyo que sabía mucho de este tipo de cosas. Doña Graciela se quedó al pie de la cama con su hija, y Evelinda, en una mecedora, contemplaba la escena con un gesto de amiga verdadera, de joven que conoce muy poco de la vida, envidiando a Yolanda por ser capaz de sentir emociones tan fuertes, creyendo a pie juntillas, y de una vez por todas, que eso de que la gente se vuelve loca de amor no tiene nada de cuento, consideración que la llevó a adoptar ciertas decisiones en favor de su amiga. Se le ocurrió entonces ir a buscar a Wilson y al día siguiente lo hizo, con tan mala suerte que se encontró con doña Evangelina, no con él, y tuvo que soportar, ella sí, aquella especie de descarga de bongó que era su lengua suelta. ¿Querían volverla loca entre toditos?, ¿era que no podían dejar a su hijo en paz?, ¿por qué coño ese afán de meterse en lo que no le incumbía?, ¿qué le importaba a ella que Yolanda estuviera como estaba?, fueron sus preguntas-respuestas esenciales, de modo que Evelinda tuvo que regresar, rabito entre las piernas, a sentarse de nuevo a los pies de la cama de la enferma de amor. Hasta que al tercer día, por fin, Yolanda se levantó, transfigurada, transformada en la diosa Amargura, y se sentó en la mecedora más cercana con los ojos hundidos y el desespero latiéndole en las sienes todavía. Lo primero que hizo fue, naturalmente, preguntar por Wilson, si había venido a verla, si Evelinda pensaba que aún continuaba amándola. Pero en esos tres días de cama suyos Wilson no había venido por diversas razones, entre las cuales, aparte del orgullo, que lo mantenía encerrado en su caparazón, dispuesto a no dar él jamás el primer paso, se encontraba la de haber ido con su madre a arreglar unos cuantos asuntos a San Pedro (pretexto, en realidad, en el caso de ella, para huir de las ausencias de Santiago) y la de no estar enterado de las infructuosas gestiones de Evelinda, que casi todo el tiempo, después de hablar con Evangelina, montó guardia en la esquina, esperando que saliera su amigo.

En realidad, a Wilson no sólo le había caído encima el problema de Yolanda, sino también el de sus progenitores, que a veces llegaban a situaciones de franca comicidad para un espectador imparcial (si lo hubiera) o de tenso y sufrido dramatismo para su roto corazón, con cuyos pedazos, armándose de valor, tenía en esas ocasiones que interponerse entre ambos —Evangelina con sus uñas de águila del Cibao gritándole a Santiago de todo, y éste (elefante oriental) repeliendo la agresión, conteniéndose las ganas de pegarle un bofetón que la tranquilizara—. Afortunadamente, y en medio de su histeria, el sentido del recato de Evangelina impedía que los demás se enteraran de esos combates de lucha libre y sórdida en que ella siempre terminaba en la lona, pidiéndole cacao, clemencia, a su marido y diciéndole a Wilson, cuando aquél se había ido, que los hombres son todos pura mierda —exceptuándolo, naturalmente, a él, hijo de sus entrañas—. Ni siquiera Lucila, la sirvienta, supo jamás cuáles eran las causas de aquellas caras largas de la doña y de aquellas ojeras, de la tirante situación por la que atravesaban, en la que, aparte de pasarse el santo día gritándole, hasta le habían prohibido que cogiera el teléfono y que abriera la puerta de la calle. Ésta, por cierto, como las dos que daban al balcón, permanecía ahora casi siempre cerrada, de manera que había como un recogimiento inusitado e incomprensible, por lo repentino, allí donde lo habitual era la risa franca de la herida de celos y el sonido impreciso y continuado del picó. Wilson se pasaba horas muertas en la azotea, tirado en el canapé, mirando el cielo azul, comido por la angustia de imaginar que entre Yolanda y él ya todo había acabado. Subía hasta allí su vecina Esther Flores a darle compañía, a veces con el pretexto de una duda académica, a veces sin ninguno, a cuerpo limpio, Esther, con sus teticas levantadas y sus carnes a punto, dispuesta siempre a dejarse estrujar, midiendo ahora, más que nunca, sus pasos. Wilson aprovechaba su generosidad y la llenaba de besos imprevistos, dejando que ella actuara también y lo tocara diciéndole te quiero, te adoro, asesino, te amo, maldito, no me dejes, olvídate, te tengo, te cogí, para mí, para mí, y otras muchas expresiones dispersas e inconexas, porque Esther era de ésas que no pueden callarse cuando efectúan el coito o lo simulan —como era el caso ahora, que de ahí no pasaban—. Tres días encerrado en las alturas de la casa estuvo Wilson, asomando la cabeza cada vez que sonaba el teléfono, preguntando quién es, y siempre recibiendo idéntica respuesta, que no era para él; tres días en que su orgullo pudo más, manteniéndolo firme, dispuesto a no ceder. No podía imaginarse el muro berlinés o la muralla china que su madre había puesto entre ambos ni tampoco la cantidad de veces que Yolanda telefoneó a su casa para intentar hablarle, la cantidad de veces que su madre la había mandado al diablo, hasta hacerla, naturalmente, desistir de su empeño. Ella ahora esperaba también (sabedora de que él sabía lo que estaba ocurriendo) a que Wilson descendiera del techo y fuera a visitarla para hablar del asunto y borrar definitivamente esa calumnia sórdida levantada en su contra. Pero el destino juega con los seres de la forma que todos conocemos y ocurrió que una tarde (cuando Wilson se disponía a levantar sus pesas, bañarse y vestirse para salir después a visitarla), a unos veinte kilómetros de la capital, en el aeropuerto de Las Américas aterrizaba un avión de Pan Am y de él salía un pasajero con una idea fija: hablar con una joven de nombre Yolanda y apellido Martínez y escuchar de sus labios que, a pesar de todas sus caricias, a pesar de su delicadeza, sus buenas intenciones, su amor y demás prendas, a pesar de lo que hubo entre ellos, su repuesta era no, definitivamente no. Ambas acciones, la llegada de Carmelo y el acicalamiento de Wilson, que no se daba prisa, fueron casi simultáneas, con una ventaja de media hora a favor de Carmelo, quien, en efecto, ya llevaba ese tiempo en casa de Yolanda cuando Wilson llegó. La escena fue impactante, terrible, exigía música estridente, no aquel silencio opaco que se congestionó en la atmósfera de la pequeña sala como una nube, en medio de los tres, que no sabían qué hacer con las miradas. La de Yolanda como ésas de pánico que salen en películas de miedo, la de Carmelo un tanto inglesa, la mirada de un ser ajeno a todo, una mirada ingenuamente inquisitiva, y la de Wilson, finalmente, imprecisa, porque ¿de qué otra forma calificar lo que no tenía rasgos definidos? Dudas, celos, amor, sorpresa, odio, un verdadero tollo afectivo y mental eran su corazón y su cerebro en aquellos momentos, en los que, sin embargo, tuvo la sangre fría de aceptar el ritual de la presentación (la mano gordezuela de Carmelo, que de inmediato imaginó recorriendo las mismas hendiduras, recovecos y curvas que las suyas) antes de cercenar el conato de conversación iniciado por ella y marcharse de allí con la certeza de que sus aventuras con Yolanda Martínez habían definitivamente terminado.

23. Altagracia Valle, viuda de Nogueras
Septiembre de 1962

El sesenta y uno empezó aquí mucho peor aún que el anterior; usted no puede imaginarse cómo estaba la gente de descontenta, la miseria que había y la escasez. A cada rato se oía el rumor de que algo iba a pasar, pero qué va. Como los días se iban y venían y las cosas continuaban igual, al final uno se acostumbró a la desolación imperante y hasta yo creo que se llegó a pensar que no habría nada en el mundo capaz de hacer cambiar el panorama. En treinta años de lo mismo yo le juro a usted que nunca como entonces tuve la sensación de que el tiempo se había detenido y de que todo permanecería igual por los siglos de los siglos. Yo a veces me imaginaba yendo con mis nietos y mis tataranietos y mis choznos a los mismos desfiles que había estado viendo, y a los que había asistido, en los años pasados. En enero, muy a principio, se marchó Santiago con toda su familia a Ciudad Nueva, pero por lo que respecta a las mujeres era como si no lo hubieran hecho, que a cada rato venían a visitarnos y a saber cómo andaban las cosas por aquí —y le voy a aclarar de inmediato este punto—. Las cosas de por aquí eran las largas sesiones de radio que Josefa y yo nos pegábamos desde las once de la noche hasta las tantas de la madrugada intentando captar emisoras extranjeras para enterarnos de lo que acontecía en nuestro propio suelo, ¿qué le parece a usted? Como ni era prudente ni Santiago se lo hubiera permitido nunca, Evangelina y Enriqueta no podían hacer lo mismo allá en su casa y por eso se informaban a través de nosotras. Recuerdo también que por el día no hallábamos qué hacer, en qué ocupar el tiempo. Josefa, que vivía, más que yo, de alquileres y de, digamos, cambalaches, no conseguía cobrar un puñetero mes completo y se había puesto a organizar sanes, cogiendo siempre el primer número, para poder al menos continuar viviendo sin tener que pasar necesidades. A mí no me caía un solo encargo, y si no llega a ser por mi cuñado Elpidio, que de vez en cuando le mandaba algún dinero a Freddy, yo no sé cómo me la hubiera arreglado.

Para más colmo y gracia, el nuevo dueño de la casa de Santiago (que era una casa grande, cercada, de dos pisos, que vendió regalada para comprarse la que tiene ahora) resulta que la alquiló a un grupo de maipiolas y a los quince días teníamos el barrio lleno de borrachos, cueros de la peor ralea y aquel maldito ruido de la vellonera que no paraba nunca. Es decir, que en lugar de un hogar respetable, en la estupenda casa de mi compadre montaron un café donde se hacía de todo, según decía la gente, desde sesiones espiritistas hasta espectáculos de esos que usted ya sabe. El nombre que le pusieron fue Tijuana, y Santiago se descalentó mucho, casi hasta va y pelea con el hombre que se la compró. Sólo que éste le explicó la realidad de su situación y a Santiago no le quedó más remedio que aguantarse. Al pobre hombre, un negociante del mercado, de esos que van al campo para luego vender al por mayor, de un día para otro empezaron las cosas a salirle tan mal que se vio en la obligación de alquilarle la casa al primero que se la pidiera —y el primero fueron las tres maipiolas que regentan el café desde entonces—. Le señalo el detalle para que usted se haga una idea de cómo era que se presentaba el panorama en ese año del sesenta y uno. En cuanto a los muchachos, Freddy y Wilson, debo decirle que se seguían reuniendo. Pero como había sucedido lo de Paolo, y Freddy me había dado su palabra de que se estaría quieto por lo menos un año, hasta que se olvidaran de él, en general no había problema. Es cierto que de vez en cuando pegaba un grito y me decía que ya estaba cansado, harto, que el ambiente de la universidad no había quien lo aguantara, que se estaban llevando a la gente por las cosas más pendejas del mundo y que no me extrañara que cualquier día de ésos vinieran a él también a buscarlo. Pero yo estaba al tanto de esos bajones suyos y en cuanto surgían le recordaba su promesa, le hacía ver que algunas veces la prudencia es más práctica y da mejores resultados —siempre con la idea fija de que, a pesar de todo, aquello no iba a durar ya demasiado—. Tenía miedo por él y me sentía muy atormentada, a pesar de lo cual intentaba disimularlo al máximo porque sabía bien a lo que me exponía si lo contrariaba. Volvía de nuevo a jugar la única carta que en mi situación podía jugar, la de quitarles importancia a las cosas, esperando que en cualquier momento, y a pesar de lo inmovible que parecía todo, alguien hiciera en algún sitio algo. Pensaba yo, como pensaba mucha gente, que por muy grande que fuera el poder y la fortuna personal del Jefe, el Gobierno, el país en sí mismo, no podría soportar durante mucho tiempo el boicot internacional que pesaba sobre nosotros. Y como el radio, desde el extranjero, a cada rato nos decía que tuviéramos fe, que tuviéramos esperanza en el futuro, lo cierto era que nosotros, yo específicamente por mi hijo, y los demás por lo que fuera, las teníamos de sobra. Y es que había que tener, en serio se lo digo, mucha fe y mucha esperanza en que esto se iba a solucionar de un momento a otro (o estar sencillamente paralizados por el miedo, que ésa era otra) para aguantar sin reventar por dentro aquellas largas noches encerrados, noches en las que no se oía un solo ruido por la calle (la ciudad como envuelta en un toque de queda voluntario) a no ser el murmullo de los *Volkswagen* del SIM, que pasaban y pasaban y volvían a pasar patrullando, arrastrándose por el asfalto como si lo cepillaran —que yo creo que de ahí les pusieron el nombre de cepillos—. Uno los oía venir y ya estaba pensando que se iban a parar en nuestra propia puerta para llevarse a alguien de la casa (en mi caso a mi hijo) por cualquier imprudencia cometida involuntariamente a lo largo del día. Porque ésos fueron unos meses que a la gente se la llevaban por las cosas más nimias que alguien se pueda imaginar; por decir, por ejemplo, que todo estaba caro, o quejarse en voz alta de no tener trabajo o de no hallar qué hacer, o simplemente por cometer la pifia de caer en un gancho e irse de la lengua, hablar mal del Gobierno, con un chivato que parecía que no, pero lo era. Después amanecía y uno pensaba que se acabó la cosa, que de ahí no pasaba, ya que todos los días eran *el día*, pero mentira, las horas volvían a transcurrir tan lentamente como las de la víspera y uno seguía viviendo con la misma zozobra, los mismos comentarios, los mismos chistes —esperando, en resumen, el último rumor para, a partir de eso, formarte un paraíso puramente mental, un paraíso de recambio que te durara exactamente un día, veinticuatro horas, el tiempo imprescindible para llegar al día siguiente sin desesperarte demasiado—. Hasta que finalmente, claro, sucedió, aconteció, pasó, llegó, vino, se dio, lo hicieron, nos sacudió a todos igual que un corrientazo y nos dejó pasmados de sorpresa. Porque era el caso, coño, que lo habíamos estado esperando con auténtica ansiedad, pero nadie, en el fondo, creía que pudiera ocurrir, nadie creía que pudiera ser cierto. Tanto es así que durante unas horas, y aun después de que el radio diera la noticia, aquel inusitado 31 de mayo, la gente continuaba metida en su casa-madriguera, en su casa-cueva, en su casa-escondite, convencida de que se trataba de una broma, de una trampa gigantesca para atrapar a todos los enemigos que aún permanecían sueltos y que (creyendo en ese bulo del asesinato) se lanzarían a la calle, se quitarían ellos solos la máscara que no habían podido quitarles los del SIM. Pero no. Fue, era, sigue siendo verdad, por fin lo habían matado de la manera que ya todos sabemos, la penúltima noche de mayo, bajo el signo de Géminis y con todos los astros en su contra.

Freddy se volvió loco, los muchachos se volvieron locos, la gente se volvió loca. Primero hubo un silencio que duró un mes y pico y en el que todos seguíamos sin salir de la casa, comentando la cantidad de gente que habían cogido presa, viendo en la prensa de qué manera tan pendeja se dejaban agarrar los que quitaron del medio a quien ahora se convertía en Chapita (por las muchas medallas que tenía) o Asesino, nombres que uno pronunciaba aún con el miedo en el cuerpo, porque la cosa no se había acabado, y lo que es más, cabía la posibilidad de que la continuaran sus muchos herederos, hijos, amigos y parientes. Pero eso es historia sabida, y voy a lo que voy, a lo que me interesa. Como le digo, después del mes y pico de silencio, Freddy se volvió loco, y es más, incluso antes de que llegaran al país los primeros enviados del PRD, que estaban en el exilio, aquel trío como de Reyes Magos que el PRD envió para sacarnos de nuestras casas-cuevas y ponernos la verdad delante de los ojos, incluso antes él andaba de arriba para abajo haciendo de las suyas. Recuerdo que me dijo se acabó la tregua y desde ese instante se pasaba el puñetero día hablando con Fulano, reuniéndose con Zutano, preparándose para lo que, según él, iba a venir: la guerra, el cambio, la revolución. Ya desde ese instante empezó a tener problemas de enfrentamiento (miradas asesinas, si mataran, frases de rebeldía) con el tal Ramos ese, de manera que una noche vinieron a avisarle que lo andaban buscando y él se tuvo que largar de la casa y esconderse durante varios días yo nunca supe dónde. Pero no lo vinieron a buscar, quizá tuvieron la intención, no le digo que no, pero el hecho es que no lo vinieron a buscar. Debían de estar muy ocupados con los responsables del asesinato (que todo el mundo, por cierto, calificaba de ajusticiamiento) para andar encargándose de otras cosas. Aparte de que ya se veía con toda claridad que muerto el perro se acabó la rabia y que el único que aquí podía con todos y con todo era ese hombre endiablado —que parecía haber muerto tan sólo para que nosotros empezáramos a reconocernos los unos a los otros, a perder la desconfianza en el vecino, a descubrir que, por ejemplo, ese señor de enfrente no era, como siempre pensamos, un chivato, sino muy al contrario, y que en cambio ese otro sí lo era, y además de los que estaban metidos en la mierda hasta el fondo—. Yo me moría, yo se lo juro a usted, que me moría de miedo por mi hijo, pensando dónde estará ese loco, dónde se habrá metido. Creo incluso que hubiese llegado a cometer el error de mi vida, pues pensaba ir nada menos que al SIM a preguntar por él, no fuera que lo hubiesen agarrado y yo sin saber nada, si una noche no viene por aquí Sotero de los Santos con un encargo de Freddy: que no me preocupara, que se encontraba bien. Fue entonces cuando aparecieron los del PRD que le mencioné antes y la gente se tiró a la calle a protestar, sobre todo los jóvenes. Así que yo un buen día me levanto, abro el periódico, y no hago más que abrirlo cuando veo la cara de mi hijo, desencajada, gritando en medio de la misma masa de jóvenes que se repetía en toda la cintilla fotográfica. Y en una lo veía con las manos en alto, en otra abrazado con otros, y cantando y voceando. Parecía que se hubieran puesto delante del fotógrafo, carajo, pues siempre eran los mismos, aunque a mí, naturalmente, sólo me interesaba él. Las repercusiones de las dichosas fotos no tardaron mucho en producirse, qué va, ya al cabo de una media hora todo el barrio estaba comentando la osadía de Freddy (y de los otros) y algunos hasta vinieron a mi casa a señalármelo, como si yo misma no lo hubiese visto y requetevisto. El calié Ramos en persona me lo dijo en la esquina esa mañana, con el periódico enrollado en la mano, señalándome: doñita, cuide mucho a su hijo, que ya se declaró. Yo al oírlo casi me meo del miedo, se lo juro, porque entonces ya habían comenzado a funcionar los paleros, bandas de gobiernistas que acababan con cuanta gente honrada se les pusiera en medio, y yo decía este tipo me los manda, este tipo es capaz de mandármelos para que me destruyan la casa. Pero afortunadamente a Dios gracias no pasó nada de eso, que yo llamé a Santiago, hablé con él, y Santiago volvió a decirle a Ramos que mucho cuidadito con nosotros si más tarde pretendía pedirle ayuda.

En agosto soltaron a Paolo y déjeme decirle que ya no era el mismo muchachito fogoso que se llevaron aquel día casi delante de mi casa, sino que allí en la cárcel se vio claro que lo habían convertido en un hombre y que lo adoctrinaron pero que muy bien, pues en cuanto salió sabía lo que tenía que hacer, dónde y en qué momento. Se metió en el Catorce, mejor dicho, ya dentro de la cárcel pertenecía al Catorce, y era un miembro de los que se movían, no se vaya a creer que estaba allí de lujo. Lo mandaban al interior en comisiones, todo el día lo pasaba metido en la casa central del Partido y por aquí mismo, por el barrio, organizó su grupo antipaleros y a cada rato se aparecía en secreto, saltando empalizadas y cruzando patios a pedirte que le permitieras esconderse, que lo andaban buscando.

Su mamá, la pobre, se puso medio loca, se quedó hecha un arenque esa mujer y no hacía más que coger a sus hijos pequeños, cerrar la casa con candado y largarse a la de una hermana que tenía no sé dónde por miedo a que vinieran otra vez a buscarlo y acabaran por llevársela a ella o por hacerle daño a alguno de los niños. Ya le digo que él desde que salió, y hasta mucho después, hasta unos meses antes de que lo mataran, no dormía en su casa, ni comía. O no al menos con regularidad, no como lo hace la gente normal: andaba siempre con esa boina que sacó de la cárcel y que luego le regaló a Freddy (ahí la tengo colgada todavía, que no quiso llevársela a Nueva York), una boina verde desteñida, y la verdad es que se hizo muy famoso en el barrio, los muchachos pensaban que era un héroe. Freddy también, Freddy ya sabe usted cómo lo quiso —no quiero ni contarle cómo se puso en Nueva York cuando yo le mandé la noticia y los recortes del periódico con la muerte de Paolo, ahí tiene usted las cartas de su tío Elpidio por si quiere leerlas—. Lo quería mucho sí, últimamente se llamaban *brother*, relajando, otras veces enllave, y por eso a cualquier sitio al que Paolo fuera, allí iba también Freddy, para mi desespero y mi tormento. Hubo semanas en que yo lo ví, qué quiere que le diga, no más de un par de veces, y eso como corriendo, siempre como jugando al escondido —que si venía era sencillamente a cambiarse de ropa o a bañarse, y otra vez a la calle—. Andaban los dos de arriba para abajo, y yo le dije a Freddy voy a hablar con Santiago para ver si tú a él me le haces caso, pero me asusté mucho porque él me contestó que como hiciera eso tuviera por seguro que jamás volvería a pisar esta casa, así que me contuve. Yo a Santiago no le decía nada, yo a Santiago se lo ocultaba todo, a pesar de que él a cada rato me daba una vuelta para saber cómo andaba la cosa y yo siempre le dije que muy bien. Él sólo me advertía, si le pasa algo a Freddy, si lo cogen o algo, avísame en seguida, y yo disimulaba, por qué le iba a pasar, si lo único que hacía era vocear como los otros —mire que somos tontas a veces las mujeres—. Como si Santiago se chupara el dedo y no supiera bien en lo que andaba Freddy, que no era simplemente voceando, sino también dispuesto a lo que fuera, que desde lo de mayo se pensó que ya el gran cambio y la revolución y todo eso estaban al alcance de la mano, estiren bien la mano y cójanlo, muchachos —cosas del que no sabe nada de la vida, en realidad—. Ahí estuvo la causa de que luego le entrara el desencanto que le entró, cuando se dio cuenta de que los otros se fueron y que aquí nos quedamos los de siempre, los fuñidos, entre los cuales, naturalmente, se encontraba él. Paolo sí que no, a Paolo desde el primer momento se le vio claro que sabía bien el suelo que pisaba, y no se hacía ilusiones, que nunca se creyó que los males del país fueran únicamente la familia del Jefe, sino también muchísimos de los que estaban en el lado contrario. Es más, en esta casa, en esa misma silla donde usted se halla ahora, más de una vez escuché yo decírselo: no te hagas ilusiones, Freddy, que esta lucha es más larga de lo que tú te piensas. Ése sí que era lo que yo llamo un revolucionario de verdad, aunque yo de política no sé, pero se le notaba, que tenía un objetivo y no se desviaba. Freddy no, Freddy yo conocía bien cuál era su problema, su idealismo y su cosa, sus ganas de que este país de mierda sacara la cabeza de una maldita vez. Y de ahí precisamente me venía a mí el miedo, porque yo me decía, si lo matan lo van a matar por algo que ni siquiera él mismo sabe lo que es, y a Paolo a cada rato se lo pedía de todo corazón, se lo rogaba: Paolo cuídamelo, Paolo no lo dejes solo. Él me decía que sí, que no me preocupara, y yo no sé que tenía ese muchacho, qué fuerza en la mirada o qué poder de convicción, que yo me lo creía, yo confiaba en que, efectivamente, si Freddy iba con él las probabilidades de que algo le ocurriera se reducían al mínimo. Juntos pasaron huelgas y tumultos, juntos tiraron piedras, que era lo único que entonces se tiraba (sólo más tarde, un par de meses antes de que lo mataran, vine a saber yo que Paolo, al menos por la noche, andaba armado), juntos se enfrentaron a la policía, y con los caliés de por El Conde, yo no sé cuántas veces a lo largo de esos casi seis meses que transcurrieron desde lo de mayo hasta lo de noviembre. Juntos se emborracharon ese día, el día en que por fin se fue la familia del Jefe, celebrando el final de la Era, y juntos también, cuando ya yo creía que todo había acabado y que volvería a tener a mi hijo haciendo lo de siempre, estudiando sus libros, yendo a la universidad, comenzaron los dos a perseguir caliés por toda la ciudad, primero para entregarlos a la policía y después, cuando se vio claro que eso era lo que ellos, los caliés, precisamente deseaban, para golpearlos sin piedad, con saña, hasta dejarlos casi muertos en medio de la calle, dentro de sus casas, en donde los cogieran. Paolo me consta que no era partidario de hacer eso, me lo dijo en más de una ocasión, pero no había turba cazacaliés en la que no estuviera, según él para evitar que los muchachos se extralimitaran. Yo no sabía si creerle o no creerle, lo que sí le puedo asegurar es que mi propio hijo se pasó un largo tiempo llevando en los bolsillos una cadena de bicicleta para el día que se hallara con Ramos. No sé si llegó a pegarle a alguien, quiero pensar que no, tal y como él me dijo, pero le juro que a Ramos lo hubiera machacado con verdadero gusto. Yo les aconsejaba que se dejaran de eso, que olvidaran el odio, que esos hombres no eran más que infelices, simples peleles de los grandes turpenes —que por cierto se encontraban ya lo más lejos posible con los bolsillos bien repletos de cuartos—. Me parece que todas las madres de este país estábamos diciéndoles a nuestros hijos exactamente lo mismo, la cantaleta nacional. Lo que pasa es que no teníamos más argumentos que el de la clemencia y el de la concordia, porque la realidad era que uno no acababa de ver que la justicia pudiera, ni quisiera, funcionar en medio del caos que se organizó aquí por esos días. Y dígame usted si después de tantos años de asesinatos y de abusos, la concordia y la clemencia pueden ser buenos argumentos, argumentos convincentes, me refiero, para una juventud que veía que las cosas no se estaban haciendo como ellos y como todo el mundo prometía y esperaba. Afortunadamente para mí, para él (y muy especialmente para Ramos), la cadena de Freddy se le oxidó en los pantalones, porque Ramos desapareció del barrio y del país como tragado por la tierra y no hubo forma de que se le pusiera un dedo encima. Freddy (y

Paolo) aguardó a que apareciese, a que alguien le diera una pista, hasta, si no recuerdo mal, febrero de este año, que fue cuando vinieron a decirle adivina quién se halla sentado en el bar de los chinos bebiendo cerveza como si tal cosa. Freddy ya en ese entonces no se metía en nada, estaba dominado por el pesimismo del que ya le hablé, a pesar de lo cual, fíjese si había odio en su interior con respecto a ese hombre, se levantó de la mecedora, sacó de no sé dónde su cadena y sin hacerme ni puñetero caso (lo único que dijo fue: no venga, vieja, no me siga) salió a buscar a Ramos. Y lo encontró, ya lo creo que lo encontró, sentadito en el bar de los chinos, tal y como lo vieron los muchachos. Sólo que no vestido de civil, como antes de desaparecer, sino con uniforme y seis resplandecientes rayas en la manga, hecho todo un sargento. El mismo que unos meses después asesinaron saliendo del Tijuana, sin que nadie haya sabido aún quién carajo lo hizo.

A Paolo no lo mató ningún uniformado y todavía, como ocurrió en el caso del sargento, no se sabe, ni se sabrá, quién o quiénes lo hicieron. Dicen que por venganza, dicen que si él estuvo, o al menos organizó lo de Ramos y que por eso, dicen que por cuestiones personales, aunque esto último nadie se lo cree. Lo mataron ahí, en esa misma esquina, mientras volvía a su casa, muy temprano, y ahí mismo lo dejaron como dos horas porque la impresión fue tan grande que nadie quería que se llevaran el cadáver hasta que todo el mundo no lo hubiese visto, cosas de por aquí. Le dispararon desde un carro, a un metro de distancia, se vio perfectamente que lo andaban buscando para eso, lo andaban esperando, él que siempre se cuidaba tanto. Por suerte su mamá no se hallaba en la casa y cuando regresó solamente encontró los comentarios, ya Paolo no estaba, que se lo habían llevado a yo no supe dónde para que ella lo fuera a recoger. Aquí vino a refugiarse la pobre mujer cuando recibió la noticia, con una desesperación que usted no se imagina, de modo que la casa se me llenó en seguida de un montón de gente que entraba y que salía y que opinaba lo que había y lo que no había que hacer, mientras afuera otro montón de gente comenzaba a gritar y a tirar piedras contra la policía —que al principio se quedó muy quieta, pero que luego contestó con sus bombas y sus gases y se armó la del diablo—. En eso llegaron unos representantes del Partido y yo les dije por favor, señores, que no me vayan a tumbar la casa, y entonces ellos hicieron que la gente saliera y se encargaron de mantener un poco el orden. Creo que fue con ellos que vino Evelinda, la novia de mi hijo, mejor dicho, la exnovia de mi hijo, o quizá vino sola y yo en la confusión pensé que con ellos, ya no me acuerdo bien. El caso es que aquí estaba llorando más que nadie y que cuando se habló de realizar los trámites legales ella en seguida se ofreció para ir a cualquier sitio, a donde hiciera falta. Después la volví a ver, ya al día siguiente (sí, creo que fue así), primero abrazándose a la caja de Paolo y luego más tranquila, acompañada de su mamá, que me saludó muy fríamente, como si yo tuviera la culpa de lo que había pasado entre Freddy y su hija. La pobre Evelinda, con lo buena muchachita que era, lo alocada, eso sí, pero lo buena. No dejaba de ser una ironía del destino, pensaba yo (aunque no sé, carajo, por qué se extraña uno de estas cosas), que el fin de sus amores con mi hijo coincidiera con la muerte de su amigo Paolo, que fue precisamente el que los presentó, allá en octubre del 61, a poco de haber salido de la cárcel. Se ve que Paolo había estado en La Victoria con su papá, con el de Evelinda me refiero (un señor que luego se murió del corazón, dicen que de lo mucho que lo torturaron) y allí se conocieron Evelinda y él, cuando ella iba a llevarle ropa limpia a su papá, y allí mismo se hicieron amigos. Y fíjese, carajo, cómo son las cosas, que el papá de Evelinda, según nos contó luego el mismo Paolo, siempre estaba relajando con ello, diciéndole prepárate, Evelinda, que ya te tengo esposo, en cuanto salgamos te casas con Paolo, con lo que es muy probable que en lugar de acercarlos, como pretendía, lo que consiguió fue que ellos sólo se vieran como simples amigos. No digo que después, con el tiempo, ella y Paolo no hubieran terminado metiéndose en amores, pero la verdad es que eso no se dio; seguramente por lo que le he dicho o porque en el entretanto se tropezó con Freddy y se ve que en seguida se cayeron bien. Por cierto que con una diferencia, y muy grande, que Evelinda se lo tomó me parece que demasiado en serio, y Freddy, aunque yo no niego que llegara a quererla y que, de quedarse aquí, hubiera terminado casándose con ella, no acabó nunca de ver las cosas claras. Ese muchacho estaba demasiado obsesionado con sus cosas, primero con la política, después con largarse del país, para pensar como ella en matrimonio. Yo eso francamente lo supe desde el primer momento, desde que ella comenzó a venir por casa, a visitarme y a pasarse horas muertas conmigo, poniéndome a que yo le contara cosas de la vida de Freddy dizque para ir conociéndolo mejor. Yo tuve ratos de sentirme con ella muy incómoda, porque naturalmente yo no le era sincera, yo no le decía lo que yo pensaba, que Freddy no era hombre de casarse, al menos de momento. Pero es que no podía, yo tampoco podía decírselo, pues hubiera sido como meterme en lo que en realidad no me importaba, que al fin y al cabo la vida era de ellos y lo mío no pasaba de ser una impresión. Pero efectivamente (las madres pocas veces nos equivocamos con respecto a este tipo de asuntos) Freddy se fue a Nueva York el día cuatro de julio, y ya a fines de agosto me escribió una carta contándome que lo de Evelinda se había terminado. A ella también, claro, se lo mandó a decir, y la pobre, ¿sabe lo que hizo?, pues venir donde mí, la muy boba, a preguntarme qué había sucedido, qué le había sucedido, como si yo pudiera solucionarle algo. Lo único que hice fue lo que a cualquier persona se le ocurre en un caso como ése, darle ánimos, decirle que el mundo no era Freddy (qué más quisiera él) y que a ella le quedaba nada menos que toda la vida por delante. Eso le dije, sí, a pesar de lo cual, cuando volvimos a encontrarnos, con motivo de lo de Paolo, en medio de los rezos y los comentarios, sin dejar de mirarla, yo me puse a pensar en lo verdaderamente estúpida que es a veces la vida. Me puse a pensar en las ilusiones que se habría hecho aquella muchachita y en los sueños de mi hijo, cada uno por su lado, para nada, todo sencillamente para nada. Pensé en la seguridad con que había vivido Paolo, soñando siempre con su revolución y sin embargo nada, también nada, muerto y bien muerto allí, ni más ni menos que su enemigo Ramos, sin que las cualidades del uno ni la maldad del otro pudieran disminuir esa pendeja realidad que se llama morir —héroe y asesino, los dos muertos exactamente igual—. Y pensando eso, dígame usted, ¿cómo me iba a quedar allí sentada, y viéndola llorar? Me levanté, pues, y me acerqué a su sitio y le pasé la mano por el hombro y la abracé, pobrecita. Ella continuó llora que te llora, con unos lagrimones enormes, en completo silencio, y después apoyó la cabeza en mi pecho y yo la estreché fuerte, con mucho cariño y mucha pena, para que se desahogara, porque sabía muy bien que esa vez (como yo cuando murió Toñito) ya no estaba llorando sólo por Paolo, sino también por ella misma, y por Freddy, y por todos nosotros.

24. Lucila, la sirvienta
Agosto de 1962

Se les montó ese cambio un día y comenzaron a decirle que lo sentían muchísimo por su papá, que era un hombre tan serio, un hombre que siempre se portó de maravillas, que lo sentían muchísimo, pero que ella se tenía que ir, se tenía que volver a su campo porque en aquella casa no estaba haciendo nada, ya no lavaba bien, ya no fregaba bien, ya ni siquiera cocinaba bien. Le habían dado su chance, el mes pasado se lo dijeron claro, repórtate muchacha, entra en vereda, no te salgas del tiesto, y ella no hizo ningún caso, siguió en lo suyo de salir y salir y levantarse tarde, y el coronel ya no aguantaba más que su juguito no se lo prepararan a su hora. Le dieron su chance, se lo dijeron, y ahora no tenía que ponerse a llorar, lo que tenía que hacer era coger cabeza y darse cuenta de que un trabajito así, en una casa donde la consideraban y la trataban como de la familia no se anda consiguiendo a cada rato. Le dijeron también que le iban a pagar los diez pesos de julio y además le darían otros diez de regalo para que no llegara con las manos vacías, que el teniente la iba a llevar el sábado a su casa aprovechando el viaje. Lucila lloró mucho y les rogó que no la botaran, que no se lo quitaran, su trabajo, que se iba a portar bien de ahora en adelante y que no iba a salir ni por la noche ni por el mediodía, solamente el domingo y un ratico de la tarde del sábado. Pero las doñas no entraron en razones, se mantuvieron firmes, se ve que lo tenían requetedecidido y que estaban esperando el fin de mes para comunicárselo. Esa tarde del martes se lo pasó ella llora que te llora, pensando en lo más malo de esta tierra, maldiciendo a las doñas y sin saber qué hacer. Ella no deseaba volver a Haina, no deseaba pasarse la vida entre animales, comida por las moscas, sin agua, sin luz y sin televisión. Por eso, de repente, dejando de llorar, se puso aquella tarde buena moza como nunca y después de la siesta, cuando ya todo el mundo había tomado su cafecito y las doñas estaban cogiendo el fresco, recién bañadas ambas, pidió permiso para dar una vuelta y fue directo a hablar con el teniente. Le contó cómo la habían botado de la casa y le pidió que se acordara de su promesa de darle un empleíto (¿iba a montar por fin los puestos esos?), que ella quería seguir aquí en la capital, que le buscara algo en cualquier sitio. El teniente le respondió: muchacha, no te apures, yo hablo con doña Evangelina y si ella no te vuelve a aceptar ya veremos a ver lo que se hace, poniéndole las manos en los hombros con consideración. Ella hasta tuvo ganas de echársele a llorar entre los brazos y mojarle todita la camisa, como en una película, pero le dio vergüenza y se aguantó. El teniente habló entonces con doña Josefa y doña Josefa también le cogió pena y prometió que preguntaría por el barrio quién necesitaba una trabajadora. A Lucila el barrio del teniente no le gustaba mucho, por ahí la gente no era tan educada y fina como por Ciudad Nueva, se notaba en seguida, pero no objetó nada porque lo suyo no era ahora exigir, sino aprovecharse de lo que le dieran. También habló después con sus amigas, diciéndoles: muchachonas, el sábado me botan, el sábado me tengo que volver a mi campo y no me quiero ir, yo no me quiero ir, así que si oyen de algo avísenme, y todas las muchachas le dijeron que sí. Lo mismo, lo mismito, le respondió Pancho Bigote, que él hablaría con no se supo quién para ver si le echaban una mano.

En resumen, que Lucila esa tarde del martes removió lo que pudo y cuando regresó a la casa y se metió en la cama, después de andar muy seda y de dejarlo todo preparado para el día siguiente, se sintió esperanzada, bastante satisfecha, pensando no me voy, pensando aquí en la capital me quedé para siempre. Vino entonces el miércoles y también vino el jueves y como ella no veía aparecer al teniente Sotero pensó que ya se había olvidado de pedirle a la doña que le diera otro chance, pero el viernes por fin apareció y sí que le había hablado a doña Evangelina. Lo que pasaba era que doña Evangelina no se quiso desmontar del burro y le dijo que no, que buscara otra casa, que lo sentía por él, que la recomendó, y muchísimo más por su papá, el honrado Tonongo. ¿Qué iba a hacer ella ahora?, se preguntó Lucila muchas veces, y se desesperaba viendo cómo pasaban los minutos y las horas del jueves sin tener un lugar donde meterse y pensando que desde luego al campo no volvía. Por fortuna, el viernes por la tarde llamó doña Josefa por teléfono y le dijo que cerca de su casa había un matrimonio ya mayor que buscaba una muchacha seria y trabajadora como ella, que ofrecían nueve pesos, habitación, comida y día libre desde la seis del sábado, que si le convenía. Cómo que si qué, exclamó ella, y ese mismo sábado, día 2 de agosto, abandonó la casa de doña Evangelina después de casi cinco meses con la cara más triste que alguien se pueda imaginar. Sintió pena, una pena muy grande, cuando tuvo que coger su maleta, entregarle la llave de la puerta y de ñapa escuchar los consejos de doña Enriqueta, como si ella los necesitara, pareja de desagradecidas. Sintió pena cuando tuvo que despedirse de Ramón y también al descubrir que se iba sin llegar a saber por qué concho había peleado Wilson con Yolanda ni si terminaría metiéndose en amores con Esther, enigmas de la vida. Jamás volverían a encontrarse porque así era el destino de los hombres y de las mujeres, parecían hormiguitas que tropiezan, se saludan chocando las cabezas y después se separan, cada una siguiendo su camino. A sus amigas, en cambio, sí que las bajaría a ver, porque ella su malecón y su can en el Hostos no los perdía por muy lejos que fuera a trabajar y además porque en cuanto pudiera comenzaría a buscar otra casa en un sitio más céntrico y más de gente fina, para lo cual resulta que las necesitaba.

Todo eso lo pensó Lucila aquel dichoso sábado, día 2 de agosto, mientras iba bajando la escalera camino de la calle, casimente llorando del disgusto, la pobre. Pero después se olvidó un poco debido a que los nuevos señores eran amables como cosa loca y a los dos o tres días de estar con ella, viéndola tan limpita y cuidadosa, ya le dieron permiso para quedarse en la sala si quería. No eran ricos ni eran nada, no eran como doña Evangelina y el coronel y tampoco los visitaban gentes como el papá de Estela ni cosa parecida, pero eran buenos, chéveres, y en seguida le cayeron bien. El don trabajaba en una oficina y ganaba un sueldito, regresaba a la una muy sudado y se echaba una siesta en pantaloncillos con las puertas del aposento abiertas, ella lo contemplaba y se reía. La doña no trabajaba mucho, estaba como enferma, la pobre, tenía una pierna gorda y se andaba quejando todo el día del calor, arrimada a la sombra del patio o metida en la sala con un abanico de cartón que soplaba mejor que una palmera, decía ella. Le pagaban un peso menos que donde el coronel, pero casi ni la hacían trabajar, la casa la limpiaba en lo que canta un gallo y las únicas veces que tenía que hacerlo de verdad era cuando llegaban los nietos a jugar kitimani y lo dejaban todo llenecito de lodo. Por la noche, a las siete, después que ella fregaba y preguntaba si querían algo más, la doña le permitía que se fuera a pasear y ella en seguida se iba al malecón, a conversar con sus amigas de antes, lo cual la entusiasmaba. Lo malo es que eso sólo pudo ser la primera semana, porque ya al tercer día calculó mal el tiempo, se entretuvo charlando y cuando regresó resulta que la señora y el señor estaban acostados y ella no tenía llave, de manera que tuvo que llamar y despertarlos. La señora entonces no se enfadó ni nada, simplemente le dijo que no se repitiera y ella le dijo *okey*, no se va a repetir. Al día siguiente volvió a bajar y esa vez sí que no, esa vez a las nueve se despidió de sus amigas para llegar a tiempo y hasta poder hacerles un juguito de chinas antes de que se fueran a la cama. Pero la mala suerte es una vaina que cuando a uno se le mete no hay forma de quitársela de encima, sino dejar que ella sola se vaya. Lucila lo decía porque esa misma noche en que ella regresaba tempranito, con el tiempo contado, le ocurrió que al pasar por una calle oscura llamada Santomé, por ahí por el trozo que queda entre Conde y Mercedes, ¿no vinieron unos malditos tigres del diablo y comenzaron a perseguirla y a decirle mamacita, mamá, nalguita de melcocha, y a querer pellizcarla?, y esos malditos tigres, ¿no quisieron después meterla en un zaguán y forzarla entre todos, mal nacidos de mierda, hijos de la gran puta? Pues eso le ocurrió, y si no llega a ser por los dueños de una casa de enfrente, que estaban cogiendo su fresco en el balcón y en seguida salieron, sabe Dios en qué hubiera parado aquel asunto. Despeinada, con el tirante del vestido roto, con el susto y la rabia subiéndole y bajándole fue que llegó a su casa. A tiempo, sí, pero sin ganas ya de hacer juguitos ni cosa parecida, quejándose de que ya sólo podría bajar los sábados, cuando tuviera tiempo y hubiera mucha gente en la calle, y no tigres como esos que casi se la rifan.

El barrio era feo, pero a ella no le importaba porque casi cada día veía pasar al teniente en su carrito *Hillman* cuando venía a visitar a su mamá y casi cada día, además, lo saludaba diciéndole *bye, bye*, que era la forma de decir adiós que empleaba la gente de la capital. Ella con el teniente había quedado que de vez en cuando él la llevaría a Haina a ver a su familia y ella le estaba muy agradecida y lo adoraba. Ni el primer domingo ni el primer sábado quiso ella subir, que volvió a juntarse con sus amigas de por el malecón y a preguntarles si habían sabido algo de trabajo, pero el lunes siguiente resulta que la doña se iba con su marido a casa de una familia que tenía por el barrio de María Auxiliadora y ella les preguntó si podía aprovechar esa tarde para ir a ver a sus cinco hermanitos, que los quería muchísimo y le hacían mucha falta. La doña, que era un alma de Dios, se le veía en la cara, le respondió que sí, de modo que Lucila se acercó a casa de doña Josefa y preguntó por él, por su teniente, dispuesta a hacer el viaje más bonito del mundo otra vez, esa tarde. El teniente le dijo que a las dos, que estuviera en la puerta de su casa a las dos, a las dos, a las dos, y Lucila bajó la escalera a todo lo que daba, pues tenía el tiempo justo para bañarse bien, empolvarse, peinarse, acicalarse toda. Cuando estaba en la ducha se puso a soñar con él, se entretuvo reteniéndolo en su pensamiento, lo veía de perfil, de frente, desnudo, jugaba con su recuerdo, cerraba los ojos debajo del agua y se lo imaginaba abrazándola fuerte en una habitación llena de espejos y frascos de perfume. Tanto soñó con él que apenas le dio tiempo de secarse el cabello, aquel pelo tan suyo que era el suyo, que le caía en los hombros en forma de cascada, tal como se lo dijo un amigo de por el malecón. Salió a la calle justo cuando él llegaba y abría la portezuela y la dejaba entrar. Su perfil se le impuso de inmediato, era un perfil de hombre que sabe bien lo que es tirar los puños y ser amable y educado con las mujeres, un perfil con pequeñas cicatrices en el pómulo y luego aquellas cejas tan perfectas y ese bigote recto y recortado que era como una raya de carbón sobre el labio. Hablaron poco, se veía que estaba preocupado, ella sabía por qué, por el asunto de la granja, que no acababa de salir adelante, y apenas se dijeron siete u ocho frases sin sentido, cómo te va en la nueva casa, si la trataban con consideración, si le daban bien de comer y en abundancia. Así hasta que salieron de la capital y empezaron a correr carretera adelante, ella sin atreverse a abrir la boca, buscando la manera de no meter la pata. Así hasta que él le echó, de repente, mirándola, aquel piropo fascinante, tú cada vez estás más linda y buena moza.

Su mamá y su papá se le enojaron mucho, se pusieron muy bravos al saber lo que le había ocurrido con doña Evangelina, y si no llega a ser por el teniente seguro que su papá le mete un correazo por no cumplir su obligación como debía. Sotero, de regreso, la invitó a una cerveza en un barcito que quedaba a la entrada de la capital y ella estaba nerviosa y muy callada, con el corazón que le hacía tucutún, tucutún, y la mano que no se estaba quieta si levantaba el vaso. Él la miraba como desde lejos, sin hablar, y cuando terminó con su cerveza esperó que ella acabara con la suya y regresaron. A partir de entonces Lucila ya no tuvo sosiego, ya no quería bajar al malecón, se pasaba las horas asomando la cabeza a la calle, siempre esperando que él cruzara en su carrito *Hillman* y le dijera adiós o incluso se parara para darle un encargo de parte de Tonongo o un dulcito de esos que le mandaba su mamá. Por la noche era peor, porque se acicalaba como nunca y empezaba a dar vueltas y más vueltas con tres amigas que se había conseguido, la sirvienta de la casa de al lado y otras dos, todo el tiempo con la esperanza de encontrarlo parado en el balcón, contemplando la calle con aquellos ojos que a ella la volvían loca. Cuando él no iba, que era casi siempre, porque resulta que vivía con Conchita y a su mamá la tenía abandonada, Lucila se desesperaba, se mordía las uñas, se quedaba en la puerta hasta muy tarde —hasta que ya la doña se enojaba y la obligaba a entrar—. Todo por si acaso él venía, por si acaso él pasaba delante de la puerta, por si la saludaba. Ya no tenía ni puñeteras ganas de ver a sus amigas de por el malecón, así como tampoco de pasear por El Conde como antes y mucho menos de que la piropearan los muchachos, diciéndole cosita, óyeme tú, cariño, susurrándole lo buena que ella estaba y lo que ellos le harían, lo que ellos le hicieran si la agarraban. Ahora lo suyo era verlo y pensar en la forma de que él le hiciera caso y reparara en ella, de que comprendiera que Lucila era una mujer hecha y derecha, una hembra que cuando él deseara se le abriría de piernas y se lo daría todo. Cada noche que pasaba sin verlo odiaba mucho a Estela y a Conchita, que las pisara un carro, que las pisara un tren, que hubiera un gran incendio y que se achicharraran. De nada le servía que los muchachos de por el barrio, trabajadores o no, vagos, dependientes, camareros, incluso oficinistas, precisamente los que antes le gustaban, quisieran invitarla y acompañarla un poco cuando ella caminaba de una esquina a la otra. De nada, nada, nada, de nada le servía. Su obsesión era otra, su obsesión era él, y contaba los días y las noches, las horas, los minutos que faltaban para el sábado próximo, para el momento en que él hiciera así, y le abriera la puerta de su carro y la dejara entrar como una reina.

El barrio le pareció muy feo al principio porque ella estaba acostumbrada a Ciudad Nueva y a la casa del coronel, donde todo lo tenían reluciente, pero ahora que había encontrado nuevas amistades la cosa era distinta. La gente era simpática y amable y cuando ella pasaba con sus amigas no paraban ni un solo momento de saludar. Si alguien preguntaba por ella las demás explicaban que Lucila, la de doña Clotilde, y no hacía falta más. Algunas ni siquiera eran sirvientas, como ocurría por allá abajo, sino hijas de familia que no se avergonzaban de conversar con ella, cuándo imaginar eso con Esther. Una noche fueron al cine Max, que les quedaba cerca, y después se tomaron un guarapo en la avenida Mella. Hablaban de todo, de artistas, de boleros, de política, temas en los que ella no se quedaba atrás, que por algo se había pasado cuatro meses trabajando en casa del coronel, donde iba tanta gente inteligente. También hizo amistad con doña Josefa, la mamá de su derriengue, que Lucila la apreciaba mucho y por cualquier cosita cruzaba a preguntarle si le faltaba algo, si quería que le hiciera algún mandado. Antes de ir al mercado, por ejemplo, pasaba por su casa y le tocaba el timbre simplemente por saber si la necesitaba. Actuaba así por agradecimiento, por cariño, pero más por el chance de que en el entretanto el teniente llegara y ella pudiera verlo sin problemas y hasta hablar su poquito de la granja con él. Tan servicialmente se comportaba que doña Josefa no tuvo más remedio que emplearla, primero con cierta timidez, dado que al fin y al cabo no era su sirvienta, pero después normal, como si fuera la cosa más corriente del mundo. ¿Que quería cigarrillos, por ejemplo?, pues asomaba la cabeza a la calle y si Lucila estaba por allí, pam, la llamaba. ¿Que no tenía ganas de pasarse la tarde acechando al panadero que vendía esos panes crujientes y olorosos llamados camarones?, pues se los encargaba y Lucila en seguida obedecía.

Una noche la pobre Josefa se puso muy malita y Lucila, debido a su amistad, cogió y subió, le preparó un tecito de jengibre, hizo que encaramara los pies en una silla y la sentó delante de la televisión. Doña Josefa comenzó entonces a preguntarle cosas de su campo, cómo estaba su papá, al que ya conocía, y cómo su mamá, y le dio mucha risa cuando Lucila le dijo que ella le prendía velas a la virgen para que al teniente los negocios le salieran bien. Se lo confesó sentada en el suelo, con las piernas recogidas debajo de la falda, y se ve que estaba tan bonita y tan así aquella noche que la doña no pudo reprimirse el deseo de decirle lo que después le dijo, que ella no tenía cara de sirvienta, que ella por lo despierta parecía una muchacha criada en plena capital. Lucila no sabía dónde meter la cara de satisfacción —¿así que por lo menos ya había alguien que se daba cuenta?— y casi estuvo a punto de contarle sus sueños de estudiar la primaria y buscar un trabajo, bien fuera en una fábrica, bien en un almacén, en cualquier sitio, sus sueños de seguir avanzando en esta vida. Pero en ese

317

momento llegó doña Altagracia, la mamá de Freddy, y Lucila tuvo que callar, que no tenía confianza, aunque ya la había visto un par de veces por donde don Santiago. Doña Josefa le preguntó, señalándola a ella, que si no se acordaba de Lucila, la exsirvienta de Evangelina, y entonces doña Tatá como que se dio cuenta de que ella estaba ahí, la saludó con mucha simpatía y empezó a preguntarle que dónde trabajaba, ¿en casa de Clotilde?, que cómo se encontraba Clotilde de su pierna. Después se puso a hablar de la última carta de Freddy, que la traía precisamente en la cartera para enseñársela a doña Josefa junto con unas fotos estupendas en las que, francamente, su muchacho ya no parecía un tigre, sino un hombre formal que se está abriendo paso en playas extranjeras. A Lucila le daba un poco de vergüenza acercarse para ver las fotos con doña Josefa, pero doña Josefa de repente comenzó a pasárselas con naturalidad, como si ella no fuera una sirvienta, sino una amiga de la casa, detalle que a Lucila le resultó agradable. Las dos doñas comentaban lo que estaban viendo, alabando los edificios altos que se hallaban al fondo, exclamando mira qué ropa lleva este pendejo, diciendo que del tiro hasta bueno se le pondría el cabello y que ya se notaba mucho más blanco que cuando se fue. De color y cabello Lucila lo encontró igual, pero no abrió la boca para nada. Más gordito sí, mejor vestido sí, más contento, parecía que las cosas le iban saliendo bien, Lucila se alegraba. ¿Así que esa casota que se veía a este lado era la casa donde vivía Freddy con su tío Elpidio? ¿Así que ese señor tan alto como él que aparecía en la foto echándole el brazo por los hombros era su tío Elpidio? ¿Así que ahora ya Freddy vivía en Nueva York y estaba a punto de hacerse famoso, tal y como quería antes de irse? Bien, muy bien, doña Altagracia parecía contenta, sonreía comentando detalles de la carta, no le importaba nada que ella estuviera ahí, escuchándola. Decía Freddy que ya sabía inglés, que trabajaba en una factoría, que por la noche asistía a la escuela, que su tío Elpidio tenía un carro muy grande marca *Pontiac*, color azul platino, que los domingos salían a pasear por la ciudad y al regresar bebían mucha cerveza viendo televisión y comían como locos, que se estaba engordando demasiado. A Lucila le entró un poco de envidia de ver cómo la gente progresaba, caso Freddy, y ella en cambio permanecía igual y hasta se retrasaba en lugar de avanzar. Antes diez pesos, ahora nueve. Antes sirvienta donde un coronel, con gente fina al lado y todo eso, con Estela dándole consejos de belleza y Freddy mismo tirándole palabritas domingueras, y ahora en casa de doña Clotilde, que era todo lo buena persona que se quiera, pero pobre, sin labia, con una pierna gorda que a ella le producía teriquito. Se fue a partir de ahí poniendo triste, sintiéndose como muy poca cosa en esta vida, y al cabo de un rato, cuando ya doña Altagracia había dejado de hablar y se había sentado en una mecedora, ella pidió permiso y se bajó a la calle a coger fresco y a caminar sin rumbo fijo, sin saludar a nadie, llena de melancolía y muy probablemente con una lagrimita en cada ojo.

Después se le pasó, como era natural, y desde entonces, puesto que en casa de doña Clotilde no tenía ni televisión ni picó ni nada, gente más aburrida no había visto en su vida, cuando ya había cenado y fregado y arreglado lo que había que arreglar, se acercaba donde doña Josefa y le pedía permiso para sentarse un rato a ver una película o a escuchar un cantante. Casi con ella llegaba cada día doña Altagracia, últimamente, según doña Josefa, mucho más buena moza, estrenando vestidos y zapatos y dizque más rolliza y joven que antes de que Freddy se fuera. Qué dos mujeres tan distintas, pensaba Lucila mientras las veía jugando a las barajas encima de la mesa del comedor o hablando de sus cosas, doña Josefa siempre llena de pulseras, pintada, con el pelo peinado a lo moderno, con vestidos de flores y collares, como una jovencita todavía, y doña Altagracia callada, nunca riendo, todo lo más sonriendo, con la cara muy limpia, sin pintura, con faldas o vestidos de colores discretos, muy seria ella y muy como volteada para adentro. La una se reía a carcajadas cada vez que ganaba una mano, le daba manotazos cariñosos, la abrazaba por cualquier cosita y hasta le hacía beber copitas de licor de menta que ella llamaba su *Marie Brizard*, en

tanto que la otra permanecía en silencio, hablando sólo lo
necesario, muy preocupada por cómo iban las cosas de
Sotero (por eso era que a ella le caía tan bien) y cómo iban
las de doña Josefa. La mamá de Sotero se parecía muchísimo a doña Evangelina, por ejemplo, no en lo físico, claro,
sino en la manera de plantarse en la vida y de hablar con los
demás, y en cambio para doña Altagracia no encontraba
Lucila otra persona a la que compararla, qué distintas.

Desde el primer día Lucila insistió en que ninguna se
levantara a coger nada, ¿para qué estaba ella ahí?, y les
hacía que si un juguito, que si un cafecito, que si un
combinado para doña Josefa, que si una cervecita morena
con leche condensada para doña Altagracia. Y estando en
eso, una noche por fin apareció Sotero, al que ella no había
vuelto a ver desde el último viaje, hacía ya una semana
y pico, y Lucila al oírlo con aquella voz ronca, como de
locutor o de político, cogió tal tembladera que no había
forma de colar el café porque se le salía de la manga y le caía
en la mano y la quemaba. Se tuvo que sentar y controlar,
quedarse en la cocina hasta estar convencida de que él no
notaría en qué estado la acababa de poner su llegada. Pero
qué va, como si fuera bobo, claro que se dio cuenta, claro
que comprendió lo que pasaba allá en el fondo de su
corazón, y hasta quién sabe si no hacía mucho ya que lo
sabía. Venía entre otras cosas para decirle que ese domingo
iría a seguir trabajando con Tonongo, que si se hallaba lista
hacia las ocho la pasaría a buscar. Luego se dirigió a doña
Josefa y a doña Altagracia y les siguió contando que la cosa
iba mal, que habían logrado hacerles recuperar el peso
y poner en marcha la incubadora, la cual resulta que no
funcionaba, la cual resulta que era un féfere viejo, pero que
las muertes continuaban como si tal cosa. Se refería a los
pollos, claro está, hablaba de sus preocupaciones, pero
Lucila no lo escuchaba ni se enteraba bien de lo que sucedía
en la granja ni reparaba en la cara preocupada de doña
Josefa ni en la curiosidad de doña Altagracia que la miraba
a ella con picardía y extrañeza. Lucila en realidad sólo era
ojos para el teniente, para sus labios como se movían, para
sus manos cuando gesticulaban, ojos y puro nervio y cora-

zón, que le marchaba, tucutún, tucutún, como un caballo.

Cuando él se fue, Lucila se quedó pensando que le faltaban tres días para el domingo y que no sabía si los podría aguantar, si podría pegar ojo esa noche del jueves, esa noche del viernes, esa noche del sábado, antes de que él viniera a recogerla. Pero aguantó como una campeona, y aunque él no pasaría a verla hasta las ocho, a las seis ya estaba ella con los ojos abiertos y sudando, dando vueltas y sin saber qué hacer del nerviosismo. A las siete se levantó, coló café, se lo llevó a la doña, repasó su vestido y se metió en la ducha. Se dio jabón por todo, mucho jabón, muchísimo, hizo pipí allí mismo, abriendo bien las piernas, como siempre había visto que hacían pipí las yeguas en el campo, y luego volvió a darse, en ese sitio que tanto les gustaba a los hombres, jabón, mucho jabón, jabón y más jabón. Se enjuagó con abundante agua, se enjabonó y se enjuagó de nuevo, porque desde que vino de su campo y comprobó lo bueno que era darse una ducha se cogió esa manía de oler bien, de estar siempre limpita y perfumada. Y si eso era así cada día de su vida, esos días sin ilusión ninguna que ella pasaba mirándole la cara a doña Clotilde, asada de calor en la cocina, cuánto más no sería aquel domingo en que el teniente, de regreso, la invitaría seguro a bailar un poquito y a beber una cerveza, o dos, o tres, o las que hicieran falta, en el mismo barcito de la vez anterior. Aún no la había invitado, desde luego, el teniente Sotero no le había dicho nada, ni una sola palabra acerca de eso, y sin embargo ella estaba segura de que ese día iban a terminar en aquel sitio. ¿Por qué? Pues porque la última noche, antes de marcharse, el teniente dejó un rato a doña Josefa y a doña Altagracia jugando a las barajas, se acercó a la cocina dizque a despedirse y en un santiamén, qué hombre, santo Dios, pero qué hombre, mientras ella fregaba dos o tres tazas y cuatro o cinco vasos, se le colocó al lado y sin abrir la boca le sobó con la mano derecha las dos nalgas, muy lenta y suavemente, y después, cuando comprobó que ella no protestaba, porque no le salía, porque estaba temblando de miedo y de emoción, porque lo deseaba, se la puso delante, la mano, y le apretó ese sitio más suavemente aún, sin dejar de mirarla, como quien acaricia la cabeza de un animalito que acaba de nacer. Por eso lo sabía, y por eso cuando a las ocho y media él hizo así y tocó la bocina, diciéndole aquí estoy, ella salió corriendo con confianza, sin nervios ni cosa parecida, absolutamente convencida de que aquel domingo de finales de agosto su vida cambiaría de un modo radical, convencida de que cuando volviera, ya de noche, habría en todo su cuerpo un cansancio distinto y esa alegría difusa que sienten las mujeres cuando han estado en los brazos del hombre al que aman.

25. El teniente Sotero de los Santos
De julio a septiembre de 1962

El alejamiento de Sotero, que de momento no repercutió en sus relaciones con Evangelina y Enriqueta, dado que ambas lo atribuyeron a su pelea con doña Luz y a su comprensible deseo de perderla de vista, no impidió que siguiera enterándose de cómo andaban las cosas en casa del coronel Tejada. Por medio de Estela llegó, en efecto, a saber que Wilson y Yolanda habían roto (ni Estela ni los otros se explicaban por qué) y que el humor de Evangelina había alcanzado con lo del coronel tales extremos que, según Enriqueta, no había quien la aguantara. Enriqueta misma pensaba marcharse a Macorís a pasarse unos días, y Ramón había provocado ya tantos conflictos y tantas discusiones que el coronel terminó aconsejándole que se largara a casa de su madre hasta que él le avisara. El saludo que Estela recibía ahora cuando cualquiera de ellos se asomaba al balcón no era ya el saludo efusivo, la casi invitación a que subiera que había sido siempre, sino un gesto desprovisto de vida, o, mejor dicho, de ganas de vivir. El coronel Santiago continuaba hablando mucho con su padre, pero con la pequeña diferencia de que o lo hacían fuera de la casa o era aquél quien, en contra de lo habitual, cruzaba al hogar de los Flores en busca de palique. Empujada por esta situación y por la suya propia, Estela había disminuido el ritmo de sus visitas y criticaba mucho, en este orden de cosas, la actitud de su hermana, que aprovechaba la soledad de Wilson y su actual desamparo amoroso para ocupar, o al menos intentarlo, el puesto de la otra. Esther, contaba Estela, se agarraba de cualquier pretexto para cruzar a verlo y quedarse con él horas y horas. Ya ni siquiera tenía el recato suficiente para dejar de subir a la azotea (o subir por lo menos cuando nadie la viera, como antes) con el supuesto fin de ayudarlo a repasar las dos materias que le habían quedado —qué va—. Subía, subía y subía cuantas veces le daba la gana, actitud en la que Wilson naturalmente consentía, ya que en definitiva a ningún hombre le viene nunca mal tener a una hembra al lado. De todas formas, lo que le molestaba a Estela no era que Esther hiciera algo que nadie, al fin y al cabo, se hallaba en mejores condiciones de comprender que ella, sino que lo hiciera con el descaro de saber que todos los demás, desde doña Evangelina hasta su propia madre, apoyaban e incluso estimulaban esa avalancha de coquetería y de calculado interés, mientras que ella misma tenía que andar así, tal como andaba. Estela se enojaba tanto con esa desigualdad que a veces deseaba que Wilson le pusiera una barriga a su hermanita para que ésta supiera lo que es bueno, pero en seguida se arrepentía porque se daba cuenta de que precisamente el único a quien ese hecho heriría de verdad sería Wilson y nadie más que Wilson.

De los demás poca cosa había que el teniente no pudiera imaginarse. Su papá, don Rodolfo, continuaba en su afán de echar discurso tras discurso, convencido, como todo el mundo, de que los únicos que podían ganar en el país unas elecciones naturalmente libres, democráticas y apoyadas por el poder demoledor de los Estados Unidos, eran ellos. Ni se enteraba, el pobre, o muy de refilón, de lo que acontecía dentro de su propia casa. Se pasaba el día entero de arriba para abajo, con su eterna sonrisa de triunfador innato, hablando por el radio, dando declaraciones, firmando documentos que luego aparecían en los periódicos con aquella estupenda retórica que a Freddy lo hacía, sinceramente, partirse de la risa. Preguntaba por él, por el teniente, como si el encontronazo con su esposa hubiera sido la cosa más natural del mundo, el típico incidente entre un yerno y su suegra, y no lo que había sido; como si diera por supuesto que cualquier día de ésos todo se arreglaría y el teniente Sotero volvería a hacer acto de presencia en la sala de su casa. Estela sospechaba que también su padre, igual que el coronel, andaba por ahí con alguna muchacha treinta años más joven, si no con dos o tres, ¿qué opinaba el teniente?, y se ponía muy triste y melancólica al ver cómo la vida, que podía ser amable y divertida, se convertía al final en un infierno. ¿Ellos lograrían escapar de ese peligro, serían siempre felices?, le preguntaba continuamente, sin reparar en que Sotero estaba como ido, alejado de allí por otros pensamientos, cada vez más turbado por su propia carencia de posibilidades, por la inutilidad de sus esfuerzos para salir a flote.

Los últimos diecisiete días de julio. Sotero estuvo viéndose a escondidas con ella, primero sin dificultades, porque doña Luz, nuevamente engañada, pensaba que su hija se había puesto al lado de su madre e intentaba olvidarlo, pero después, a la semana y pico, sólo esporádicamente y por breves momentos. Ese cambio tuvo su origen en la rural inocencia de Lucila, que se dejó atrapar con un papel escrito por Sotero y dirigido a Estela, como consecuencia de lo cual doña Luz se puso hecha un basilisco. La abnegada señora había rebajado casi siete libras y amenazado a Estela, según Lucila, con morirse de un ataque repentino sin concederle su perdón ni nada, si continuaba manteniendo relaciones con él. Y como entonces el momento le pareció ideal, por fin le dio el anunciado ataque. Entre todos tuvieron que tenderla en el sofá y estar un largo rato abanicándola, y aunque las consecuencias no fueron las que ella misma tenía tan anunciadas la verdad es que, a partir del dichoso incidente, Estela se retrajo y apenas se atrevía a acercarse un momento a los sitios convenidos con el fin de decirle cuatro o cinco palabras, darle un beso muy largo, un solo beso largo, interminable, y regresar de nuevo con cara de no haber roto un plato en ningún sitio nunca.

Pero lo de Lucila no se detuvo ahí, ni muchísimo menos. Lo de Lucila fue como una bola absurda de acontecimientos que terminaron por complicar la vida del teniente Sotero de la forma más triste y más inesperada. El mismo día en que la sorprendió, doña Luz cruzó a casa de Evangelina para quejarse en toda regla de lo que consideraba como una intromisión inadmisible en las intimidades de su hogar —sobre todo viniendo de una nalga sucia como aquélla—. Tan fuera de sí estaba la señora que Evangelina no tuvo más remedio que sentarla en la sala, abrir todas las puertas, llamar a una de sus hijas, por si de nuevo le sucedía algo, y rogarle, por Dios, que se calmara. Después llamó al teniente, francamente enojada, para decirle que, sintiéndolo mucho por su capataz, el honrado Tonongo, pensaba despachar a Lucila de su casa. El teniente vería la manera, puesto que en cierto modo era culpable por ponerla de correveidile entre él mismo y Estela, de darle a su familia cuantas explicaciones creyera conveniente. En realidad hacía ya unas semanas que Evangelina estaba por botar a la muchacha (muy metomentodo, muy chismosa y muy comparona, según ella) y el teniente pensó que ahora se agarraba a ese clavo ardiendo para echarla a la calle sin parecer por ello desconsiderada. Razones había, desde luego, pues Lucila no era, no había sido, nunca sería la sirvienta ideal, y aunque al teniente no le supo bien que Evangelina lo presentara a él como responsable de su despido, lo cierto fue que a partir de ese instante se sintió moralmente obligado a no desamparar a la muchacha. Por eso cuando ella le hizo una visita, a principios de agosto, para pedirle ayuda (al campo no volvía, estaba decidido), Sotero no tuvo más remedio, haciéndose de nuevas, que buscarle otro sitio. Lo malo, sin embargo, no fue eso. Lo malo fue que Lucila comenzó a mirarlo con tal embobamiento que a Sotero se le hacía difícil no reparar en ella, no darse cuenta de lo hembra que era. Hacía ya tiempo que él había notado la atracción que ejercía en la muchacha, pero nunca se detuvo a considerar la posibilidad de poseerla porque en definitiva el papel de seductor de chopas le resultaba muy poco atractivo, por inteligentes y otras cosas que fueran. En este sentido el teniente siempre había pensado que el hombre se define, en no escasa medida, por la clase de mujer que es capaz de conquistar y quizá esa idea lo mantenía alejado, un tanto como al margen de aquel cuerpo que, con independencia de cualquier otra consideración, ya desde el primer día ejerció en él una atracción extraña y poderosa, mezcla de deseo, perplejidad y asombro. Pero de más está decir que esa idea suya (se vio claro en seguida) pertenecía al pasado. Ahora, en aquellos días de confusión en que todo se le derrumbaba, Sotero no se hallaba en condiciones de matizar la realidad hasta el punto de saber de antemano cuándo iba a equivocarse y cuándo no. De ahí que, después de conseguirle otro trabajo muy cerca de su casa (en la de un par de viejos respetables amigos de su madre) comenzara a mirarla con los ojos y con la intención que ella llevaba tanto tiempo esperando. Ése, naturalmente, fue su primer error. Los restantes no hicieron más que continuar, en una especie de obligada dependencia, el camino emprendido por aquella inicial aceptación del riesgo.

En realidad lo único que consiguió retener sus impulsos un cierto tiempo fue la consideración, el asedio constante de sus otros problemas, cuyo espectro había sufrido muy pocas variaciones. Por un lado se encontraban los pollos, que seguían con su racha de morirse y morirse a un ritmo inalterable de seis o siete al día. Tonongo ya no sabía qué hacer y comenzaba a hablar de brujerías y pendejadas de ésas, en tanto que Sotero, a quien tampoco se le ocurría ninguna solución, se pasaba las horas consultando sus libros y revistas, llamando al veterinario (de cuyos servicios tuvo que prescindir porque al final comprobó que de pollos él sabía mucho más) y haciendo combinaciones raras con el agua, los antibióticos, el pienso, la ventilación, los cereales, el pienso de nuevo, los antibióticos, el agua..., sin llegar nunca al fondo del asunto. También estaba lo del préstamo, que se quedó durmiendo el sueño de los justos en vaya usted a saber qué gaveta de qué enemigo o simplemente antipatizante del señor Flores, su principal respaldo. Nadie le había dicho de un modo explícito que no, pero el teniente ya ni de vainas contaba con ese capital. Esos dos hechos juntos (tras los cuales, como en un coro trágico, se juntaban su madre aconsejándolo, Conchita adorándolo cada día más, los acreedores iniciando el asedio y un largo etcétera de cosas parecidas) provocaron en él una obsesión tan grande por lo suyo que apenas tenía tiempo para nada ni para nadie más. A Estela, por ejemplo, la veía mucho menos, en parte por culpa de la situación, pero en parte también, y sobre todo, por culpa de la amarga desidia que a veces le nublaba los sentidos y lo llevaba a contemplar el mundo como un inmenso callejón sin salida. Sus conversaciones, en las que había una candorosa ilusión de enamorada que Sotero no compartía ni remotamente, le resultaban pesadas e incluso insustanciales. Si los primeros días de ocultamiento aún la recibía con ganas, dominado por la infantil satisfacción de haber sido el primero (y el único: las efusiones de la joven no dejaban lugar para la duda), últimamente lo que quedaba en él era la pastosa sensación de creer que con ello les devolvía a su suegra y su cuñada todas y cada una de las ofensas que le habían infligido. Había en su fondo, con respecto a Estela, una mezquina prepotencia que se manifestaba en el modo de tratarla imperceptiblemente adoptado en los últimos días: desplantes, gritos, repentinas ausencias que ella, con su habitual ceguera, atribuía al nerviosismo creado por la situación —en lo cual era evidente que se equivocaba—. En realidad, Sotero actuaba así porque de alguna forma presentía que estaba condenado a no llegar jamás a ningún sitio, a no salir jamás del agujero que la vida le tenía reservado. Daba incluso la impresión de haber perdido el interés en una relación que siempre consideró como uno de sus logros, como un triunfo en sí misma.

Casarse con Estela había sido, en efecto, un objetivo perseguido durante muchos meses de fingimientos, de buena educación y falsa cortesía. Sotero había calculado su futuro tan meticulosamente (su boda, la repentina importancia lograda por ese simple hecho, su posterior y progresivo enriquecimiento) y los resultados habían sido tan distintos, que ahora le daba exactamente igual, en vista de las circunstancias, que todo le saliera pato o gallareta. Eso, y ninguna otra cosa, era lo que sucedía. Durante unos meses pensó que Estela y él terminarían casándose, y si no consiguiendo una felicidad en la que no creía, sí al menos ese bienestar de telefilm americano que, por extraño que parezca, el teniente consideraba como el ideal. Los acontecimientos posteriores, sin embargo, lo llevaron a ver con toda claridad que aquel equilibrio de retrato en familia con el que había soñado no podría darse nunca. El teniente sabía que el odio, la antipatía y el desprecio que su suegra y su cuñada sentían hacia él, y viceversa, acabarían por estallar de forma irremediable el día menos pensado, y no estaba seguro (de lo contrario sí) de querer a Estela hasta el punto de sobrellevar la tensión que esa recíproca aversión produciría. Ni siquiera lo estaba de poder intentarlo, porque, por otra parte, ahí seguía, muy en su sitio siempre, la buena de Conchita, origen, quién sabía si pretexto, del conflicto, a quien de ningún modo pensaba renunciar.

El mantenimiento de sus relaciones con Conchita eran como un imponderable, como una forma de pertenecer a aquel país, no a ningún otro, una manera de definirse como muy de su ámbito. Quizá por eso al teniente le resultaba a veces realmente inexplicable que su suegra no pudiera comprender ni admitir una situación que sin lugar a dudas ella misma, con todas sus pretensiones y sus ínfulas, habría tenido que aguantar alguna vez, si no varias. Su actitud le resultaba tanto más incomprensible cuanto que con Estela, que era la realmente afectada, todo estaba resuelto, de lo cual deducía que ese odio (como él lo llamaba) o esa natural prevención (como prefería Estela) se nutría de otras fuentes más soterradas e imprecisas. ¿Las mismas, aunque multiplicadas, que lo separaban a él de Lucila, la hija de Tonongo, obligándolo casi a rehuirla, a pesar de lo hembra que era y de lo mucho que lo atraía? Fuera como fuera, lo que resultaba innegable era que doña Luz se había salido con la suya. Su intervención había causado un efecto real en el ánimo del teniente, que se planteaba ahora, atrapado entre éste y los otros conflictos que habían ido surgiendo en torno suyo, el seguir con Estela como una posibilidad cada vez más remota. Su afecto permanecía vivo, pero carecía del empuje de las verdaderas pasiones, de modo que si permanecía con ella era por una serie de causas de muy diversa índole que iban desde la pena y la responsabilidad moral que se le crearía si la abandonaba en ese preciso momento (después de haberla hecho mujer y cuando estaba más enamorada) hasta las ganas de utilizarla como medio para vengarse de doña Luz, para joder un poco a esa maldita vieja del carajo.

Mientras tanto, Lucila intentaba hacer méritos, aprovechando, pero sin saberlo, la confusión interna del teniente, planchando sin parar aquel único vestido presentable que tenía y esperándolo cada noche como una caricatura caribeña de Penélope, tejiendo y destejiendo un tapiz (que no velo) de sueños e ilusiones en cuyo decorado de figuras Sotero aparecía, central, resplandeciente, dominándolo todo con su sola presencia. Durante el mes de agosto el teniente Sotero se fue sintiendo progresivamente apresado por el interés que esa conquista involuntaria suscitaba en su ánimo, y aunque pasaba días sin acudir a casa de su madre precisamente para no tener que defenderse del enamoramiento de Lucila, lo cierto era que en cuanto la veía con aquel par de senos relucientes, aquella nalga dura, tan fácil y tan buena, el mecanismo de su masculinidad se disparaba y de inmediato dejaban de existir controles éticos y prejuicios clasistas. En una palabra, que lo único verdaderamente importante pasaba a ser el cuerpo de Lucila y el suyo, sus dos cuerpos hundiéndose y uniéndose en un charco magnífico de sudor y saliva. Tres o cuatro veces la encontró bañadita, peinadita, esperando que él apareciera, y comprobó cómo se le iluminaba el rostro en cuanto lo veía. Doña Josefa, que había captado lo peligroso del asunto, le hizo prometer que no le causaría ningún daño a la pobre muchacha, pero como no tuvo el cuidado de especificar lo que entendía por eso, el teniente lo interpretó a su manera y se dejó arrastrar por el remolino de la situación. Un remolino que comenzó a girar vertiginosamente la tarde en que, como ya había ocurrido en otras ocasiones, él se ofreció a llevarla de nuevo a casa de sus padres y Lucila no sólo aceptó, sino que le hizo ver con toda claridad que muchísimo más que la visita lo que a ella le importaba era estar a su lado, escucharlo, sentirlo respirar.

Aquella tarde el teniente lo había previsto todo de forma minuciosa. Había pasado un par de días verdaderamente insoportables, aguantando los lagrimeos de Estela y los injustificados reproches de doña Josefa, que empezaba a exigirle resultados, y al final, intentando romper el acorralamiento que sentía, decidió aprovecharse de Lucila —tan descaradamente que hasta él mismo, cuando iba de camino a casa de su madre, se lo recriminaba—. Al principio pensó llevarla a Las Palmeras, un cafetín medio prostíbulo medio restaurante al que solía entrar cuando venía de Haina y con cuyo dueño había entablado últimamente una relación basada en compartidas perspectivas comerciales. Ocurría que el tipo aquel dudaba a veces entre mantener la ambivalencia de su negocio o transformarlo definitivamente en un restaurante-heladería especialmente dedicado a las muchas familias que salen a pasear los fines de semana y no hallan a dónde diablos ir con sus muchachos. Según sus proyectos y sus croquis, la pista de baile pasaría a convertirse en una de patinaje, la vellonera se llenaría de nuevo de discos adecuados y el inmenso jardín se cubriría de columpios, subibajas y montañas rusas, pero lo cierto era que no estaba seguro. Tantas vueltas le daba a su proyecto, tanto lo comentaba con Sotero, que a éste se le ocurrió la idea de aprovecharse de su indecisión con respecto al negocio para comenzar a extender los tentáculos del imperio comercial con que soñó al principio. Calculaba el teniente que un restaurante piloto, en el que no tuviera que gastar un chele, o poco más o menos, emplazado en un sitio como aquél, señalado con buenas luces de neón y despojado de toda connotación éticamente peyorativa, un restaurante que se especializara en lo que él siempre consideró como la base de su enriquecimiento, como una mina de oro: el pollo (frito, asado, rebozado, por raciones, entero, para llevar a casa o para degustar sin salirse del carro, acompañado siempre de estupendas raciones de papas y de plátanos) podría ser una experiencia útil con la que averiguar hasta qué límites le convenía arriesgarse. A este individuo le pensaba pedir el teniente la llave de uno de los tres reservados del local, convencido de que, después de un par de cervezas y cinco o seis boleros, Lucila no tendría inconveniente en meterse con él en donde hiciera falta. Con ese convencimiento se detuvo al volver, recorriendo aquel pasaje bordeado de palmeras enanas que le daban su nombre al cafetín, sintiendo ya que la sangre le hervía, pensando que a Lucila le iba de maravillas que Lucho le dijera amor mío, tu rostro querido no sabe guardar secretos de amor, como efectivamente se lo estaba diciendo por el altavoz del armatoste aquel llamado vellonera. Lucila, por su parte, no se movía del asiento, estaba, la pobre, petrificada en él, seguramente comprobando que tenía el corazón de melón, melón, melón, como decía el chachachá y que, por eso mismo, en cuanto él la rozara con aquellas dos manos llenas de pequeños y lánguidos vellitos ella se desharía en sus brazos sin remedio. Lucila se hallaba dispuesta a todo, de modo que por ella no habría ningún problema, y el teniente, después de saludar en un aparte a su futuro socio, la llevó a una de las mesas y pidió dos cervezas bien frías. Así se mantuvieron durante un largo rato (primero esperándolas y después paladeándolas como si se tratara de algo extraordinario), ella nerviosa y asustada y el teniente confiado, seguro, prepotente, buscando la manera de que su acompañante dijera cualquier cosa que le hiciera sentir que se encontraba junto a una mujer y no junto a una zombi. Lucila, sin embargo, continuaba callada, sin siquiera atreverse a levantar la vista, mirándose la punta de los pies como una niña a quien alguien reprende por hacer cosas malas en la escuela, y más concretamente en el sanitario de los varones. El automatismo de sus gestos, ese llevarse el vaso a los labios y luego devolverlo a la mesa para juntar de nuevo las dos manos encima de la falda, ese no querer (no poder) levantar la cabeza, o levantarla sólo cuando él le hacía cualquiera de las muchas preguntas sin sentido de esa tarde, le daban al teniente la impresión de ser uno de esos viajantes rurales que compran la virginidad de las muchachas por un rollo de tela o un par de pantalones. Y como en el fondo había ido a buscarla cargado ya de mala conciencia, haciéndose reproches, a la media hora de estar allí sentados y viéndola tan torpe, tan objeto, se puso a pensar en sí mismo y en ella, en los dos juntos mirándose la cara en cualquiera de aquellos cuartuchos pobremente amueblados, sin saber qué decir después de haberlo hecho, y decidió que no, que no iba a tener fuerzas para arrostrar un silencio que preveía como algo inevitable. Intuyó con toda claridad, mientras bebían, la pena y el vacío que fatalmente terminarían dominándolo, y como ése era uno de los sentimientos que más le horrorizaban, esperó unos minutos y, cuando comprobó que su sexo había recuperado su habitual flaccidez, la invitó a regresar sin atreverse a nada.

Así terminó todo y así pensó el teniente que continuaría, Lucila en su lugar y él en el suyo, pero ya esa misma noche se dio cuenta de que su reacción no había sido más que el producto de su estado de ánimo, de que en otras circunstancias él se hubiera encargado muy a gusto de romper un mutismo que, bien considerado, resultaba perfectamente comprensible. Había, desde luego, una contradicción, pensó el teniente, entre la imagen de oveja degollada que presentaba la muchacha por la tarde y el desparpajo con que habitualmente se desenvolvía, un desparpajo que asombraba tanto por su espontaneidad como por el toque de original impertinencia con que lo revestía. El resultado de tales consideraciones fue que al día siguiente mismo, liberado de sus remordimientos de la víspera, el teniente ya sólo pensaba en volver a invitarla a Las Palmeras y disfrutar a fondo de su cuerpo. Descubrió que sus remordimientos, el cargo de conciencia que incluso antes de verla lo acompañaba, habían sido el resultado de considerarla exclusivamente como la solución inmediata de un problema, no como a una persona hecha y derecha. Y como ahora ya no era así, como ahora él sabía que esa segunda vez Lucila no iba a hacer el papel de paliativo de sus preocupaciones cotidianas, sino el muy real y verdadero de la mujer que arrastra por sí misma, por la gracia inherente de sus carnes, su sonrisa, sus vellitos, se sintió repentinamente libre del envaramiento, de la rigidez y de la escasa espontaneidad manifestados en la primera y ya sólo tuvo cerebro para ella y para el momento en que se le entregara —o él se la cogiera—. La imagen de Lucila adquirió entonces una importancia inusitada en las representaciones eróticas del teniente Sotero, desplazando cualquier otra figura femenina que intentara disputarle el puesto, convirtiéndose, en resumen, en una auténtica obsesión.

Tuvieron que pasar, no obstante, varios días antes de que Sotero encontrara el sosiego y el tiempo necesarios para dedicarse a la grata tarea de acostarse con ella. Varios días y también varios hechos francamente molestos que el teniente recibió con esa pizca de amargo desplante y cínico fatalismo de quien se siente desbordado por la vida. A lo largo de toda una semana, en efecto, el teniente se vio obligado a enfrentarse a ciertos acreedores que pretendían, en contra de lo estipulado, que se les comenzara a pagar antes de que salieran al mercado las primeras remesas y tuvo que convencer a cuatro o cinco futuros clientes de que mantuvieran sus pedidos hasta octubre, dado que a mediados de septiembre aún no estaría preparado para cubrirlos. Finalmente, durante esa misma semana le resultó imposible comunicarse con Estela y como consecuencia acabó descubriendo que le daba exactamente igual no haberlo hecho, que todo había acabado con relación a ella —lo cual quería decir que tendría que pasar por el trago de soportar sus lloros, sus reproches, la escenita de siempre, cuando se separaran—. Ninguna de estas cosas, sin embargo, resultó tan ofensiva y tan desagradable como lo de Evangelina, que una tarde lo telefoneó para llenarlo de insultos y, de paso, tildarlo de maipiolo. ¿Por qué? Pues porque, según ella, el teniente no sólo había estado sirviendo de enlace entre el coronel y su nueva querida, sino que hasta se había encargado de arreglarles las citas y los lugares adecuados para que se vieran a escondidas. Todo mientras él mismo se hacía el mosquita muerta y el hipócrita en los sillones de su propia casa, en la que nunca se le debió tratar más que como lo que era, un nalga sucia y un pataporsuelo. Luego colgó, dejándolo en el peor de los estados, completamente sorprendido y víctima, según dedujo de inmediato, de otra de las numerosas llamadas anónimas que últimamente recibía Evangelina. Llamadas llenas de mentiras y de esa particular y cortante manifestación del odio que consiste sencillamente en enredar las cosas y en joder a la gente por el simple placer de enredar y joder —deporte nacional—. La verdad era que el teniente ni siquiera conocía el nuevo amor del coronel, una niñita de dieciocho años que, según palabras del afortunado, tenía el supremo mérito de rebajarle treinta cada vez que se le abría de piernas. Pero la inocencia de que estaba investido no evitó que el teniente se mantuviera varias horas en continua tensión, frenándose las ganas de llamar a su respetada Evangelina con el fin de ponerla en su lugar al estilo barrial que ambos conocían. Tampoco evitó la inocencia que se sintiera profundamente ofendido por las palabras rastreras y gratuitas con que Evangelina había ido salpicando su imprevista pela de lengua —que no podía llamarse de otra forma a semejante retahíla de improperios y de necedades.

Por la noche, sin embargo, fue Evangelina la que volvió a telefonear, esta vez para disculparse y confirmar, con voz entrecortada, las sospechas de Sotero. Lo que ahora llamaba su infantil desconcierto, su desquiciamiento de unas horas antes, se debía, en efecto, no a una, sino a numerosas llamadas anónimas, todas involucrándolo con detalles precisos en ese delito de deslealtad que ella le había atribuido. ¿Cómo quería que ella no les hiciera caso, si el teléfono había estado diez días suena que suena y siempre con la misma cantaleta?: que si he visto a tu hombre con su hijita en las piernas, que si se ven en casa de Conchita, que si el teniente se la lleva y se la trae en el carrito... Ella aguantó hasta donde pudo, pero los detalles eran tan precisos, estaban tan bien coordinados, demostraban un conocimiento tal de aquello a que se referían, que al final, claro, acabó por creerse lo que le decían. ¿Querría Sotero perdonarla ahora, excusarla, comprender los arranques de una mujer cansada, que ya no estaba para que le hicieran lo que ese mal nacido de Santiago le hacía? No sabía, en realidad, qué actitud adoptar y le pedía consejo, avergonzada, pero lo cierto era que el ánimo del teniente se encontraba demasiado abatido por las ofensas anteriores como para prestarle atención. Se limitó por tanto, a oírla rabiar, llorar, maldecir con el tono incoherente del que no razona y engarzar, finalmente, una nueva retahíla de acusaciones en las que, de un solo golpe y sin criterio selectivo alguno, incluía a los comunistas del barrio, a vecinos envidiosos de su pasada felicidad (¿se acordaba el teniente de lo bien que se llevaban ella y Santiago?) y a ciertos imaginarios enemigos de la gente decente, provocadores profesionales que no perdían la ocasión de fuñirles la vida a los demás. El teniente aguantó durante media hora la histérica descarga de la mamá de Wilson y hasta se vio tentado de acudir a su casa para demostrarle que la comprendía por lo menos un poco, pero pensó que eso sería complicar más las cosas y decidió quedarse en donde estaba, tirado en el sofá de la pequeña sala de Conchita, indeciso con respecto a sí mismo y con respecto a todo.

Su vida entera, según pensaba él, dependía ahora de cómo le salieran los negocios en que se había metido, y el teniente no tenía tiempo ni ganas para nada más. Dominado por la sensación de que nunca volvería a presentársele otra oportunidad como aquélla de la granja para dejar de ser lo que siempre había sido, un insignificante, consideraba que no debía desperdiciar sus energías en asuntos ajenos —y menos en los del coronel, que al fin y al cabo poseía casi el cincuenta por ciento del negocio, debido a los terrenos y a los dos mil pesos invertidos—. Su obsesión por el dichoso tema había llegado a tal extremo que el teniente se pasaba las horas haciendo los más extraños cálculos y los más estrambóticos proyectos. La casa de Conchita se hallaba abarrotada de papeles en los que su amante, que era él, había ido reflejando minuciosamente sus sueños de copar el mercado con las ganancias producidas a partir de su primera y ridícula inversión. Conchita a veces se enojaba con su hombre y otras se echaba, simplemente, a reír, sobre todo cuando se ponía a contemplar el minucioso plano de la ciudad en que Sotero había ido trazando dos redes superpuestas. La primera, en lápiz rojo, señalaba los enclaves idóneos para la instalación de pequeños y grandes restaurantes o barras de la cadena que soñaba fundar, mientras que la segunda, en azul, indicaba aquellos otros ya existentes a los que pensaba estar abasteciendo en el plazo de un año o año y medio. Una tercera, en verde, y aquí era cuando Conchita se desternillaba de la risa, especificaba con trazos dobles y círculos, a la manera de una estructura atómica, los siete u ocho restaurantes, los cuatro o cinco comercios que ya habían sido captados por la simpatía personal y la labia del representante de sí mismo en que Sotero se convertía a cada rato, así como los seis o siete que, presumiblemente, pasarían a engrosarla dentro de muy poco. El teniente, que no carecía de buen humor, algunas veces también se reía de sí mismo, tanto por la desproporción entre las redes (las ficticias incluso se salían del actual casco urbano, eran, como decía Conchita, futuristas, mientras que la real, la verde, apenas abarcaba unas cuantas cuadras) como por los chistes que uno y otra iban hilvanando y que posiblemente solo tenían gracia en el particular contexto que ambos conformaban. Otras veces, en cambio, el teniente se desesperaba y a la más mínima alusión, eutrapélica o no, de Conchita, se enojaba muchísimo y acababa sumiéndose en uno de sus últimamente habituales silencios.

Así ocurrió, por ejemplo, la tarde en que Estela, desesperada ya de no verlo, después de suplicarle a Evangelina que le dijera el número, se atrevió a dar el paso de telefonearlo a la mismísima casa de su amante. Conchita entonces, sabiendo que era ella, en vez de ponerse en el lugar que le correspondía, como siempre, comenzó a rondar al teniente, embarullado con la conversación, y a adoptar poses tan ridiculizantes como las de cacarear dando pequeños saltos, pujar para poner un huevo imaginario y reírse como una loca al tiempo que se arrastraba por el suelo y, pío, pío, pío, le metía la mano en la entrepierna e intentaba agarrarle la cosa. Sólo la voz de Estela, deshecha en lágrimas al otro lado del teléfono, impidió que Sotero colgara y la emprendiera a golpes con Conchita —a la que con gusto le hubiera metido el puño—. Eso y el hecho de que ésta había estado ingiriendo pequeños tragos de whisky y se hallaba algo mareada, sin lo cual no se hubiera explicado aquel inopinado ataque de lo que fuera, mezcla de celos con respecto a Estela y de burla malintencionada con respecto a él mismo. En ninguna otra ocasión el teniente se había enojado tanto con Conchita como aquella dichosa tarde. Y sin embargo, lo curioso del caso no fue el enfado en sí, sino la circunstancia de que, después de meterla en la cama a empujones y de negarse a cohabitar con ella (yo singo, tú singas, nosotros singamos, conjugaba Conchita, encendida por el deseo, los celos y el alcohol) el teniente salió de la casa y descubrió que la actitud de Conchita le había afectado sólo por lo que tenía de burla hacia sus cosas y no por la ofensa que significaba para Estela, que en ese mismo instante dejó prácticamente de existir para él. También él había bebido, desde luego, pero no tanto para no comprender sus sensaciones y darse cuenta de lo reales que eran. Y como, aparte de lo de Estela, a la que, por cierto, prometió seguir viendo con el único fin de que dejara de llorar y se calmara, sentía también aquella tarde un profundo rencor hacia Conchita (pues una cosa eran las bromas que ambos hicieran al unísono y otra muy distinta aquellos gestos de unos momentos antes, con los que implícitamente parecía tildarlo de gallo loco o de lunático) salió a la calle y empezó a recorrer la ciudad sin objetivo alguno, con ganas de no regresar a verla en mucho tiempo. Anduvo un par de horas yendo de un sitio a otro, intentando encontrar a alguien con quien hablar, pero fue inútil. Durante el último año y pico, Sotero había estado tan pendiente de sí mismo, de sus ambiciones y, lo que era peor, se había alejado tanto y establecido un abismo tan profundo con respecto a sus antiguas amistades (aquellos jóvenes mohosos y mohosas de su barrio) que ahora la ciudad le pareció vacía (en realidad lo estaba para él) y recorrerla en esas condiciones lo hizo sentirse ínfimo y despreciable. Exactamente igual, aunque en otro sentido, que cuando decidió dejar de ser un insignificante y buscar otros rumbos que no fueran los que su propio ambiente le tenía reservados. Descubrió entonces, de repente, que las dos únicas personas con las que en realidad contaba, las únicas personas con las que podía seguir contando, eran las mismas del inicio, las mismas de antes de engancharse al ejército, las mismas de siempre, su madre y Conchita. Y como a casa de la una no pensaba regresar hasta que, por lo menos, se le pasara el descalentamiento que acababa de producirle, optó por dirigirse a la de la otra —en donde, además, sabía que iba a encontrarse con Lucila.

Allí estaba, en efecto, la hija de Tonongo, en quien

Sotero no había dejado de pensar, sino al contrario, a quien su fantasía había adornado de unas extraordinarias cualidades amatorias que él no dudó un instante en considerar como reales. Claro que él no había ido con el definido propósito de buscarla, ni mucho menos con el de citarla en ningún sitio, cosa que guardaba para más adelante. Pero lo cierto fue que al verla nuevamente sintió unos deseos tan inesperados y poderosos que apenas pudo intercambiar con su madre y con doña Altagracia, que estaba de visita, más que unas pocas frases sin sentido. La angustia que lo había empujado hacia su casa en busca de alguien con quien hablar de cualquier cosa desapareció en el instante mismo en que ella lo miró muerta de amor mientras se dirigía a la cocina, donde sin duda alguna intentaría desprenderse de su repentino nerviosismo. Hasta allí la siguió él al cabo de un momento, sin poder contenerse la urgencia de tocar aquel cuerpo macizo, suave, limpio, y allí mismo, pasando por encima de su propio miedo (le hubiera resultado vergonzoso que doña Josefa lo sorprendiera en esa lamentable situación) se le acercó a la joven y, sin mediar palabra, convencido, seguro, le acarició las nalgas, la hendidura de las nalgas, los muslos, las caderas. Todo ello durante unos segundos que a Lucila se le hicieron cortos y a él infinitamente largos. Después, sin mirarla, echándole el vaho de su agitada respiración en las orejas, se la puso, la mano, por delante, notando en ella, en la palma ahuecada, la calidez difusa de aquel abultamiento de su sexo, del que acababa de tomar posesión en ese instante y en nombre de sí mismo. Desde entonces, Lucila, que no opuso ninguna resistencia, se esforzó por ponerse a la altura de aquel deseo, manifestado de forma tan expeditiva y convincente. Pero fue inútil. Ya el primer día (a los pocos de ese inicial contacto, sudando como locos en uno de los reservados de Las Palmeras) el teniente pudo comprobar que ni sus quejidos de placer alcanzarían jamás la sofisticada pudibundez de los de Estela, ni su cuerpo la vigorosa elasticidad, la rítmica perversidad que tenía el de Conchita. Su imaginación, su fantasía, había estado, como siempre, muy por encima de la realidad y Lucila no era ni de lejos la mujer fogosa y divertida, la diabla rural, llena de rebosante primitivismo en que él había pensado, sino una hembra difusa, inexperta y torpe como un saco de arena humedecida. A pesar de lo cual repitió la experiencia seis o siete veces, intentando adiestrarla, conseguir que perdiera su desagradable rigidez, huir con ella de sí mismo, de sus propios problemas, que habían ido en aumento y que por fin estallaron definitivamente el día en que sus pollos rompieron a morirse por centenares, y aun por millares —como en un Fin del Mundo avícola que de un domingo a otro acabó con todos y dejó en el ánimo de su dueño la muy pesada e insoportable sensación del fracaso.

Esto último ocurrió de repente, como suele ocurrir lo inexplicable, y comenzó la noche en que Tonongo vino desde Haina a buscarlo para decirle que algo raro pasaba con los animales, que estaban todos como con el dengue, cabezones, sin ganas de probar la comida ni de beber el agua, sin ganas de moverse. Algunos se caían cada vez que intentaban levantarse, mientras que otros, la inmensa mayoría, se mantenían sencillamente echados, sin más señal externa de malestar que esa inmovilidad. El teniente se alarmó bastante y salió disparado hacia la granja, pero la sombra de la noche, el cansancio y el no saber qué hacer le impidieron que actuara de inmediato. Al día siguiente regresó en cuanto pudo, acompañado ahora por el mismo veterinario anteriormente despreciado y éste habló de epidemias y fiebres, bacilos y microbios, sin sacar nada en limpio. Se quedó vigilando, sin embargo, dándoles vueltas a sus conocimientos sobre el tema y ordenando medidas preventivas que impidieran lo que ya se temía, que de un momento a otro comenzaran las muertes. Después de comer marchó a la Capital con el fin de ducharse y encargar tres o cuatro análisis que creía necesarios y a la vuelta encontró ya las primeras docenas de cadáveres. Tonongo los iba apilando en la fosa que tenía para el caso, en la que, previamente rociados de gasolina, los sometía a intensa cremación. La columna de humo negro que salía del dichoso agujero, producto también de la basura producida y de los excrementos (cuya utilización comercial ni siquiera llegó a considerarse) no dejó entonces, y durante seis largos días, de elevarse y de impregnarlo todo con el agrio olor de la carne quemada. Las aves, en efecto, continuaron muriéndose a una velocidad absurda ante la mirada idiota de Sotero, que contemplaba el espectáculo sin comprender por qué, ni cómo, sus sueños acababan de manera tan desagradable y azarosa. Su figura tenía un aire de increíble tristeza en medio de aquel caos, paseando por encima de aquella alfombra blanca que eran todos sus pollos muertos y esparcidos, tapándose la cara y la nariz con su pañuelo de colores, limpiándose unas lagrimitas que Tonongo no sabía si considerar como efecto del humo o como verdaderas. Los últimos cuatrocientos o quinientos amanecieron muertos el domingo siguiente, que fue el día elegido por el coronel para echar un vistazo, y el teniente ya no pudo soportar la repetición de las mismas escenas de los días anteriores. Completamente hundido, sintiéndose el hombre más fatal de la tierra, se despidió del coronel (que comenzaba ya, lleno de asombro, a apuntar la posibilidad de que los comunistas hubieran envenenado el agua por la noche) y se largó de allí sin rumbo fijo.

26. Yolanda Martínez
De julio a agosto de 1962

Después de aquel encuentro inesperado ella estuvo llamándolo durante una semana desde cualquier lugar en el que se hallara, la oficina, su casa, la casa de una amiga, pero no consiguió hablar con él. Wilson mismo descolgaba el teléfono y le decía que no, que lo dejara en paz, que él no podía continuar los amores con una caja de sorpresas como ella. Ambos sufrían, pero desde el primer momento se vio claro que Wilson mucho menos, porque ella no paraba de llorar, mientras que él, según decía Evelinda, a cada rato estaba por El Conde, paseando como si tal cosa en compañía de Esther —aplicando quizás la inexorable regla del amor que aconseja curar la herida que él mismo nos produce con otro y con lo mismo—. Siete libras perdió Yolanda en ese corto tiempo, amén de algunos encantos habituales en ella, su mirada, su gesto, su sonrisa, su andar, que se hicieron de repente vulgares y anodinos. Tanto, que sus compañeras de trabajo pensaron con malicia que estaba embarazada. Su sistema nervioso también quedó afectado y su apetito reducido al máximo, que era comer lo mínimo. Evelinda y su madre no sabían qué hacer con ella ni de qué forma levantarle el ánimo, y estaban siempre atentas a todos sus deseos, buscando la manera de que se distrajera. Curiosamente, no fueron ellas las que lograron cambiar el panorama, sino Yolanda misma, quien a base de esfuerzos continuados, a base de no pensar en él más que lo imprescindible, empezó nuevamente a organizar su vida y a preparar su viaje de regreso, que era la única vía de escape, la única solución que encontraba para su problema. Nueva York surgió entonces en su imaginación, no como el monstruo apocalíptico con que Wilson, con su visión campestre de las cosas, solía compararlo, sino como el amplificado paraíso que representaba para Freddy. Veinte días habían transcurrido desde su rompimiento (unilateral) cuando una tarde tomó la decisión de marcharse de nuevo, de regresar (qué extraño sentido podía tener esta palabra, pensó Yolanda, cuando se regresaba hacia lo ajeno, y no hacia lo de uno), pasando de inmediato a regalarlo todo, vestidos y zapatos y blusas y carteras a su amiga Evelinda y a su madre. De vez en cuando, en medio del repentino ajetreo de bolsitos, maletas, gavetas por vaciar y cajones revueltos en que se convirtió su minúscula vida, se paraba un momento para pensar que, dentro de muy poco, quizás un par de días, Carmelo volvería de Santiago y telefonearía. En eso habían quedado aquella tarde, cuando ella, entristecida, no supo qué decirle, atrapada entre la imagen de un Wilson que se iba con ínfulas definitivas y un Carmelo lleno de amor, mirándola, preguntando qué pasa, diciendo yo te quiero en la salita de su propia casa. Pensaba, sí, en Carmelo, y pensaba también que los vuelcos del corazón humano son imprevisibles. Y era que así como al principio, cuando todo marchaba sobre ruedas, Yolanda llegó a sentir hacia él una profunda repulsa, casi odio, por lo que significaba de obstáculo en su vida (con aquella fuñenda de las cartas), lo cierto era que ese sentimiento había ido variando como consecuencia de la actitud caballerosa y bienintencionada que él tuvo al devolverle todos sus papeles. Semejante cambio empezó a tomar cuerpo en su interior desde el instante mismo en que su madre recibió el paquete con la nota («ahí tiene usted, señora») y ello explicaba tanto la manera cortés con que lo trató la tarde mencionada como la sonrisa ligeramente vengativa con que se sorprendía ahora pensando en su llamada —que no tardó, por cierto, demasiado—. Ésta se produjo una tarde muy cálida de finales de julio y justo en el momento en que Yolanda, como cerrando el círculo de su estancia en la isla, sentía un aburrimiento pegajoso y cansino, tan sólo comparable a aquel bochorno que lo llenaba todo, mustiando las macetas, resecando la tierra, aplastando las moscas contra el suelo. Fue esa tarde y en el preciso instante en que Yolanda, para matar el tiempo, estaba considerando la posibilidad de levantarse de la mecedora, dejar de contemplar el patio como una dama boba y meterse en la ducha. El timbre del teléfono (antes tan apreciado) sonó tres veces y nadie lo cogía, porque en la casa sólo estaba ella y ya esperar que se tratara de Wilson carecía de sentido (aunque quién sabe) y en Carmelo sólo pensaba a ratos. Yolanda, en consecuencia (no se puede determinar con qué, en consecuencia probablemente con su propia abulia), dejó que el aparato sonara seis o siete veces antes de decidirse a descolgar, alargando para ello su brazo derecho, pues lo tenía al alcance de la mano.

Escuchó de inmediato su voz, y aunque, evidentemente, el corazón no le dio un vuelco, le hubiera resultado muy difícil negar que se alegró, que sintió esa especie de alegría que se produce cuando alguien nos da la oportunidad (pero ella pensó *chance*) de saldar una deuda de reconocimiento. Porque innegablemente esa deuda existía, y Yolanda (que, de repente, se sabía más madura y que quería ser buena y generosa, no mezquina), dejando al margen sus errores pasados, en los que Carmelo aparecía como victimario seductor, no tenía otro remedio que reconocerlo. Y siendo así ¿qué medio más sencillo que aceptar su compañía y demostrarle que el pasado pasó y que el presente siempre es el enigma? Sonrió y le dijo, en efecto, que sí cuando él le formuló la clásica invitación, después de lo cual, al cabo de un buen rato de charla telefónica, se sorprendió contenta y arreglándose para salir con él. El bolero haitiano volvía a tener razón, *la femme c'est le mystère*, la mujer, y no el hombre, es el misterio. Esta idea la asaltó varias veces mientras se vestía y también luego, cuando ya lo esperaba. Y no dejaba de sorprenderle que pudiera aplicársela a sí misma, o más bien aplicárselo, dado que se refería al verso del bolero, ella que siempre se consideró sencilla, ingenua como el agua, diáfana como el día —pero trigueña y caliente como margarita tropical—, que siempre creyó ser una mujer sin más complicaciones que las que le impusiera su destino. Allí se estaba, pues, en el sofá de siempre, sentada, levantándose, volviéndose a sentar, acudiendo continuamente a verse en el espejo, preocupada por las ojeras que producen los chascos de la vida. Llegó entonces Carmelo, y Yolanda, después de dejarle una nota a su mamá, que se encontraba en casa de una amiga, se marchó con él, con el alma todavía herida pero dispuesta en todo caso a pasar un momento agradable y a revivir, qué caray, los recuerdos comunes. Carmelo le abrió la puerta de un automóvil desde luego prestado, o alquilado, pensó ella, y la arrastró a la tarde, ya casi prima noche, tropical, Primero hicieron el recorrido de siempre, Malecón, Feria, Conde, etcétera, tomaron un jaibol («en el Quisqueya no» dijo Yolanda) y después estuvieron dudando entre elegir este sitio o aquél. Eligieron aquél, restaurante coqueto, bien servido, en todo similar a cualquiera de los que ambos conocieron juntos en la ciudad del Hudson, y Yolanda rió, se divirtió muchísimo, comió, se mareó un poquito con lo que bebieron y, cuando ya estaban cerca del final de esa primera parte, notó de pronto que las dos piernas de Carmelo hacía un momentito que rozaban las suyas y que ahora las apretaban fuerte, como en una tijereta de desasosiego, debajo de la mesa. Le hizo un poco de daño físico aquella especie de llave inesperada que Carmelo le metía de forma subrepticia, pero curiosamente no le desagradó. Se limitó a mirarlo despacio y a decirle que no podía ser —sintiendo, sin embargo, que su rostro la estaba traicionando porque por su interior viajaban los recuerdos como una tromba loca, y uno no sabe nunca (cuando todo ha pasado) qué nivel afectivo alcanzó en el amor, pero jamás olvida la forma en que lo hizo, las sensaciones físicas, la impresión de la carne que penetra y emerge y se hunde y sale a flote para hundirse de nuevo y marcar para siempre—. Carmelo, conocedor, y cosa, del asunto, separó las piernas y, retomando el hilo de la conversación, hizo un recuento de cómo había cambiado su visión del mundo y de la gente y de lo que sufrió cuando ella decidió regresar al país sin siquiera decirle que ahí te pudras. Yolanda se sintió ligeramente molesta, no culpable, que es distinto, y hubiera llegado a sentirse más si Carmelo no adopta aquel aire juvenil para comunicarle que en ningún momento se lo tuvo en cuenta y que, de todos modos, lo que contaba era el presente, la noche que vivían —que él, por cierto, deseaba terminar, como criollo al fin, bailando hasta cansarse.

Yolanda sabía que el baile en el Caribe, igual que en cualquier sitio, pero en el Caribe más, es la simulación más o menos difusa del coito cuando no se conoce a la pareja, y la preparación del mismo cuando se la conoce y se ha sido penetrada por ella, como era el caso ahora. Pero como aquella tarde, ya plena noche, su vida estaba llena de sinembargos, su vida era en sí misma un sinembargo, aceptó la invitación (¿y por qué no, si el que surgiera era la cosa más lógica del mundo?) y de pronto se vio sentada en el auto, recorriendo otra vez la ciudad, atravesando la noche, haitiana de tan negra, penetrando en un local donde sólo se verían la cara cuando Carmelo prendiera su encendedor de oro para fumarse un nuevo cigarrillo. Bailaron mucho, primero ritmos rápidos (evitando salir en los boleros, que aprovechaban para seguir hablando y beber largos tragos de lo que habían pedido) y de repente una especie de danzón cubano, de bolero melódico o chachachá muy suave que Carmelo aprovechó para susurrarle, para introducirle en el oído lo hermosa, bella, linda y excitante que estaba. Después hubo un descanso que Yolanda aprovechó para ir al sanitario a hacer pipí y a verse en el espejo, y Carmelo para cargar los tragos y pedirle más hielo (mucho hielo, más hielo) al camarero. Regresó entonces ella y levantóse él para dejarle paso y recibirla en el instante mismo en que, junto al micrófono, un negro gordo decía uno, dos tres, probando, soplaba y hacía señas a los que se encargaban del sonido y al final anunciaba que con mác-simo agrado interpretaba de inmediato el bolero intitulado *Vereda tropical*. Y allí empezó la cosa, porque Carmelo dijo nuestro bolero, Yolan, y la sacó a bailar, completamente convencido de que a Yolanda también le gustaría. Como en efecto, aun cuando sus motivos fueran diferentes. A juzgar por sus sentimientos, lo que con toda seguridad le recordaba a Carmelo el dichoso bolero, lo que le hacía evocar, era el amor que desde el primer día sintió que sentiría por Yolanda, mientras que a ella, escuchando lo mismo, sólo le acudían sensaciones físicas, imágenes de Carmelo desnudo, de su lengua en función, saliendo de su boca como un pene sin glande ni meato, de su propio sexo, abierto cual zapote y esperando sin miedo (sobre todo después de comprobar que no hacía daño) la reproducción de aquel acoplamiento que él quiso que ella viera reflejado en el espejo de su cuarto, para lo cual hubo de colocarlo y colocarse en posición *ad hoc* —visión cuyo recuerdo el amor de Wilson sólo logró apagar muy relativamente—. No, desde luego, ahora, cuando el esfuerzo realizado por quererlo según su propia idea del amor era como la prehistoria de su vida, y Carmelo, en cambio, con su figura y su sabiduría, se encontraba delante, macho erguido y voraz, diciendo: ¿te recuerdas? Ella dijo que sí, que se acordaba (siempre superó a Carmelo en el dominio del idioma), confesión que él aprovechó para atraerla y, alzándola un poquito, estirándola, digamos que obligándola a ponerse en puntillas, colocarle entre las piernas, en el vértice de aquel compás que eran sus piernas, la flexible dureza de su miembro. Lo que vino después no fue sino la consecuencia de ese contacto mutuamente aceptado y comenzó en seguida, pues en cuanto el bolerista (que interpretaba mejor que cantaba: ahí rendía su mérito) dijo la última palabra, Carmelo aún la estaba besando, dando pasos sin música, esperando empalmar con el siguiente. Y así a lo largo de cuatro o cinco piezas, todas lentas, menos una (que, no obstante, bailaron como si lo fuera) hasta que decidieron marcharse a un lugar donde nadie pudiera interrumpirlos, que no fuera un motel, el clásico motel, porque Yolanda no podía amanecer en la calle, so pena de darle a doña Graciela un disgusto de muerte, sino por allí mismo, en un solar cercano, dentro del automóvil, bajo el cielo estrellado de Quisqueya, la tierra de los malos humores y los buenos amores.

¿Qué sucedió más tarde, salvo lo que era de esperar? Sucedió que Carmelo prolongó por unos días su estancia en el país, que la pasaba a buscar por el trabajo, de donde la llevaba a un sitio que alquiló para eso, y que ella se moría cada tarde de placer en sus brazos, ya sin pensar en Wilson, ni en Carmelo, ni en su viaje, ni en nadie —sólo en ella, en su cuerpo y en ella, y en Nueva York y en irse—. Wilson la llamó un par de veces, pero sin encontrarla (porque

Yolanda, a su vez, estaba dedicada a reencontrarse), y doña Graciela, sabiendo que lo de Wilson nunca sería una cosa que saliera bien e intuyendo que su hija andaba en lo que andaba, optó por ocultarle que el otro había llamado. Evelinda, por su parte, seguía visitándola, si bien cada vez menos, y no le extrañó nada que Yolanda estuviera haciendo lo que hacía porque también a ella, según dijo, la vida la trataba tremendamente mal. Y era que a esas alturas (ya en agosto) aún estaba esperando que Freddy le escribiera aquellas largas cartas llenas de amor y planes que le prometiera, y no las dos postales (una de la Estatua de la Libertad y otra de no sabía qué puente) que le había mandado con cuatro o cinco frases sin sentido como toda respuesta a sus interminables y amorosas misivas. Los hombres, concluyó, son todos unos malvados y unos masoquistas (sádicos, la corrigió Yolanda, que de psicología y cosas de ésas entendía su poquito), unos sinvergüenzas y unos buenos hijos de su mala madre. Yolanda la escuchó muy apenada y quiso darle ánimos, pero no le salía, no le salían, se hallaba como cerrada a todo. Lo único que hizo fue prometerle que en cuanto viera a Freddy en Nueva York (además de acostarse con él, que siempre le pareció atractivo) se encargaría de transmitirle sus insultos. Por la noche continuaban llamándose por teléfono (eso sí) para contarse cosas y una vez que a Evelinda se le ocurrió mencionar a Wilson (perdóname, manita, le dijo de inmediato), Yolanda sintió que todavía esa herida le permanecía abierta, pero que desde luego no sería tan difícil de cicatrizar como pensó al principio. Y lo supo porque, al mismo tiempo, se acordó de doña Evangelina y se dio cuenta, por primera vez, de que la odiaba, de que la odiaba a muerte, de que su amor por Wilson, la secreta esperanza de que un día regresara, la había hecho ocultarse a sí misma ese sentimiento, que ahora emergía de pronto como un volcán de pus en su interior. Se dio cuenta también de que igualmente odiaba a los demás, empezando por Esther y terminando por Sotero, o viceversa (que en este caso el orden era como un palíndromo, que se podía leer al revés y al derecho sin alterar en nada su propio contenido), así como a aquel ambiente que la rechazó de forma tan gratuita y tan estúpida —lo que significaba, resumiendo, que ya el amor por Wilson no podía con el odio hacia lo de Wilson y que por tanto la importancia de éste en su vida había disminuido—. Comprendió en ese instante a los que detentan el poder y no pueden sustraerse a la tentación, a la atracción, de usarlo en contra de quienes les han hecho daño, y pensó que si hubiera podido sin duda alguna se habría vengado de toda aquella turba de pendejos. Su descubrimiento del odio que llevaba en sí misma fue tan intempestivo y tan violento que, al día siguiente, después de una singada larga con Carmelo, que llamaba a las cosas por su nombre, le habló de su fracaso sentimental con Wilson (a medias, claro, quitándole importancia, que en eso de los hombres coincidía totalmente con su amiga Evelinda) y le propuso que entre los dos tramaran algo para joderle un poco la vida a Evangelina. Nacieron así, de manera inmediata, las llamadas anónimas que durante diez días, los últimos diez días de Yolanda en el trópico, acosaron de mañana, de tarde y de noche (pues renunció al trabajo y se pasaba la jornada completa con Carmelo, esperando la hora de marcharse) los nervios de la mamá de Wilson. Venganza apache denominaban ellos, pegajosos de saliva y sudor, a aquella retahíla de mentiras perfectamente coordinadas en que, siempre por medio de Carmelo, Sotero aparecía como el maipiolo, celestino o alcahuete del coronel Santiago, Wilson como un maricón de ratos libres, con direcciones exactas de quienes lo atendían en sus necesidades, y la misma Conchita como una abortadora de primera que hasta le había sacado a Esther un muchacho de Wilson —bisexual, por lo tanto—. Yolanda se reía de sus ocurrencias, que no se limitaban a las mencionadas, detrás de cada una de las cuales siempre quería que Carmelo (no se sabía por qué) la llevara a la cama y se lo introdujera sin preámbulos —si aún le quedaban fuerzas—. Su atrevimiento llegó a tanto que ya el último día (cuando fue con Carmelo a recoger las cosas que le quedaban en el apartamento), llamó a su exfutura suegra para llenarla de los insultos e improperios propios en quien, sólo unos meses antes, creyó que la felicidad se encontraba al alcance de su mano y piensa que la culpa de no haberla obtenido es, en gran parte, de su interlocutor. La diferencia estuvo en que esa vez Yolanda se identificó, y cuando Evangelina, al otro lado, le gritaba, fuera de sí, que ya ella lo sabía, que ya ella lo sabía, alegrándose de haberla apartado a tiempo de su hijo, Yolanda en ésta, desnuda, se reía, ante el asombro mudo de Carmelo, que colgó el teléfono con un clic melancólico y, algo asustado, la siguió contemplando mientras ella reía como loca, exactamente igual que la divina Eulalia, al cabo de un buen rato riendo todavía, como si fuera eterna, amarga, enamorada, su carcajada de oro.

27. Lucila, la sirvienta
Diciembre de 1962

Sus amigas de por el Malecón quisieron ayudarla, que ella fuera de inmediato a contarles lo que le había pasado, allá en el mes de octubre, cuando sintió los primeros mareos y los primeros vómitos. Se portaron de buenas como siempre, no las iba a olvidar nunca en la vida. Organizaron entre todas una recolecta y al final le entregaron siete pesos y pico, así que por lo menos su hijo no nacería sin nada que ponerse, que tendría su ropita. Ella lloró muchísimo, superemocionada, y las otras le daban soluciones, diciéndole que hiciera o dejara de hacer esto o aquello. Una le habló de darle una botella con cuatro o cinco yerbas, cosa de brujería, seguro que de haitianos, para que si quería se sacara el muchacho, pero Lucila se negó, pensando en su interior criaturita del alma, que se la entregó Dios, pobrecito chiquito de su mamá querida. En seguida se puso a imaginarse dándole la teta, cantándole tortica de manteca, cuidándolo mucho para que no tuviera una vida como la de ella, llevándolo a la escuela y viéndolo crecer, con lo cual el disgusto le desapareció tal y como le vino. Las muchachas la querían mucho, ella no lo negaba, lo que pasaba era que aparte de consejos y de dos o tres pesos, no podían ayudarla en nada más, de modo que Lucila se vio de pronto sola. Con Sotero no había vuelto a hablar desde lo de la granja, cuando todos los pollos se murieron en cuatro o cinco días y las jaulas se quedaron vacías, como estaban ahora. Durante varias noches estuvo ella esperándolo y no consiguió verlo, se asomaba a la puerta cada vez que un carrito pequeño cruzaba por la calle, pero nada. ¿Iba a venir? ¿No iba a venir? ¿No se acordaba ya de ella, ese fatal, la botó como a un perro, como se bota un bagazo de caña? Así era que Lucila se pasaba los días, pensando será hoy por la mañana, será hoy a prima tarde, siempre equivocándose. Hasta que decidió no esperar más, sino hacer lo contrario, ir a buscarlo a casa de Conchita, que Lucila sabía bien dónde vivía. Allí lo encontró ella y hablaron un buen rato los dos solos, en la linda salita con sus muebles tres-piezas y los retratos de los Padres de la Patria puestos en la pared, mirando hacia la calle, los retratos —como ella soñó un día—. En la salita con su nevera grande *Kelvinator* hablaron, con su televisión, radio y picó, todo con su pañito por encima, con su adorno y su cosa, allí le contó ella lo que le sucedía. El teniente al oírla se quedó de piedra, como electrocutado, se puso blanco, sin saber qué decir, y Lucila pensó que menos mal que la otra no estaba. Sotero le gritaba, pero cómo, no puede ser, eso no puede ser, y ella le contestaba que cómo que no, no sólo podía ser, sino que era, que era suya, y muy suya, del teniente Sotero de los Santos, la vaina esa que ella llevaba dentro. Después de ese comienzo lo único que él hizo fue decir que le cayeron los palitos, me cayó carcoma, ya se jodió Sotero, rascándose la cabeza, levantándose y sentándose sin parar, sin mirarla siquiera. Ella lo vio vencido, la vida lo había puesto fuera de combate, y aunque esta vez su corazón no le hizo tucutún, tucutún, como en las anteriores, Lucila se dio cuenta de que el teniente seguía siendo su hombre, su hembro y lo quiso de nuevo como antes. Llegó entonces Conchita de la calle, cargada de comida, buena moza, trigueña de ojos negros y de pelo lacio, como el suyo, y el teniente la presentó casi corriendo. La hija de Tonongo, le dijo, viene por el dinero de su papá (¿qué dinero?) y en seguida se puso una camisa, la sacó de la casa, la metió en su carrito y se la llevó a andar por la ciudad —como loco, estaba como loco—. Ahora le iba diciendo, gritándole casi, que él no podía, que lo que había que hacer era sacar el niño, él se lo pagaría, un médico muy bueno. El mismo Wilson se lo presentó, así que se fijara. Dos días solamente tendría que estar en cama, en una buena clínica y en un cuarto con abanico eléctrico, comidita, malta morena cuando ella la pidiera, néctar de pera *Libby's*, filete si quería. Él le daría, además, de regalo, para ella sola, para que se comprara ropa, veinticinco pesos, ¿qué le parecía? Eso era lo mejor, él no podía, nunca, jamás, *never* (oye), no tenía un chele, todo lo de la granja se le fue al carajo, le cayó carcoma, los ingleses lo estaban persiguiendo como cosa loca y además nadie se atrevía a com-

prar lo que quedó en la granja, ni siquiera el alambre, dizque por si lo de los pollos se pegaba —país de mierda, país
de gente bruta, país maldito—. Lucila tenía que comprenderlo, no podía. Ella entonces lloró, lloró muchísimo, y él
le seguía pidiendo toda su comprensión para un hombre
perdido, para un hombre arrastrado por la vida, abandonado hasta por su madre, pobrecito Sotero de los Santos.
¿Lucila se sacaría el muchacho? ¿Lo hiciera por él, por el
propio niñito, para que no sufriera en este país de mierda
que le había tocado? Sotero esperaba su respuesta en silencio, dando vueltas y vueltas por la ciudad, doblando calles,
acelerando a veces, otras disminuyendo. Pero ella dijo no,
se lo pensó muy bien y dijo no, que se fuera al carajo, que
ahora lo comprendía, vagabundo, sinvergüenza, y finalmente, como era de esperar, otra vez a llorar muerta de
miedo y asco, sintiéndose engañada y perdida, y de nada
servía que él le dijera sin parar excúsame, Lucila, te lo juro
que lo siento, muchacha. Ella bajó del carro allí mismito,
que ya no deseaba desperdiciar un solo segundo más de su
vida con él, y aunque él le pidió que no lo hiciera, diciéndole sigamos conversando, Lucilita; aunque luego, bajándose
también, le dijo cálmate, mañana hablamos otra vez, vete
pensando lo que te propuse, eso no es nada, no duele, es lo
mejor, insistiendo en que mañana lo esperara, ella echó
a andar, como atontada, con una sola idea en la cabeza, dejar su trabajo y regresar a su casa de Haina, su casa.

Su papá y su mamá le pegaron mucho, la trataron muy
mal cuando ella fue y les dijo que estaba preñada y ellos le
preguntaron quién y ella dijo Sotero. Le preguntaron
dónde y ella les respondió que en el barcito ese llamado Las
Palmeras, que tenía una pista de baile de color rojo que le
gustaba mucho y una gran vellonera que tocaba los
mejores boleros del momento. Le preguntaron que si al
aire libre, dándole de paso una galleta en plena cara que la
hizo rodar por el suelo, que si al aire libre como un cuero
de Villa, como una singadora profesional de ésas, y ella
volvió a llorar y se quedó callada porque no fue como ellos

se creían, sino que en uno de los tres reservados que había en Las Palmeras, un cuarto muy pequeño donde el primer día tuvo miedo y algo de vergüenza, pero al siguiente no, que le encantaba estar allí con él, poniéndose desnuda delante del espejo y sintiendo sus manos por el cuerpo. Su mamá le preguntó por qué carajo se lo había regalado, cómo iban a mantener otro muchacho ahora, y hasta le entraban ganas de botarla de una vez de la casa. Lo peor sin embargo no fue eso, lo peor vino la tarde en que Tonongo la montó en un carro público y la llevó donde Sotero para intentar hablar con él y ver cómo pensaba arreglar el asunto. A Lucila esa tarde la vergüenza no la dejaba quieta cuando llegó a la casa de doña Josefa y ésta les abrió la puerta con mucha educación y los dejó pasar. No se le olvidarían jamás ni el silencio de la doña, que no hacía más que mirarla y decir pobrecita, ni el descalentamiento de Tonongo, que no alzaba la voz, pero sí amenazaba con llevar a Sotero ante los tribunales. Muy bien, muy bien, decía la doña, denúncielo mañana al gran bandido ese, pobrecita, ponerle una barriga a una muchacha de familia y señorita, sinvergüenza, denúncielo, carajo. Lucila esa tarde se sintió muy desgraciada y sola, y más cuando al bajar se encontró con dos de sus amigas, que no la saludaron, y con doña Clotilde, que le dijo hasta luego solamente. Todo el viaje de regreso en silencio y en la casa nuevamente peleándole, llorando, rogándole a su papá que no lo denunciara, que eso fuera peor, que él mismo, Sotero, se lo había prometido: en cuanto se arreglaran sus problemas seguro que la ayudara en algo. Ese mal nacido qué te va a ayudar, le gritó su papá entonces, si ya no tiene en qué caerse muerto, en qué te va a ayudar, y ella por no escucharlo se salió de la casa y se puso muy triste viendo cómo, en efecto, la yerba al otro lado de la cerca no hacía más que crecer, no hacía más que enredarse en los alambres de las jaulas vacías de lo alta que estaba.

Después se les pasó, que la querían muchísimo los dos y además que Sotero vino un día y habló con su papá muy seriamente mientras ella y su mamá se mantenían sentadas bajo la enramada, dizque cogiendo el fresco. El teniente le llevó a ella varios potes de leche condensada, paquetes de café, arroz, habichuelas y también bacalao, salchichón, chocolate y latas de sardinas, todo metido en una funda grande y en una caja de cartón, con el fin de que se alimentara y el muchachito no saliera raquítico, sino fuerte y buen mozo. A su papá le dio dinero, como treinta pesos, habló con él en serio, le prometió muchísimo con tal de que no lo llevara ante los tribunales, como había amenazado. Le prometió, por ejemplo, reconocer al niño y darle su apellido, De los Santos, y volver cada mes con una compra parecida a ésa y algo de dinero, que si cinco, que si diez, que si nada (habló sinceramente), según cómo le fueran los negocios. Estaba flaco, se le veía sufriendo, sin afeitar, ella se preguntaba cómo le habría ido con Estela, cómo le iba la vida en general, pero no tuvo fuerzas para acercársele y dialogar con él aunque fuera un poquito, tres palabras. Desde el fondo del terreno lo único que ella podía hacer era mirarlo con ojos de enamorada que lo disimula, en silencio, y esperar que entre Tonongo y él le arreglaran la vida al menos de momento. Al cabo de una media hora los dos se levantaron de las sillas, su papá muy tieso y orgulloso, sin ni siquiera sonreír, y el teniente como siempre, erguido, clavándole los ojos en la cara, como si allí no hubiera sucedido nada. Cuando se fue, sin haber hablado con ella, sin haberle dicho por lo menos qué hay o cómo va la cosa, quizás por su papá, a lo mejor porque no era momento, Lucila no lloró ni dijo nada, simplemente se sentó en una silla y se quedó mirando a su mamá, que en seguida se puso a encender el anafe y a decirle que menos mal que había llevado algo, ese maldito hijo de la gran puta.

Eso ocurrió en octubre y desde entonces él no había vuelto a verlos, de manera que ahora Lucila se pasaba las horas viendo la carretera, sintiendo cómo le crecía aquel gusarapito que llevaba dentro, intentando adaptarse a la vida de antes, a la miseria de su casa, al polvo, a la suciedad, a aquel campo de mierda en que ella había nacido. Continuamente repasaba la vida de los últimos meses y se decía fallé aquí, fallé allá, esto no lo debí hacer, debí actuar de otra forma en tal momento, pero de nada le servía porque ninguno de sus muchos errores podía ya corregirse. Los días iban pasando y ella se veía sola, sentía que Dios no la quería ni un chin, que la Virgen la tenía abandonada sin motivo. A todos lo demás seguro que la vida les había salido chévere, muy chévere. A Estelita se la imaginaba con su vestido blanco, casándose con él, o con cualquier otro, eso qué más le daba, a Conchita empolvándose mucho, poniéndose muy linda para cuando él llegara, a doña Josefa encantada de todo, dando viajes sin fin a Puerto Rico, bebiendo mucho licor de menta, a doña Altagracia reuniéndose con Freddy en Nueva York, a Ramón y a las doñas e incluso a Esther y Wilson felices y contentos, todos felices y contentos, mientras ella no tenía más remedio que estarse allí esperando que la barriga se le pusiera grande y que el muchacho le saliera como salen todos los muchachos, gritando y exigiendo desde el primer día. ¿No hubiera sido mejor, que Dios la perdonara, aquel pote de yerbas que una de las muchachas le ofreció, o la agujita larga y fina que le dijo el teniente que empleaban los doctores de la universidad, que te daban un pinchacito y te explotaban la criatura como si fuera una vejiga de cumpleaños o un bultico de pus? A esos extremos la conducía a veces la desesperación, y la única cosa que se le ocurría era empezar a andar carretera adelante, viendo pasar los carros y las guaguas que se dirigían la capital, los vecinos en sus burros o a pie, saludándola, para regresar sólo cuando ya había alejado los malos pensamientos y había vuelto a ser la Lucila de siempre. En realidad, ¿por qué sufrir? ¿Por qué dejarse caer? Ella era fuerte, ella seguía siendo buena moza, ella, y ahora sí que lo creía de verdad, había dejado ya de ser una campuna. De ahí en adelante no habría hombre que se le acercara a querer engañarla ni a querer pasar el rato con ella, porque en cuanto pariera Lucila sabía bien lo que tenía que hacer, salir del campo sola, dejarle el muchachito a su mamá y buscarse la vida como fuera. No de sirvienta, no, sino de cualquier cosa en que ganara cuartos bien rendidos y que le permitiera sacar a toda su familia, empezando por él, su muchachito, de aquella porquería de casa en que habitaban. Nada de eso sería ahora difícil, que el 20 de diciembre se celebrarían por fin las dichosas elecciones y por fortuna no iban a ganar ellos, los tutumpotes, los como el señor Flores y esa gente, sino que iban a ganar el PRD y Juan Bosch, con lo cual dentro de muy poquito iba a tener trabajo todo el mundo: la gente y ellos mismos lo decían. Su papá también se desesperaba, viendo que se había quedado otra vez sin ocupación, que ya ni el coronel le decía límpieme la finquita, como antes, y que andaba de nuevo chiripeando. Pero ella lo animaba con que ahora la cosa iba a cambiar, aconsejándole que se borrara de UCN y se inscribiera en el PRD, para ver si en seguida le conseguían algo. Él se quejaba mucho de Sotero, decía como no venga pronto con la compra y con cuartos voy a la capital y lo pico a trocitos, sinvergüenza, inconsecuente, y Lucila notaba que ya no era lo mismo, que ahora su corazón sentía más pena y más vergüenza, por su papá que por el teniente, que al fin y al cabo la dejó abandonada y jamás fue verdad que la quisiera, mentiroso de mierda. A ella ahora le hubiera gustado no haberlo visto nunca, que él nunca hubiera aparecido con aquel estilo diciendo que allí mismo iba a crecer la industria avícola más poderosa del país, diciéndole a su pai que sus ventas de pollos se extenderían por todo el territorio nacional y que él sería capataz supervisor, metiéndole a ella el cuento de que le conseguiría un puestecito. Ella ya estaba decidida a hacerle frente a su existencia sola, con empuje y con fuerza, no pensaba pasarse el día entero quejándose y quejándose. Todo eso se lo decía y se lo repetía sin parar Lucila, la sirvienta que ya no lo sería jamás de los jamases, dándose ánimo para seguir viviendo y dándole más ánimos aún a su papá, que se sentía vencido, que no encontraba dónde levantar un puñetero chele. Ella estaba dispuesta a mandarlo a la mierda si venía, a decirle todas las cosas que se había ido guardando durante ese largo mes y pico, casi dos meses, en el que él no apareció y ellos fueron gastando la comprita y los cuartos que él les había dado, así como los suyos, sus ahorros, que ascendían a la suma de diecisiete pesos con noventa centavos porque el resto se lo gastó en comprar chucherías para sus hermanitos. Su papá seguía muy descalentado con él, amenazando siempre con llevarlo a la justicia y Lucila lo retenía, no papá, no hagamos eso, pero ya no por el teniente, ya no por él, que la engañó engañada, sino porque pensaba que no valía la pena poner a su papá a dar viajes y viajes a la capital, cuando la culpa de todo la tenía ella y nadie más que ella. Ya casi estaba a punto de llegar el día 20, el de las elecciones, y él no había vuelto a ver cómo andaba la cosa, pero a Lucila qué. A Lucila de ahora en adelante no la verían sufriendo por un hombre ni por nada, y por eso cuando, el día 19, Sotero de los Santos apareció por fin, como un zombi viviente de tan flaco que estaba, a Lucila el corazón se le quedó tranquilo. No se sintió conmovida ni emocionada ni enamorada ni cosa parecida. Lo que sintió fue una gran pena, una pena que no la dejaba estar tranquila y que la hizo marcharse de la casa sin mirarlo siquiera. Como si Sotero no hubiera sido nunca aquel hombre que la besaba tanto en el reservado de Las Palmeras, aquel hombre que Lucila adoró (creyendo que no había en el mundo quien se le comparara) sino uno de esos cuya cara te resulta conocida, pero no sabes dónde lo viste antes ni si hablaste con él ni desde luego cuándo.

28. El teniente Sotero de los Santos
Diciembre de 1962

Diciembre fue para el teniente otro mes triste y no hubo forma de que Conchita intentara animarlo diciéndole que todo iba a cambiar a partir del momento en que el nuevo gobierno se instalara y las cosas empezaran a andar como debían. En diciembre el teniente Sotero estaba convencido de que los hombres como él no llegaban jamás a ningún sitio porque todo lo habían hecho mal desde el momento mismo en que nacieron en aquel descampado de país, y no quería moverse de la mecedora, se pasaba allí el día sin levantar un dedo para nada. Permanecía callado, escuchando el radio, intentando recuperar las fuerzas que su estrepitoso fracaso le arrancó de raíz. La última vez que visitó la granja lo encontró todo hecho una porquería, el terreno cubierto con una yerba altísima que atascaba las zanjas y lo convertía en un fangal en cuanto le caía el más mínimo aguacero, las jaulas oxidadas, la nave sin paredes ni techos a causa de los hurtos de los lugareños, las piletas del agua llenas de hojas y tierra, la puerta cerrada con cadena y candado y la enramada repleta de telarañas y de lagartijas que se quedaban quietas un instante y en cuanto lo veían acercarse salían disparadas como si hubieran visto al mismísimo diablo. Lo único nuevo era aquel letrero que el coronel mandó a poner: «SE VENDE ESTE TERRENO», y ni siquiera eso, que ya la yerba comenzaba, también en este caso, a impedir su lectura. Ese mismo día precisamente, y cuando regresaba, se encontró con el coronel en casa de su querida y se detuvo un rato a hablar con él de mil cosas distintas y sin importancia. Se enteró entonces de cómo andaba todo por donde los Tejada y por donde los Flores, de lo que había pasado después de su repentino alejamiento y tuvo la impresión, a medida que el otro le contaba, de que no había nada, absolutamente nada, ni una sola palabra, ni una frase, ni un puñetero hecho que en alguna medida él no hubiera previsto. Supo que Evangelina había terminado por calmarse y adaptarse a la nueva situación, que Wilson andaba de lo más embullado con

Esther, que Estela se había marchado con doña Luz a Puerto Rico una temporadita, deshecha de los nervios (según el coronel), intentando recuperarse un poco de lo flaca y demacrada que se había quedado. Supo que él, Santiago, iba a tener un hijo de su, ¿cómo llamarla?, nuevo amor —un hijo que sería machote, fuertote, mujeriego y al que, cuando naciera, le compraría una casa para que se criara con su verdadera mamá, un hijo con el que no volvería a cometer el error de llevarlo a la suya, como hizo con Ramón, que así le había salido—. Supo además que don Rodolfo estaba bastante descontento, ésa era la palabra, con Sotero, tanto por el asunto de la granja como por su comportamiento con Estela y con él mismo, que al fin y al cabo había arriesgado dos mil pesos y ni siquiera había recibido una llamada de simple cortesía. El teniente lo escuchó todo con un gesto que sólo en apariencia era profundo, concentrado y atento (dado que en realidad le importaba un carajo don Rodolfo y otro carajo Estela y otro carajo incluso el coronel) y se marchó de allí con las fingidas muestras de simpatía de siempre. No es que a partir de entonces el teniente se considerara enemigo de nadie ni que pensara echarle a alguien la culpa de su propio fracaso, sino que todo, todo lo que había oído, todo lo que acababa de conocer por boca de Santiago, le parecía, le resultaba ya lejano, diferente, ajeno, y le daba, en resumen, sencillamente igual. Lo único que le apetecía ahora, a tres o cuatro días de las dichosas elecciones, era que lo dejaran solo, quieto, que nadie, absolutamente nadie, intentara ayudarlo ni confiara nuevamente en él. Allá Santiago si, como afirmaba, había encontrado en la niñita esa con quien se entretenía las fuerzas necesarias para seguir viviendo —a pesar de lo cual, naturalmente, no pensaba dejar a Evangelina, la mujer de su vida—. Allá el señor Flores, con sus discursos y su politiquería, si se consideraba decepcionado; allá Estela, la única por quien sentía algo de pena, allá Estela. Allá, naturalmente, doña Luz y Esther, hijas de mala madre, cuervos de mal agüero, azarosas, fatales. Allá Enriqueta y allá Evangelina, que en resumidas cuentas acabó en lo de siempre, en lo que acaban todas las mujeres, aguantando cajeta. Allá incluso su madre, doña Josefa, que no aceptaba su fracaso por la simple razón de que ese fracaso era igualmente suyo y, hablando de pesos, desde luego más suyo que suyo —y él ya se entendía—. Allá también Conchita, que se creía, la buena pendeja, que él se iba a estar ahí toda la vida, llenándola de hijos de cuya paternidad los demás nunca dejarían de dudar. Allá coño, finalmente, el país, las elecciones, los cambios, todos los que ganaran y perdieran, allá toda la mierda que les esperaba, el presente, el futuro y aquella inmensidad de simple nada que era su vida ahora.

29. Freddy Nogueras
Miércoles, 4 de julio de 1962

Después de andar buscándolo por toda la ciudad algo más de una hora, encontraron a Paolo en su casa, que era el único sitio en que no habían pensado. Allí estaba, en efecto, sentado junto al radio, balanceándose como si tal cosa, con el pecho desnudo, la cabeza cubierta con un gorro de media, el pie izquierdo apoyado en uno de los travesaños de la mecedora. Los dos, al verse, salieron disparados, Freddy del automóvil, Paolo de la sala, y organizaron de inmediato un aparatoso intercambio de efusividades y de abrazos. Luego se pusieron muy serios y volvieron nuevamente a abrazarse y palmotearse, ambos emocionados y dándose consejos, Paolo que no perdiera el tiempo, que recordara siempre que su tierra era ésta, que no dejara de estudiar y leer, y Freddy que se cuidara mucho, que se cuidara mucho, que se cuidara mucho. Wilson tocó bocina para separarlos, como si fuera el árbitro de esa lucha amistosa, y entonces Paolo se acercó al auto, todavía con el brazo de Freddy por el hombro, introdujo la cabeza por la ventanilla para saludar, primero a doña Altagracia, Evelinda y Yolanda (que por fin lo conocía, tanto hablar de él y, por último, a Wilson, con quien dijo de verse cualquier día de ésos. Freddy, mientras tanto, lo esperaba en la acera, y cuando Paolo terminó de hablar con los demás, volvieron a abrazarse y a decirse lo mismo de unos minutos antes. Después Freddy se metió en el vehículo y Paolo permaneció de pie, delante de la casa, diciéndoles adiós con la mano y los ojos hasta que desaparecieron al final de la calle. Wilson enfiló con toda rapidez hacia el aeropuerto, atravesó los sitios consabidos, cruzó el puente, salió de la ciudad. Nadie decía nada, salvo Yolanda, que de vez en cuando quería animar la cosa recordándole a Freddy lo bien que le iba a ir en Nueva York y lo hermoso que era todo aquello. Freddy sonreía, pensando aún en Paolo, doña Altagracia contemplaba el mar, intentando recordar los ratos agradables de su vida ahora que su hijo la dejaba sola, Evelinda miraba a Freddy, no tenía ojos para nada ni para nadie más, y Wilson se limitaba a manejar y vigilar la estrecha carretera. Llegaron en seguida, como era lógico yendo a 140, parquearon sin dificultad y sacaron del baúl la pequeña maleta en que Freddy llevaba sus pocas pertenencias. Pesaban más los tres o cuatro frascos de dulce almibarado y los cinco aguacates escogidos que una señora amiga de su madre se empeñó en enviarles a unos familiares, favor que doña Altagracia no se sintió con valor de negar. También pesaba más el sol achicharrante de la tarde, el silencio nervioso de los otros, en contraste con la aparente tranquilidad de Freddy (que lo único que parecía desear era irse de una vez) y la pegajosa untuosidad de Evelinda, que no se separaba de su novio y a cada rato le apoyaba la cabeza en el hombro y le daba un besito en cualquier parte. Penetraron en el recinto algo más animados, y mientras Wilson se encargaba de realizar los trámites de siempre, Freddy paseaba de un lado para otro del brazo de su madre, intentando decirle en el último instante lo que quizás en siglos de continuada convivencia no le habría dicho nunca. No hacía más que pasarle la mano por el pelo, no hacía más que besarla emocionado, y hubo un momento en que, por no llorar, la abrazó fuertemente en medio del vestíbulo, casi como si se estuviera despidiendo de ella para siempre. Volverían a abrazarse después, y varias veces, pero ninguno de los abrazos posteriores tendrían ya el significado de aquel primero —con el que, además de despedirse, se reconciliaban en silencio y se desprendían de ya no recordaban qué distanciamientos y amarguras pasadas—. Le tocó el turno entonces a Evelinda, que había tenido el tacto de no ocupar el lugar de la madre y que esperó paciente, sonriendo, hablando con Yolanda, a que Freddy se reuniera con ella. Ya la tarde anterior, en el cuarto de aquel lugar de las afueras al que ella aceptó ir, se habían dicho, metido uno en el otro, todas las palabras y todas las frases que tenían que decirse. Por eso ahora se encontraban tranquilos, esperando que Wilson acabara de facturar la pequeña maleta para darse ese beso final que se dan siempre los que se separan, un beso que resume brevemente, delante de los otros, los mil besos profundos, prolongados, que antes se han dado a solas. Y ese momento ya no estaba lejos, porque Wilson regresó corriendo, con todo ya sellado y metiéndoles prisa para que se acercaran al control de salida. Allí fueron las frases y fueron los abrazos de último minuto, las recomendaciones para el frío de doña Altagracia, la risita intranquila de Freddy, las bromas de quienes saben, como ocurría con ellos, que llegar, quedarse o partir son acciones de más complejidad y más tristeza cuando el punto de referencia es una isla —y mucho más si se trata de media, como era el caso ahora—. Por eso se abrazaron nuevamente y por eso, cuando por fin le dieron sus papeles y pasó al otro lado, Freddy Nogueras Valle, que también lo sabía, dejó que un par de lágrimas corrieran por su rostro libremente y se sintió confuso, atolondrado, pero feliz, seguro. Empezó a caminar hacia la puerta, sin secarse la cara ni los ojos, y después de entregar su tarjeta de embarque, echó dentro de un tanque de basura que había por allí cerca la funda que contenía los frascos de dulce almibarado y los cinco aguacates escogidos —lastre demasiado molesto para su recién estrenada libertad—. Después, sin volver la cabeza, levantó la mano para decir adiós, miró el cielo, el verde espeso de los matorrales del fondo de la pista, y se detuvo unos segundos a observar el avión, convencido de que ese viaje, más que a un lugar cualquiera de este mundo, por muy paradisíaco que fuera, se efectuaba hacia un lugar secreto, tal vez desconocido, de sí mismo.

ÍNDICE

1. Freddy Nogueras y Altagracia Valle
   Lunes, 11 de junio de 1962, por la mañana   9

2. Yolanda Martínez
   De diciembre de 1961 a marzo de 1962   24

3. Lucila, la sirvienta
   De abril a mayo de 1962   40

4. Altagracia Valle, viuda de Nogueras
   Septiembre de 1962   53

5. El teniente Sotero de los Santos
   De junio de 1961 a enero de 1962   58

6. Freddy Nogueras y Evelinda Rojas
   Lunes, 11 de junio de 1962, por la tarde   79

7. Yolanda Martínez
   De abril a mayo de 1962   91

8. Lucila, la sirvienta
   De mayo a junio de 1962   104

9. Altagracia Valle, viuda de Nogueras
   Septiembre de 1962   117

10. El teniente Sotero de los Santos
    De febrero a marzo de 1962   126

11. Freddy Nogueras y Wilson Tejada
    Martes, 12 de junio de 1962   140

12. Yolanda Martínez
    De mayo a junio de 1962   152

13. Lucila, la sirvienta
    De junio a julio de 1962   168

14. Altagracia Valle, viuda de Nogueras
    Septiembre de 1962   181

15. El teniente Sotero de los Santos
    De marzo a junio de 1962   190

16. Wilson Tejada y Yolanda Martínez
    Martes, 12 de junio de 1962   204

17. El teniente Sotero de los Santos
Junio de 1962 213

18. Altagracia Valle, viuda de Nogueras
Septiembre de 1962 224

19. Lucila, la sirvienta
Julio de 1962 235

20. Freddy, Yolanda, Wilson y Evelinda
Jueves, 14 de junio de 1962 248

21. El teniente Sotero de los Santos
De junio a julio de 1962 267

22. Yolanda Martínez
De junio a julio de 1962 279

23. Altagracia Valle, viuda de Nogueras
Septiembre de 1962 297

24. Lucila, la sirvienta
Agosto de 1962 310

25. El teniente Sotero de los Santos
De julio a septiembre de 1962 323

26. Yolanda Martínez
De julio a agosto de 1962 342

27. Lucila, la sirvienta
Diciembre de 1962 351

28. El teniente Sotero de los Santos
Diciembre de 1962 359

29. Freddy Nogueras
Miércoles, 4 de julio de 1962 362

695 -